OS DEVORADORES DE LIVROS

OS DEVORADORES DE LIVROS

SUNYI DEAN

Tradução de **Vinicius Rocha**

ALTA BOOKS
GRUPO EDITORIAL
Rio de Janeiro, 2023

Os Devoradores de Livros

Copyright © 2023 STARLIN ALTA EDITORA E CONSULTORIA LTDA.
ALTA NOVEL é um selo da EDITORA ALTA BOOKS do Grupo Editorial Alta Books (Starlin Alta e Consultoria Ltda.)
Copyright © 2022 SUNYI DEAN
ISBN: 978-85-508-1971-6

Translated from original The Book Eaters. Copyright © 2022 by Sunyi Dean. ISBN 9781250810182. This translation is published and sold by permission of Tor Books, an imprint of Macmillan Publishing Group, the owner of all rights to publish and sell the same. PORTUGUESE language edition published by Starlin Alta Editora e Consultoria Ltda., Copyright © 2023 by Starlin Alta Editora e Consultoria Ltda

Impresso no Brasil — 1ª Edição, 2023 — Edição revisada conforme o Acordo Ortográfico da Língua Portuguesa de 2009.

```
Dados Internacionais de Catalogação na Publicação (CIP) de acordo com ISBD

D281d    Dean, Sunyi
             Os Devoradores de Livros / Sunyi Dean ; traduzido por Vinicius
         Rocha. - Rio de Janeiro : Alta Books, 2023.
             304 p. ; 15,7cm x 23cm.

             Tradução de: The Book Eaters
             ISBN: 978-85-508-1971-6

             1. Literatura americana. 2. Ficção. I. Rocha, Vinicius. II. Título.

                                                              CDD 813
         2023-1547                                            CDU 821.111(73)-3

         Elaborado por Odilio Hilario Moreira Junior - CRB-8/9949

                     Índice para catálogo sistemático:
                     1.  Literatura americana : Ficção 813
                     2.  Literatura americana : Ficção 821.111(73)-3
```

Todos os direitos estão reservados e protegidos por Lei. Nenhuma parte deste livro, sem autorização prévia por escrito da editora, poderá ser reproduzida ou transmitida. A violação dos Direitos Autorais é crime estabelecido na Lei nº 9.610/98 e com punição de acordo com o artigo 184 do Código Penal.

O conteúdo desta obra fora formulado exclusivamente pelo(s) autor(es).

Marcas Registradas: Todos os termos mencionados e reconhecidos como Marca Registrada e/ou Comercial são de responsabilidade de seus proprietários. A editora informa não estar associada a nenhum produto e/ou fornecedor apresentado no livro.

Material de apoio e erratas: Se parte integrante da obra e/ou por real necessidade, no site da editora o leitor encontrará os materiais de apoio (download), errata e/ou quaisquer outros conteúdos aplicáveis à obra. Acesse o site www.altabooks.com.br e procure pelo título do livro desejado para ter acesso ao conteúdo.

Suporte Técnico: A obra é comercializada na forma em que está, sem direito a suporte técnico ou orientação pessoal/exclusiva ao leitor.

A editora não se responsabiliza pela manutenção, atualização e idioma dos sites, programas, materiais complementares ou similares referidos pelos autores nesta obra.

Alta Novel é um selo do Grupo Editorial Alta Books

Produção Editorial: Grupo Editorial Alta Books
Diretor Editorial: Anderson Vieira
Vendas Governamentais: Cristiane Mutüs
Gerência Comercial: Claudio Lima
Gerência Marketing: Andréa Guatiello

Produtoras da Obra: Illysabelle Trajano & Mallu Costa
Assistente da Obra: Beatriz de Assis
Tradução: Vinicius Rocha
Copidesque: Nathalia Marques
Revisão: Alessandro Thomé & Fernanda Lutfi
Diagramação: Rita Motta

Rua Viúva Cláudio, 291 — Bairro Industrial do Jacaré
CEP: 20.970-031 — Rio de Janeiro (RJ)
Tels.: (21) 3278-8069 / 3278-8419
www.altabooks.com.br — altabooks@altabooks.com.br
Ouvidoria: ouvidoria@altabooks.com.br

À minha mãe,
que foi uma força da natureza sua vida inteira;
e ao meu amigo John O'Toole,
que é praticamente um Jarrow.

ATO 1

CREPÚSCULO

DEVON DURANTE O DIA
DIAS DE HOJE

Acabamos de começar a navegar uma região estranha; devemos esperar encontrar aventuras estranhas, perigos estranhos.

— Arthur Machen, *O Terror*

Ultimamente, Devon comprava apenas três coisas no mercado: livros, bebida e creme para pele sensível. Os livros, ela comia, a bebida mantinha sua sanidade, e o creme era para Cai, seu filho. Ele ocasionalmente sofria de eczemas, especialmente no inverno.

Não havia livros nesta loja de conveniência, apenas fileiras de revistas cafonas. Nada de seu agrado, e, de qualquer forma, ela já tinha muitos livros para comer em casa. Ela percorreu com os olhos revistas de pornografia leve, ferramentas elétricas e a seção Casa & Decoração até a prateleira mais baixa, repleta de revistas infantis que brilhavam em tons de rosa e amarelo.

Devon passou suas unhas curtas e malfeitas pelas capas. Pensou em comprar uma delas para Cai, porque ele parecia gostar de ler esse tipo de coisa no momento, mas optou por não comprar. Depois de hoje, as preferências dele podem mudar.

Ela andou até o fim do corredor, fazendo o linóleo ranger sob os saltos de suas botas, e colocou sua cesta no caixa. Quatro garrafas de vodca e um pote de creme para pele.

O atendente olhou para a cesta e, depois, de volta para ela:
— Identidade?
— Perdão?
— Posso. Ver. Sua. Identidade? — repetiu ele lentamente, como se falasse com alguém com audição ruim.

Ela o fitou.

— Eu tenho 29 anos, pelo amor de Deus! — E aparentava ter vivido cada um daqueles anos.

Ele deu de ombros e cruzou os braços. Aguardando. Ele mesmo era quase um garoto, tinha no máximo 18 ou 19 anos, trabalhando no comércio da família e provavelmente tentando seguir todas as regras direitinho.

Compreensível, mas ela não conseguiu fazê-lo ceder. Devon não tinha identidade. Nem certidão de nascimento, nem passaporte, nem carteira de motorista; nada. Oficialmente, ela não existia.

— Deixa pra lá. — Devon empurrou a cesta em direção a ele, as garrafas tilintando. — Eu arrumo bebida em outro lugar.

Ela saiu, irritada e angustiada. Via a molecada comprar bebida em outras lojinhas o tempo todo. Isso era corriqueiro por aqui. Era ridículo alguém decidir cobrar documentos *dela*, claramente uma adulta.

Só depois de atravessar a rua parcamente iluminada, percebeu que saíra sem comprar o creme para pele. Foi um vacilo pequeno esquecer o creme, mas ela vacilava com Cai tão constantemente e de formas tão variadas e diversas que mesmo esse pequeno engano foi suficiente para que uma raiva renovada tomasse conta dela.

Cogitou voltar lá para comprar o creme, mas conferiu o relógio no pulso. Já eram quase 20h. Ela corria o risco de se atrasar.

Além disso, eczema não era nada comparado à fome dele. Era muito mais importante alimentá-lo.

Newcastle-upon-Tyne era uma cidade até bonitinha, ainda que um pouco barulhenta para o gosto de Devon. Nesta época do ano, o Sol se punha às quatro da tarde. O céu já estava completamente escuro e os postes se acendiam com um zumbido característico. A falta de luz ambiente combinava com seu estado de espírito. Compulsivamente, ela conferia seu telefone com uma lista de contatos bem pequena. Nada de mensagens. Nada de ligações.

Ela caminhou silenciosamente por uma fileira de varandas decrépitas. Transeuntes iam e vinham pela calçada. Havia um grupinho de pessoas amontoadas do lado de fora de uma das casas, bebendo e fumando. Havia música transbordando pelas janelas sem cortinas. Devon virou à esquerda na avenida principal para evitar multidões.

Havia tantas coisas para se lembrar quando ela saía e ficava entre humanos! Fingir sentir frio era uma delas. Ao se lembrar disso, ela apertou o casaco em seu corpo, como se o frio a incomodasse. Outra coisa era andar emitindo sons. Ela arrastava os pés deliberadamente com força, deixando uma trilha de pedrinhas e de poeira por onde passava. Suas botas grandes ajudavam o seu passo penoso, deixando-a desajeitada e pesada, como uma criança usando galochas de adultos.

Sua visão no escuro era outro desconforto. Ela precisava se lembrar de apertar os olhos e de ter cuidado ao andar em uma calçada cheia de detritos, que ela podia ver com perfeita clareza; precisava fingir um medo que nunca sentiu, mas que deveria tomar conta dela. Mulheres humanas solitárias andavam com cautela à noite.

Em suma, Devon sempre precisava agir como uma presa, e não como a predadora que ela se tornara.

Ela apertou o passo, ansiosa para chegar em casa. O *flat* que alugara (em dinheiro, sem perguntas) ocupava um espaço esquálido acima de uma borracharia. Durante o dia, era barulhento, fedia a óleo e estava sempre repleto do som de conversas dos fregueses. As noites eram mais silenciosas, ainda que não menos malcheirosas.

Beco adentro, havia as escadas para a entrada dos fundos. Não havia porta voltada para a rua, mas isso era bom. Significava que ela poderia ir e vir por vielas escuras, longe de olhares curiosos — e o mesmo valia para seus visitantes, quando ela os recebia. Privacidade era essencial.

Devon pegou um molho de chaves pendurado em seu pescoço por uma cordinha, que estava emaranhada com uma bússola de latão em um chaveiro de aço. Ela conseguiu soltar a cordinha, enfiou a chave no lugar e penou com a fechadura por um momento antes de entrar.

Como nem ela nem seu filho precisavam de luz, o *flat* estava sempre em uma perpétua escuridão. Além de economizar energia, essa situação a lembrava um pouco de seu lar, quando sua casa era acolhedora: a calmaria fresca e escura da Mansão Fairweather, com seus corredores repletos de escuridão e bibliotecas banhadas por sombras.

No entanto, ela esperava uma companhia humana, então acendeu todas as luzes. Lâmpadas baratas tremeluziam em pífia existência. O *flat* tinha apenas uma sala de estar claustrofóbica, uma minúscula cozinha com uma mesa dobrável, um banheiro à esquerda e um quarto trancado à direita, onde seu filho passava maior parte de seus dias. Ela deixou sua bolsa perto da porta, pendurou o casaco em um cabide e cambaleou até o quarto dele.

— Cai? Está acordado?

Silêncio, e então um levíssimo farfalhar veio do quarto.

— Nada do creme, foi mal — disse ela. — Estava esgotado. Eu compro amanhã, beleza?

O farfalhar parou.

Como sempre, ela se sentiu tentada a entrar e oferecer algum tipo de conforto. Por volta da terceira semana, a inanição o levaria ao raquitismo e seu sofrimento se tornaria uma agonia insuportável conforme seu corpo começasse a produzir toxinas. A loucura já havia começado a consumir sua mente, incurável, exceto talvez por sua próxima refeição, e mesmo depois de comer a ânsia talvez continuasse presente indefinidamente. Ele poderia ficar sentado em um canto, catatônico, em posição fetal, ou então poderia atacá-la espumando de raiva.

Era impossível saber qual reação receberia, então, com dedos trêmulos, ela conferiu várias vezes os ferrolhos da porta, em vez de entrar. Um no alto e outro

OS DEVORADORES DE LIVROS ❧ **5**

no rodapé, ambos sólidos e instalados por ela mesma, além de uma tranca comum com chave. O cômodo não tinha janelas, cortesia de sua posição estranha em relação ao comércio abaixo; ela não precisava de mais nenhuma segurança extra. Pelo menos desta vez.

Alguém bateu à porta do *flat*. Ela se sobressaltou, desgostosa, e então conferiu seu relógio. Eram 20h10; bem na hora. Ainda bem que ela não voltou para comprar o creme.

Devon foi receber seu convidado. Ele tinha um nome, mas ela não se permitia nem pensar nele. Melhor considerá-lo apenas por seu ofício, sua profissão: o vigário local. Ele não precisava ser nada mais ou nada menos do que isso.

O vigário aguardava ansiosamente à porta, vestindo um casaco preto e amarelo-mostarda que provavelmente esteve na moda uns quarenta anos antes. Ele tinha olhos bondosos, um jeito quieto e uma paciência impressionante com sua congregação irascível. Não era cheio de mãos com crianças nem tinha problemas pessoais graves que ela houvesse conseguido descobrir depois de vasculhar intensamente por duas semanas. Todos tinham pequenos vícios e probleminhas, sempre, mas isso era comum, e ela conseguia suportar essas minúcias. Afinal, eles eram apenas humanos.

— Obrigada por vir. — Devon se encolheu. Parecia sempre desconfortável, relutante e, acima de tudo, vulnerável. Aquela atuação automática que os enganava todas as vezes. — Achei que você não viria.

— De jeito nenhum! — Ele sorriu. — Como te falei no domingo, não é problema algum.

Devon não falou nada, aparentando timidez enquanto tocava na bússola pendurada em seu pescoço. Ela já havia tido uma conversa dessas, ou alguma variação dela, muitas vezes; já tentara todos os tipos de frases e descobriu que era melhor deixá-los tomar a iniciativa. Provavelmente deveria ter vestido algo mais feminino para parecer ainda mais inofensiva, mas ela não gostava de vestidos.

— Posso entrar? — arriscou ele, enquanto ela fingia constrangimento pela grosseria, saindo da frente da porta.

Os olhos dele se fixaram no interior em ruínas. Devon não o culpava. Ela deu as costumeiras e desajeitadas desculpas pelo estado de seu *flat* enquanto ele a tranquilizava relutante, como era comum.

Depois de completar esse ritual, ela disse:

— Meu filho está mal. Eu falei com ele mais cedo e ele nem respondeu. Receio que você esteja com um pouco de azar.

O vigário assentiu com a cabeça, os lábios franzidos de preocupação.

— Se te agrada que eu tente, vejamos se consigo falar com ele.

Devon cerrou os dentes para conter uma risada de desdém. Como se falar pudesse resolver esse tipo de problema. Não era culpa do vigário, foi ela quem disse que Cai estava com depressão, mas a histeria tomou conta dela mesma assim.

O vigário ainda aguardava uma resposta. Ela fez que sim com a cabeça em um movimento curto, esperando que ele lesse suas emoções conflituosas adequadamente, e o levou à porta trancada.

— Você tranca seu filho nesse quarto? — Ele parecia chocado, e ela conseguia sentir o peso de seu julgamento conforme destravava cada ferrolho. Indubitavelmente, ele deve ter pensado que ela tinha alguma coisa a ver com o atual estado mental de Cai.

Se ao menos ele soubesse.

— É complicado. — Devon girou a chave e parou, ciente de que seu coração estava acelerado. — Eu preciso te perguntar uma coisa.

— Pois não? — O vigário estava atento, seus sentidos alertas para um perigo ainda imperceptível aos seus olhos.

Não importava. Ele já estava perdido no momento em que pusera os pés ali.

Ela o olhou nos olhos.

— Você é uma boa pessoa? — A pergunta que a corroía, todas as vezes. Para todas as vítimas. — Você é bondoso?

Ele franziu a testa, considerando suas próximas palavras, tentando entender que tipo de reafirmação ela buscava, não que ele tivesse a mínima chance de sequer dar um palpite. Mesmo assim, sua hesitação era uma reafirmação em si. Os maus mentiam, com rapidez e suavidade — ou, pior ainda, disfarçavam, normalmente com humor. Somente os que tinham alguma consciência costumavam parar e avaliar a pergunta.

— Nenhum de nós é verdadeiramente bom — disse o vigário, finalmente. Ele colocou a mão no ombro dela de forma tão gentil e bondosa que ela quase vomitou. — Tudo que podemos fazer é viver sob a luz que nos é dada.

— Alguns de nós não têm luz alguma — disse Devon. — Então, como deveríamos viver?

Ele piscou.

— Eu...

Devon o pegou pelo pulso, escancarou a porta e o empurrou para dentro. O vigário não era nenhum molenga, mas Devon era muito mais forte do que aparentava, além de ter o elemento da surpresa a seu favor. Ele cambaleou para a frente, atônito e ofegante, na escuridão do quarto de Cai. Devon imediatamente fechou a porta e a segurou com força.

— Eu sinto muito mesmo — disse ela através da fechadura. — Só estou fazendo o melhor que consigo.

O vigário não respondeu. Ele já estava esperneando aos berros.

De fato, não fazia sentido se desculpar. As vítimas não querem suas desculpas quando você as machuca; elas querem que você pare. No entanto, isso Devon não podia fazer, e tudo o que ela tinha a oferecer àquela altura eram suas desculpas. Desculpas e bebida.

O barulho abafado da resistência oferecida pelo vigário cessou em pouco menos de um minuto. Ela nunca sabia o que era pior: os gritos ou o silêncio. Talvez ambos fossem igualmente ruins. Depois de um momento de hesitação, ela soltou a maçaneta. Não fazia sentido trancar a porta. Cai não seria um perigo, não mais, e seria melhor garantir que ele pudesse sair do quarto à vontade.

As paredes surradas e mofadas do *flat* destruíam o espírito dela. Depois de tantos dias de fome voraz, seu filho precisaria de um descanso para digerir. Enquanto isso, ela queria beber alguma coisa e não tinha vodca em casa.

Não, espera. Ela ainda tinha meia garrafa de uísque, deixada para trás pela última pessoa que ela trouxera até lá. Devon não gostava de uísque, mas no presente momento ela gostava menos ainda da sobriedade. Depois de vasculhar os armários por alguns minutos, ela encontrou o álcool perdido.

Com a garrafa na mão, Devon se trancou no minúsculo banheiro sujo e bebeu para esquecer.

Uma princesa de linhagem mágica
VINTE E DOIS ANOS ATRÁS

Ela era uma princesa de linhagem mágica. Os deuses mandaram suas sombras ao seu batismo.

— Lorde Dunsany, *A Filha do Rei de Elfland*

Devon tinha 8 anos quando conheceu seu primeiro humano, embora ela não soubesse à época o que ele era. Aliás, ela ainda não tinha percebido o que *ela* era.

Ao longo de sua infância, havia apenas as Seis Famílias, espalhadas por diferentes regiões da Grã-Bretanha. A família de Devon era a Fairweather, cuja propriedade em North Yorkshire localizava-se entre pequenas colinas e charnecas selvagens. O Tio Aike era o patriarca da mansão porque ele era o mais sábio, embora não fosse o mais velho. Abaixo dele havia uma sucessão de outros tios e tias que variavam de recém-adultos até os discretamente anciãos.

E abaixo *deles* estavam os sete filhos dos Fairweather, que, exceto por Devon, eram todos meninos. Havia pouquíssimas mulheres por lá, pois meninas eram raridade entre as Famílias. O número de tios sempre foi maior que o de tias, assim como o de irmãos sempre foi maior que o de irmãs, e não havia noiva alguma na residência na época. A própria mãe de Devon já era um rosto esquecido, pois havia muito partira para cumprir mais um contrato de casamento arranjado.

— Você é a única princesa de nosso castelinho — dizia o Tio Aike, com uma piscadela. Alto e grisalho, ele gostava de descansar seu corpo esguio em cadeiras confortáveis e beber quantidades generosas de chá de tinta. — Você é a Princesa Devon. Igual aos contos de fadas, hein? — Ele fazia alguns floreios com suas mãos, um sorriso surgindo nos cantos de sua boca.

E Devon ria, colocava uma coroa feita de margaridas trançadas e corria pelo quintal em seu vestido de renda surrado gritando *sou uma princesa!* De vez em quando ela tentava brincar com suas tias, porque, se ela era uma princesa, então elas deveriam ser rainhas. Mas as mulheres mais velhas sempre se afastavam dela com olhares ansiosos e raramente saíam de seus próprios quartos. Devon eventualmente decidiu que elas eram chatas e as deixou em paz.

A casa em si era um edifício de três andares com dez quartos. Seria uma mansão comum entre aquelas desse tipo se não fosse pela coletânea aleatória de parapeitos, extensões, telhas e detalhes góticos.

— Cortesia do seu tio-avô Bolton — disse o Tio Aike uma vez. — Arquitetura era seu, ãhn, valioso passatempo.

No subsolo, havia mais níveis repletos de corredores deliciosamente retorcidos. Devon conhecia cada cantinho e detalhe, desde os salões escuros do subsolo até as salas de música ensolaradas dos andares superiores.

E as bibliotecas. Assim como as outras Famílias, os Fairweather tinham bibliotecas com sabores característicos: livros antigos encapados em couro cuidadosamente curtido — quanto mais escuro, melhor — com capas texturizadas e em relevo. Quando abertas, as páginas de bordas amarronzadas soltavam fragmentos suaves e secos, com um cheiro que lembrava ligeiramente o das chuvas de março. Uma mordida e os dentes de livros de Devon afundariam naquelas capas e lombadas macias, avivando sua língua com o travo ácido do papel colorido pelo nanquim.

— Bibliodor. — O Tio Aike gostava de dizer, com a palavra enchendo sua boca. — É uma palavra que significa *cheiro de livros bem antigos*. Aqui nós amamos o bibliodor. E outras coisas antigas.

— Tudo nesta casa é antigo — riu Devon. Como as pinturas na sala de jantar do andar de baixo; que aparentavam ter uns quatrocentos anos. — Acho que *você* é muito antigo!

O Tio Aike sempre ria, jamais se ofendia.

— Talvez eu seja, ó princesa, mas você jamais chegará à minha idade com uma língua como a sua!

Uma língua como a sua. Muita gente comentava sobre a língua de Devon. Às vezes ela a colocava para fora e a inspecionava no espelho. Não havia nada de especial em sua língua que ela conseguisse ver.

O terreno onde eles viviam era bem vasto aos olhos de uma criança. Colinas rochosas se estendiam sobre terras pantanosas, cheias de vales e turfeiras. No verão, quando os pântanos se avivavam com os tons de roxo das urzes, Devon perseguia coelhos e perdizes. Em duas ocasiões, ela encontrou lontras, cujos dentinhos eram parecidos com seus dentes de livros que ainda estavam crescendo. No inverno, a grama secava e endurecia com o gelo. Ela fazia bonecos de neve com seus irmãos e, então, eles corriam juntos, sempre descalços, pelas colinas e florestas do vale.

E então, em uma manhã de janeiro, Devon, aos 8 anos de idade, saiu sozinha à procura de escrevedeiras-das-neves e raposas vermelhas. Ela tinha ouvido as raposas latindo à noite e esperava ver uma delas correndo pela neve, como uma chama percorrendo uma folha de papel.

Ela mal tinha andado trezentos metros adentrando a pequena mata atrás da casa, quando um barulho incomum chamou sua atenção. Alguém cambaleava pelas árvores e pela neve, com passos barulhentos e desajeitados. Ninguém da Mansão Fairweather pisava tão forte, e Devon, intrigada, foi investigar.

Um homem que ela não reconhecia se arrastava aos trancos pela neve recém-caída. Ele era de uma Idade Adulta indeterminada, com cabelo escuro e pele morena quente, seu queixo coberto por uma barba cheia. Um bigode preto encaracolado emoldurava seu nariz. Estranhamente, ele usava botas pesadas, calças compridas, alguma coisa engraçada de tricô nas mãos e bizarras roupas bufantes abotoadas até a altura do queixo. E tinha outra coisa de tricô sobre sua cabeça.

Ela levou um momento para reconhecer que ele estava usando luvas, um casaco e um chapéu. Aquelas eram coisas sobre as quais ela já havia lido em histórias, mas jamais vira em uma pessoa real. Ele era muito diferente dos adultos da mansão, que eram mais pálidos e normalmente vestiam ternos velhos e sujos. Ela se perguntou se ele era um cavaleiro das Seis Famílias, mas cavaleiros normalmente viajavam em duplas, em motocicletas, puxando um dragão. Ele não tinha nenhum parceiro, nenhum um dragão e *definitivamente* nenhuma motocicleta.

Ela o circulou e deu um toque em seu ombro.

— Oi — disse ela, e deu uma risadinha quando ele quase caiu de susto. Como ele não a vira? Todo aquele tecido deve ter abafado seus sentidos.

— Caramba! — Ele tentou se acalmar, respirando fundo. Suas costeletas escuras estavam cobertas por uma camada fina de gelo, e as bainhas de suas calças estavam encharcadas de neve derretida. — De onde você saiu, pequenina?

Devon estava imensamente alegre. Já fazia pelo menos dois anos desde a última vez que ela conseguira abordar alguém de surpresa.

— Você é um dos meus primos? — perguntou ela saltitando ao redor dele. — Eu nunca te vi antes. Por que você não está de carro? Eu achava que todos os primos vinham de carro.

— Primo? Não, acho que não. — Por algum motivo, ele fitava seus pés e joelhos expostos e seu vestidinho de linho sem mangas. — Você não está com frio, querida?

Ela parou de andar, perplexa.

— Do que você está falando?

Ela só conhecia o frio por causa dos livros que comeu. O frio era o que causava a neve, em vez da chuva, assim como na história da Rainha da Neve.

Estava nevando agora, flocos leves pousavam em seus braços e preenchiam suas pegadas. E era uma sensação diferente do calor: acalentadora, ao invés de lancinante. Mas o frio fazia parte do mundo e de suas estações, uma sensação isolada da reação. Não era algo que houvesse o que se fazer a respeito.

— Menina forte — disse ele, com as sobrancelhas levantadas. — Respondendo à sua pergunta, não sou um primo. Acho que sou um convidado.

Agora que Devon entendera, ela falou com as mãos na cintura:

— Então você é muito grosseiro. Se você é um hóspede de nossa casa, deveria me dizer quem é e de onde vem.

Ela sabia que existiam não primos pelo mundo: humanos, que comiam carne de animais e plantas imundas arrancadas do solo. Mas, hóspedes ou não, Família ou não, todos deveriam se portar com o que o Tio Aike chamava de *cortesia básica*.

— É mesmo? — perguntou ele com um sorriso de incerteza. — Pois bem, minhas desculpas. Sou Amarinder Patel, ou "Mani", que é mais curto. Sou um jornalista de Londres. Você conhece Londres?

Devon assentiu com a cabeça. Todo mundo conhecia Londres. Era onde os Gladstone moravam, bem longe ao sul. Eles eram a maior, mais rica e mais poderosa das Famílias. Ela conheceu alguns de seus primos em visita uma vez.

— E você é... — O sorriso de Mani se estabilizou, tornando-se mais autêntico.

— Sou Devon Fairweather, das Seis Famílias. — Ela informou. — Toda esta terra pertence à Mansão Fairweather.

— As Seis Famílias? — repetiu ele.

Devon desistiu de sua polidez.

— O que é um jorna... jornalis? — Se ele não fosse ser educado, ela também não o seria.

— Jor-na-lis-ta — disse ele, falando pausadamente. — Do tipo investigativo. Quer dizer que eu pesquiso e vou atrás de histórias estranhas. Às vezes as coisas que descubro aparecem na tevê. Não é interessante?

— O que é a tevê?

Ele fez uma pausa menor desta vez. Estava aprendendo a esconder sua surpresa.

— Devon... Que nome interessante, a propósito... Na verdade, eu vim procurar sua família. Há boatos sobre um clã remoto que vive por estas bandas. Eu tinha esperança de escrever uma história...

— Uma história? Tipo, uma história novinha? — Devon se interessou imediatamente. — Todos os jor-na-lis-tas podem escrever histórias?

— Bem...

— Você escreveria uma só para mim? — Ela começou a pipocar perguntas de um jeito muito empolgado. — Posso comê-la depois que você acabar de escrever? Nunca escreveram uma história só para eu comer.

O sorriso escapou de seu rosto, como a neve derretendo em um telhado.

— Comer?

— É assim que histórias são feitas? Eu sempre me perguntei, mas o Tio Aike me disse que me contaria tudo quando eu fosse mais velha. Como você escreve uma história? Eu não consigo escrever uma história. Ela será um livro quando você acabar? Todas as histórias viram livros?

— Você não sabe escrever? — perguntou ele, perplexo.

— Hã? Claro que não! — Ela o encarou. — Como é que se escreve? — Se devoradores de livros pudessem escrever, eles não precisariam de livros dos outros. Os tios lhe contaram isso.

Mani soltou um lento suspiro.

— Entendi. — Ele levantou a gola de seu casaco. — Você tem um papai ou uma mamãe? — Quando ela fez cara de confusão, ele continuou, torcendo os lábios. — Alguém que cuide de você. Um adulto.

— Ah, você quer dizer o Tio Aike? — disse Devon, tentando não demonstrar seu desapontamento. O Tio Aike recebia todos os visitantes. — Acho que eu poderia te levar até ele. — Ela sabia que o estranho não gostaria de ver as tias, porque ninguém nunca queria ver as tias.

— Claro — disse Mani de um jeito sombrio. — Vamos conhecer seu tio Aike.

Devon saltitava pelos montinhos de neve, sua frustração dando lugar à conformação. E daí que o visitante queria ver o Tio Aike? Ela o encontrou primeiro. Ramsey ficaria com inveja. Seus outros irmãos também, mas ela não gostava deles tanto quanto de Ramsey; a maioria deles era bem mais velha e muito chata, nem brincavam tanto assim com ela. De qualquer forma, ela esfregaria isso na cara de Ramsey a semana inteira. Talvez até durante *duas* semanas.

A densidade da floresta diminuiu rapidamente, até dar lugar a uma colina rochosa, cujas bordas rígidas eram amenizadas pelo gelo. A casa surgiu à vista, como acontece em um livro infantil com relevos, com seus parapeitos antigos projetando-se de forma desconfortável contra a luz minguante do inverno. Alguns dos irmãos de Devon chutavam uma bola nos jardins da frente, selvagens e cobertos de mato. Nenhum deles prestou atenção nela, exceto Ramsey, que a olhou com pura perplexidade. Devon sentiu um prazer orgulhoso em seu espanto.

— Nada de eletricidade, plantações ou roupas adequadas para as crianças. A casa está caindo aos pedaços e o terreno parece malcuidado. Mesmo assim, eles têm carros modernos na garagem — falou Mani baixinho em seu aparelho preto que piscava com uma luzinha vermelha. — Não posso deixar de me perguntar o que eles comem. De qualquer maneira, são insulares e isolados. Seriam eles a fonte de todas as antigas lendas locais? — Ele a flagrou observando-o e sorriu para disfarçar.

— Siga-me — disse Devon, e o puxou, com estranha relutância, sob o amplo arco rumo ao saguão de entrada adiante.

Um tapete outrora encorpado jazia esfarrapado e estendido sobre um chão de pedras rústicas. Luminárias cristalinas pendiam assombrosamente imaculadas, desprovidas de velas ou de lâmpadas. Se elas algum dia foram acendidas, Devon nunca vira. Os cômodos pelos quais eles passavam continham sofás baixos ou mesas de madeira polida, e os candelabros e abajures também estavam intocados. As paredes eram repletas de estantes, até onde a vista alcançava. O aroma de bibliodor tomava conta de tudo.

Ela virou à esquerda no fim do corredor e saltitou até a sala de estar, seguida por Mani. Vários de seus tios estavam reunidos ao redor de uma mesa de carvalho particularmente grande, jogando bridge e bebendo chá de tinta. No momento em que Devon e seu visitante-troféu entraram, toda a conversa cessou. Todas as cabeças se viraram na direção deles.

— Tio! — disse Devon. — Encontrei um hóspede!

— Encontrou mesmo, não é? — O Tio Aike abaixou seu leque de cartas. — Quem é o senhor?

— Amarinder Patel, jornalista autônomo — falou Mani, estendendo a mão. — Eu queria...

— Aqui é uma propriedade privada — disse o Tio Aike, levantando-se lentamente. Quando não estava curvado, ele tinha mais de 1,80m de altura. — Você não tem permissão para estar aqui. Jornalistas, em especial, não são bem-vindos.

Devon ficou parada observando, perplexa. Ela nunca vira seu tio favorito ser tão sem graça. Que grande ausência de Cortesia Básica.

Mani abaixou sua mão.

— Minhas desculpas, eu teria ligado de antemão, mas nem tinha certeza se o senhor e sua família moravam aqui. Não há um número na lista telefônica, nem uma escritura, nem nomes registrados no cartório...

— É bem isso. — O Tio Aike se inclinou para a frente, o punho pressionado contra a mesa. — Não passou pela sua cabeça, Sr. Patel, que talvez não queiramos ser contatados? Ainda mais por um *jornalista*. Cidadãos privados têm direito a vidas privadas.

O ar pareceu ficar mais denso, sufocando as perguntas de Devon.

Mani ajeitou seus óculos.

— Muito bem, estou de saída.

Mas o Tio Aike apontou para uma cadeira vazia e falou:

— Bobagem. O que está feito está feito, e você já está aqui. Por favor, sente-se. — Uma de suas bochechas se contraiu de leve. — Foi para isso que você veio, não é? Encontrar membros da minha Família? Bom, fale conosco, conversemos como adultos.

— Eu... — Mani manuseou seu aparelho preto, girando-o repetidamente nas mãos. Do ponto de vista desse homem plenamente humano, ele havia entrado em uma sala sombria e escura repleta de tomos decadentes e povoada de figuras pálidas em ternos antiquados. Não era uma situação para os de coração fraco.

Mas, depois de um momento, seu profissionalismo e sua racionalidade venceram. Mani se aproximou e se sentou, espremido entre Tio Bury e Tio Romford.

— Dev, querida — disse o Tio Aike sem tirar os olhos do jornalista. — Vá brincar um pouco, está bem? Vamos passar um tempinho conversando com o Sr. Patel.

— Mas... — Devon olhou tristemente para a mesa, à qual seu convidado estava sentado, rígido. Ela sempre precisava sair quando os adultos conversavam, e isso *nunca* era justo.

Tio Aike voltou seu olhar para Devon, relaxando seu rosto e seus ombros um pouco.

— Olha só, vá até o meu quarto, princesinha, e encontre algum dos contos de fadas de edição especial. Mas fique longe da prateleira mais baixa. Nada de travessuras, hein?

— Ah! Está bem! Está bem! — Devon saiu da sala saltitando em júbilo. Embora ela só tivesse comido contos de fadas até então, alguns eram melhores do que outros, e as edições especiais do quarto de seu tio tinham um gosto incrível: lombadas douradas crocantes, marcadores de páginas feitos de fita, ilustrações brilhantes com tintas em tons diversos. Uma explosão de cores e faíscas, palavras que perduravam e envolviam o paladar.

A última coisa que ela ouviu antes de disparar rumo às escadas foi seu tio dizer:

— Romford, feche a porta, por gentileza.

Ela esqueceu tudo sobre eles no momento em que acabou de subir as escadas. O escritório do Tio Aike ocupava um cômodo pequeno da ala leste, e foi para lá que ela rumou.

Devon entrou silenciosamente. As paredes eram ornadas com pinturas renascentistas e uma eclética seleção de instrumentos, incluindo um alaúde chinês, que Devon jamais ouvira seu tio tocar. Presentes de devoradores de outros países, quando viajar ao exterior era um pouco mais fácil. Hoje em dia havia muita papelada.

Uma escrivaninha e umas cadeiras compunham uma sala de estar aconchegante; uma cama *king size* ocupava a maior parte do espaço. As janelas há muito haviam sido fechadas por tábuas e cobertas por ainda mais estantes. A estante mais próxima abrigava várias cópias de diversas lendas arturianas; essas cópias geralmente eram dadas a seus irmãos. Eram cheias de histórias que meninas não precisavam conhecer.

Abaixo havia uma fileira de contos de fadas. *A Bela e a Fera, Cinderela, A Bela Adormecida* e *Branca de Neve*. E vários outros. Todos livros que contam histórias de meninas que procuraram e encontraram o amor ou então que fugiram de casa e se depararam com a morte. Ela praticamente conseguia ouvi-lo dizer: *a lição está na história, querida*. Aquela era a prateleira especificada por seu tio.

Devon tinha outras ideias.

Ela pegou o banquinho de madeira que seu tio mantinha embaixo da cama e o arrastou. Se ficasse na ponta dos pés, poderia alcançar a prateleira mais alta, o que era muito mais empolgante.

De onde estava, não conseguia ver quais livros estavam lá, mas isso não importava. Todos os livros eram proibidos e, portanto, desejados. Mesmo a mais diligente das crianças se cansava da mesma refeição, dia sim, dia não; ela não poderia perder a chance de provar algo diferente.

Os dedos dela se fecharam ao redor de uma lombada de papel, e Devon puxou o livro para fora, quase perdendo o equilíbrio. Seu tio ficaria irritado se descobrisse, então ela seria castigada comendo só dicionários chatos durante uma semana, mas a empolgação por algo proibido parecia valer esse risco.

Ela se sentou no banquinho e examinou seu prêmio. Estava escrito *Jane Eyre* na capa do livro, em uma escrita superficial. A capa de couro vermelho tinha a ilustração de uma jovem cercada por flores. A data da impressão indicava que a autora já falecera havia tempos. Ela sentiu um calafrio. O fato de as palavras poderem ficar lá, reimpressas e frescas, muito tempo depois da morte do escritor original, nunca deixou de a impressionar. Devon o abriu em uma página aleatória.

"Um sabor de vingança que provei pela primeira vez; como um vinho aromático, ao deglutir, parecia morno e picante: seu retrogosto, metálico e corrosivo, dava-me a sensação de ter sido envenenada."

Que coisa deliciosamente impertinente, nada esperado de uma princesa ou de uma menininha! A ideia de que a vingança pudesse ter o gosto de um livro particularmente empolgante era deveras intrigante. Esse romance, seja ele qual fosse, certamente seria muito mais interessante do que um conto de fadas corriqueiro.

Ela abriu sua boca, expondo seus dentes — e parou. Um ímpeto estranho tomou conta dela, não para comer o livro, mas para apenas levá-lo consigo. Na verdade, para lê-lo, o que era possível, ainda que um pouco errado.

Ler era vergonhoso. *Consumimos conhecimento escrito*, seus tios e tias disseram várias vezes. *Consumimos, armazenamos e coletamos todas as formas de carne de papel como o Colecionador nos criou para fazer, trajados como estamos, na pele da humanidade. Mas não lemos, e nem podemos escrever.*

O que não era um problema, exceto pelo fato de que todos sabiam que o Colecionador nunca mais voltaria. Os devoradores de livros viveriam e morreriam sem transferir suas informações acumuladas aos cofres de dados desconhecidos do Colecionador. Ela não conseguia ver o propósito por trás do propósito deles.

Além disso, pegar um livro da estante de cima já era errado mesmo. Não faria mal fazer algo um pouquinho mais errado.

Um pecado leva a outro; a decisão foi instantânea. Devon enfiou o livro em sua camisa para levá-lo ao seu quarto, na ala oeste. Ela caminhou pelo sobrado até o outro lado e, então, desceu as escadas, se esgueirando em seu quarto. Quando acabou de ler um capítulo e escondeu o exemplar de *Jane Eyre* sob seu colchão, já havia se passado quase uma hora.

Ela ressurgiu no corredor, ajeitando seu vestido e tentando não parecer uma criminosa. A mansão estava bem silenciosa, mesmo para uma tarde invernal. As tias provavelmente estavam trancafiadas em seus quartos, dos quais elas raramente saíam. Os únicos sons eram os gritos e berros de seus irmãos lá fora, mas mesmo isso parecia emudecido, mais abafado do que quando ela entrou com Mani.

Ela se sobressaltou. O jornalista! Como ela pôde se esquecer de seu convidado? Devon subiu dois degraus por vez e correu até a sala de estar.

Mas seu convidado já havia partido. Na verdade, a sala de estar estava vazia, exceto pelo Tio Aike, que estava sentado perto da lareira com seus pés em um banquinho. Ele levantou a cabeça quando Devon entrou e acenou para ela.

— Entre, querida. Sente-se.

Ela se ajeitou na cadeira próxima do tio.

— Cadê o jor-na-lis-ta?

— O Sr. Patel está descansando em um cômodo da adega. — Tio Aike tinha as mãos mais gentis do mundo, jamais puxando ou se enroscando nos cachos de Devon enquanto os penteava com os dedos. — Amanhã cedo, cavaleiros virão para levá-lo embora.

— Embora? — Ela só vira os cavaleiros uma vez. Eles eram sérios e assustadores, não eram nada legais ou divertidos como seu tio. — Para onde?

— Para a Mansão Ravenscar — disse ele depois de um momento de hesitação. — Ela fica próxima da costa, a muitos quilômetros daqui. O patriarca de lá tem uma utilidade para humanos.

— Ah! — falou Devon, cabisbaixa porque outra casa roubaria seu convidado. — Eu queria que ele ficasse.

— Sinto muito, princesa. Eu sei que você queria. Mas receio que o Sr. Patel não seja um homem agradável. Ele queria contar histórias sobre nós para as outras pessoas.

— Histórias são coisas boas. Não são?

— Não, nem todas as histórias são coisas boas. — Tio Aike beijou sua cabeça acima da orelha. — Aqui nesta casa, você só tem os livros certos para comer porque só te damos as histórias certas, adequadas para uma princesinha. No entanto, algumas histórias são certamente ruins, e seu pobre Sr. Patel escreveria histórias muito ruins.

Devon ponderou sobre isso.

— Quer dizer que ele era um escritor estragado?

— De certo modo. — Ele parecia entretido pelo que ela disse. — Sim, essa é uma descrição boa o bastante.

— Ah, entendi! Os Ravenscar vão consertá-lo, Tio?

— Certamente, querida — disse o tio, observando o fogo. — Certamente.

DEVON DURANTE A NOITE
DIAS ATUAIS

Mas de onde vieram os devoradores de livros? Não há evidências que sugiram que eles sejam uma linhagem mutante da evolução em ação, e a humanidade demorou milhares de anos para desenvolver a tecnologia de fabricação do papel.

Os próprios devoradores de livros contam lendas inacreditáveis sobre o Colecionador, um ser extraterrestre que os criou com aparência humanoide e os colocou na Terra com o propósito de reunir conhecimento (comer livros) e provar experiências humanas (devorar mentes).

Mas o Colecionador, de acordo com a história bizarra deles, nunca retornou. Portanto, os devoradores permanecem, remanescentes de um projeto de ciência alienígena abandonado.

— Amarinder Patel, *Papel e Carne: Uma História Secreta*

Devon sonhava com o inferno, como fazia frequentemente nos dias de hoje. Alguns humanos têm fantasias sexuais em suas divagações noturnas, ou pesadelos sobre comparecerem nus em entrevistas de emprego. O sonho dela não era nada disso, embora tivesse elementos de ambos.

Seu sonho sempre começava com o chão se abrindo sob seus pés, em um amplo túnel repleto de lava. Com visual de desenho animado. Sem resistência ou surpresa, ela caía de joelhos em um fosso subterrâneo digno do *Inferno de Dante*, um livro que ela tentou comer uma vez, mas o cuspiu porque ele tinha gosto de bile e enxofre. Ela nunca gostou muito de clássicos.

Uma voz falou com ela da escuridão, dizendo-lhe educadamente que ela sofreria por seus pecados, então ela riu com alívio até começar a chorar. Um chicote estalou comicamente, acertando seus ombros, e Devon acordou de repente com uma dor lancinante em sua coluna. Ela estava caída no chão do banheiro, com a cabeça virada em um ângulo estranho e o pescoço alardeando uma dor que não parava. Seu telefone, quando ela o conferiu, marcava meia-noite e quatro minutos.

Devon se arrastou até a privada e vomitou todo o uísque de seu estômago. Comida humana era mais do que desagradável e pegajosa — ela teve curiosidade suficiente para experimentar algumas vezes —, mas álcool descia mais facilmente. Especialmente vinho. O incrível e adorável vinho.

Depois de expelir o veneno, Devon se arrastou até a pia e se forçou a ficar de pé. Um rosto abatido repleto de linhas de expressão a olhava de volta através do espelho torto do banheiro, assombrado por círculos de cansaço sob cada olho. Essa mistura de traços e características era cortesia de sua linhagem complexa. Unhas lascadas, lábios rachados e uma camiseta do Nirvana com mais vincos do que costuras completavam a aparência maltrapilha de uma gótica acidental depois de uma noitada péssima.

— Sabe, eu costumava ser uma princesa. — Seu reflexo franziu a testa em dúvida. As princesas dos livros que ela havia lido eram coisinhas bonitas e delicadas: poucas eram assassinas de 1,80m com uma queda por cabelos raspados e jaquetas de couro. Engraçado.

Devon mostrou o dedo do meio a si mesma e começou a escovar os dentes. Os dois conjuntos de dentes, pois seus dentes de livros também precisavam de uma boa higiene. Quando seu hálito parou de feder a vômito, ela saiu à procura de seu filho.

Cai havia saído de seu quarto rumo ao sofá e caiu no sono nas almofadas, encolhido em posição fetal. Tão pequeno, tão penosamente magro! Devon não teve coragem de colocá-lo de volta na cama. Ele poderia acordar se ela tentasse e, de qualquer forma, ele odiava ficar espremido naquele espacinho apertado.

Não que ela pudesse culpá-lo. O tipo de vida que ele vivia seria miserável para qualquer criança. Na idade dele, ela passava mais tempo ao ar livre do que dentro de casa. Mas a infância de Devon não foi governada por uma fome que a levava a esvaziar a massa encefálica de outras pessoas com a língua, como a de Cai.

Para que seu filho tivesse qualquer esperança de ter uma vida funcional, ele precisava de Redenção. Não do tipo religioso, mas do tipo químico: uma droga fabricada pela Família e especialmente desenvolvida para devoradores de mentes. Quando tomada regularmente, ela permitia que ele comesse papel, assim como ela.

O difícil era conseguir alguma.

Seu celular vibrou na bancada da pequena cozinha. Ela andou até lá e o abriu.

CHRIS
Eu achei eles. Disse o que vc me mandou dizer.
Bora marcar de conversar? Bar ninho do corvo, 8 da noite amanhã.
Vc vai??

Devon pressionou as teclas baratas de plástico com os polegares.

Apenas uma das Famílias, os Ravenscar, já produzira Redenção. Os patriarcas da Ravenscar mantinham um segredo rigoroso sobre os ingredientes e o processo de produção, o que lhes concedia uma posição de poder e dinheiro sobre as outras Famílias.

Tudo isso mudou quando, há alguns anos, os Ravenscar abruptamente implodiram. Alguns dos filhos adultos do patriarca tentaram romper com a Família, algo com que Devon simpatizava *profundamente*. Uma briga sanguinolenta aconteceu e terminou com dezenas de mortos, incluindo o próprio patriarca. Enquanto isso, os irmãos Ravenscar sobreviventes desapareceram e levaram com eles as reservas de Redenção.

Bom para eles; não tão bom para seu filho. Cai cresceu tomando Redenção, como a maioria das crianças devoradoras de mentes. Depois do golpe dos Ravenscar, o acesso à droga se tornou escasso quase que da noite para o dia. Todas as doses restantes estavam com os cavaleiros e eles as guardavam para seus dragões adultos.

Cai tinha apenas três escolhas para seu futuro: consumir humanos, morrer de fome ou ser "colocado para dormir" pelas Famílias.

Devon não deixaria seu filho morrer de fome, nem ser assassinado por ninguém. Os Ravenscar ainda estavam vivos, em algum lugar, e isso queria dizer que havia uma chance de que eles pudessem ajudar. Isso se ela conseguisse convencê-los de que ajudá-la valeria a pena.

No entanto, antes de qualquer outra coisa, ela precisava encontrá-los.

Por motivos que Devon não conseguia compreender, os Ravenscar aparentemente ainda estavam, até onde ela sabia, produzindo Redenção. Não havia motivo para eles continuarem, já que eles mesmos não tinham devoradores de mentes para alimentar.

Independentemente de suas motivações, isso facilitou a vida de Devon. No ano anterior, ela havia atravessado o país tentando rastrear os Ravenscar por meio de seus fornecedores de produtos químicos.

No meio-tempo, ela alimentava seu filho com humanos para mantê-lo vivo.

Depois de meses de busca, ela finalmente obteve uma resposta. Um homem, um traficante, admitiu que ainda vendia quantidades de certos componentes para os Ravenscar. Ele também disse que conseguiria colocar Devon em contato com eles. Se ele estivesse dizendo a verdade, essa seria a grande descoberta que ela buscava.

Um gemido interrompeu sua comemoração. O vigário se mexia inconscientemente no quarto de Cai.

Relutante, ela guardou seu telefone. A resposta poderia esperar até que ela voltasse e Cai acordasse. Ele poderia ajudá-la a digitar.

O vigário estava encolhido de lado no chão do quarto de Cai. Um pequeno filete de sangue seco escorria de seu ouvido. Ainda estava vivo; respirava, piscava e seu coração ainda batia. Às vezes, grunhia. Ele ter sobrevivido a surpreendeu. Várias vítimas de Cai morriam pelo choque ou por hemorragia intracraniana. Ter uma porção do próprio cérebro liquefeito e sugado não era nada agradável.

Mas, para todos os fins práticos, ele deveria ter morrido. Suas memórias, sua personalidade e tudo que ele fora outrora agora pertenciam ao filho dela. Pelo menos até a próxima refeição, quando muito disso seria sobrescrito uma vez mais.

Devon vasculhou os bolsos desgastados dele. Vigários não costumavam ter muito dinheiro, e esse não era exceção. Ela pegou todos os documentos de identidade dele, mas, fora isso, deixou a carteira intacta. Ele não tinha o suficiente para compensar o roubo. Não em comparação com os quase vinte mil que ela mantinha em uma bolsa.

Pelo menos ele carregava uma bíblia. Devon gostava delas. Ela expôs seus dentes de livros e abocanhou a lombada. Couro surrado, mãos amorosas, suor, vinho de comunhão. As palavras fluíam em sua língua, salmos se fundindo com mandamentos, recém-nascidos sagrados se misturando com guerras e profanação. O papel finíssimo era delicadamente crocante a cada mordida.

Livros usados nunca eram crocantes como os novos, mas cada um tinha o sabor único de seus donos, que Devon, como uma boa Fairweather, apreciava descobrir. Em doze mordidas, ela terminou o livro. Limpou a tinta de seu queixo, sua barriga satisfatoriamente cheia, ainda que sua cabeça estivesse tomada pelo zunido de versos arcaicos e de profecias antigas. Comer apaziguou seu humor e o restante do enjoo causado pelo álcool.

Devon despiu o vigário às cuecas. Ele teve um pequeno acidente e se molhou; isso acontece corriqueiramente. De um saco no armário, ela pegou um conjunto de roupas surradas e gastas que recolhera em bazares de caridade. Ela o vestiu com calças, camisa e um casaco fedorento. Feito isso, colocou a garrafa de uísque vazia na bolsa e a pôs no ombro.

— Vamos, levanta. — Devon enfiou um braço sob as axilas do vigário. Ele pesava uns oitenta quilos, ela presumiu, mas devoradores de livros eram fortes. Ela o apoiou com facilidade, guiando sua figura cambaleante até a porta. Dentre os que viviam, alguns conseguiam andar, outros não. Ele conseguia. Melhor para ela.

Devon conferiu o relógio. Já passava de 1h. Ela carregou sua carga escada abaixo, rumo à saída do beco. A noite estava escura e sem luar, a escuridão entrecortada pelos intervalos irregulares da luz dos postes enferrujados.

— Fico feliz que não seja casado — disse ela suavemente enquanto eles adentravam um trecho iluminado por um poste. — Me magoa levar gente casada, sabe? Não é justo com os filhos. Ou cônjuges.

O vigário não respondeu. Ele não tinha mais palavras a proferir; suas páginas estavam em branco.

Devon evitou as avenidas principais, optando por becos e áreas pouco povoadas, atravessando o mal iluminado parque local para evitar um bairro movimentado. No escuro e à distância, eles pareciam dois amantes em um passeio noturno, ou dois amigos bêbados se apoiando rumo a suas casas.

Descartar as vítimas de Cai era um de seus maiores problemas. Eticamente difícil, porque ela era corroída pela culpa, mas também logisticamente difícil: o aspecto prático e sinistro de esconder corpos. Mesmo quando eles sobreviviam, ela não podia ficar com eles, incontinentes e incapazes de se alimentar sozinhos. E seria suspeito simplesmente deixá-los em um hospital. Uma autópsia poderia trazer à tona a estranheza de seus ferimentos.

Felizmente para ela, a sociedade humana já tinha uma subclasse completa de pessoas que eram funcionalmente invisíveis.

O abrigo para os sem-teto apareceu à vista conforme o vigário e Devon foram se aproximando. Assim como as pessoas que atendia, o edifício já vira dias melhores. Alguém converteu uma série de fachadas de lojas, derrubando paredes e substituindo janelas de vidro por grades metálicas. Degraus de concreto levavam a uma porta de tranca tripla. Alguns abrigos tinham circuito interno de câmeras, o que tornava as coisas estranhas. Devon já teve uma experiência aqui antes e sabia que esse não contava com tal artifício.

Ela acomodou o vigário nos degraus. Ele tombou de lado. Devon o ajeitou para deixá-lo mais confortável, inclinando sua cabeça para um ângulo melhor. Era o mínimo que ela poderia fazer. Então ela pegou a garrafa de uísque, agora vazia, de sua bolsa e a acomodou na dobra do braço do vigário.

Feito tudo isso, ela deu uma última olhada à sua volta. Uma estrada vazia, um céu escuro como nanquim derramado e ninguém ao seu redor. Saudou brevemente o vigário. Ele a encarou com olhos vazios, uma alma perdida e inconsciente.

— Tchau — falou Devon enquanto ia embora. Não olhou para trás, com um medo irracional de que pudesse ser transformada em um pilar de sal. A bíblia que ela acabara de comer dava a seus medos um tom religioso.

Pela manhã, alguém encontraria o vigário e o levaria para dentro. Apenas mais um pobre coitado nas ruas, em estado de surto, sofrendo um derrame, ou algo do tipo. Eles suspeitariam, mas, a menos que o submetessem a uma ressonância magnética, ninguém jamais saberia o que lhe faltava.

As ruas ao redor estavam mortas e ermas, como se a cidade coletivamente prendesse a respiração, e ela instintivamente combinou o silêncio com seu passo flutuante e fluído. A estranha tranquilidade deixava a atmosfera densa.

Alguma coisa brilhante refletiu a luz de um poste e ela parou, se espremendo no batente da porta mais próxima dela. O batente era largo o bastante para esconder as linhas de seu corpo e, desse ponto vantajoso, ela conferiu as ruas.

Duas quadras abaixo, estava um homem solitário parado no meio de um cruzamento. Um terno creme e uma elegância digna da década de 1980 cobriam sua silhueta robusta. Nada de cachecol, casaco ou luvas, apesar das temperaturas mais do que congelantes. Seu pescoço era preenchido por uma tatuagem, visível por baixo da gola desabotoada de sua camisa.

Outro homem foi até lá encontrá-lo, com passos estranhamente silenciosos. Ele usava um terno azul-marinho e tinha a mesma tatuagem em sua pele, uma serpente faminta devorando a própria cauda.

Devon cruzou os braços com força em volta de seu peito, embora não sentisse frio. Esses homens eram dragões. Não as bestas mitológicas, mas devoradores de mentes adultos, identificados pelas tatuagens estilizadas ao redor de seus pescoços.

O símbolo que eles carregavam era tão antigo quanto as próprias Famílias: um dragão ouroboros que se devorava infinitamente. Devoradores de mentes destruíam a si mesmos por causa de sua própria fome, pois o processo de se alimentar os consumia tanto quanto os nutria. Um ouroboros era a representação perfeita desse conceito obscuro. Mesmo que eles tomassem Redenção, o que permitiria a eles comer livros, o *desejo* de devorar mentes nunca cessaria.

Em algum momento da infância deles, um cavaleiro deve ter feito aquelas tatuagens, como faziam regularmente. Outrora, cavaleiros eram pouco mais do que filhos rejeitados, incumbidos da tarefa de manter a paz entre as Famílias e de escoltar noivas entre as casas.

Com o advento da Redenção, eles agora agiam como cuidadores de monstros, mantendo a fome dos dragões contida. Ou, pelo menos, era assim que deveria ser. Na prática, eles costumavam manejar seus dragões "domados" para seu próprio lucro e benefício.

Ela arriscou outra olhada. Os dois homens estavam se encarando, tão próximos que suas testas quase se tocavam. Se eles falaram, foi tão baixinho que Devon não conseguiu ouvir uma palavra, embora tivesse uma ótima audição. As luzes dos semáforos alternavam entre verde e vermelho, e os dragões continuavam lá, inertes e estáticos na rua vazia.

Outrora, ela temia que o destino de Cai fosse a vida de dragão, com a tatuagem e tudo o mais. Mas ela tinha problemas maiores ultimamente, como a preocupação sobre se seu filho enlouqueceria antes de morrer de fome ou se morreria de fome antes de enlouquecer.

Quanta Redenção os cavaleiros ainda teriam guardada? Certamente seus dragões estavam saindo rapidamente de controle. Assim como ela, eles precisavam desesperadamente encontrar os Ravenscar. Mas, ao contrário dela, eles buscavam a Redenção como forma de reivindicar poder social; Devon só queria salvar Cai.

Seus joelhos doíam por ter se agachado de forma tão desconfortável, com a visão obscurecida por mechas de cabelo que ela não ousava tirar da frente dos olhos. Foco e controle. Estar presente no momento. Se os dragões vagavam por ali, então os cavaleiros não deveriam estar muito longe e isso queria dizer que ela precisava deixar a cidade.

Ela fechou seus olhos e os abriu de novo a tempo de ver um grande Volkswagen com vidro fumê surgir barulhento vindo da direção oposta. Tensa e imóvel, ela viu o carro frear no cruzamento e abrir as portas. O motorista não estava visível. Os dois dragões entraram no carro. O Volkswagen fez um retorno indevido e foi embora, de volta por onde tinha vindo.

   Devon soltou um longo suspiro e apertou sua jaqueta, como se fosse uma armadura que pudesse protegê-la do perigo. Saindo do batente, ela correu para casa com passos silenciosos

Cai estava acordado quando ela voltou, com um Game Boy no colo.
   — Você chegou — disse ele, e ela conteve um estremecimento. Ele falou com a inflexão do vigário, usando as mesmas vogais alongadas. Essas pequenas mudanças a abalavam todas as vezes. A cada vítima. — Você falou em um creme para pele? Estou com coceira.
   — Não, me desculpe. — Ela tirou os sapatos, sentindo-se constrangida e culpada. — O moleque da loja me pediu identidade pra comprar vodca e eu vim embora, como uma idiota. Compro seu creme em breve, prometo. — Sempre fazendo promessas. Um dia ela as cumprirá.
   — Tudo bem — disse ele, ainda absorto nas aventuras intermináveis de Mario. Por fora, seu filho era parecido com qualquer criança de cinco anos; pequeno, magrelo e de cabelos escuros. Tinha olhos e aspectos faciais herdados dela. A língua excepcionalmente longa, enrolada dentro de sua boca, o fazia falar como alguém de língua presa, um jeito de falar que Devon achava encantador.
   Mas nenhuma criança de 5 anos que Devon já vira se pautava com tanta assertividade, ou com tantos trejeitos de adulto. Ele era inteligente demais para sua idade. Claro que a maioria das crianças de 5 anos não consumia a mente de outros seres humanos para se sustentar. Isso fazia uma grande diferença.
   Na maioria dos dias, ela não tinha certeza de quanto de Cai restava e quanto dele fora sobrescrito por outra pessoa. As memórias, os pensamentos e a moralidade de outras pessoas inundavam sua mente e se misturavam à dele. Ela temia que ele se lembrasse e que não tivesse noção de si mesmo. A miséria jazia no fim de ambos os caminhos.
   Devon sentou-se ao seu lado.
   — Como você está se sentindo? — O sofá cedeu um pouco com o peso combinado dos dois, as molas rangendo até ela encontrar uma posição confortável.
   — Melhor, eu acho.
   — Você acha? — repetiu ela enquanto tirava o cabelo da testa dele com os dedos. Já estava na hora de cortar os cabelos dele de novo.
   Cai apertou o Game Boy com força.
   — Continuo com fome.
   — Ah!
   — Sinto muito. — Ele corou.

— Não, não, não sinta. — Devon passou um braço ao redor de seus ombros e o abraçou para não ter que olhar para seu rosto. — Você não consegue evitar. Deixa que eu me preocupe com essas coisas. E seja você mesmo — disse ela. — Vai ficar tudo joia, está bem? — Foi isso que sua avó lhe disse uma vez, e ela achava estranhamente confortável repetir.

Cai assentiu sem entusiasmo. Seus ombros eram tão finos que ela conseguia sentir os ossos salientes de sua espinha pressionados contra seu braço. É isso que dietas de fome são capazes de fazer a um rapaz.

Sua fome crescia conforme ele ficava mais velho, e esse era o terceiro mês seguido em que ele precisava de mais de uma refeição dentro de trinta dias. Na verdade, ele precisava comer muito mais do que isso, mas Devon não suportava sair para caçar toda semana, e logisticamente isso era bem difícil. Ela caminhava na linha tênue entre destruir o mínimo de vidas possível e forçar seu filho a viver perpetuamente com fome. Desse jeito, durante a maior parte do mês, ele não tinha forças nem para sair de seu quarto.

Devon não sabia como funcionavam as especificidades da fome e da alimentação. Provavelmente não havia *tantas* calorias em algumas mordidas de matéria cerebral, mas, sem a alimentação, a loucura se estabeleceria, retalhando sua frágil psique. Eventualmente, ele perderia peso, com toxinas inundando seu corpo e seus órgãos entrando em falência lentamente. Movido sempre pela necessidade de consumir, de acordo com o projeto biológico do Colecionador.

Cai se afastou, evidentemente cansado de seu abraço.

Ela o soltou.

— Eu vi alguns dragões na rua enquanto voltava para cá. Teremos que nos mudar em breve.

Ele fez cara feia com o videogame na mão, sem dizer nada. Mario morreu tentando pegar um cogumelo enquanto eles estavam distraídos.

— Sinto muito. Eu sei o quanto você detesta viajar.

— Para onde será desta vez? — Ele parecia bem apático.

— Essa é a boa notícia. Vou me encontrar com um contato dos Ravenscar.

Ela agitou seu telefone. Primeiro, encontrar-se com Chris, obter os detalhes do contato que ele ofereceu, e depois pegar o ônibus para sair da cidade. Era um prazo apertado, mas possível.

— Se tudo correr bem e eles me venderem a cura deles, poderemos ir para a Irlanda muito em breve.

Finalmente. Já era tempo.

Ele deu de ombros silenciosamente.

— Posso comer antes de partirmos? Estou com muita fome. — Dentro de sua boca, sua língua enorme se desenrolava e se enrolava novamente.

— Se eu encontrar alguém adequado — disse ela, com o coração pesado por causa da reação dele. Ela perdera muito as esperanças nos últimos meses. Não esperava que ele suportasse mais desapontamento da parte dela. — Farei o meu melhor. Mas não terei tempo para perseguir alguém da forma adequada.

— Não estou com pressa. — Ele se levantou e ligou a TV, zapeando preguiçosamente pelos canais até encontrar um episódio de *Red Dwarf.*

Devon sentou-se um pouco, assistindo, apesar de não ter a intenção. Lister, Cat e Rimmer estavam andando a cavalo, inseridos em algum tipo de cenário de faroeste. As risadas de fundo surgiam nos momentos adequados.

— Eu achei que era uma série de ficção científica. — Devon não assistia muito à televisão, embora ela tivesse comido alguns guias de TV ocasionalmente. Valeria a pena absorver um pouco de cultura pop se ela quisesse uma mínima chance de se encaixar na sociedade.

— Eles estão presos em uma simulação artificial — disse Cai, de olho na tela. — Estão dentro da cabeça de Kryten. Ele é o robô.

Devon sorriu.

— Eu não sabia que você era um fã.

— Ah, sim — disse ele, com uma entonação que espelhava perfeitamente a do vigário e um toque de empolgação verdadeira. — Quando *Red Dwarf* foi lançada, não tinha nada parecido na tevê. Série revolucionária.

O sorriso dela se apagou, irritada consigo mesma por cair em uma armadilha emocional tão óbvia. *Red Dwarf* foi ao ar havia catorze anos, muito antes de seu filho nascer ou sequer ser concebido. No entanto, o vigário já era vivo para assistir à série.

Um sentimento de amargura se formou em seu estômago. Uma coisa por vez, disse ela a si mesma. Concentre-se no que puder controlar.

— Ei. — Ela tocou seu ombro. — Você poderia digitar uma mensagem para mim? — Ela era eternamente frustrada por não ser capaz de escrever, nem mesmo eletronicamente.

— Outra mensagem? Eu realmente *preciso*?

— Você quer encontrar os Ravenscar ou não? — perguntou ela, áspera, depois se arrependendo de seu tom irritadiço. Ele estava cansado, faminto e exausto, assim como ela. Ela então falou de forma mais gentil:

— Eu sei que você não se lembra de como era estar sob efeito de Redenção, mas tudo vai melhorar quando conseguirmos mais dessa droga.

— É o que você *sempre* diz — respondeu ele, irritado. — Nenhuma dessas pessoas nunca sabe alguma coisa.

— Esse cara é um traficante de compostos químicos ilegais que fornecia para a Família Ravenscar. — Devon o lembrou. Ela já havia explicado antes; a alimentação às vezes confundia a memória dele. — Nós o procuramos desde Doncaster, lembra? Ele disse que poderia me colocar em contato com os gêmeos Ravenscar.

— Está bem, certo. — Ele pegou o telefone de sua mão. Sob instrução dela, ele digitou *sim, vamos nos encontrar, eu levarei dinheiro.* E apertou o botão Enviar.

— Obrigada. — Ela fez menção de dar um beijo na testa de Cai, mas ele a evitou. — Amanhã cedo sairei para comprar aquele creme para pele e também nossas passagens de ônibus, mas apenas para o caso de precisarmos ir embora depois.

— E a sua vigília? — perguntou ele. — Já é quase Natal.

Uma dor oca tomou conta de seu peito.

— Eu manterei a vigília se conseguir. Mas tenho muito o que fazer primeiro, como dormir mais um pouco. Passei muito tempo na perseguição essa semana.

— Parece mais que foi muita vodca — redarguiu ele com um sorriso e se abaixou bem-humorado quando ela tentou acertá-lo com uma almofada. — Acho que você precisa de um banho primeiro, porque você está fedendo a álcool.

— Obrigada, moleque. Você também está meio fedido, sabia?

Ele mostrou sua língua para ela. Um pequeno esforço momentâneo, já que sua língua tubular tinha uns vinte centímetros.

Devon riu, feliz em ver que algum resquício de criança ainda permanecia nele. Ela arremessou a almofada em sua cabeça e foi tomar um banho gelado.

UM CONTO DE CAVALEIROS
DEZESSETE ANOS ATRÁS

> *— O que teme, senhora? — perguntou ele.*
> *— Uma gaiola — disse ela. — Ficar atrás de grades, até que o hábito e a velhice as aceitem e todas as oportunidades de realizar grandes feitos estejam além de qualquer lembrança ou desejo.*
>
> *— J. R. R. Tolkien, O Retorno do Rei*

Os sussurros estavam por toda a parte: *bebês feitos pela ciência.*

As Seis Famílias batalhavam com a fertilidade. Nasciam poucas meninas, e as que nasciam só conseguiam ter dois filhos antes da menopausa precoce. Às vezes três, com sorte.

Lá fora, no resto do mundo, cientistas humanos começaram a tentar curar a infertilidade em sua própria espécie, e isso empolgou bastante as Famílias, caso esse conhecimento pudesse ser adaptado a mulheres devoradoras de livros.

Devon não deveria saber esse tipo de coisa, afinal ela tinha apenas 12 anos e era mantida afastada de assuntos de adultos. Mas também gostava de ouvir conversas através de portas e era muito boa em se esgueirar, então ela descobriu mesmo assim.

Ela contou tudo a Ramsey enquanto brincavam nos parapeitos da Mansão Fairweather, subindo pelas telhas inclinadas, como já haviam feito dezenas de vezes. Uma noiva-mãe estava chegando naquela tarde, depois de vários longos anos sem novos casamentos na Mansão Fairweather, e ambos queriam ver a procissão.

— Você está agindo como dodói. Devon, a Dodói — falou Ramsey, se segurando no telhado. Ele sempre fazia isso com o nome dela: arranjar um título clichê para acrescentar a ele. Devon, a Distraída. Devon, a Debochada. Ou hoje, Devon, a Dodói.

— Mas quem já ouviu falar de uma burrice dessas? Bebês nascidos de um tubo de ensaio? Você já *viu* uma dessas coisas? — Ele fez um gesto com o polegar e o indicador para ilustrar o tamanho do tubo.

— Eles não crescem *dentro* do tubo, seu cabeça-oca — disse Devon, beirando a calha. — Os tubos de ensaio são usados apenas como uma ajuda. Como uma poção mágica de bebês. — Ela deu só um palpite, porque não queria admitir sua ignorância.

Ele riu.

— Se você diz! — Ramsey subiu ao topo da chaminé da asa leste, que já fora selada havia muito tempo. — Mas me parece uma coisa inventada.

— Não tem nada de inventado! — Devon se empoleirou perto dele, exasperada por sua arrogância. — Todo mundo está falando sobre isso. E, se funciona para humanos, então um dia vai funcionar para nós. E, se funcionar para nós, não vamos precisar mais dos cavaleiros para arranjarem todos os casamentos.

As tias conversavam muito sobre isso em seus aposentos particulares. *Nada de cavaleiros. Nem de dragões. Mulheres se casando com quem elas desejam.* E outras coisas que Devon não entendia bem, embora pudesse sentir uma esperança cautelosa em suas palavras.

Ramsey não estava prestando atenção.

— Ei, olha lá! Eles chegaram! — Ele agarrou o braço dela e apontou.

Devon apertou os olhos. Um grupo esparso de veículos se aproximava ao horizonte, serpenteando pelos pântanos nas estradas esburacadas rumo à mansão. A noiva estava chegando.

As mulheres não saíam de casa, exceto para se casar, e às vezes para festas. Mesmo dentro da mansão, as tias pareciam nunca fazer nada, exceto cuidar da casa ou fazer outras tarefas que o Tio Aike chamava de *trabalho de mulher*. E, como os Fairweather eram pobres demais para bancar um casamento durante os 12 anos de vida de Devon, essa noiva-mãe chegando seria a primeira mulher não Fairweather que ela conheceria.

A procissão rodeava uma limusine brilhante, branca cor de giz.

— No meu tempo, teria sido um cavalo — disse Ramsey com uma confiança justificada por ele ser três anos mais velho. — Um baita cavalo branco com uma sela e... — Ele fez uns gestos vagos. — E tudo mais. Você sabe.

— Você acha que ela poderia ser uma de nossas mães? — Devon nunca vira nem mesmo um retrato de sua mãe, apenas ouviu o nome Amberly Blackwood cochichado entre fofocas.

— Deixa de ser boba — falou Ramsey. — Nossas mães já partiram, todas elas. Ninguém se casa com uma pessoa da mesma Família mais de uma vez.

Ele tinha razão, e ela ficou chateada por ter se esquecido disso.

Na entrada de veículos abaixo, a porta eletrônica da limusine se abriu com graça e a mais nova noiva-mãe da Mansão Fairweather desceu delicadamente de sua carruagem metálica. Seus cabelos claros foram arrumados em um penteado formal, mais adequado a uma mulher com o dobro de sua idade — pois ela era jovem, tinha uns 22 anos. Uma túnica branca com babados arriscava engolir seus ombros esguios no tecido, e a saia azul, coberta de bordados, parecia ser mais pesada do que ela própria.

— Com esse cabelo, fica claro que ela é uma Gladstone — disse Ramsey, de nariz empinado. — Ela não é cria pura do Velho País, como nós.

Devon revirou os olhos. Ramsey havia desenvolvido um orgulho exacerbado por sua herança ultimamente, embora nenhum deles já tivesse estado na Romênia.

Na cabeça dela, a Romênia, ou *o Velho País*, como os mais velhos chamavam, significava vestidos bordados em ocasiões especiais; cantar cantigas no Natal enquanto um de seus irmãos corria ao redor deles usando uma máscara de bode; significava ofertar presentes às Fadas do Destino no nascimento de bebês; significava as festas de Midsommar e as celebrações da colheita, mesmo que eles não cultivassem nada nem se importassem com o solstício; significava estranhos rituais com flores para saudar a chuvosa primavera inglesa.

Mas ser uma cria do Velho País, como Ramsey acabou de mencionar, incluía também cabelos e olhos escuros, altura imponente, pernas fortes e ombros largos. Esses traços perduraram ainda que as heranças étnicas dos devoradores de livros tenham divergido e se entrelaçado ao longo das décadas. A paleta de cores de pele se ampliou, mas os Fairweather continuaram atarracados e soturnos, de compleição forte — completamente diferentes daquela recém-chegada garotinha Gladstone, frágil e pálida, de 1,50m de altura.

— Eu acho que ela é até bonita — disse Devon, um pouco sonhadora. — Ela parece uma princesa de contos de fadas. Uma das boas.

— Hum. Ela é boa o suficiente, eu acho. — Com as mãos, Ramsey protegeu seus olhos do Sol. — Mas agora olha só os cavaleiros! Eles sim valem a pena ver.

Lá embaixo, um grupo de homens em trajes cinza-escuro e óculos de sol seguia de longe a procissão, todos os dez montando motocicletas impecáveis.

— Talvez você possa ser um deles algum dia — ela sugeriu, porque ele sempre pareceu encantado por eles.

Ramsey sacudiu a cabeça.

— Eu prefiro ser o patriarca de uma mansão. Grana, uma casa e mandar nas pessoas. — Ele sorriu para si mesmo e Devon revirou os olhos. Ele era um idiota arrogante.

Os cavaleiros pararam em um semicírculo perfeito. Alguns carregavam alguém na garupa: homens musculosos em ternos formais. Todos eles usavam capacetes fechados de motocicleta com viseiras abaixadas. Não havia como ver nada de seus rostos ou pescoços, suas tatuagens grotescas escondidas.

— Dragões — disse Devon, inquieta.

— Dragões! — Ramsey se endireitou. — Eu queria ver um deles de perto.

— Ele comeria seu cérebro com aquela língua de agulha gigante. — Devon mostrou a língua para ele, como demonstração.

Ele a empurrou para longe.

— Deixa de ser doida. Devon, a Doida. É para isso que serve a Redenção. Os cavaleiros dão pílulas para eles, e assim eles perdem a gula por cérebros.

— Mentira! — retrucou ela. — As pílulas impedem que eles morram de inanição, mas eles ainda sentem fome e têm *vontade* de comer cérebros.

— Não podem fazer isso de capacete — disse ele, com desdém.

Lá embaixo, a noiva-mãe olhou rapidamente por cima de seu ombro para a comitiva atrás dela. Por uma fração de segundo, um certo desconforto tomou conta de suas feições enquanto seu olhar passou pelos semblantes dos dragões escondidos pelos capacetes. Então ela se virou para a frente de novo, com seu habitual sorriso educado.

Tias e tios vieram saudá-la, Tio Aike sendo o primeiro de todos. Ao seu lado estava Tio Imber, um homem silencioso e muito bem arrumado na casa dos trinta e poucos anos. O marido designado.

— Você deve ser Faerdre Gladstone. — Mesmo àquela distância, a voz do Tio Aike se fez ouvir. Ele arrebatou a noiva-mãe em um abraço e deu um beijo em cada uma de suas bochechas, tomando o devido cuidado para não amarrotar o caríssimo vestido dela. — Permita-me apresentá-la a Imber.

Devon reparou em suas próprias roupas: um vestido de linho surrado, com mangas de renda em frangalhos e a barra curta demais para esconder seus tornozelos queimados por urtigas. Sem sapatos nem meias. Seus vestidos sofriam bastante com dias passados vagando pelo campo, mas as meninas da Família não vestiam shorts ou calças, então era isso o que havia para hoje.

Ela olhou novamente para a figura bem vestida e arrumada lá embaixo.

— Você acha que algum dia eu receberei uma oferta de casamento? — Ela não conseguia se imaginar como uma noiva. Era mais fácil imaginar Ramsey como marido de alguém.

O irmão dela fez um gesto de desdém com a mão.

— E quem quer saber de casamento? Bebês são uma chatice. — Ele riu. — Eu gostaria de uma namorada qualquer dia desses. Acho que ela teria que ser humana.

— Isso seria bacana — disse Devon sem pensar.

Ele franziu a testa.

— Garotas não têm namoradas, idiota.

— Algumas têm, sim — disse ela, porque tinha lido sobre lésbicas em livros que ela não tinha permissão para sequer tocar. Como *O Poço da Solidão*, que ela encontrou na mesinha de cabeceira de Tia Beulah uma vez.

— Do mesmo jeito que bebês podem viver em tubos de ensaio? — disse ele em tom jocoso. — Ah, olha, todo mundo já entrou. A gente deveria descer também. Eles começarão a festa em breve.

— Acho que vai ser uma chatice — disse ela. O desdém dele a magoou, fazendo-a ser do contra por causa disso. — Não aguento mais comer *Rapunzel* pela milésima vez. — Essa parte era verdade.

— Nós todos já comemos essas histórias mil vezes, e isso é bom para nós — disse Ramsey em tom de sermão. — Se você comer os mesmos livros o tempo todo, seu cérebro continuará ágil por mais tempo porque não há novidade. Mas, se você comer muitos livros diferentes, seu cérebro ficará mais lento.

— Que balela — disse ela, tentando esconder seu desconforto. — Eu acho que é você quem está inventando coisas, não eu!

— Não estou, e não é balela! É verdade, verdade verdadeira. O Tio Oban comia um montão de livros diferentes quando era jovem e encheu seu cérebro de palavras. Agora a cabeça dele está tão entupida de palavras que ele mal consegue se mexer ou andar.

Tio Oban era estranho, ela tinha que admitir. Se alguém o fizesse uma pergunta, ele levaria mais de meio minuto para chegar a uma resposta, com seus olhos cinzentos olhando para o nada. E caminhar de seu quarto até a sala de estar era uma tarefa penosa, realizada apenas duas vezes por dia, com seus passos lentos e pesados.

— Bem... Eu não ligo mesmo assim — disse Devon. — E eu tenho uma ideia melhor do que ficar aqui à toa. — Ela desceu da chaminé e passou pelas beiras das telhas rumo ao lado sul da mansão.

— Ei! — Houve um raspão no telhado, seguido por um palavrão que ele não deveria conhecer, e Ramsey foi atrás dela. — Aonde você vai?

— Eu quero ir à biblioteca sul enquanto todos estão ocupados conhecendo a noiva-mãe. — Mechas de seu cabelo escuro se emaranharam com a brisa. — Você vem ou não?

— E o que você quer na biblioteca sul? É onde os cavaleiros deixam... — Ele divagou, seus olhos se arregalando.

— Onde os cavaleiros deixam seus dragões. — Devon concluiu, passando cuidadosamente pelas telhas. — A gente deveria dar uma olhada neles. Eu nunca vi um de perto.

— Você pirou? Não podemos fazer isso!

— É só uma olhada — disse ela, com escárnio. — Achei que você queria ver um de perto!

— Bem, sim, eu quero. Mas, qual é, eles são *dragões*!

— Ah, deixa de ser chorão! Foi você quem disse que é seguro porque eles foram treinados pelos cavaleiros — disse ela, tomando gosto por sua ideia a cada segundo. — A festa é chata e eu já comi todos aqueles livros antes. Vamos lá dar uma olhada nesses dragões.

Devon se esticou para saltar da calha e se agarrar à canaleta para descer rumo à janela abaixo.

Era contra as regras, mas ela não tinha medo. Garotas devoradoras de livros eram raras e especiais e quase nunca se metiam em problemas. Sempre que Devon se encrencava, Tio Aike nunca fazia nada pior do que obrigá-la a comer algumas páginas de um dicionário.

— Isso é burrice! — disse Ramsey, soando receoso.

— Calado! — sibilou ela, e então aterrissou no peitoril largo, pressionada contra uma janela de vidro.

Imediatamente ficou desapontada. Fileiras de prateleiras de carvalho estavam lá, inertes e repletas de livros. Não havia ninguém lá dentro e nenhum dragão para espiar. Devon franziu a testa e examinou a sala meticulosamente.

Ramsey aterrissou no peitoril ao lado dela.

— Devon, a Desmiolada. Olha, os dragões nem estão aqui. Podemos ir à festa agora?

— Eles devem estar aqui, os cavaleiros sempre os deixam aqui. — Ela salientou. — Em um daqueles quartos dos fundos, talvez? Deveríamos ir dar uma olhada.

— Acho que não é uma boa ideia — disse ele, desconfortável. — Não podemos simplesmente *entrar* e andar por aí a esmo.

— Por que não? Está com medo dos dragões? — Ela agitou os dedos por baixo da janela frouxa. — Ou você só é corajoso quando eles estão de capacete?

— Eu não estou com medo, com ou sem capacete — cochichou ele. — Só acho que a gente pode se encrencar...

— Então desce lá e fica na sala feito um gatinho amedrontado. Eu vou me esgueirar aqui por minha desmiolada conta própria, sem sua ajuda. — Devon abriu a janela.

O gesto a desequilibrou. Ela rodopiou para trás, quase caindo da beirada.

Ramsey agarrou sua camisa com uma mão firme.

— Você não duraria cinco minutos sem mim.

— Eu só escorreguei porque você estava falando comigo. — Ela espremeu sua figura demasiadamente alta através da janela parcialmente aberta.

A biblioteca da ala sul não recebia muita luz solar, o que é melhor para preservar os livros. Os livros ficavam na sombra, eram cuidadosamente espanados, e as prateleiras estavam sempre impecáveis. Apesar da preferência habitual dos Fairweather por encadernações em couro escuro, a coletânea daqui tinha uma variedade enorme: velhos e novos, brochuras e capas duras, todos em tamanhos e estilos diferentes.

Ramsey se espremeu para passar pela janela e ficou em pé ao lado dela.

— Cinco minutos, depois caímos fora — sussurrou ele.

— Psiu! Se eles estiverem aqui, vão te ouvir.

Pelo menos mais três outras salas eram acessíveis a partir dessa, repletas de ainda mais estantes. O cômodo mais distante estava fora de vista, atrás de uma porta trancada, o que imediatamente atraiu seu interesse.

— Vamos tentar aquela portinhola primeiro. — Ela passou sobre os tapetes surrados e fez uma curva em L, vagando entre caixotes para chegar à outra extremidade da biblioteca.

— Você tem umas ideias péssimas — resmungou ele. — Aposto que eles nem estão aqui. — Sua arrogância estava se esvaindo rapidamente, para a alegria de Devon.

— Só tem um jeito de descobrir — disse ela, girando a maçaneta de latão. — E você, se acalme, está bem? Eu só quero dar uma olhadinha.

A porta se abriu silenciosamente, o bastante para eles espiarem pela fresta.

Essa sala lateral tinha fileiras de estantes antigas, cuja madeira estava rachada e escurecida por anos de envernizamento excessivo. Tomos mais velhos do que a própria casa estavam apinhados naquele espaço, assim como pilhas de pergaminhos e velinos, escritos em línguas que ela não conhecia, mas que poderia aprender comendo, se ela assim desejasse.

Mas Devon mal registrou esses tesouros proibidos. No outro extremo da sala, estavam dois homens de terno encarando a parede com as cabeças abaixadas e os pescoços marcados pelas tatuagens de serpentes ouroboros de traço grosso. Sem capacetes. Mãos pendentes ao lado do corpo, punhos cerrados.

O peito deles subia e descia sutilmente com a respiração, mas, fora isso, eles não se mexiam de maneira alguma.

— Precisamos voltar — disse Ramsey, na voz mais baixa que ela já ouviu dele.

Mas a teimosia tomou conta dela. Eles já tinham chegado até ali. Devon abriu a boca para dizer *só um segundo*. Mas as palavras não saíam. Uma incerteza súbita a agitou por dentro, provocada pela quietude sobrenatural daquelas duas figuras na sala. Ela nunca viu um adulto tão *congelado*.

Como se sentissem sua hesitação, os dragões se viraram em uma sincronia sinistra, com movimentos fluídos e sinuosos.

Olhos vermelhos em rostos pálidos, narinas dilatadas, mãos se contraindo. Repletos de uma energia nervosa quando logo antes estavam tão imóveis, tão silenciosos. Eles deram alguns passos à frente, e ela não sabia se eles estavam prestes a atacá-los, cumprimentá-los ou se estavam apenas curiosos.

E ela nem se importava em distinguir. Devon deu um grito e bateu a porta com tudo, recuando. Subitamente, vasculhar bibliotecas sem autorização não parecia mais uma boa ideia, afinal.

— Janela — ela conseguiu dizer. — De volta à janela!

— Longe demais, o saguão está mais perto! — Ramsey a puxou pelas prateleiras centrais rumo à entrada principal da biblioteca da ala sul.

Atrás deles, os dragões emergiram da sala lateral, tomando caminhos divergentes para circundar as prateleiras, apertando o passo conforme caçavam, como lobos.

Devon e Ramsey rodearam outra pilastra repleta de prateleiras de livros antigos, tropeçando um no outro, desesperados para escapar... E colidiram de frente com um cavaleiro.

Ramsey ricocheteou em seu peito largo, caindo de costas e puxando Devon com ele, por reflexo. Ela caiu por cima de seu irmão, inclinando a cabeça para cima a fim de olhar o homem emoldurado no batente da porta principal da biblioteca.

O cavaleiro olhou para baixo, com seus olhos pálidos brilhando em um rosto bem barbeado. Ele era alto e corpulento, vestindo um terno preto engomado com tanto rigor que parecia granito entalhado. As distinções em sua gola indicavam uma alta patente.

— Olá — disse Devon, de um jeito meio idiota. Ela sabia quem era aquele homem, embora nunca tivessem se conhecido. Cavaleiro Comandante Kingsey Davenport. *Todo mundo* sabia quem ele era.

Os dois dragões surgiram à vista, alertas e sempre silenciosos. Eles pararam ao avistar um cavaleiro.

— Obedire, dracones. — Kingsey fez um gesto lânguido no ar. — Detain eos.

Os dois homens avançaram em um piscar de olhos, um para cada criança. Devon deu um grito agudo quando mãos enormes se fecharam ao redor de seus bíceps, erguendo-a. Seus pés quase não tocavam o chão. De perto, o dragão cheirava a suor azedo e a algodão excessivamente engomado. As palmas das mãos dele transpiravam contra a pele dela.

Ela só conseguia pensar naquela língua dele, desimpedida pela falta de um capacete. O quanto os dragões obedeciam a seus cavaleiros? Ela não tinha mais certeza de nada.

Ramsey, também mantido cativo, encontrou os olhos aterrorizados dela com seu próprio olhar frenético.

— Disseram-me que esta biblioteca é proibida para crianças. — O comandante os olhou de cima a baixo. — Como vocês entraram nesta sala?

— Foi ideia dela. — Ramsey teve a audácia de lhe lançar um olhar de reprovação, como se ele não tivesse concordado com tudo. — A gente entrou pela janela e...

Devon devolveu o olhar.

— Eu só queria ver um deles. Eu estava só dando uma olhada. E meu irmão *quis* vir comigo. — Ela não conseguia acreditar que ele jogaria toda a culpa nela. Que baita covarde.

— Apenas uma olhada. — O comandante ponderou. — Vocês têm muita sorte por eu ter voltado para conferir como estavam os dragões, caso contrário, teriam encontrado esta porta trancada pelo lado de fora. Eu não sei dizer ao certo o que poderia ter acontecido nesse caso. — Ele girou seus ombros largos. — A Redenção tira deles a necessidade de se alimentar, mas não tira o *desejo* de se alimentar.

Eles ainda anseiam por vocês, por qualquer um, para se alimentar. E quando já se passaram muitos e muitos anos desde a última vez que se alimentaram, como no caso desses dois, o desejo é muito forte.

— Nós não faremos isso de novo — disse Ramsey, com uma voz estridente. — Não é, Dev?

— Eu prometo — respondeu ela.

— Correto. Vocês não o farão. — Kingsey gesticulou novamente. — Obedire, dracones. Desisto. Quiesco.

Os dragões os soltaram. Devon caiu sentada com um baque. Ramsey, de joelhos com um resmungo.

— Garotos da sua idade têm enorme energia e curiosidade — disse o comandante. — Mas invadir áreas proibidas mostra tendências extremamente preocupantes. Acho urgente que eu fale com seu patriarca e leve-o conosco quando o casamento acabar. Um rapaz como você precisa da disciplina da cavalaria.

— Você... vai me levar para ser um cavaleiro? — A cor desapareceu das bochechas de Ramsey.

— Foi apenas um erro — disse Devon em tom de injustiça. — Não queríamos causar nenhum estrago...

— *Regras existem por um motivo* — disse Kingsey. — Nossas regras mantêm as Famílias unidas, nos mantêm em segurança e mantêm a ordem entre nossa espécie. Sem adesão estrita, corremos o risco de ser descobertos. Você talvez veja o acidente de hoje como uma pequena infração, mas eu penso que seu comportamento declara desobediência deliberada e engenhosidade criminosa, do tipo que frequentemente se mostra socialmente problemática. — Ele acrescentou. — E eu acho que seu patriarca há de concordar comigo.

Uma série de expressões contorceram o rosto de Ramsey, cada uma deixando-o mais pálido e abalado. Ele abriu a boca e a fechou novamente.

O choque tomou o lugar da irritação que Devon estava sentindo, deixando-a vazia e magoada. Ela se encolheu com os braços cruzados ao redor de seu corpo. Eles só queriam um ou dois livros, uma refeição excitante e diferente, divertida e alheia aos contos de fadas corriqueiros. No entanto, o dia tinha, de alguma forma, espiralado, de um erro ínfimo a uma catástrofe. E agora, se Ramsey fosse levado para se tornar um cavaleiro...

— Mas e ela? — perguntou Ramsey baixinho e timidamente. — Esse plano idiota foi totalmente ideia dela, mas você só está me punindo?

— Eu não queria que nada disso acontecesse! — Ela protestou. — Eu nunca quis que você...

— Nós não punimos garotas — disse o comandante, soando quase arrependido. — Mas eu te digo uma coisa, jovenzinha. Quando você quebra as regras da Família, saiba que seus entes queridos pagarão o preço disso, mesmo que você mesma não pague. Hoje seu irmão perdeu a liberdade. Amanhã pode ser um dos seus filhos ou um de seus tios ou tias a sofrerem as consequências de suas ações. Pelo bem daqueles à sua volta, atenha-se a comer os livros que lhe forem dados e respeite os limites que lhe foram delineados. — Ele a tocou na testa com sua mão forte. — Você entende?

Ela se ajoelhou aos pés dele, retraída de vergonha.

— Ótimo. — Ele estalou os dedos, como se eles fossem cães. Ou dragões. — Agora vamos trocar uma palavrinha com seu patriarca.

OS OLHOS CASTANHOS DE HESTER
DIAS ATUAIS

Independentemente de suas origens, eu acredito que os devoradores estão entre nós há, no mínimo, séculos. Lembro-me do mito dos vetalas, na Índia, descritos como "espíritos malignos". Eles são classificados como uma espécie de mito primordial sobre vampiros, mas, ao contrário dos pishachas (outra criatura do folclore sânscrito), os vetalas não bebem sangue. Em vez disso, eles se comportam mais como causadores de caos, espreitando na escuridão. E são famosos por serem sábios e visionários.

Parece familiar? Para mim esse mito se justapõe fortemente ao que sabemos sobre os devoradores de livros.

— Amarinder Patel, *Papel e Carne: Uma História Secreta*

Devon sentiu um desconforto na espinha quando adentrou o Bar Ninho do Corvo.

Ela parou na entrada, tentando discernir a fonte de sua ansiedade. O ar quente lá de dentro soprou em suas bochechas e seu pescoço, neutralizando o agradável frio do exterior enquanto a porta de vidro se fechava lentamente atrás dela. Um pôster surrado na parede sugeria dez formas úteis de se detectar um câncer; conteúdo estranho para um bar. Devoradores poderiam sofrer de câncer? Uma das muitas coisas que Devon não sabia sobre sua própria espécie. Ninguém ensinava nada a meninas a menos que elas precisassem saber.

Ela esticou o pescoço e percorreu o local com os olhos: teto alto, candelabros de plástico, piso de madeira repleto de rachaduras e postes de luz piscando através de janelas chumbadas. Guirlandas em frangalhos pendiam das paredes e uma árvore de plástico espreitava em um canto, repleta de penduricalhos fuleiros. Quase todos ali trajavam cores brilhantes e blusas bregas de Natal, em contraste forte com o uniforme preto de Devon, composto de jaqueta, botas, calças e camisa.

Além da atmosfera espalhafatosa, nada parecia errado ou fora do comum. Mesmo assim, ela não conseguia se livrar daquela sensação de prontidão tensa, uma coceira entre suas escápulas que não ia embora.

Ridículo. Não é hora de paranoia; ela tinha um trabalho a fazer.

Devon caminhou para dentro e abriu caminho até o bar. As pessoas se agitavam, barulhentas e alegres. Amanhã o estabelecimento estaria fechado para o Natal. Hoje ele estava aberto até mais tarde para suprir qualquer necessidade alcoólica.

Ela se apoiou no balcão e acenou para o barman.

— Uma Guinness, por favor. Com pouco colarinho.

— Como desejar. — Ele puxou a alavanca, enchendo um copo. — Então, você está sozinha hoje?

— Não. — Ela forçou um sorriso educado e tentou não se ressentir daquela conversa completamente desnecessária. — Estou esperando um amigo.

— Foi o que imaginei. — Ele entregou a ela o copo cheio e um guardanapo. — Tem planos para o Natal?

Aquela pergunta despretensiosa doeu.

— Tenho — disse ela, um pouco ácida. — Mais tarde farei uma vigília por uma pessoa que perdi há dez anos. — A ficha caiu imediatamente.

O bartender a deixou a sós depois disso. Devon pagou com uma boa gorjeta e evitou mais contato visual. Ela deu um longo gole em sua bebida enquanto esperava por Chris, se é que esse era mesmo o nome dele.

E aguardou.

E aguardou mais um pouco.

As pessoas esbarravam nela ao passar. Risos começavam e terminavam ao redor dela. Por volta das oito e vinte da noite, ela já estava quase acabando sua bebida. Devon checou seu telefone. Nada. Sem cancelamento ou desculpas, ela apenas foi ignorada. Ou Chris o-fornecedor-de-componentes-químicos-ilícitos estava apreensivo, ou só atrasado. Ela não tinha tempo sobrando para nenhuma das possibilidades.

A frustração tomou conta dela, exponenciando seu cansaço. Ela se debruçou sobre o balcão. Se isso não desse certo... Sua sanidade e sua paciência estavam no limite ultimamente. Dezesseis meses arrastando Cai por toda a Inglaterra pareciam dezesseis anos. Exaustivos, repetitivos, tenebrosos. E tantos becos sem saída!

Naturalmente, ela estava procurando pessoas. Os Ravenscar já forneceram equipamento e componentes químicos a várias organizações humanas suspeitas. Havia muita gente para procurar. Mas essas pessoas são muito desconfiadas. Várias se recusavam a vê-la ou a negociar com ela. Outras alegavam que não forneciam mais àquela Família.

Chris foi a terceira pessoa a admitir que ele de fato negociava com os Ravenscar, citando um tal de Killock Ravenscar. Ele também foi o primeiro a concordar em dar a ela mais informações — por um preço. Se ele aparecesse, pelo menos.

— Com licença, você poderia me informar as horas?

Devon olhou sobre seu ombro. E então olhou para baixo — para uma mulher muito menor. Brilhantes olhos castanhos a observavam através de um par de óculos retangulares. Ela tinha pouco mais de 1,50m, ombros arredondados e constituição atarracada. Tinha entre 25 e 35 anos. Seu casaco de lã cheirava a cigarros caros e sua bolsa de couro era muito bem feita. Devon não entendia muito de moda, mas sabia bastante sobre couros, pois comeu esse material durante toda sua infância.

— São 20h25, supondo que meu relógio esteja certo.

— Ah! — Olhos Castanhos ficou desapontada. — É ainda mais tarde do que eu pensava. — O sotaque dela era errático, uma mistura da Escócia e de Newcastle. Condados fronteiriços, provavelmente. Nada incomum por essas bandas.

— Você esperava alguém? — Devon se virou para ela.

— Algo como um encontro de véspera de Natal. Acho que ela me deu um bolo. Deveríamos nos encontrar às sete e meia. — Olhos Castanhos tinha o que Devon chamava de cabelo cor de cabelo: uma salada terrosa de marrom empoeirado e loiro sujo. Sob o casaco caro, o resto dela era o mesmo tipo de confusão, desde as íris marrom-esverdeadas, passando pela saia de retalhos, até uma blusa assimétrica.

— Eu também levei um bolo — disse Devon. — A menos que ambos estejam só atrasados.

Olhos Castanhos olhou para ela com ceticismo.

— Você acha isso mesmo?

— Não, acho que não. — Devon bebeu o restinho de sua Guinness. — Eu sou azarada com pessoas. — Verdade em muitos níveis.

— Acho que você só não conheceu a pessoa certa até agora. — Olhos Castanhos subiu em uma banqueta do bar. Os pés dela sequer tocavam o chão quando ela se sentou, ao contrário de Devon. — Ou talvez você não dê chance a ninguém.

— Um pouco da coluna A, um pouco da coluna B. — Devon fez uma bolinha com um guardanapo em sua mão. Ela estava pensando em como Cai estalava sua língua quando estava com fome. — Mas então, qual é o seu nome mesmo? Já que estamos as duas largadas aqui, esperando.

— Hester. Igual aquela coitada do livro de Hawthorne, *A Letra Escarlate*? Exageradamente pretensioso, eu sei. — E deu um sorriso autodepreciativo.

— Ah, não é tão ruim assim, é um nome até bonito. Tente ser uma mulher chamada Devon.

Hester bufou.

— Certo, você ganhou. Deixe-me adivinhar, foi o local onde você foi concebida?

— Nada, tradição de família. — Devon explicou. — Muitos de nós temos nomes de lugares. — Também era o nome da minha avó, pelo que me disseram. E com ela foi pior, pois seu sobrenome era Davenport. — Acrescentou ela, com uma ousadia que lhe era incomum.

— Ela era... ah, entendi. Devon Davenport. Caramba! — Uma risada leve e tranquila. Pertencente a alguém de consciência leve e tranquila, com certeza. — De onde você é, afinal? Você não fala como o pessoal de Newcastle.

— Hum! — A pergunta foi pesada, trazendo Devon de volta à realidade. Seu passado era problemático e seus objetivos eram encontrar Chris e manter Cai alimentado. Como esse papo furado a levava rumo a algum desses objetivos? Ela precisava acabar com aquele encontro.

— Eu chuto Derby — disse Hester, cruzando e descruzando as pernas. Os sapatos dela eram novinhos ou meticulosamente polidos. — Devon de Derby. Passei perto?

Mas Devon também estava com fome, à sua maneira. Ela almejava a companhia de alguém da sua idade, que fosse agradável e afável, e não um velho lazarento qualquer. O que era só mais uma hora, no fim das contas? Pelo menos serviria de consolação para seu encontro fracassado.

— Ei, você está bem? Foi alguma coisa que eu disse?

— Desculpe, é só esse bar. Esse monte de luzes de Natal me dá dor de cabeça. — Devon afastou seu copo vazio. — Você gostaria de sair daqui e ir para algum lugar mais tranquilo? Aqui é tão barulhento que mal consigo te ouvir e...

Hester pulou do banquinho e ajeitou sua blusa esquisita.

— Eu conheço o lugar perfeito, e podemos ir até lá andando.

Devon forçou um sorriso, tentando curtir o momento. O que mais ela poderia fazer, afinal? Chris não viria mais.

Elas saíram se espremendo pela multidão, quase tropeçando até a rua. A escuridão amenizava as luzes intensas da civilização, e a súbita ausência de corpos ali criava um vácuo de calmaria.

— Você faz isso com frequência? — Devon queria poder tirar seu casaco volumoso. — Tomar um bolo em um encontro e sair com outra pessoa.

— Isso é um encontro?

— Não precisa ser. — Cuidado, ela lembrou a si mesma. Nem muito ávida, nem muito desesperada. — Aonde vamos?

Hester as conduziu por dois quarteirões e comprou um par de drinks em um bar perto do cais. Elas deviam parecer um par estranho, Devon, em suas botas de salto alto e roupas escuras; Hester, baixinha, agitada e em tons pastéis. Mas Newcastle tinha sua cota de gente excêntrica e ninguém comentou.

Bebidas compradas, elas se sentaram na área externa de uma choperia, apesar do frio, observando os transeuntes e conversando sobre trivialidades. Hester conversava com facilidade sobre livros, filmes, o clima e várias outras coisas, como se fossem amigas havia anos — uma característica que Devon, que passou a maior parte de sua vida sem amigos, achava bem estranha. E, como tinha pouquíssimo a dizer sobre si mesma, ela simplesmente ouviu o máximo que pôde.

Talvez fosse essa a sensação de ser humano e normal, se é que algo como "normal" existia mesmo entre humanos. Seria essa uma vida que ela desejaria? Era impossível julgar. O mundo era uma série de campos cercados, cada pedaço de grama categoricamente mais verde que o de seus vizinhos.

Quando Devon era jovem, às vezes ela queria ler livros e, às vezes, comê-los, em vez de sempre comê-los, mas o principal para ela era escolher os próprios livros, decidindo como seria sua forma e imersão.

Esse desejo básico não mudou com a idade. Ela ainda ansiava sentir que tinha opções, que sua vida não era uma série inevitável de eventos. Tudo em sua infância foi arranjado previamente, sua personalidade e sua visão de mundo foram esculpidas para se encaixar na narrativa dos Fairweather. A narrativa das Famílias.

— Ou você é a melhor ouvinte que já conheci, ou é muito misteriosa e tenta ficar calada — disse Hester depois que seu próprio falatório rumou ao silêncio.

— Eu acho que você está confundindo misteriosa com entediante. Honestamente, não tem nada de interessante sobre mim. — Nada interessante a uma mulher humana, de qualquer forma.

— Ah, é? Aposto que consigo adivinhar. — Hester sentou-se inclinando-se para a frente. — Vejamos. Eu aposto... aposto que seus pais são divorciados e é por isso que você é tão reservada. — Ela sorriu, dando um gole em seu uísque com Coca-Cola.

— Mais separados do que divorciados. — Devon se perguntou se sua mãe ainda se importava com uma garotinha abandonada na Mansão Fairweather, e acrescentou, na defensiva: — Eu não sou *tão* reservada. Estamos conversando, não é mesmo?

— Separados basicamente quer dizer divorciados — disse Hester, mas aquilo não era certo nem verdadeiro. Um divórcio é uma escolha; separação forçada, não. Amberly Blackwood não teve nenhuma escolha. — E você é a definição de *reservada* no dicionário.

— Bem...

— Calma, ainda não terminei de adivinhar! — Uma risada brilhante. — Acho que sua família é rígida e regrada, à moda antiga. E você já foi casada, mas não gostou. Acertei?

Algo desconfortável se agitou no peito de Devon. Era sua imaginação ou o olhar de Hester repentinamente se tornara mais afiado?

Ela fingiu se divertir.

— Aham. Parece que você está se projetando agora.

— Talvez eu esteja. — Hester corou, eliminando a breve fagulha de desconfiança de Devon. — Certo, último palpite. Alguma coisa eu vou acertar. Eu acho... acho que você secretamente é uma rata de biblioteca. Você tem aquele olhar pensativo. Você lê muito?

— Então. — Ao longo de trinta anos de vida, Devon já comera quase trinta mil livros e lera pelo menos três mil. — Um bom tanto de leitura, eu acho.

Aquilo era mais informação do que ela conseguia acessar simultaneamente, e sua filtragem mental ficava mais devagar a cada ano, em pequenos e regulares incrementos. Assim como Ramsey havia avisado, quando eles eram jovens.

— Foi o que eu pensei — disse Hester, empurrando seu copo. — Aposto que você leu de tudo.

— Nada. Eu não sou do tipo literário. Gosto de suspenses e crime. — Ela deu de ombros. — E, quanto mais tosco, melhor. Livros divertidos. Livros *aprazíveis*. Deixe a ficção literária elegante para velhos antiquados. — Como seu tio. — Quer outro drinque? Eu pago esta rodada.

— Só Coca, desta vez — disse Hester. — Se você fosse do meu tamanho, chegaria ao seu limite bem mais rápido.

Devon entrou na fila. O telefone dela vibrou enquanto ela fazia o pedido. Ela o abriu para verificar as mensagens.

Mudei de ideia. Pode ficar com sua grana. Foi mal.

Ela fechou o telefone com força, cansada e desapontada demais para sequer se irritar. Ainda havia pistas que ela poderia seguir, um punhado de nomes em sua lista mental para verificar.

Nesse ínterim, seria melhor se ela pudesse encontrar alguém para alimentar Cai com alguma segurança antes de saírem da cidade. Alguém alegre, inocente, doce.

Alguém como Hester.

A ideia a atravessou como um tijolo na água. Na verdade, Devon não gostava da ideia de alimentar Cai com mulheres, e até agora ela havia conseguido evitar fazer isso. Parecia pior, de algum jeito, mas ela sabia que isso era irracional. Uma vida era uma vida e tal.

Exceto que não era tudo igual, não para Devon. Pense na ética do bote salva-vidas de Hardin e de repente você descobre que havia todo tipo de critério sobre quem salvar e quem afogar. Talvez fosse sua criação de devoradora de livros, sussurrando para ela que mulheres eram valiosas e menos descartáveis; ou possivelmente era apenas mais fácil simpatizar com alguém do mesmo sexo. Independentemente do motivo, Devon queria poupar as mulheres das garras de seu filho.

Mas aqui e agora, atendo-se ao tempo e às opções, ela se viu cogitando a escolha sem titubear. Cai estava com fome e ela precisava sair de Newcastle. Essa estranha caiu de bandeja em seu colo. Na véspera de Natal, ainda por cima. Fazia sentido, se ela conseguisse criar coragem para isso.

De repente, Devon se sentiu bastante sóbria, apesar das rodadas de Guinness. Seu filho a aguardava pacientemente em casa. A culpa tomou conta dela por ter se esquecido dele, ainda que só por algumas horas. E em outro canto da cidade, havia cavaleiros em ronda. Não havia tempo para pestanejar.

Ela pegou os drinks e caminhou de volta para a mesa, sorrindo, porém muito focada.

Quando elas estavam na metade de suas bebidas, Devon se debruçou sobre a mesa e falou a respeito do barulho das conversas ao redor:

— Quer passar lá em casa?

— Aí depende. — Hester falou em seu ouvido. — Vai ser um daqueles encontros de bi curiosa que você acorda de manhã e decide que, no fim das contas, prefere homens?

Devon considerou suas respostas e optou pela honestidade.

— Não tenho uma boa resposta para isso. Eu só gostei de você. — E gostou mesmo, embora não como Hester queria.

— Você serve — disse Hester, em seu tom seco.

Devon riu, torcendo para não parecer histérica. *Você serve* era uma frase que ela dizia a si mesma ocasionalmente, quando procurava potenciais vítimas. Mentalmente, ela repetiu a frase: *você serve... ao Cai.* Uma última refeição para apaziguar a fome dele antes de pegarem a estrada novamente.

Elas acabaram seus drinks e saíram juntas do bar, mas não antes de Devon parar para comprar uma garrafa de vodca para levar. Ela precisaria de uma bebida depois do fiasco de hoje, com certeza.

— Sua casa fica muito longe?

— Não é uma casa, é só um *flat*. E não. No andar de cima da borracharia logo ali. — Ela gesticulou de um jeito vago. — Você vai gostar de lá. — Que mentira.

Hester a tocou no braço.

— Você não está com frio? Quer voltar para buscar seu casaco? — E então Devon percebeu que ela havia se esquecido, inebriada pelo álcool, de vestir seu casaco.

— Eu sou do Norte — falou ela, como se fosse a resposta certa nesse clima mais do que congelante. — Cresci nos pântanos, lá faz muito frio.

— Mesmo? Nos pântanos? Que romântico. — Hester estremeceu em seu casaco de pele. — Agora só falta me dizer que foi criada em uma mansão, algo saído do livro *O Morro dos Ventos Uivantes.*

Um alarme sutil soou na cabeça de Devon, uma sensação de que esse comentário também passou muito perto da verdade, mas ela estava bêbada e não conseguiu deixar de rir. Além disso, do que ela tinha medo? Hester era humana.

Dez minutos depois, entraram no beco que levava à entrada do pequeno *flat*. Subiram os degraus em um silêncio estranho, Hester aguardando enquanto Devon destrancava a porta. As duas entraram juntas no minúsculo *flat*, de pintura rachando e mobília surrada, quase no fim de sua vida útil.

A porta do quarto de Cai estava escancarada e ele podia ser visto da sala de estar, sentado em sua cama com uma revista aberta no colo. Ele levantou a cabeça e disse:

— Achei que você não gostasse de trazer mulheres pra cá.

Hester congelou.

— Você tem um filho?

Devon tirou vantagem da distração para trancar a porta da frente com movimentos silenciosos.

— Sinto muito. Esse é meu filho, Cai. Ele é bem direto.

Ela ficou estranhamente grata pelo fato de a mulher não ter comentado sobre a língua presa dele. Era um tópico sensível para Cai.

— Ele esteve sozinho esse tempo todo? — perguntou Hester. — Cadê sua babá?

— Ele não precisa de uma babá — falou Devon, e era verdade. Um menino com as mentes acumuladas de vinte adultos era perfeitamente capaz de cuidar de si mesmo por algumas horas.

— Eu fico bem sozinho. — Cai colocou sua revista no colchão e saiu da cama. Ele cruzou a porta até a sala de estar, flutuando silenciosamente no tapete fino. Os braços dele estavam besuntados com o creme para pele que ela comprara naquela manhã.

Hester ficou tensa, como quem prende a respiração. Ela torceu a alça da bolsa.

— Fique à vontade para se sentar. — Devon passou pelo seu filho, rumo ao banheiro.

Havia poucos esconderijos naquele *flat* apertado; todos os cômodos eram visíveis da sala. Mas pelo menos o banheiro tinha porta. Devon poderia fechá-la para não precisar encarar o que Cai estava prestes a fazer, para não precisar *ver* alguém morrer.

— Apenas... sinta-se em casa.

— Ah, não precisa. — Ela torcia e apertava cada vez mais a alça da bolsa. — Olha, eu gostei de você, mas acho que não ficarei muito...

Ela parou, olhando novamente para o menino que estava se aproximando dela. Eles eram uma dupla estranha e assustadora: um pivete pálido, cuja fome ardia sob sua pele como febre; e a pequena Hester com seus olhos castanhos e seus lábios contraídos de preocupação.

Devon se virou, uma mão na porta do banheiro.

— Posso te perguntar uma coisa? Você é uma boa pessoa? Você é gentil?

Hester piscou, arrastando seu olhar do menino até a mulher.

— Como é?

— Não importa — disse Cai inesperadamente. — Nenhum de nós é bom, só Deus pode nos perdoar.

Aquele maldito vigário. Uma raiva emaranhada apertou seu peito.

— Eu duvido muito que Deus possa fazer alguma coisa — falou Devon, com os lábios apertados. — Mas, se você estiver satisfeito, então pronto. — Ela fechou a porta com força.

Um grito abafado veio do outro cômodo. Seguido por um rosnado e pelos berros de Hester. E, então, aquele silêncio horrendo que congelava como sangue estagnado.

Devon não sentiu nada, nunca sentia na hora em que eles estavam sendo consumidos. Mas o depois era péssimo. Ela se arrastou até a pia e abriu a torneira para molhar o rosto. Água fria para ajudá-la a ficar sóbria.

Jesus, no que ela estava pensando ao trazer aqui uma jovem atraente? Como ela se livraria do corpo? Seria suspeito demais descartar alguém como Hester no abrigo de sem-teto, especialmente porque ela já havia deixado o vigário lá ontem. A toalha arranhou seu rosto até secar. Era velha e surrada, como Devon se sentia agora.

Risos suaves vieram da sala de estar.

Devon congelou, mãos e rosto ainda úmidos. Alguém falou; a voz de Hester. E Cai respondeu algo com sua língua presa.

Um arrepio de curiosidade percorreu a nuca dela. Mil possibilidades surgiram e ela não sabia quais deveria esperar e quais rejeitar. Com uma lentidão onírica, Devon fechou a torneira, pendurou a toalha e abriu a porta.

Cai estava empoleirado no sofá, a revista que ele estava lendo aberta em seu colo. Ele estava rasgando tiras das páginas e colocando-as em sua boca com olhos bem abertos. Hester sentava-se ao lado dele, olhando criticamente com um sorriso de aprovação enquanto ele amassava pedaços de papel.

Os dois viraram a cabeça para ver Devon entrar.

A surpresa tomou conta de Devon, atravessada por um ciúme irracional. Ela nunca havia se sentado para comer nada com Cai porque ele não comia livros, e *como ele estava comendo um livro* com essa mulher, essa garota que ela conheceu em uma noitada em Newcastle...

— Devon Fairweather, eu presumo? A princesa infame que assassinou seu marido. — Aqueles olhos castanhos reluziram. — É uma honra finalmente conhecê-la.

Devon a fitou.

— Quem diabos é você?

— Eu represento Killock Ravenscar. — Hester tocou o canto de sua boca com a ponta da língua. — Por que você não se senta? Acho que é hora de termos uma conversa franca. Sabe, de mulher para mulher.

A PRINCESA PROMETIDA
ONZE ANOS ATRÁS

Todos lhe haviam dito, quando começou seu treinamento de princesa, que ela era provavelmente a mulher mais bonita do mundo. Em breve seria também a mais rica e a mais poderosa.

Não espere muito da vida, disse Buttercup a si mesma enquanto cavalgava. Aprenda a se contentar com o que tem.

— William Goldman, *A Princesa Prometida*

Alguns anos após o casamento de Faerdre e o empreendimento fracassado na biblioteca, uma Devon de 18 anos estava novamente esperando a chegada da limusine cor de giz. Só que desta vez a limusine era para ela, e o casamento era o dela.

Os adultos da Mansão Fairweather vieram se despedir dela. Até mesmo as tias, sempre reclusas, sempre tão afastadas dela durante a sua infância, deram as caras. Uma garota saindo de casa para seu primeiro casamento era um grande evento, digno de se lembrar. Pequeno Chester, o filho que Faerdre havia deixado para trás, acenou alegremente. Ele tinha quase 5 anos na ocasião.

Devon espremeu cada membro de sua Família em abraços apertados, sobrecarregada demais para conseguir chorar. Ela não voltaria para casa por quatro anos se o casamento desse certo e ela concebesse um bebê. Todos apertaram as mãos e se abraçaram. Alguns a beijaram e desejaram-lhe boa sorte.

Tia Beulah era a mais velha das tias, beirando os setenta anos, e foi a última a se despedir. Ela abraçou Devon, puxando-a para baixo até ficarem na mesma altura, e sussurrou com seu sotaque carregado de Yorkshire:

— Seja forte, querida, e não os deixe vê-la chorar. Vai ficar tudo joia no final.

— S-sim, tenho certeza — disse Devon um pouco assustada, dando-lhe um abraço desajeitado antes de se virar para ir embora. Um comentário estranho.

Ela não planejava chorar, muito menos permitir que alguém a visse derramar lágrimas.

A limusine esperava na entrada da garagem, rodeada por cavaleiros e seus dragões em motocicletas paradas. Os cavaleiros não apenas arranjavam os casamentos, já que eram uma facção neutra não Familiar, mas também reforçavam os acordos e forneciam uma escolta segura.

Ela nem precisou fazer as malas. Sua bagagem já estava no porta-malas e o Tio Aike já estava sentado no carro, esperando pacientemente com um sorriso. Devon olhou rapidamente para trás, desconcertada ao encontrar a velha tia ainda de olho nela.

— Não se preocupe com nada, princesinha — disse ele enquanto ela entrava no carro. — Sua querida Tia Beulah ultimamente tem sido uma baita de uma estraga prazeres. Ela come ficção feminina um pouco além da conta, você sabe como é.

— Não estou preocupada — disse Devon, abrindo um sorriso e dando-lhe um beijinho na bochecha. — Eu sou muito sortuda.

Ela era de fato sortuda. Outros, como seu irmão Ramsey, tinham que trabalhar e se esforçar para se destacar entre seus pares, tinham que suportar treinamentos e dificuldades em meio aos cavaleiros. E ainda outros — a maioria dos humanos, na verdade — viviam suas vidas sem propósito ou direcionamento. Vários eram esmagados pela pobreza e pelas circunstâncias. As mulheres deles eram voláteis, desordeiras e não tinham nenhuma vantagem.

Mas mulheres devoradoras de livros eram raras e especiais, donas de um local seguro na sociedade em que se sentiam confortáveis. Portanto, ela também era rara e especial sem precisar fazer mais nada além de existir, e o papel que ela assumiu era adequado à sua posição.

Em suma, ela viveu uma vida encantadora em um belíssimo lar, feliz e protegida de um mundo perverso além dos limites da mansão. Isso ela podia confirmar não apenas com seus tios e as coisas que seus irmãos diziam, mas também com os livros que ela havia roubado para ler: muito drama, decepções, crimes hediondos, trevas, estresse. Ela havia sido poupada de tudo isso. Jane Eyre vivendo na pobreza, envolta em seus relacionamentos tempestuosos. *Isso* nunca aconteceria com Devon.

E aqui, agora, usando uma rede de safiras no cabelo e um vestido de debutante verde que caía rente ao seu corpo por cima do corpete, Devon apertou o cinto de segurança caro de sua limusine cara. Ela estava trajada de riqueza e radiante de sorte. Embora não fosse realeza em um sentido estritamente técnico, ela certamente era uma princesa em todos os aspectos que importam.

Viva tranquilamente. Obedeça às regras. Agrade a Família. Faça tudo isso, e a vida será boa. A vida *era* boa.

— Você teve notícias de Ramsey? — perguntou ela, esfregando o polegar ao longo da borda de seu cinto de segurança. — Da última vez que ele ligou, disse que esperava poder vir e se despedir de mim.

Pobre Ramsey, que carregou o fardo do último erro tolo de Devon.

— Até onde sei, seu irmão está bem, mas ocupado demais com seus estudos para poder visitar — disse Tio Aike com seu jeito distraído de sempre. — Talvez em seu próximo casamento, querida.

Não fique desapontada, disse Devon a si mesma. Seu irmão era um cavaleiro e agora tinha responsabilidades. Ela era sortuda por ele ainda ligar para ela depois do problema em que ela o metera.

Na verdade, levou quatro anos até Ramsey querer atender suas ligações — quatro anos difíceis de infelicidade dele sob os cavaleiros, enquanto ela ficava em casa cozinhando em uma sopa de sua própria vergonha.

O pior do treinamento de Ramsey já estava perto do fim, e ele agora tinha uma função própria. As coisas jamais seriam as mesmas, mas pelo menos ainda existia algo entre eles. Ela era grata pela comunicação, por mais vigiada e irregular que fosse.

Eles dirigiram principalmente pela rodovia ou por pequenas estradas rurais. Como de costume, o motorista tomou um caminho que passava pelo menor número possível de cidades. Ela se pegou desejando em vão que eles pudessem passar por uma cidade. Obviamente, a sociedade humana era inferior ao que os devoradores de livros faziam entre si, mas ela tinha um pouquinho de curiosidade, mesmo assim. Era difícil não ter.

Em um vilarejo, um jovem casal andava lado a lado. Ela percebeu que a moça usava jeans. Várias mulheres aqui de fora usavam roupas masculinas; pouquíssimas delas usavam vestidos longos como os que Devon se habituou a usar ao longo de sua vida.

Ao pararem em uma esquina, a mulher disse algo que fez o homem dar risadas; ele pegou a mão dela. Devon se lembrava de pegar as mãos de seus irmãos quando ela era criança, mas isso era totalmente diferente do casal aqui fora.

— Como ele é? — Ela não havia feito essa pergunta nos seis meses desde que soube do noivado.

— Você fala de seu marido? — Tio Aike estava comendo discretamente um volume de poesia de Shelley. — Competente, rico, inteligente. Você será muito feliz naquela casa, tenho certeza.

Minha mãe foi feliz morando com você na Mansão Fairweather? Devon apertou suas mãos e se imaginou falando essas palavras em alto e bom som. E Tio Aike, que na verdade não era seu tio e deveria ser chamado de pai, diria *com certeza, querida!* com plena honestidade.

Devon virou o rosto para a janela novamente, divagando na paisagem. Se ela já sabia o que seu tio responderia, então, honestamente, qual era o sentido da pergunta? Seria apenas um exercício de validação. E ela não era o tipo de garota que exigia validação sem sentido.

Eles seguiram em frente, colinas aos poucos se transformando em campos, até que, finalmente, eles chegaram à Mansão Winterfield, em algum lugar nos arredores de Birmingham. Devon não sabia ao certo a localização exata. O que importava era a casa em si, que preenchia seu campo de visão à medida que eles passavam pelos portões: design elegante e estilo Tudor, com trechos de madeira negra fazendo listras nos muros brancos, como uma zebra urbana.

Nada de parapeitos saltados ou de extensões aleatórias. Os Winterfield mantinham a ordem em sua casa.

Gramados imaculados tomavam conta da frente da construção, com sua relva e suas cercas vivas cortadas com precisão. Devon riu enquanto a limusine circundou uma fonte de quatro níveis, grande o suficiente para que sua procissão de cavaleiros acompanhantes conseguisse nadar nela, e prendeu a respiração quando viu os irmãos Winterfield aguardando em uma fileira de cavalos galantes. A Mansão Fairweather não tinha nenhum cavalo.

Tio Aike se inclinou.

— É extraordinariamente caro manter tais criaturas, e nossa mansão está em declínio financeiro há algumas décadas. Mas isso há de mudar, princesa, e mudará graças a você. Os Winterfield pagaram um belo dote.

E Devon sorriu, orgulhosa do quanto valia.

Luton Winterfield cavalgou ao encontro deles, descendo de seu cavalo enquanto Devon saía da limusine.

Seu novo marido tinha o rosto de um homem que não era tão belo quanto gostaria de ser e se ressentia de todos por esse fracasso. Era difícil determinar sua idade; mais de trinta, menos de quarenta. Ou seu nariz era muito pequeno, ou seu queixo era muito grande, dependendo do ponto de vista. O grisalho de seu cabelo outrora claro não ajudava a amenizar sua mandíbula de linhas duras ou a definir aqueles aspectos suaves demais.

Devon lembrou a si mesma de sua boa sorte. Ela tinha sorte de se casar com alguém de uma casa rica, que seria honesto em seus termos contratuais e cuidaria bem de seus filhos. E daí se a aparência dele não a agradava? Ela poderia acabar se acostumando. Sério, não era nada importante; aparências eram coisas superficiais, arbitrárias e pessoais.

Luton inclinou a cabeça para trás, franzindo a testa em tom avaliativo.

— Você é absurdamente alta.

É incrível como quatro simples palavras podem te diminuir. Devon se encolheu, com a confiança abalada. Ser alta é uma coisa boa, não é?

Tio Aike bufou.

— Luton, meu rapaz. Que figura você é!

Os outros homens riram, e Devon também, ainda que um pouco insegura. Ela era uma mulher adulta agora e aguentava uma piadinha.

Uma tia grisalha e esguia tomou a frente e ofereceu um aperto de mão a Devon.

— É maravilhoso conhecê-la, minha querida. Sou irmã de Luton, Gailey, e estou aqui à sua disposição.

— Obrigada. Isso é muito gentil. — Devon apertou sua mão, tentando esconder seu choque. Ela estava acostumada com mulheres mais velhas evitando-a na Mansão Fairweather. Será que os Winterfield eram apenas mais amigáveis? Ou porque ela era uma mulher agora, adulta e se casando, se tornava bem-vinda no mundo delas? As duas possibilidades aqueceram seu coração.

As horas que se seguiram foram um turbilhão de atividades. Os cavaleiros desapareceram, deixando seus dragões perambulando à toa em um porão qualquer. Tio Aike e Luton foram ao andar de cima com outros homens para discutir "aquele maldito negócio de FIV". Os homens estavam sempre falando de tratamentos de fertilidade ultimamente — principalmente se funcionaria para a biologia de devoradores de livros, como testar, em quem testar e como adquirir equipamentos.

Devon, enquanto isso, encontrou-se mergulhada em uma festa estranha, da qual ela era o centro das atenções. Gailey ficou ao lado dela, conduzindo-a através de apertos de mão, beijos no rosto e saudações. Elas passaram por tanta gente que ela perdeu a conta quando chegaram ao primeiro lance de escadas. O casamento de Faerdre na Mansão Fairweather foi muito menor, mas os Fairweather tinham uma casa menor e com menos pessoas.

A mansão era tão linda por dentro quanto por fora, com acabamento em mármore e mogno, e um exército de carpetes cor de creme e mobília com estofados grossos. As bibliotecas dos Winterfield eram majoritariamente repletas de livros modernos de capa dura, em grande parte de ficção literária e contemporânea em diversas línguas. Elas passaram por prateleira após prateleira de romances intrigantes que exalavam o aroma de verniz brilhante e tinham páginas brancas crocantes.

Nada de cantos escuros cheios de volumes antigos em couro; nenhum tomo melancólico extenso; nenhum cheiro persistente de bibliodor. Quando Devon parou em frente a uma prateleira, Gailey murmurou que a hora de comer chegaria em um momento e a tocou adiante, ainda em seu vestido apertado e de cabelo preso, rumo ao salão de banquete dos Winterfield.

O salão a deixou sem fôlego. Quatro grandes mesas de mogno estavam dispostas em um quadrado, cada uma delas com uma pilha alta de livros. Velhos tomos, novos romances crocantes e códices grossos foram arranjados artisticamente em suportes ou empilhados em pequenas torres. Um quarteto de rapazes tocava música de uma variedade orquestral que Devon nunca tinha ouvido antes. Os ouvidos dela zumbiam com um ruído agradável enquanto ela inalava o aroma instrumental de madeira arcaica e de latão ligeiramente gasto.

No centro do salão, havia uma representação artística da Árvore do Conhecimento, tão grande que se debruçava sobre todas as mesas. Metal e vidro fundidos em uma imitação de casca de árvore formando um tronco sólido e brilhante. Galhos se espalhavam acima das mesas, muito mais altos do que ela, tocando o teto. Em vez de folhas, ela ostentava amontoados de páginas impressas cuidadosamente moldadas em maçãs de origami. A quantidade de esforço investido em sua construção era impressionante.

— Venha, sente-se — disse Gailey, em meio às conversas e risadas. — Coma bem! Você tem uma longa noite adiante.

Devon mal escutou. Estava ocupada demais assimilando as luzes brilhantes e os aromas carregados de especiarias, sua cabeça tomada pela música e seu corpo vibrando com a adrenalina. Mas ela permitiu que a senhora a conduzisse até um assento, procurando uma cadeira com seus olhos ainda arregalados.

Os Winterfield gostavam de suas refeições estilizadas como imitações de comida humana: "carne" assada feita de papel esculpido; páginas tingidas em uma infinidade de cores e moldadas em delicadas frutas falsas. Uma nova forma de comer, pelo menos para ela. Ela pensou em colher uma maçã de uma árvore, mas não teve coragem.

Havia álcool por toda parte. Devon nunca havia experimentado álcool antes; em sua Família, eles só bebiam chá de tinta ou água. Ela quase engasgou com o vinho quando deu seu primeiro gole. Não era exatamente bom, e não era espesso como o chá de tinta, mas era bem agradável. Ela tomou outro gole. E um terceiro. Pensou que tinha o sabor de um romance bem trabalhado. Complexo, doce e ligeiramente picante.

— Meu Deus, eu tinha me esquecido de como um bom casamento pode ser *divertido!*

Devon se virou à esquerda para ver o rosto radiante de Faerdre. Em algum momento, entre as pessoas indo e vindo e uma mistura inebriante de livros, vinho e música, a outra mulher ocupou o assento ao lado. Faerdre deixou a Mansão Fairweather havia apenas alguns anos, e mesmo assim parecia que elas não se viam há uma eternidade.

— Oi — disse Devon, e então se estapeou mentalmente por soar como uma garotinha. Ela tentou evocar algo inteligente para dizer, mas sua mente traiçoeira estava em branco. — Então, hum, eu...

— Você está bem bêbada, penso eu! — Faerdre piscou seus cílios volumosos com excesso de rímel. — É bom tomar um porre em seu próprio casamento. Eu tomei nos meus dois! — Ela colocou uma mão na coxa de Devon coberta pela saia. Suas unhas longas e lascadas estavam pintadas exageradamente, com esmalte borrando as cutículas.

— Certo. — Devon corou. — Digo, obrigada. — Ela bebeu mais vinho, ciente da mão quente da outra mulher apertando sua perna através do tecido fino.

— Relaxe. Curta! — Faerdre tocou a bochecha de Devon com um beijo amigável. — Olha só para você, ficando toda vermelha! — Ela se esticou para pegar um prato de "salada", ou seja, páginas rasgadas de *Sonho de uma Noite de Verão* que foram tingidas em diversos tons de verde, as palavras quase ilegíveis.

Apesar de a outra mulher ter morado na propriedade dos Fairweather, Devon mal a conhecia. As tias haviam mantido Faerdre reclusa na ala norte da mansão, e o bebê parecia tomar uma quantidade de tempo excessiva de Faerdre.

Além disso, Devon não fazia a menor ideia de como puxar assunto com outra mulher. Mesmo agora, ela ainda não sabia. A aparência de Faerdre a deixou desajeitada e nervosa. Mesmo com uma língua como a dela, Devon não conseguia falar nada.

— Os Winterfield sempre dão as melhores festas, então não se sinta tão mal com a sua casa. Já vi piores. — Faerdre pegou tiras de sua salada de livros, mergulhando-as em seu vinho com deliciosa exuberância. — Você poderá ir nelas também quando acabar de cuidar dos bebês. Chega de bebês para mim! Eu posso perambular por onde quiser, me divertir. —Sua expressão tornou-se melancólica e seu lábio inferior estremeceu brevemente. — Como vai meu filho? Ele era um problemão, custava a dormir, muito pior do que o primeiro. Mas penso nele com carinho.

— O Chester está bem feliz — disse Devon, torcendo para que fosse verdade. Ela não via muito o rapaz. Ele chorou por semanas quando Faerdre partiu, mas conseguiu superar. Certamente isso significava que agora ele estava bem.

— Ah, que bom! — Faerdre murmurou com a boca na taça de vinho. — Ótimo. Fico muito feliz em ouvir isso. — Ela virou o copo em um longo gole.

— Posso te fazer uma pergunta? — Devon se aproximou um pouco mais, até seus ombros se tocarem. — Você se incomoda?

— Se me incomodo? — Faerdre lambeu um respingo de tinta verde da palma de sua mão. — O que você está querendo dizer? — Salpicos de vinho cobriram sua bochecha.

— Com tudo. Casar, ter filhos.

A ex-noiva-mãe ficou em silêncio por um longo momento, passando a ponta do dedo indicador na unha do polegar.

— Bom, não há mais nada além disso, não é? Não posso viver entre os humanos, então é isso ou nada. — Ela tomou um longo gole, e depois outro. — São apenas alguns anos e alguns bebês, e então você segue sua vida. Vive como uma rainha depois de cumprir seus deveres. — Ela sorriu. — Não acho que eu me incomode. Por que pergunta? Você se incomoda?

Alguém fez um brinde fútil ao fundo e várias pessoas aplaudiram antes de voltarem às suas celebrações mais silenciosas.

— Não, claro que não — disse Devon reflexiva. Faerdre tinha razão, era essa vida ou nada. Elas não podiam ser cavaleiros ou humanas; só podiam ser mulheres devoradoras de livros e tudo o que isso implicava.

E então, se sentindo desajeitadamente autoconsciente da resposta que deu, Devon acrescentou:

— Temos muita sorte. — Parecia importante dizer isso.

— Ah, com certeza, sim! Temos uma vida das mais afortunadas! — Faerdre encheu as taças de ambas com uma risadinha. — À sorte! Saúde, querida.

As duas caíram na gargalhada. Devon tentou lembrar o que era tão engraçado e decidiu que era o próprio vinho.

— Meu Deus! Vou sentir falta dessas festas — disse Faerdre entre gargalhadas.

— Não haverá mais muitas, sabe. Dizem que restam apenas mais seis noivas em toda a Grã-Bretanha.

— Hã? — A bebida deve ter anuviado a conversa delas; Devon sentia que perdera uma parte de algo importante.

— Hã o quê? — perguntou Faerdre, agitando sua taça. — Somos raras e estamos ficando cada vez mais raras. Você não sabe disso?

— Claro que sei. Todo mundo sabe disso. — Devon não sabia. Mulheres eram raras entre os devoradores de livros, sim, mas ninguém nunca lhe dissera que elas estavam ficando ainda *mais* raras.

— Restam apenas mais seis. — Faerdre repetiu. — Não haverá mais tantos casamentos para irmos, a menos que consigamos fazer aquela coisa de ciência dar certo. Pelo menos foi o que meu último marido disse.

— Coisa de ciência? — Devon ecoou, piscando através da névoa alcoólica. — É aquela... coisa sobre bebês em tubos de ensaio?

— Isso. Crianças paridas pela ciência. Logo as teremos. Daqui a uns dez anos. — Faerdre começou a rir um pouco alto demais. — E o que os cavaleiros farão então, quando pudermos escolher nossos próprios maridos? O que os dragões farão quando não houver mais cavaleiros para acolhê-los e ensiná-los a controlar seus ímpetos? Pobres cavaleirinhos! Pobres dragõezinhos!

Várias pessoas estavam olhando na direção delas, e alguns cavaleiros estavam encarando Faerdre com muita seriedade.

Em um momento mais que oportuno, Gailey apareceu ao seu lado e disse baixinho:

— Hora de vir comigo, minha querida.

— Tchau por enquanto! Vejo você outra hora. — Faerdre deu uma piscadinha, mandou um beijo e se inclinou sobre a mesa com a cabeça nas mãos.

— Mas a festa ainda não está acontecendo? — disse Devon, mas permitiu que Gailey a ajudasse a se levantar da mesa e a sair do salão de jantar. — Não haverá uma cerimônia? — Ela se lembrou de que, na Mansão Fairweather, Faerdre fez uma troca de votos contratuais de casamento enquanto todos assistiram em um respeitoso silêncio.

— Não é um costume dos Winterfield, minha querida. — Gailey explicou. Elas saíram do salão sem chamar atenção e começaram a subir um lance de escadas. — Apreciamos uma boa festa, mas não ligamos para cerimônias.

— Então para onde estamos indo? — Devon se apoiou com força no corrimão, sua cabeça girando por conta da bebida.

— Só um pouco mais longe, no fim deste corredor. Cuidado com o degrau. Nossa, você bebeu bastante, não? Imagino que não esteja acostumada.

— Bem...

— Aqui estamos. — Gailey a conduziu até um par de portas de madeira elegantemente pintadas. — Tenha uma boa noite, minha querida. Eu venho te ver pela manhã.

Um pequeno conjunto de cômodos se estendia diante de Devon, compostos de paredes azul-claro com papel floral delicado. Um quarto com um banheiro adjacente estava à sua esquerda e uma sala de estar em L fazia uma curva à sua direita.

Luton Winterfield estava sentado no sofá, com uma garrafa de conhaque e dois copos na mesa diante dele. Uma bandeja cheia de origamis estava ao lado da bebida. Ele a olhou de cima a baixo enquanto ela ainda estava parada na porta, um homem com pelo menos o dobro de sua idade e velho o suficiente para ser seu pai.

— Você usa saltos, mesmo com a sua altura? É sério? — Ele balançou a cabeça, servindo conhaque nos dois copos. — Sente-se, não hesite, querida. Eu só estava brincando.

Devon cogitou tirar os saltos, sem conseguir pensar em um jeito de tirá-los graciosamente. Ela cambaleou para o lado dele e sentou-se com rígida formalidade. Os origamis, agora vistos de perto, eram, na verdade, páginas de livros, cada uma dobrada em um pequeno e complexo cisne.

— Relaxe — disse ele entregando-lhe uma bebida. — Será divertido. — Ele sorria, então ela achou que estava indo bem.

Devon pegou a bebida e um dos cisnes de papel. A língua dela formigou com a primeira mordida, estrelas explodindo em sua visão.

> *Como és bela,*
> *meu amor, como és linda!*
> *Teus olhos são suaves,*
> *como pombas.*

— Isso era...? — Ela teria caído de costas no sofá se Luton não a tivesse segurado com uma mão firme. — Isso era o Cântico de Salomão? — A Bíblia, mas de um jeito que ela jamais havia comido antes.

— As palavras têm efeito sobre nós, assim como certas substâncias químicas. — O sorriso dele se tornou mais brando e feroz. — Misture uma página impressa com as substâncias certas e você terá uma baita combinação de experiências.

A sala se movia ao redor dela.

— Eu sinto como se estivesse voando... Não, nadando.

— Por isso os chamamos de cisnes. — Ele colocou outro origami nos lábios dela.

> *Como és bela,*
> *meu amor, como és linda!*
> *Teus olhos são suaves,*
> *como pombas.*

Sua cabeça era um furacão de pombas. Luton tinha um papo agradável, ainda que sem graça, e ela fez o melhor que pôde para acompanhá-lo, respondendo suas piadas ácidas com as dela, apesar do turbilhão em sua mente.

— Ah, essa sua língua — disse ele a certa altura, embora ela não se lembrasse bem do que havia dito. — Seu tio me alertou sobre ela.

— Rude! — Ela mostrou a língua, como fazia quando criança, e ele a mordiscou com seus dentes. Devon corou.

Alguns beijos desajeitados depois e ele começou a desatar os laços de seu corpete antiquado antes de se afastar para pegar o conhaque, dizendo:

— Acho que você precisa de mais uma rodada.

Por volta do terceiro drinque — e ela já havia bebido várias taças de vinho no jantar —, a maioria das roupas dela estavam empilhadas no chão, incluindo os tão problemáticos saltos.

Ele passou um braço sobre os ombros dela.

— Você parece distante.

— Eu sou sortuda — ela anunciou. — E também uma princesa.

De algum jeito, eles foram parar no quarto. A exaustão induzida pelo álcool anuviava a cabeça dela. Ela deve ter caído de costas na cama, porque de repente estava olhando para o teto: vigas de madeira ornamentadas, avermelhadas, salientes; as costelas de uma criatura gigantesca, se vistas por dentro.

Talvez ela tivesse sido engolida por uma baleia, como o profeta Jonas, Devon pensou, tentando lembrar onde ela tinha ouvido essa história, e então Luton a virou.

Ela tentou levantar a cabeça, sua voz abafada por fronhas bordadas e lençóis de algodão egípcio.

— Só relaxe. — Ele empurrou a cabeça dela para baixo. — Boa menina. — A voz dele era como um rio, correndo para longe e levando-a consigo.

UM GOSTINHO DE REDENÇÃO
DIAS ATUAIS

Há ainda mais evidências dos devoradores de mentes através da história. A Mesopotâmia e a Babilônia retratam criaturas sugadoras de sangue que se alimentam dos jovens, semelhantes a Lamashtu e Lilitu (e Lilitu, por sua vez, é interligada a Lilith, da demonologia hebraica). E isso é apenas o começo: essas lendas se estendem através de todas as culturas e através da história.

Os detalhes e contextos variam, mas padrões consistentes surgem entre culturas e períodos temporais para formar uma única conclusão: todos nós fomos presas dessas criaturas por séculos.

— Amarinder Patel, *Papel e Carne: Uma História Secreta*

Você tem que fazer uma pergunta a si mesmo. "É meu dia de *sorte*?" É ou não é, vagabundo?

Na tela da televisão, um Harry Callahan mal-encarado apontava sua arma. O vagabundo não achava que era seu dia de sorte. Eles nunca achavam. A boa vontade de Harry foi perpetuamente desvalorizada.

Cai gostava. Em vez de se sentar jogado no sofá, ele saltava de um pé para o outro conforme o filme se desenrolava. Vibrava com energia, murmurando algumas falas para si mesmo.

Devon o observava da pequena cozinha na qual ela e Hester haviam se acomodado. *Surreal*: adjetivo. Marcado pela realidade irracional de um sonho. Essa situação era a definição de *surreal*.

— Bom garoto. Gostei dele, mesmo que ele tenha tentado me matar. — Hester se debruçou sobre a bancada da cozinha, bebendo água em uma caneca lascada. — Perdão por todo o fingimento, a propósito. Quando recebemos a ligação de Chris dizendo que você estava procurando os Ravenscar, e os detalhes de sua história... Bem, Killock queria te investigar primeiro, para ter certeza de que você não era algum tipo de armadilha da Família.

Devon não dava a mínima para Chris no momento.

— O que você deu a Cai? Por acaso é... — Ela não conseguia sequer falar.

— Redenção? A droga? É claro. — Hester virou a cabeça quando um tiro ecoou da televisão. — Qual a melhor forma de provar que eu de fato estou trabalhando com os Ravenscar?

Devon sentou-se pesadamente. Quando criança mais nova, Cai tomava Redenção, até o momento em que os Ravenscar desapareceram da noite para o dia — tornando a droga mais rara do que dentes de galinha. Isso, por sua vez, desencadeou uma série de eventos na política da Família e na própria vida de Devon, levando-a até esse cômodo. Sentada na outra ponta da mesa com essa mulher. E assim o círculo se fecha.

— Ele comerá livros agora, assim como você. — Hester continuou. — Mas sem dentes de livros, ele terá dificuldade para mastigar capas duras. No entanto, você pode alimentá-lo com folhas impressas ou manuscritos, e ele absorverá informações deles e não de massas cinzentas. Ele ainda será capaz de escrever, tornando--o superior ao devorador de livros comum, mas não o deixe comer nada que ele próprio tenha escrito; ele pode se sentir um pouco enjoado.

— Eu sei, ele já tomou a droga antes. — Devon fechou e abriu seus punhos. Ela se sentia como um animal pré-histórico resgatado de um poço de piche: exausta pela batalha prolongada, incapaz de acreditar na própria sorte e ainda desconfiada de que, caso ela se mexesse muito, afundaria novamente.

— Quem é você? Você é uma Ravenscar?

Hester ergueu as duas mãos.

— Culpada. Sou uma das irmãs de Killock e estou aqui em nome dele para me encontrar com você.

— Uma Ravenscar em carne e osso, então. — Devon tentou organizar suas ideias, inspecionando Hester com atenção renovada e um olhar mais aguçado. E acrescentou, com acidez sarcástica:

— Então você é uma princesa, como eu?

— Acho que sim — ela respondeu secamente.

— Certo. — Devon considerou isso. Na televisão atrás delas, Harry Callahan lutava com o volante, cantando pneus em uma perseguição feroz. — A propósito, você gosta mesmo de mulheres, ou hoje foi tudo uma farsa completa?

— Eu poderia te perguntar a mesma coisa.

Devon decidiu mudar de assunto.

— Por que Killock não veio pessoalmente?

— Ele é nosso líder — disse Hester. — Isso seria arriscado.

— Então ele arrisca você no lugar dele? Uma mulher?

— Obrigada pelo voto de confiança. Eu consigo cuidar de mim mesma.

— Tenho certeza que sim — disse Devon com sinceridade apologética. — Só para deixar claro, eu não quis dizer isso como um insulto. Mas, em comparação com as mulheres, os homens de nossa espécie normalmente são... Como dizer...

— Descartáveis?

— Você quem disse, não eu.

— Eu não sou capaz de comentar sobre isso. Ele apenas pensou que seria mais diplomático mandar uma mulher para se encontrar com outra, e isso é tudo — falou Hester. — Se você não se importa, vamos direto aos negócios?

— Como queira. — Devon arrumou sua postura. — Quero comprar Redenção o bastante para conseguir sair da Inglaterra. E então encontrarei um lugar seguro para Cai e eu vivermos uma vida livre e feliz. Longe da Família. — Majoritariamente verdade, ainda que um pouco simplificado.

— Basicamente o que eu esperava, então. — Ela tamborilou no balcão com suas unhas aparadas. — Vou ser direta com você e parar de enrolação. Killock é o atual líder de nossa casa e está disposto a te dar as drogas de que Cai precisa. Mas apenas se você concordar com certas condições.

— Que tipo de condições?

— Você teria que se juntar à casa Ravenscar.

Devon recostou-se na cadeira.

— Acho que isso é um pouco mais complicado do que você está fazendo parecer.

— De maneira alguma. Juntar-se, neste caso, significa viver sob o comando de Killock, aceitá-lo como líder, acatar suas ordens e ser razoavelmente leal a ele. — Hester esfregava as pontas de seus dedos no polegar com uma energia nervosa. — Essas foram as condições que ele acertou conosco, seus outros irmãos. Como membro de sua casa, as mesmas regras se aplicariam a você.

Em outras palavras, pensou Devon, Killock teve êxito em seu golpe e deu a seus irmãos uma escolha entre a morte e a obediência. Apesar de eles terem fugido e supostamente escapado da cultura da Família, o fruto não caiu muito longe da árvore proverbial.

O que levantava a questão: por que a casa Ravenscar ruiu, afinal? Se Killock apenas queria uma mudança na liderança, havia meios para isso. Ele não teria sido o primeiro jovem ambicioso a alcançar o posto de patriarca.

Não, tentar abandonar completamente as outras Famílias implicava em um novo começo, mas Devon não conseguia ver nenhuma evidência de algo novo. Ela estava deixando alguma coisa passar. Provavelmente várias coisas. Turbulências e redemoinhos de uma complicada rixa familiar se desenrolando em torno de seus pés, e ela estava pisando às cegas.

Devon então falou:

— Não vai dar certo para mim. Eu já me afastei dos patriarcas devoradores de livros e da vida das Famílias uma vez no passado. Nunca mais viverei sob esse mesmo sistema.

As mãos inquietas de Hester pararam.

— Ele não é nada como os antigos patriarcas. É um tipo de comando muito diferente.

Devon caiu na gargalhada, curvando-se enquanto ria.

— Dev? — Cai ficou de pé em um instante, olhando para ela através do estreito arco da porta da cozinha. Na tela atrás dele, Clint Eastwood caminhava com determinação pelos corredores de um edifício.

— Estou bem. — Ela o dispensou com um aceno. — Foi só... uma piada hilária. Vá ver seu filme, querido.

— Hunf! — Ele esperou alguns segundos antes de voltar para o sofá, ainda lançando olhares desconfiados na direção dela. Infelizmente ele a ouvia rir tão raramente que até achava que era motivo de preocupação.

Hester apertou os lábios com força.

— Eu estava falando sério!

— Mas ainda é hilário, não é? — Devon respirou fundo para se acalmar e se levantou. — Nossa. Eu preciso de uma bebida.

— Sirva uma para mim também, por gentileza. — Hester sentou-se à mesa de pernas cruzadas, balançando um dos pés.

Devon fechou a cara, mas educadamente pegou a vodca que comprara mais cedo e procurou dois copos. Nunca havia uma solução simples, ela pensou amargurada. Todos sempre queriam alguma coisa que você não esperava.

O cheiro de bebida barata tomou conta do espaço entre elas, adicionando uma densa camada de acidez ao fedor semipermanente de graxa da borracharia abaixo.

— O que eu quero são drogas para mudar a vida de meu filho e estou disposta a pagar por elas. — Devon deslizou um copo cheio de vodca. — Eu *não* quero ir morar com mais um monte de gente que é essencialmente a Família outra vez, e muito menos pisar onde não sou bem-vinda com seu pseudopatriarca.

— Então acho que nós duas vamos embora de mãos abanando. — Hester limpou algo indesejável da beira de seu copo e tomou um gole com cautela. — Pessoalmente, não entendo qual é o problema. É uma oferta tão ruim assim?

Da sala de estar, Cai continuava a observá-las. Sem dúvida ele estava absorvendo cada palavra, como sempre.

— A vida na Família é tão ruim assim? — Devon retrucou, satisfeita ao ver a outra mulher estremecer. — Riqueza, privilégios, casas luxuosas. O que há para não amar, hein?

— Não será desse jeito. — A expressão dela era complexa e indecifrável. — Nunca será como antes. — Uma declaração tão vaga quanto suas intenções.

— Se você diz. — Devon tossiu com o cheiro da vodca. — Por que ele iria me *querer* em sua casa, afinal? Uma fugitiva instável com muita bagagem e vários cavaleiros como inimigos?

— Ele te respeita. O que você fez, o que você passou. Seu compromisso com a sobrevivência — disse Hester, e Devon se perguntou o quanto dessa afirmação era verdade e o quanto era invenção de sua interlocutora. — Ouça, você não precisa tomar essa decisão imediatamente. Estou simplesmente te convidando para vir comigo conhecer meu irmão. Se você não gostar, não precisa concordar com nada.

— É mesmo? E o que acontece se formos até lá, decidirmos que não temos interesse e tentarmos ir embora outra vez? Tem certeza de que seu irmão não nos consideraria um risco? O que me impediria de voltar para as Famílias algum dia e delatar tudo?

De seu canto no sofá, Cai disse:

— Não temos outras opções, e Killock deve saber disso. Ele é a única pessoa neste país que pode me fornecer Redenção, então *precisamos* negociar com ele, e em seus termos. Senão vou morrer de fome aqui.

As duas olharam para ele.

— Não sejamos pessimistas — disse Devon, consciente demais da outra mulher ouvindo e observando. — Não precisamos pensar nisso ainda...

— *Precisamos* pensar nisso agora. — Cai apoiou os cotovelos nas costas do sofá. — Uma dose por dia afasta a fome. É o que diziam quando eu tomava Redenção na antiga casa. Se eu não tiver outra dose amanhã, terei que me alimentar de alguém de novo muito em breve. E os cavaleiros estão se aproximando. Foi o que *você* me disse antes.

Devon hesitou. Ele tinha razão, mas o problema era que nada dessa coisa de se juntar aos Ravenscar ou de se envolver em suas rixas internas se encaixava em seus planos cuidadosamente elaborados. No entanto, ela não podia explicar isso para Cai porque não havia contado a ele toda a verdade sobre o que estava acontecendo. Para sua própria proteção.

Ela olhou para a outra mulher.

— Poderia nos dar um minutinho?

— Claro, por que não? Eu gostaria de um cigarro mesmo. — Hester se levantou e flutuou por entre eles como um fantasma, passando pela porta da frente e para a escadaria imediatamente do lado de fora.

Quando ela se foi, Devon se levantou e caminhou da cozinha à sala de estar, sentando-se pesadamente na mesinha de centro em frente a Cai.

— Eu quero a cura deles para você. Mas é complicado. — *Muito* mais complicado do que ele sabia, ela pensou, exausta. — Essa situação em que entraríamos parece muito conturbada. Precisamos de cautela.

Cai colocou a TV no mudo, silenciando seu filme.

— Sabe, eu não guardo todas as memórias. Ou, se guardo, não consigo evocá-las sempre. Mas às vezes... — A boca dele se contorceu. — Às vezes acordo pensando em Mary, decido que devo visitar seu túmulo, e então me lembro de que não posso porque ela não é minha esposa e eu nunca me casei. Ela era apenas a esposa do eletricista. Você se lembra dele? A quinta pessoa que você me trouxe.

Atores se envolveram em uma batalha simulada silenciosa na tela da TV e Devon estava congelada, seus dedos entrelaçados. Ele nunca havia falado sobre sua alimentação antes. Não dessa maneira.

— Fui casado quinze vezes e assinei oito divórcios — disse Cai, com a assertividade inflexível de uma criança de cinco anos. — Fui quatro tipos diferentes de religioso e já fui nada religioso. Quase morri duas vezes e tirei 22 carteiras de motorista. Lembro-me de ir à guerra e matar uma civil por acidente. O sangue dela arruinou meu uniforme. — Ele contraiu seu nariz arrebitado em uma divagação desgostosa. — Eu me lembro do som que uma mulher faz quando é machucada pela primeira vez. Eu me lembro de machucar você através dos olhos *dele.* Eu me lembro dos sons que você fez.

Devon tocou sua própria garganta e não falou nada. Ela não ousou olhar para ele, caso ela pudesse ver o eco de seu ex-marido em seu rosto.

— Eu me lembro dessas coisas, embora não as tenha feito. Eu sofro por esses pecados sem tê-los cometido, como diria o vigário. Eu não sou essas pessoas e também não sou eu. Eu não posso nem ser eu mesmo, estou empanturrado demais de outras vidas. — Cai girou o controle remoto várias vezes em suas mãos. — Vinte e cinco vezes você perguntou: *você é uma boa pessoa?* Você perguntou a eles, e não a mim, mas agora eu sou todas essas pessoas e a pergunta é minha, 25 vezes.

— Cai... — Ela perdeu o controle, e a conversa tomou um rumo inesperado sem ela.

— Ainda não terminei — disse ele. — A resposta é não, não sou uma boa pessoa. Jamais serei, mesmo que eu devore boas pessoas, e especialmente não se eu devorar pessoas ruins. A única coisa que eu sou é um monstro. Você não vai me chamar assim, mas é o que eu sou.

— Isso não é verdade. Não pense assim.

— Não? Todas as pessoas que já consumi acharam que eu era um monstro em seus momentos finais. Elas tinham medo de mim.

— Todo mundo é um monstro para alguém. — Devon não precisou pensar nessa resposta; ela já a havia preparado faz tempo, na ponta da língua. — Mas você não é, e nem nunca será, um monstro para mim.

A melhor e a pior mentira que ela já contou para ele.

— Fico feliz — disse ele. — Mas isso não muda como eu me sinto. Estou cansado, Dev. Eu não quero comer. Eu não quero machucar ninguém. Não quando há uma cura, *bem ali,* ao nosso alcance. Importa o que Killock está pedindo agora? Nós daremos um jeito. *Você* dará um jeito. Como sempre faz.

Devon não disse nada, apenas se sentou ao lado dele com um braço estendido.

Relutante, ele deixou que ela o envolvesse em um abraço. Ele era tão grudento quando bebê; hoje em dia, Cai gostava de seu espaço. Durão e independente, como ela. E também ferido como ela. O coração dela doía. As coisas que ela tinha feito com ele. As coisas que eles fizeram um ao outro.

Ele se aninhou em seu ombro, um gesto tão incrivelmente raro que fez o coração dela derreter.

— Se eu não conseguir Redenção, não quero continuar assim. Não quero continuar *de jeito nenhum.*

— Não chegará a esse ponto — disse ela, alarmada. — Nós vamos conseguir mais Redenção.

— Eu sei — disse ele, e então ela o apertou mais forte.

Devon não gostava de confusões, e isso era bem menos simples do que seu plano de obter drogas dos Ravenscar em troca de dinheiro e depois desaparecer para outro país. Mas, no fim das contas, era uma mudança tão grande assim? Desde que ela tivesse acesso à Redenção, haveria outras formas de fazer as coisas darem certo. Independentemente do que estava se passando com Killock Ravenscar ou com seus irmãos estranhos.

Algum dia, muito em breve, ela teria que contar a verdade a seu filho sobre seus planos e com quem ela mantinha contato — e, consequentemente, a verdade sobre o que ela havia feito durante os oito primeiros meses de sua fuga. Havia uma lacuna na memória dele e a cicatriz de implante em seu abdome que ela até então explicava como uma marca de nascença.

O pensamento a deixou ligeiramente enjoada. Tantos segredos! Talvez...

— Olá? — Hester enfiou a cabeça porta adentro, o cigarro preso entre os dedos. — Perdão pela interrupção, mas acho que teremos companhia logo, logo.

ATO 2

MEIA-NOITE

PRESENTES PARA O MENINO JESUS
DEZ ANOS ATRÁS

No túmulo sem janelas de uma mãe cega, na calada da noite, sob os fracos raios de uma lâmpada em um globo de alabastro, uma garota veio na escuridão com um lamento.

— George MacDonald, *O Garoto do Dia e a Garota da Noite*

Devon pensou que deveria estar morrendo. Cada contração trazia uma agonia maior, e ela não entendia como isso poderia continuar indefinidamente, mas continuou.

Um punhado de mulheres Winterfield se agitava ao redor dela enquanto ela gritava de dor nos travesseiros, depois chorava por vergonha de ter gritado. Contorcer-se e gemer era para mulheres fracas — não era? Não para noivas devoradoras de livros fortes e jovens de 1,80m. Parir deveria ser sua razão de ser, no fim das contas.

Depois de seis horas de trabalho de parto, Luton apareceu, bradando ordens para que alguém "dê alguma coisa a essa garota antes que ela nos deixe surdos".

— Ela não consegue evitar — disse Gailey, com a mão na cabeça de Devon. — O bebê está invertido.

— O quê? — Devon indagou arfante.

— O quê? — Luton ecoou. — Precisamos de intervenção externa? Cirurgia ou...

— Não é um problema — Gailey assegurou. — Apenas um longo e doloroso trabalho de parto.

Isso soava como um enorme problema para Devon, mas ela não tinha fôlego suficiente para reclamar.

No entanto, Luton tinha:

— Longo? Quer dizer que isso vai durar horas? Então dê uma injeção nela, pelo amor de Deus! Se eu tiver que aguentar mais um minuto desses urros vou perder minha maldita cabeça. Era para ser véspera de Natal, eu quero um pouco de paz.

As mulheres se opuseram com declarações sibilantes e raivosas que ela não conseguia escutar. A dor fazia parte da tradição das devoradoras de livros; o trauma dificultava o vínculo entre mãe e filho, o que, por sua vez, facilitava a separação dos dois.

Mas a vontade de Luton prevaleceu, assim como seu desejo por uma véspera de Natal tranquila. Uma picada que Devon quase não sentiu furou sua coxa. Ele observou com olhos semicerrados e mãos nos ouvidos, o homem que teoricamente deveria ser seu marido. Ela se ressentia dele por tratá-la com tanta indiferença e, ao mesmo tempo, queria se jogar aos pés dele soluçando de gratidão.

Uma sonolência a dominou quando a diamorfina fez efeito. A dor ainda prevalecia, porém mais distante, o eco de algo que ela odiava, em vez da agonia em que ela estava imersa.

— O efeito vai passar. — Parecia que Gailey estava falando do extremo oposto de um túnel longo e cheio de ecos.

— Então aplique mais quando passar. Alguns de nós precisam trabalhar! — Ele saiu com passos que pareciam reverberar. A voz dele tinha um eco também. Tudo estava zumbindo. Devon se sentia como uma corda vibrando.

O resto do parto acabou sendo apenas lacunas na memória dela. Ela conseguia se lembrar de qualquer frase de qualquer livro que já havia comido, mas pensar naquelas horas restantes evocava apenas fragmentos de sensações e *flashes* de conversas distorcidas. A diamorfina a deixou enjoada; ela também parecia pular os minutos, dando saltos erráticos ao longo das horas.

Sem aviso, a dor cessou abruptamente. Sem mais contrações, sem mais empurrões. Ela olhou para o teto acima de sua cama, atordoada por estar viva e com um sentimento de traição porque contos de fadas nunca descreveram um parto. As mulheres se agitavam empolgadas ao seu redor, falando sobre cordões, cortes e o bebê...

O bebê. Ela se esforçou para se sentar.

— Quero ver meu filho!

— Não é filho — disse Gailey, entregando-lhe o bebê. — Você teve uma garotinha saudável, minha querida.

— Uma... menina?

— Feliz Natal, querida. Seu próprio bebê natalino.

E Devon estendeu seus braços suados.

Ela fitou, maravilhada, aquela forma contorcida com um rostinho amassado e vermelho. As mãozinhas minúsculas e as bochechas inchadas.

Por fora, nada havia mudado. A galáxia ainda girava em vasta indiferença inconsciente e o mundo indiferente ainda fluía além dos limites de seu quarto. Mas aqui, neste momento, os eixos do universo pessoal de Devon se inclinaram, e ela foi deixada oscilando, desequilibrada no âmago do seu ser.

O bebê choramingou, soando como um sapo que acabou de ser pisado.

— Ela deve estar com fome. É melhor você amamentá-la, querida. Será bom para vocês duas. — Gailey se aproximou, ajudando Devon a se sentar ereta, abrir sua blusa e posicionar o bebê enquanto as tias ofegavam e tremiam. *Uma menina! Uma menina! Que sorte incrível!*

O silêncio reinou enquanto aquela coisinha foi amamentada, os olhos se fechando devagar. Uma quietude tomou conta de Devon, que continuou sentada, atordoada e com medo de se mexer caso seu universo saísse do eixo novamente. As tias já estavam cuidando de sua limpeza: limpando o sangue em suas pernas e trocando os lençóis ao seu redor da melhor forma que conseguiam. Alguém levou a placenta embora.

— Seu leite será preto, quando ele fluir — disse Gailey. — Não se assuste com isso. É perfeitamente normal.

Devon apenas assentiu, exasperada demais para conseguir falar. Perfeitamente normal? Como alguma coisa poderia ser normal novamente? A vida dela foi uma série de contos de fadas distorcidos nos quais ela se imaginava como uma princesa, mas isso aqui, vivendo, respirando e fungando em seus braços, tinha mais verdade do que todas as histórias que ela já havia engolido.

Ela era o mundo para sua filha, uma noção de humildade e de fortaleza. Devon nunca tinha sido o mundo de ninguém antes — ela nunca tinha sido coisa nenhuma, na verdade, exceto a soma de papéis que havia consumido sem pensar.

— Posso dar um nome a ela? — Ela perguntou sem se dirigir a ninguém em particular, atordoada demais para lembrar qual era o protocolo.

— Não há necessidade — disse Gailey, enchendo uma cesta de roupa suja com lençóis ensanguentados. — Luton já escolheu "Salem", no caso de ser menina.

Salem Winterfield. As sílabas se empapavam na boca dela como papel molhado. Isso a fez pensar em julgamentos de bruxas e em mulheres sendo queimadas, e parecia um nome quente demais quando juntado ao velho e frio "Winterfield".

— Eu não gostei desse nome — disse ela, olhando para o rosto rechonchudo e macio de sua filha. — Não combina nem um pouco com ela.

— Não seja boba, é um nome perfeitamente adorável! Aqui, apoie melhor a cabeça dela, assim.

Devon estava cansada demais para discutir. Exausta e ainda sangrando, com um bebê no aninhado em seu peito sem roupa. Ela acabou deixando "Salem" entrar em sua mente, quisesse ela ou não. Como se o nome tivesse reivindicado sua filha de forma irrevogável.

Alguém bateu à porta, distraindo sua atenção. Luton havia chegado. Ele estava bocejando com olhos turvos, ainda de roupão, e Devon percebeu com surpresa que eram quatro e meia da manhã. Ela havia perdido completamente a noção do tempo.

— A língua — disse Luton, esfregando o rosto com as palmas das mãos. — Alguém verificou? — Ele não se aproximou, provavelmente afastado pela bagunça sangrenta que cobria toda a cama.

Por um breve e exausto momento, Devon pensou estupidamente que estavam falando de sua própria língua — *uma* língua *como a sua!* — e não conseguia compreender por que isso era digno de nota.

— Está tudo bem com o bebê, sem probóscide — disse outra tia. — Independentemente disso, é uma menina, Luton.

— Meninas também podem ser devoradoras de mentes. Acontece, ainda que raramente — disse ele. — Mas eu concordo, parece estar tudo bem com ela nesse sentido.

Depois disso, ele puxou Gailey de lado e falou em voz baixa algo sobre escrivães e médicos. Questões práticas que precisavam ser resolvidas. Gailey apertou os lábios, assentindo com a cabeça nos momentos adequados.

Devon abraçou forte sua filha, ao mesmo tempo incomodada com as perguntas de Luton e aliviada com as respostas. Uma menina saudável. No entanto, uma parte dela ainda estava com raiva porque isso não deveria importar. Uma menina devoradora de mentes não pegaria bem em um casamento, e foi só nisso que Luton pensou.

Ela olhou para aquela coisinha fungando em seus braços, tomada por um misto inquietante de pavor e orgulho. *Restam apenas seis noivas em toda a Grã-Bretanha*, dissera Faerdre. Isso fazia de sua filha a sétima noiva em potencial? O pensamento a deixava ansiosa por uma infinidade de razões.

Luton aproximou-se da cama de Devon, ainda desviando o olhar do sangue.

— Você se saiu bem, Sra. Fairweather. Fico feliz em saber que é uma menina saudável. Espero que me perdoe por voltar a dormir, mas o tempo não para e tenho uma agenda lotada amanhã.

— Sim, claro — disse Devon, tentando encontrar palavras educadas. Será que ele não sentiu nada? O poder, o trauma, a admiração? Por que o eixo do universo *dele* não se inclinou, como o dela?

Ela cogitou agradecê-lo por intervir com o medicamento, mas decidiu que era melhor não o fazer e se curvou sobre sua filha. Luton só ajudou porque a dor dela era inconveniente para ele. E, agora que sua mente estava livre das drogas e da agonia, Devon se ateve ao fato com um cinismo ácido. Ele não merecia sua gratidão pelo que era apenas uma cortesia básica.

Depois que ele saiu, o bebê foi levado para pesagem pelas tias, que o limparam e o vestiram. Uma das tias ajudou Devon a tomar banho, enchendo a banheira com uma diversidade de produtos de luxo antes de deixá-la em paz.

A revelação atingiu Devon com a força de um trem-bala enquanto ela se sentava, exausta, em uma banheira de porcelana, nua e sozinha, coberta de espuma: ela não conseguiria entregar Salem.

Não havia o que fazer com esse sentimento, nenhum plano ou objetivo específico. Era simplesmente uma verdade que ela sentia e não tinha como negar. Salem era dela, com o nome estranho e tudo. Ninguém tinha o direito de separá-las.

Devon saiu do banho, respingando no chão, e se enrolou em um roupão. Ela mancou de volta ao quarto com as roupas de cama recém-trocadas e se enfiou embaixo das cobertas, sussurrando agradecimentos enquanto uma das tias colocava Salem ao seu lado.

— Durma — disse Gailey, ajeitando as cobertas ao redor das duas. — Vamos deixar alguém com você nessas primeiras noites. Não precisa se preocupar em rolar sobre a criança durante o sono.

— Posso criá-la? — Devon perguntou. As mãozinhas de Salem envolveram seus dedos adultos, apertando com força; a conexão entre elas foi muito rápida. — Posso ficar mais tempo aqui. Eu não me importo.

Gailey apertou os travesseiros com força, afofando-os.

— Não é assim que funciona.

— Por que não? Por que não pode ser?

— Ah, minha querida! — Gailey colocou uma mão na cabeça de Devon, como se ela fosse um cachorro. — Ouça-me, e com atenção. Ninguém fica mais de três anos amamentando um bebê, e depois disso todas as mulheres devem seguir para seu próximo casamento. Casamentos são cuidadosamente negociados para limitar consanguinidade.

— Eu sei — disse Devon, então percebeu que estava segurando o bebê com muita força quando Salem começou a chorar. — Eu conheço os termos do meu contrato, entendo nossas dificuldades quanto à fertilidade — disse ela, mais calma. — Mas pensei que...

— Não — disse Gailey. Vendo a expressão de Devon, a dela suavizou um pouco. — Todas as noivas-mães experimentam isso. É completamente normal, e todas nós passamos por isso. Incluindo eu mesma.

— Você passou por isso? — Não deveria ser uma surpresa para ela, porque é claro que todas as mulheres que poderiam ter filhos os tiveram. Mesmo assim, Devon custava a imaginar Gailey jovem, casada, grávida e amamentando. Especificamente, ela não conseguia compreender como alguém poderia passar por essa mesma experiência e ainda assim advogar em prol dela, como outras mulheres da Família pareciam fazer.

— Naturalmente, querida. — Gailey cruzou as mãos uma sobre a outra. — Como eu estava dizendo, todas nós sofremos com a entrega. Sua mãe provavelmente sofreu. Mas em um piscar de olhos seu bebê estará crescido e se casando. Logo mais, ela terá seus próprios filhos. Quando ela os tiver, pense em como você ficará feliz em ter descendentes em outra casa, uma linhagem de sua carne. Isso não é uma coisa linda?

Devon não tinha a menor ideia do que dizer sobre isso.

— Confie no processo. — Continuou Gailey com uma expressão cansada. — Depois de três anos, você vai estar morrendo de vontade de se livrar do bebê. Eu definitivamente estava. — A voz dela estava um pouco embargada; as outras tias se entreolharam, em silêncio.

— O quê? Não vou não! — Será que achavam que ela era burra? Fácil de distrair, fácil de deixar as coisas de lado? — Eu quero ficar com ela!

A mulher mais velha franziu a testa, mostrando linhas de expressão em seu rosto.

— Por que não fazemos um planejamento? Programamos para você algum tempo longe de sua filha. Algumas noivas-mães fazem isso. Ajuda a não criar tantos vínculos.

— Tempo longe? — Devon lutou para conter o pânico em sua voz. — Não precisamos de nenhum tempo longe!

— Falaremos sobre isso em outra ocasião. Descanse agora, minha querida. — Gailey já estava saindo do quarto com os ombros caídos em direção a seus próprios aposentos.

Para ser justa com a mulher, ela provavelmente também estava exausta. Havia sido um parto longo para todos. Devon estava disposta a perdoar isso, e cansada o bastante para seguir o conselho de ir dormir. Ela adormeceu com Salem aninhada na dobra de seu braço.

Mas Devon foi menos complacente quando Gailey voltou umas dez horas depois, com um olhar calculista em seu rosto.

— Você está exibindo todos os sinais de alerta de uma mãe excessivamente conectada — disse Gailey. — Isso pode parecer duro, mas eu acho que você deveria concordar com uma intervenção precoce.

— Que ridículo! Eu não concordarei com nada disso!

Gailey acenou para as outras tias. Três mulheres a seguraram enquanto outra arrancou Salem de seus braços. Devon estava com dois dias de pós-parto, ainda sangrando, incapaz de impedi-las ou de opor qualquer resistência além de gritar.

— Fique à vontade — disse uma das mulheres. — Relaxe e descanse um pouco.

— Vão para o inferno! — As palavras dela ricochetearam inofensivas nas costas das mulheres enquanto elas saíam.

Devon ficou na cama por mais algumas horas, enraivecida demais para chorar, consumida pela vergonha e pela derrota. Siga as regras, ande na linha, viva a vida boa; foi o que lhe ensinaram durante toda sua vida. Mas Devon não queria uma vida boa. Ela queria sua filha, nada mais, nada menos. A promessa do cavaleiro comandante de anos atrás, de que coisas ruins só aconteciam àqueles que quebravam as regras, parecia um eco vazio. Ela fora boa e obediente, mas, mesmo assim, Salem estava sendo levada embora.

Era injusto. E algo dentro dela, uma rebeldia há muito tempo adormecida e enterrada pelo choque da punição de Ramsey, despertou em seu peito.

Quando ela se sentiu mais forte, levantou-se da cama e jogou longe os livros e as xícaras de chá de tinta que trouxeram. Salem, adorável Salem, era igualmente feroz. Seus berros agudos podiam ser ouvidos em toda a casa. Devon fez uma pausa em sua destruição para se ajoelhar perto da porta trancada, ouvindo com uma satisfação angustiada até que finalmente sua filha foi trazida de volta a contragosto.

— Eu não concordei — disse ela com a voz embargada, mas Gailey apenas sacudiu a cabeça.

Elas voltaram no dia seguinte, para fazer a mesma coisa. Como antes, duas mulheres tentaram segurar Devon enquanto ela cuspia e xingava.

Ela estava mais forte hoje. Lutou como uma onça e gritou como uma assombração até sua garganta arder.

Elas mal tinham desvencilhado Salem das mãos de Devon quando Luton entrou no quarto, com o rosto vermelho e a gravata torta.

— O que diabos você está fazendo? — Ele repreendeu uma Devon exasperada, que tomou vantagem da distração para puxar sua criança de volta. Salem tentava abocanhá-la freneticamente e Devon quase rasgou seu vestido tentando abaixar a parte de cima para amamentá-la.

Gailey tentou se impor.

— Isso é assunto de mulheres.

— Pelo contrário. Esta é minha casa, portanto também é assunto meu. — Luton a encarou; sua irmã se encolheu, imediatamente perdendo a imponência. — Vou perguntar de novo: o que estão fazendo?

— Luton, ela estava mostrando sinais clássicos de estar excessivamente conectada, então propus pequenos períodos de separação experimental. É uma técnica que funcionou para outras noivas, em outras casas...

— Bom, claramente não está funcionando aqui! Meu Deus, não consigo nem mijar sem ter que ouvir um bebê gritando ou uma mulher chorando!

Devon queria ralhar que ela não chorou uma lágrima sequer, não desde o nascimento. Gritar de raiva era completamente diferente. Em vez disso, ela manteve a boca fechada. Por mais egoístas que fossem suas motivações, pelo menos Luton estava do lado dela.

— Se continuarmos com firmeza, provavelmente evitaremos uma série de problemas para todos a longo prazo.

— Problemas? — Luton olhou para Devon, que abraçava Salem enquanto ela mamava. — Neste momento, ela está feliz, o bebê está feliz. O que quer dizer que eu não tenho nenhuma dor de cabeça. Qual é o problema? Por que incomodá-las?

— Minha preocupação é quando precisarmos separá-las...

— Quando precisarmos separá-las, é isso que faremos — disse ele, com uma ruga de irritação entre as sobrancelhas. — Não vejo vantagem em causar transtornos antecipadamente. Se Devon não cooperar, dificilmente conseguiremos encontrar uma ama de leite, e então o bebê morrerá de fome! Façam o que for preciso para deixar mãe e filha contentes por enquanto. Vocês *conseguem* fazer isso, não conseguem?

Gailey engoliu em seco, seu rosto sombrio. Ela trocou olhares com as outras tias.

— Que bom que nos entendemos. — Luton se virou e saiu.

Devon envolveu sua filha e o observou partir, com o coração se tornando uma bola de espinhos em seu peito, mesmo enquanto ela conseguiu respirar aliviada. Três anos eram suficientes para fazê-los mudar de ideia, e era exatamente isso que ela faria.

Ninguém tiraria Salem dela.

O TREM DAS 22H15 PARA EDIMBURGO
DIAS ATUAIS

Em eras anteriores, os devoradores de mentes eram geralmente assassinados ao nascer. Isso mudou na década de 1920, quando o patriarca da Mansão Ravenscar se dedicou a criar uma "cura" para um de seus filhos, que nasceu um devorador de mentes. Se ele fez isso por amor, ou por uma percepção prática de que havia a possibilidade de ganhos financeiros e de influência com tal empreitada, é motivo de especulação.

Tudo o que sabemos é que, cerca de 25 anos depois, ele eventualmente conseguiu criar um protótipo da droga que hoje conhecemos como Redenção. E as Seis Famílias foram mudadas para sempre.

— Amarinder Patel, *Papel e Carne: Uma História Secreta*

No beco abaixo do *flat* de Devon, um dragão solitário caminhava pela calçada cheia de detritos, atravessando o beco de ponta a ponta.

Devon se encolheu agachada atrás do corrimão da escada do *flat*.

— Eles estão aprendendo meus métodos. Os cavaleiros devem ter ido direto conferir os abrigos desta vez.

— Abrigos? — Hester agachou-se ao seu lado, com um cigarro ainda aceso entre seus dedos.

— Onde deixo as vítimas de Cai. Os humanos geralmente ignoram os pobres entre eles, então quase ninguém alerta a polícia.

— É verdade. Eles são tão cruéis quanto nós, à sua maneira. — Hester ergueu um espelho compacto, inclinando-o para ver além do corrimão. — Ele foi embora. Por enquanto.

— Essa foi por pouco. — Devon conferiu seu relógio; 21h50. O celular ardia metaforicamente em seu bolso. Se ela ia fugir para os Ravenscar esta noite, precisava que *ele* soubesse. Ela perguntou em voz alta:

— Você veio até aqui dirigindo? Tem algum carro que podemos usar?

— Infelizmente, não. Um amigo meu deu carona até a fronteira da cidade há alguns dias.

— Que escolha curiosa. Por que não ficar por aqui?

— No caso de ser uma armadilha das Famílias e a cidade estar cheia de cavaleiros — disse Hester relutantemente. — E eu não imaginei que partiríamos em uma situação complicada como esta.

— Justo. Acho que vamos de trem então.

— Trem?

— Com você. Para encontrar Killock Ravenscar.

— Entendi. — Hester apagou seu cigarro de baunilha na parede suja e o jogou fora. — Não que eu esteja reclamando, mas por que mudou de ideia? Achei que você não confiasse em mim.

— Não tenho escolha, não é? Cai precisa de sua cura. Eu não posso negar. Se eu quiser uma chance de dar a ele uma vida livre e feliz, preciso de Redenção e de um caminho para segurança. — Devon voltou ao *flat*. — Vou começar a fazer as malas.

— O que foi? — Cai perguntou. — Estamos de saída?

— Sim. — Ela pegou a mala próxima à parede e a levou para o quarto. — Pegue seu *Game Boy*, por favor. Não, coloque na minha bolsa; não vai caber na mala. — Em cima das roupas, ela espremeu uma pilha de livros de contos de fadas que ainda tinha: *O Garoto do Dia e a Garota da Noite; A Filha do Rei de Elfland; Princesa Furball*.

— Certo. — Ele abriu o zíper da bolsa e colocou o console dentro. Havia coisas importantes lá, como os vinte e poucos mil em dinheiro, um livro para um lanche de emergência e o celular dela. E agora o *Game Boy*, que dava continuidade à vida dele. Alguma coisa sobre os mesmos níveis e os mesmos desafios prendiam sua atenção, apesar de todos os alimentos absurdos que ele consumia.

— Posso ajudar? — Hester perguntou, parada perto da porta da frente.

— Obrigada, mas já terminei. — Devon fechou a mala sobre suas posses escassas. — Preciso ir ao banheiro antes de sairmos. — Ela também precisava dar um telefonema antes de irem embora.

— Estamos com pressa!

— Certo, serei rápida. — Devon escapou para o banheiro antes que Hester pudesse fazer outras objeções.

Ela se acomodou no assento — porque precisava usar o vaso — e tirou o celular do bolso de seu casaco. Sua lista de Chamadas Recentes tinha apenas quatro contatos. Ela escolheu um número em particular e apertou o botão Ligar.

Em momentos como este, Devon detestava intensamente sua incapacidade de escrever ou mesmo de enviar uma mensagem de texto. Se não fosse por isso, ela seria capaz de enviar uma mensagem discretamente, em vez de precisar fazer esses telefonemas constrangedores correndo o risco de ser ouvida por alguém.

Três toques, seguidos pelo silêncio de alguém que atendeu, mas não falou nada.

Como não era seguro falar, Devon pressionou a tecla de asterisco em rápida sucessão. Do lado dela, o telefone estava perfeitamente silencioso, mas do outro lado da linha era possível ouvir o som de uma discagem organizada em bipes longos e curtos enquanto ela convertia a frase *mudança de planos, aguarde mais informações* em uma sequência de código morse:

-- ..- -.. .- -. -.-. .- / -.. . / .-. .-.. .- -. --- ... --.-- / .- --. .- -.. . .-. -.. . / -- .- ... ... / .. -. ..-. --- .-. -- .- -.-. --- . ...

Ela esperou tensa por alguns segundos, com o fone no ouvido, por uma série de bipes em resposta.

Entendido.

— Já acabou? — Hester chamou do outro lado da porta

Devon tampou o microfone do celular com o dedão.

— Calma, já estou saindo.

Não havia tempo suficiente para se comunicar com seu outro contato. Ela teria que ir com Hester por ora e entrar em contato depois. Devon apertou a descarga, subiu as calças, fechou o celular e lavou as mãos antes de sair.

— Estou pronta. — Já era difícil o suficiente manter as conversas codificadas escondidas de Cai, e agora ela teria que evitar Hester também. Sentiu o começo de uma enxaqueca de estresse surgir em suas têmporas.

O trio se esgueirou escada abaixo, com Hester na frente, seguida por Devon, carregando uma pequena mala e uma bolsa pendurada em um dos ombros. Cai seguia ao seu lado enquanto saíam sem olhar para trás. Toda casa parece igual quando abandonada.

— Estamos em cima da hora. — Hester estava com uma das mãos enfiada em sua bolsa, e Devon se perguntou que tipo de arma ela havia escondido lá. — Me dê um alerta se algo te chamar a atenção.

A noite que as envolvia não era a noite que Devon havia imaginado algumas horas antes. Agora a sobriedade delineava os traços de cada edifício com intensidade e a temperatura havia caído. As calçadas estavam lentamente ficando menos populosas. Em algum lugar ao longe, grupos de pessoas em festa gritavam e celebravam a véspera do Natal.

Cai apertou os lábios ansiosamente.

— O que acontece se nos depararmos com um dragão ou um cavaleiro no caminho até a estação de trem?

Hester ajustou a alça de sua bolsa para que ficasse mais próxima de seu corpo.

— Nós corremos na esperança de despistá-los em meio à multidão da estação.

A Catedral de St. Mary apareceu no horizonte conforme eles avançavam da St. James Boulevard até a Rua Neville, com sua torre do sino solitária projetada portentosa contra um céu escuro de inverno. Eles não estavam longe da estação de trem, só mais dois quarteirões do outro lado da rua.

— Teria sido mais fácil e menos perigoso se tivéssemos saído mais cedo — disse Devon, examinando a multidão com olhos apertados. — Eu poderia ter te conhecido horas atrás, se você quisesse.

— Eu não fazia ideia de que era tão urgente! — Os óculos da outra mulher se embaçavam por causa de sua própria respiração quando ela falava. — Além disso, foi você que ficou enchendo a cara em um bar por uma hora.

— Bom, você não estava exatamente com pressa para... — Devon começou, mas as palavras sumiram em sua boca.

Três homens estavam parados nos amplos degraus que levavam à Catedral de St. Mary, de costas para ela. O primeiro homem era um dragão, com o rosto coberto por um capacete. O segundo tinha o mesmo cabelo escuro de Devon, os mesmos ombros curvados, porém era um pouco mais velho, mais alto e mais forte. Usava um terno bem passado e o cabelo arrumado penteado para trás. Ele se virou um pouco, e ela pôde ver uma abotoadura na lapela, em forma de uma pequena árvore prateada, que atravessava seu colarinho e o prendia no lugar.

Ramsey Fairweather, agora um cavaleiro da Família. Seu irmão e amigo; seu inimigo e caçador. O terceiro homem ela também conhecia e sabia seu nome: Ealand, um amigo de Ramsey. Outro cavaleiro.

Não ficou surpresa ao vê-los. Ela aguardava por esse encontro, até mesmo ansiava por ele. Os cavaleiros eram totalmente confiáveis e previsíveis.

Ainda assim, o momento era horrivelmente inconveniente.

Hester diminuiu o passo.

— O que houve?

— Cavaleiros adiante, levemente à sua esquerda — disse Devon.

— Mantenha a calma. — Hester se virou à direita, em direção à rua, completamente tranquila e inabalada; ela era uma veterana nisso. — Vamos atravessar a rua, ver se conseguimos passar por eles.

— Eles vão ver a gente. — Cai sussurrou. — Se olharem para cá...

— Mantenha a cabeça baixa e não entre em pânico. — Devon seguiu seu próprio conselho, um tipo curioso de empolgação tomando conta dela. Depois de tantos dias de tédio repetitivo, ela se sentia quase aliviada por alguma coisa acontecer.

Os três percorreram a distância até a estação com passos rápidos, atravessando uma via quase sem trânsito algum. Devon mantendo a cabeça baixa e Hester mantendo o colarinho levantado. Por um momento, parecia que eles conseguiriam passar incólumes apenas atravessando a rua, quando um táxi parou no meio-fio próximo.

Um grupo de jovens bêbados saiu do carro. Um deles tropeçou na calçada e rodopiou feito um palhaço, enquanto o resto caiu em uma gargalhada escandalosa.

Ramsey automaticamente se virou em direção ao barulho e viu o trio. Sua postura se enrijeceu e o dragão ao seu lado girou em um movimento brusco, como se alguém o puxasse com um cordão invisível para colocá-lo prontamente naquela direção. Ealand seguiu seu olhar, arregalando os olhos.

— Merda! — Cai exclamou.

— Cuidado com a boca! — Devon o pegou pelo pulso e começou a correr. O ar frio da noite a atingiu como um tapa no rosto com a velocidade de seu impulso. Hester também disparou a correr, mantendo-se no ritmo com eles.

A calçada estava escorregadia por causa do gelo conforme a temperatura continuava caindo noite adentro, e suas botas baratas deslizavam nas calçadas, desajeitadas demais para permitir uma corrida eficiente. Devon furiosamente as chutou para fora de seus pés, para o espanto dos passageiros do táxi, e correu descalça sobre o chão frio. Hester praguejou e quase tropeçou nas botas abandonadas.

— Mas você pode xingar! — Cai corria leve e solto em seus sapatos muito pequenos, e ela não conseguia sequer se lembrar da última vez em que o vira se mover com tanta fluidez. Eles já haviam fugido de outras cidades antes, uma vez cercados por policiais humanos e outra vez com cavaleiros em seu encalço, mas ela teve que carregá-lo nas duas ocasiões. — Por que eu preciso ter cuidado com a boca?

Levou dois segundos inteiros para Devon perceber do que ele estava falando.

— O quê? — perguntou ela, empurrando-o para baixo dos arcos da entrada da estação. — Pelo amor de Deus, eu sou adulta! Xingar é meu privilégio!

— O quadro de partidas. — Hester apontou. — Descubra em que plataforma estamos! Precisamos do próximo trem para Edimburgo.

— Bem, eu sou 25 adultos, então posso falar 25 vezes mais palavrões do que você — Cai explicou.

— Você será adulto quando eu disser que você é, e nem um maldito segundo antes! — disse Devon, furiosa. Por que crianças sempre precisam nos responder nos piores momentos? — Hester, não se incomode com o quadro, é na plataforma seis.

— Tem certeza de que...

— Eu comi o horário do trem. Vamos.

A situação se fracionou em diversos momentos.

Quatro homens saíram das sombras da estação, se aproximando em um círculo fechado. Dois eram cavaleiros de terno, dois eram dragões — manchas escuras de tinta marcando o pescoço deles.

O cavaleiro mais alto apontou diretamente para Hester, gritando mais alto que os ruídos da estação:

— Uma Ravenscar!

Hester sacou um revólver de sua bolsa e atirou na cabeça dos quatro homens com uma precisão espantosa. Gritos e arquejos. Os transeuntes restantes fugiram ou buscaram proteção atrás de alguma coisa.

Os corpos dos cavaleiros se desintegravam à medida que tombavam, a carne se tornando quebradiça e pálida, camadas de tinta se desfazendo em maços de papel que esvoaçaram pela estação. Cada um foi ao chão como uma pilha de ternos recheados de papel.

— Incrível! — Cai abriu um largo sorriso; Devon ficou sem palavras.

Ramsey Fairweather irrompeu pela entrada da estação, acompanhado por outro cavaleiro e um dragão solitário. Ele viu as formas esfareladas de seus colegas e hesitou, pego desprevenido.

Hester se virou e atirou nele, que se esgueirou para trás da pilastra mais próxima, o outro cavaleiro se escondendo com ele. O dragão estava confuso e ainda exposto, meio abaixado e de cara amarrada.

— Merda! — Hester bradou.

O revólver estava vazio, Devon percebeu. A capacidade era de apenas cinco balas.

Da segurança de sua posição coberta, Ramsey ordenou:

— Obedire, dracone!

O dragão solitário rosnou, afastando-se da cobertura e correndo para a frente.

Devon pegou sua mala e arremessou nele. Foi um bom arremesso, fazendo um arco perfeito no ar, apesar de seu formato disfuncional. O dragão não se esquivou a tempo. Caiu com o peso da mala robusta em seu rosto. Roupas e livros se espalharam no concreto quando o zíper estourou.

— Aguentem firme — disse Devon, deslizando um braço ao redor da cintura de cada um de seus companheiros.

Ela saltou pela estação com passadas de mais de 1,80m, sem se preocupar mais com seu aspecto sobre-humano. Nada seria mais chamativo do que a outra mulher abrindo fogo em público. Agora eles só precisavam fugir.

— Aquele cavaleiro está nos perseguindo — Hester gritou em seu ouvido, enquanto Cai falou:

— Dev, acho que vamos perder o trem!

— Calem a boca, vocês dois!

Pedestres deveriam subir as escadas e atravessar a passarela para chegar à outra plataforma. Isso demoraria demais. Com seus companheiros agarrados com segurança, Devon se preparou e *saltou* sobre o vão entre as plataformas de trem.

Ela pousou perfeitamente sobre o cascalho que havia entre os dois conjuntos de trilhos, saltando novamente para a plataforma seis — acompanhada pelo som dos palavrões de Hester e dos risos de Cai.

Devon disparou pela sala de espera, passando por um grupo disperso de viajantes chocados, saindo do outro lado, e então direto para dentro do último trem da véspera de Natal rumo a Edimburgo. Bem quando o condutor deu o sinal de partida com seu apito.

A PRINCESA RETORNA PARA ELFLAND
SETE ANOS ATRÁS

Ela se levantou de imediato, e agora a Terra tinha perdido sobre ela o controle que só tem sobre coisas materiais e, feita de sonhos e ilusão e fábula e fantasia, ela vagou para fora do quarto.

— Lorde Dunsany, *A Filha do Rei de Elfland*

Salem queria conchas no seu terceiro aniversário. Ela nunca tinha ido ao mar e não tinha permissão para ir, mas se apaixonou pela ideia das ondas nas praias. Devon procurou uma audiência com Luton naquela noite, batendo educadamente na porta de seu escritório.

— Conchas? De onde ela tirou essa ideia ridícula? — disse Luton. — Ela mal está comendo livros.

— Ela comeu *A Pequena Sereia*. — Devon se encolheu diante da expressão dele. — Tem problema? É um clássico, eu cresci comendo-o. E o vi em suas estantes também, então achei que...

— Você deveria ter falado comigo antes — disse ele amargamente. — Enfim, não acho que fará mal. Vou tentar arrumar algumas conchas para ela. Ela quer mais alguma coisa? — Apesar de ranzinza, Luton continuava fazendo as vontades de Salem, um fato que parecia surpreendê-lo tanto quanto surpreendia Devon.

— Não, você já fez o bastante. Fico grata.

Ela tinha sorte. Outras noivas-mães tinham que abrir mão de seus filhos. Mas, ao longo dos meses, Luton ouviu os argumentos de Devon, notou o forte vínculo entre ela e Salem e concordou em dar consideração especial, desde que Devon morasse com eles, em vez de levar a menina de volta para a Mansão Fairweather. De vez em quando, as regras podem ser distorcidas.

Comporte-se, seja boa, ande na linha, siga as regras, e os patriarcas serão bons para você. No fim, isso se provou uma verdade, para o tormento de Devon. Ela deveria ter confiado nessa sabedoria mais cedo. Afinal de contas, foram as tradições das Famílias que lhe presentearam Salem, uma filha que ela não teria de outra forma, e a menina era uma coisinha verdadeiramente maravilhosa.

— Grata — ecoou ele, e uma expressão engraçada cruzou seu rosto, como se ele tivesse engolido um inseto sem querer.

Ela agradeceu e saiu. Conchas para Salem, a adorável pequena Salem de cabelos pretos, que achava borboletas engraçadas, que nunca viu uma árvore que não conseguisse escalar e que amava cavalgar com Devon, ainda que pequenina.

Descendo dois degraus por vez, Devon correu escada abaixo até o jardim repleto de acácias e roseiras espanholas, onde sua filha arremessava pedrinhas em uma velha fonte.

— Mamãe! — Salem estendeu os braços e Devon a pegou com um sorriso. A filha dela era um espelho de si mesma: os mesmos ombros largos, traços aquilinos e cabelos escuros. Luton não contribuíra com nada além de um detalhe técnico.

Estranhamente, ela nunca sentiu falta de ter uma mãe até ela própria se tornar uma. Com os dois braços ao redor das costas da filha, Devon poderia, se fechasse os olhos, imaginar uma jovem Amberly Blackwood de muito tempo atrás, levantando-a da mesma maneira. Mas, mesmo assim, o único rosto que ela conseguia imaginar em tal figura era o dela mesma, ainda que mais velho. Era muito difícil imaginar uma coisa que ela nunca tinha visto.

Do outro lado do jardim, Gailey e as outras tias a observavam carrancudas. Elas acolheram Devon em seu meio quando ela estava grávida, mas, depois da mudança de ideia de Luton, as tias não falaram mais com ela. Se ela sequer olhasse na direção delas, elas lhe davam as costas.

Não que Devon se importasse. Ela tinha florestas, riachos e jardins cobertos de gelo para explorar com sua filha, ora a pé, ora a cavalo, com Salem cuidadosamente aninhada junto dela na sela. Deixe as velhas corocas apreciarem o isolamento que elas mesmas causaram, trancafiadas em seus aposentos mofados durante a maior parte do dia. Devon partiu para os pomares cultivados da Mansão Winterfield, segurando a mãozinha de Salem.

Luton manteve sua palavra, providenciando a compra e a entrega de uma caixa de conchas para a Mansão Winterfield. Devon as inspecionou cuidadosamente na noite anterior à festa e, então, as embrulhou em um papel de presentes em tons pastéis.

Salem completou 3 anos no dia de Natal, o chão seco e quebradiço coberto por uma camada de gelo. Devon passou a manhã pendurando decorações na sala de jantar principal e até mesmo arrumou tempo para vestir um vestido verde-floresta de chiffon. Ela nunca se interessou muito por vestidos, mas Salem adorava tecidos bonitos, tanto vesti-los quanto vê-los. As coisas que você faz pela alegria dos filhos!

Festas de aniversário nunca foram realmente "grandiosas" na Mansão Fairweather, mas os Winterfield gostavam de comemorações. O jardim estava repleto de pessoas, sentadas e conversando ou apenas perambulando por lá. Luton até mesmo arranjou tempo em sua agenda de trabalho para participar, elegantemente vestido, mas parecendo pouco à vontade.

— Obrigado por comparecer — disse ela, curvando-se um pouco porque ele odiava parecer baixinho ao lado dela. — Lemmie ficará feliz em vê-lo.

Luton balançou levemente uma xícara de chá de tinta e não respondeu. Ele nunca usava o apelido dela para a filha.

Salem ziguezagueou por entre as cadeiras antes de dar a volta até eles, seus olhos brilhando de alegria.

— Aí está você, Lemmie. Eu tenho um presente para você. — Devon estendeu o pacotinho embrulhado em papel.

— De nós dois — disse Luton rapidamente. Como se tivesse sido ideia dele, não dela, mas ela deixou passar. Afinal, ele as havia comprado.

Salem pegou o pacote e fez um buraco no papel fino e enrugado, tomada por empolgação.

— Conchas!

— Muitas conchas. — Devon colocou a menina no colo e a ajudou a desembrulhar o resto. — Podemos fazer um colar com algumas delas, se você quiser.

Salem pegou a concha maior e a colocou perto de seu ouvido, sorrindo.

— Mar!

Outros adultos se aproximaram, junto com um punhado de crianças Winterfield mais velhas. Salem aproveitou bastante seu aniversário. Ela recebeu muitas lembrancinhas, principalmente os tradicionais quadros de gravuras infantis que ela havia começado a comer recentemente quando seus dentes de livros nasceram.

Um pacote de xícaras de chá de brinquedo também havia chegado, cortesia da Casa Fairweather. Devon sentiu uma pontada de vergonha ao ver a etiqueta de endereço; ela mal teve contato com a casa em seus três anos aqui. Mas Salem tomava muito de seu tempo e energia, fora o pequeno, mas constante, cabo de guerra com Luton. Ela não tinha como falar com eles, já que Tio Aike não mantinha um telefone fixo.

— Sra. Fairweather.

Devon deu um pulo, surpresa ao encontrar Gailey parada próxima a ela.

— O que foi?

— O Sr. Winterfield gostaria de vê-la. Venha comigo, por favor. — A expressão de Gailey era séria e monótona.

— Luton? Mas ele estava aqui agora mesmo. — Devon virou a cabeça, surpresa ao notar que seu marido aparentemente havia partido. — Não tem como esperar? Estamos no meio da festinha dela.

— Não vai demorar — disse Gailey rigidamente. — Você estará de volta muito em breve.

OS DEVORADORES DE LIVROS ~~ **81**

— Está bem, se é mesmo necessário. — Devon beijou a cabeça da menina. — Vá brincar, Lemmie. Eu já volto.

Salem não ergueu os olhos quando elas saíram. Estava muito ocupada organizando as conchas em uma fileira de acordo com o tamanho, apertando os olhos sob a luz do Sol de inverno.

— Por aqui — disse Gailey, como se Devon não soubesse de cor onde ficavam os cômodos da Mansão Winterfield a essa altura. Talvez, como em relação a tantas coisas, Gailey apenas operasse no piloto automático, falando e gesticulando de forma tão automática quanto respirar.

Devon, seguindo obedientemente, resolveu que nunca se tornaria uma velha robótica. Subiu as escadas dois degraus de cada vez, impaciente para acabar logo com a visita, e parou diante do escritório de Luton.

— Não, nos seus aposentos — disse Gailey. As mãos dela tremiam. — Ele quer ver você lá.

— Qual o motivo disso? — Devon sentiu um ímpeto repentino de correr de volta para o jardim de inverno, onde sua filha a aguardava.

— Devon, por favor, não teime comigo hoje. — Gailey parecia cansada. — Tenho coisas a fazer e lugares para estar e... não vai demorar.

— Certo, como queira. — E saiu pelo corredor em direção ao seu próprio quarto.

Luton Winterfield estava esperando quando ela chegou, sentado na sala de estar em miniatura que Devon compartilhava com sua filha. Ele tirou sua jaqueta elegante e a jogou no braço do sofá. Havia um jornal aberto com suas páginas repletas de tinta em seu colo. Estranhamente, ele o estava lendo, em vez de comendo-o; uma visão rara.

— Olá? — Ela o saudou como um general enviando um batedor em território hostil.

— Você certamente não teve pressa. — Luton virou uma página de seu jornal. — Tem uma xícara na mesinha bem ao seu lado. Beba, por favor. — Ele não estava realmente lendo, apenas passando os dedos pelas páginas com uma energia agitada. Folheando-o.

Ela olhou para a esquerda, inspecionando a xícara.

— O que é isso?

— É apenas chá, pelo amor de Deus! — Fazia mais de um ano que ele não falava com ela com tanta severidade. — Beba e sente-se, certo? Não suporto mulheres teimosas.

E Devon não suportava homens grosseiros. Mas ela tinha apenas 22 anos, sentia que devia algo a ele por ter lhe dado Salem e não queria causar uma discussão. Cada dia era repleto de pequenos conflitos entre ela e os membros daquela maldita Família. Começar uma briga poderia colocá-lo contra ela.

Ela pegou a xícara e bebeu. O amargor a fez sentir ânsia de vômito.

— O que é isso? — Não era *apenas* chá, como ele havia afirmado. O gosto da tinta não era capaz de disfarçar o gosto de seja lá o que ele colocara na xícara.

— Vá esperar no quarto — disse ele. — Conversaremos em breve. — Quando ela não se mexeu, ele prosseguiu com visível irritação. — Explicarei tudo. Só preciso de um momento para me recompor.

Ela ainda não sabia o quanto ele era covarde, ou teria ficado mais desconfiada. Devon foi para o quarto contíguo e sentou-se na cama, como ordenado. Os minutos se passaram, e Luton não apareceu. Ela podia ouvir o farfalhar do jornal, o som que fazia quando ele ocasionalmente se mexia; isso era tudo. Ele estava esperando, assim como ela.

Uma sonolência se instalou, pesando sobre seus ossos como mercúrio líquido. Algo estava muito errado, e ela se levantou, determinada a... a quê? Não conseguia se lembrar do que precisava ser feito. Salem estava no jardim, e algo estava errado.

O chão veio ao seu encontro quando ela caiu. Sua última lembrança antes de mergulhar na escuridão foi a do som de passos se aproximando e o toque de dedos gelados em suas pálpebras.

Uma confusão de movimentos, luzes e vozes; pessoas ao seu redor. Um sono que não era exatamente um sono, sonhos que não eram exatamente sonhos. Ela era uma princesa em uma caverna. Um dragão rugia por toda parte, mas era apenas o motor de um carro. A paisagem campestre tremeluzia ao redor dela como uma animação barata. Mais mãos, mais movimentos; um cheiro que ela reconhecia.

Então, escuridão e suavidade.

Devon acordou tarde da noite, com uma dor de cabeça enorme, o estômago embrulhado e uma sensação terrível de perda. Ela esfregou os olhos, lutando contra o enjoo.

Este não era seu quaro. Aliás, era seu quarto, mas na Mansão Fairweather, não na Mansão Winterfield. E o cheiro que ela sentiu era o aroma de urze e dos pântanos úmidos, que se estendiam do lado de fora de sua janela.

Ainda vestida de chiffon verde, virou-se lentamente. Havia dois homens no quarto, ambos os quais ela reconheceu. Tio Aike sentado em uma cadeira com as pernas cruzadas, segurando um livro meio comido em um prato. O título estava em japonês, uma língua que ela nunca havia comido antes e que, portanto, não sabia ler.

Ao lado dele, estava Ramsey Fairweather. Ela quase não o reconheceu; mais de dez anos haviam se passado desde que se encontraram pessoalmente. Ele parecia mais velho, como era de se esperar, seu cabelo cortado curto, em um corte militar, no lugar de seu cabelo rebelde de menino. Suas feições, que já eram um pouco afiadas e estreitas na sua infância, lembravam-lhe agora a lâmina de uma machadinha.

— É você — disse ela. Sua cabeça latejava.

— Olá, Dev. Faz uns bons anos, hein? — Ramsey brincava com um broche prateado em sua lapela. — Eu deveria chamá-la de Devon, a Dama, agora que você cresceu.

O velho hábito dos apelidos a preencheu com uma onda de calor familiar.

— Senti sua falta.

— Ainda sentimental — disse ele. Na defensiva, como sempre. — Como vai a vida de casada?

Casada. Casamento. Luton. *Salem.*

Ela imediatamente sentou-se ereta.

— Cadê minha filha?

Aike mordeu uma orelha de seu livro japonês, falando pela primeira vez.

— Na Mansão Winterfield, lugar ao qual ela pertence. — Os dentes de livros dele estavam expostos, distorcendo suas palavras. — E você voltou para casa ao final de seu contrato. Onde você pertence. — Em voz baixa, ele acrescentou algo em japonês. — *Eshajōri,* como dizem os japoneses.

Mesmo assim, ela não entendeu.

— Não, isso não está certo, recebi o direito de ficar com Salem porque Luton e eu chegamos a um acordo...

— Deixe-me ser bem direto — disse seu tio entre garfadas. — Seu marido mentiu, princesa.

— Mentiu? — Ela soou pequena e patética, até para si mesma. Devon olhou para Ramsey em busca de confirmação ou segurança.

Seu irmão reprimiu um bocejo e examinou as próprias unhas.

— Não há nenhum acordo especial — disse seu tio. — Quinhentos anos de tradição dos devoradores de livros não são derrubados pelos caprichos de uma menina mimada. — Um longo suspiro de sofrimento. — Ainda assim, eu gostaria que ele não tivesse feito isso, já que só dificultou as coisas no final, mas o que acontece sob o teto de outra casa é problema deles. Suponho que ele pensou que seria o jeito mais fácil de apaziguá-la. Se serve de consolo, eu sinto muito, minha querida.

— Você não entende. É o aniversário dela e eu disse que já estaria de volta! — Ela olhou suplicante para o irmão. — Você não poderia me levar de volta? Por que não está dizendo nada?

— Deixa de ser dramática. — Ramsey soou... irritado.

— Sua filha já desmamou e tem 3 anos de idade. — Tio Aike limpou seus dedos sujos de tinta em um guardanapo, colocando seu prato recém-esvaziado em uma mesinha ao lado. — O contrato acabou, princesa. Você entende?

Algo nela estava se partindo, como pequenas teias de aranha que se espalhavam cada vez mais. Se ela respirasse profundamente, quebraria em pedaços. Estranhamente, a única coisa em que ela não conseguia parar de pensar era nos olhares de pena de Gailey e na raiva incessante, mas contida. Não direcionada a ela, mas por ela. Quão cruel ela havia sido com a outra mulher!

Devon, a Defraudada, ela pensou em vão. Uma garota estúpida que foi facilmente enganada.

— Princesa — disse Tio Aike novamente, recobrando sua atenção.

— Eu quero ver Salem, só mais uma vez — disse ela, sabendo que era ridículo expressar tal desejo. — O mínimo que você pode fazer é me deixar dizer um maldito adeus!

— Essa sua língua, hein? — Tio Aike enxugou os lábios. — Abaixe seu tom, por favor.

Devon mordeu o interior de sua bochecha, estupefata com o fato de alguém que ela já amou tanto ter se tornado alguém que agora ela odiava sem reservas. Pareceu-lhe uma ironia terrível e petrificante que os devoradores de livros se considerassem Famílias e, no entanto, não valorizassem a família de forma alguma. As filhas eram mercadorias; os filhos, totalmente descartáveis.

E as crianças...

Ela tinha que sair daqui. Ela tinha que resgatar Salem.

Devon saltou da cama, quase tropeçando no vestido de chiffon que havia vestido esta manhã por causa de Salem, tudo por Salem. Ela voltaria correndo para Salem, e o resto que se dane.

— Dev, pare! — Ramsey correu atrás dela.

Devon abriu a porta com força e disparou pelo corredor, trombando em tios assustados e quase colidindo com uma criança de 8 anos. O menininho de Faerdre, deixado aqui por sua mãe, e Devon não conseguia se lembrar de seu nome depois de malditos quatro anos na Mansão Winterfield. Ela passou por ele em um ímpeto furioso.

As prateleiras do chão ao teto pairavam sobre ela como guardiãs empoeiradas, os livros parecendo fileiras intermináveis de dentes em bocas de madeira. Em vez de descer pela escadaria principal, ela fez uma curva rumo à sala de estar do primeiro andar, derrubando mesas e cadeiras em seu caminho, em uma tentativa de dificultar a perseguição. Ramsey, não muito atrás dela, tropeçou em alguma coisa e praguejou. Ninguém *o* repreendeu por falar palavrões.

Havia outra passagem para o andar de baixo pela escadaria dos fundos e seria mais fácil despistar seu irmão por aquele caminho. Quando foi que a casa se tornou um labirinto tão apertado e tortuoso? Um lugar tão assustador e melancólico?

— Que merda! Pare! — Ramsey finalmente a alcançou quando os dois saíram no corredor da frente, os dedos dele agarrando um punhado de tule. — O que você está fazendo?

— Voltando para Winterfield! — Ela puxou a manga do vestido da mão dele, deu um giro e trombou em Tio Aike, que havia usado outro lance de escadas enquanto ela fazia um desvio pela casa, até finalmente aparecer na frente dela.

Devon recuou, cercada pelos dois homens.

— Saiam da minha frente! — Ela ficou alarmada ao ver membros da Família se reunindo nas sombras, atentos e tristes. Uma das tias sacudiu a cabeça com pesar.

Tio Aike ergueu as mãos.

— Princesa...

Ela cuspiu; ele recuou.

— Eu não sou sua princesa. Princesas não existem. Seus contos de fadas não existem. Pare de me tratar como uma criança e use meu *nome*!

— Devon — disse Tio Aike em tom de advertência, naquele tom de "não discuta comigo" que não a assustava mais, porque a única coisa que ainda a assustava era perder sua filha.

— Dane-se essa mansão — disse ela. — Eu odeio essa merda dessa casa e odeio esses livros e o casamento a que fui forçada e estou presa aqui com um bando de...

— Devon...

— *Malditos monstros!*

Tio Aike endireitou-se de sua postura corcunda habitual, estendendo-se à sua altura plena.

— Mocinha...

Ela pegou um vaso de uma mesa lateral e o jogou na cabeça dele. Ele se esquivou para o lado, atônito, trombando em Ramsey, que tropeçou para trás com o peso inesperado. A cerâmica se estilhaçou na parede atrás deles.

Disparou esquivando-se dos dois, através do vestíbulo, para fora da casa, e pela entrada. Seguiu para o sul até a floresta, em direção a Birmingham, onde Salem esperava para ser resgatada, com gritos e berros ecoando atrás dela.

Devon correu.

RAMSEY EM INVESTIDA!
DIAS ATUAIS

Quando o jogo estiver contra você, fique calmo — e trapaceie.
— George MacDonald Fraser, *Flashman em Investida*

Ramsey olhou para Ealand, que estava paralisado de indecisão.
— Peguem o dragão e deem o fora daqui! — Ele se levantou rapidamente.

O centro da estação de trem havia se tornado um turbilhão de papel embebido em tinta, cortesia dos cadáveres que a "amiga" de Devon havia deixado para trás. Os transeuntes gritavam, e os seguranças — ou a polícia, ou ambos — chegariam a qualquer momento.

— Espere! — Ealand parecia em pânico. — E quanto às ordens de Kingsey...

— Kingsey que se dane, vá embora antes que os humanos te prendam! — Ramsey gritou por cima de um dos ombros, correndo atrás da silhueta veloz de sua irmã. — Entrarei em contato!

Essa situação toda era tão típica de Devon! Mesmo quando eles eram crianças, ela corria pela floresta, por ravinas, pelas bordas de penhascos e por paredes íngremes, sem nunca pensar no que a aguardava. Sem nunca pensar se um galho se quebraria sob seus pés, se calhas e canos — que não são feitos para escalada — suportariam seu peso, ou apenas se seja lá o que diabos ela estivesse fazendo era uma boa ideia. Ela simplesmente não pensava.

E sempre sobrava para ele esse trabalho de correr atrás dela, de protegê-la ou de resgatá-la quando ela se metia em problemas. Ela discordaria de sua avaliação e consideraria seu próprio egoísmo como uma escolha da parte dele. *Então, fique em casa.* Ela argumentaria que nunca o forçou a participar de suas escapadas. *Nunca pedi para você vir comigo, idiota.* Mas pensava assim porque lhe faltava responsabilidade e discernimento.

A Ramsey, não faltava nenhum dos dois. Era responsabilidade dos homens resgatar as mulheres delas mesmas, e os homens das Famílias não se esquivavam do dever. O dever fez com que ele fosse atrás dela.

Ele só queria que ela não corresse tão rápido.

Lojas, rostos e paredes descascadas passavam voando enquanto ele saltava e corria no encalço dela. Ele avançava com tudo, ressentido pelo caos e pelo desleixo.

Não era *tudo* culpa de Devon, para ser honesto. Na verdade, seu comandante — Kingsey — carregava a maior parte da culpa. Se Ramsey fosse o encarregado, eles teriam ficado para trás, perseguindo-a de longe. Eles deveriam ter tentado descobrir *por que* Devon estava viajando com uma Ravenscar, e para onde ela estava indo, em vez de abordá-la imediatamente.

Mas Kingsey não estava por perto para liderar os homens pessoalmente, nem tinha deixado nenhuma instrução específica além de *interceptar qualquer Ravenscar avistado*, embora esse fosse claramente um curso de ação idiota. O único Ravenscar que sabia de alguma coisa valiosa era o próprio Killock, e capturar um de seus irmãos imprestáveis só arriscaria fazê-lo fugir.

Agora era tarde demais. Os cavaleiros mais antigos entraram em pânico, agiram por instinto para seguir as ordens experimentais de Kingsey e foram baleados por causa disso. Agora sua presa estava assustada e os humanos os perceberam, tumultuo e desastre por toda parte. Eles teriam sorte se Killock não desaparecesse em algum esconderijo depois disso.

Adiante, Ramsey vislumbrou a silhueta alta de Devon enquanto ela se jogava junto com suas duas companhias a bordo do trem das 22h15; viu, enquanto forçava suas pernas a irem mais rápido, as portas do vagão se fecharem. O motor começou a pegar embalo.

Era um baita salto daqui até o trem. Ele foi em frente mesmo assim; estava sem opções. Os vagões começaram a sair da estação, e ele deu um salto enorme, de distender os músculos. Eram quase cinco metros, e *deu certo*.

Ele aterrissou, as mãos agarradas nos corrimãos externos que protegiam as portas. Seus pés lutando para se apoiar no degrau pendurado, suor escorrendo por sua pele.

O trem das 22h15 para Edimburgo partiu da Estação Newcastle rumo à escuridão de uma noite invernal da Nortúmbria, pegando um embalo que até mesmo um cavaleiro acharia impossível de alcançar. Devoradores eram velozes, mas não tão velozes.

Alguns segundos para respirar enquanto seu coração desacelerava até um ritmo razoável. Com os pés firmes, Ramsey abriu as portas parcialmente. Ele entrou meio espremido, meio aos tropeços, ofegante pelo esforço. Aliviado por ter conseguido aproveitar alguma coisa dessa confusão.

O último vagão não era destinado a passageiros. Era um compartimento exclusivo para os funcionários, com maquinário, armários e um carrinho de refeições estragado. O único ocupante — um cobrador de bilhetes solitário de meia-idade — levantou-se repentinamente, pálido de espanto. Os humanos sempre tiveram um tipo de energia nervosa que lembrava Ramsey de galinhas.

O cobrador ralhou:

— Senhor! Passageiros não devem...

Ramsey deu-lhe um forte soco na têmpora.

O homem desabou.

— Nada pessoal, amigo. — Ele se curvou sobre a figura inconsciente e obteve uma nova identidade para si.

O cavaleiro se foi. Ramsey trocou de aparência como uma cobra troca de pele, jogando fora suas próprias roupas para vestir o uniforme do condutor. Uma jaqueta preta, com botões intrincadamente grosseiros. Não vestiu bem, no entanto. Ele era mais esguio e mais largo do que o homem cujas roupas ele tomou. O tecido estava esticado nas costas. Costuras beliscavam seus ombros.

Pequenas considerações. Ele as ignorou e continuou se vestindo. O transmissor sob sua camisa pressionou suas bordas pontudas contra suas costelas enquanto ele se trocava. Sua arma secreta contra Dev, para mantê-la sob controle. Ele o apalpou com satisfação.

Em seguida, pegou o quepe e o colocou cobrindo a testa, o que mudou o formato de seu rosto. Gostou disso. O caimento o fazia parecer inofensivo. As calças e os sapatos, ele deixou de lado. Seus próprios calçados de couro e calças escuras já eram aceitáveis.

Por fim, pegou a máquina de bilhetes, pendurando-a em um dos ombros. Seu material metálico pesado causava uma sensação boa. Ele poderia fingir que era uma arma, como personagens em filmes. Como aquela canalha Ravenscar.

Um cachecol vermelho pendia de um cabide. Ele o apanhou e o enrolou no pescoço. Cobria sua boca, fazendo-o parecer mais atarracado. Com sorte, Hester não o reconheceria se o visse novamente.

Devidamente disfarçado, ele pegou o cobrador seminu pelas axilas e o jogou, ainda inconsciente, pela saída entreaberta do vagão.

O corpo flácido caiu e rolou, logo sumindo de vista nos trilhos que desapareciam ao longe. Talvez o homem tenha sobrevivido, talvez não. Não importava. O que importava era que ele não acordaria no trem em algum momento inconveniente, causando problemas.

Ramsey conferiu sua faca de caça de emergência presa no interior de sua perna e a realocou — ainda embainhada, é claro — para um bolso interno da jaqueta.

Hora de achar Devon.

Ele parou na passagem de conexão antes de entrar no vagão seguinte, primeiro para ouvir e depois para observar. Pouca conversa e nada de sua presa. Muitas pessoas tentaram mostrar a ele seus bilhetes ou comprar novos. Ramsey disse que a máquina estava estragada, e, assim, deixaram-lhe em paz.

No vagão seguinte e no próximo, as coisas estavam iguais: densamente povoados por humanos suados e cansados tentando chegar em casa antes do início de seu feriado sem sentido. Também era notável a ausência de sua irmã e de suas companhias. O cheiro de tanta gente em um ambiente fechado o deixou satisfeito por estar usando um cachecol no rosto. Pelo menos ninguém tentou comprar um bilhete.

Seis minutos depois de embarcar, Ramsey localizou sua irmã.

Ele captou o som de uma criança rindo enquanto estava passando entre um vagão e outro, misturando-se com o tom grave e nada feminino da voz de Devon. Alerta e cauteloso, ele parou na saída do quarto vagão e se pôs a ouvir na porta mal fechada do quinto vagão.

— Não fique tão à vontade, ainda não estamos seguros em casa — disse uma voz com cadência e sotaque nortista; deve ser a mulher Ravenscar que matou seus homens com tanta eficácia. — Queria ter trazido mais balas. Só por precaução e tal.

Ramsey escutou, intrigado. Ele sempre desejou ter uma arma, já havia praticado tiro ao alvo para se divertir uma ou duas vezes. No entanto, a papelada necessária para obter uma era estranha, como seria para um devorador de livros qualquer.

— Você atira bizarramente bem. — Era a voz inconfundível de Devon. — Quatro mortes instantâneas em poucos segundos, todos alvos em movimento. Onde você conseguiu a arma?

Ele já tinha ouvido o suficiente. Precisava agir rápido. Ramsey pegou o transmissor, segurando-o em uma das mãos com o polegar no botão; pareceria um *walkie-talkie* para um observador casual. A máquina de bilhetes estava em sua outra mão. Com o dedo no gatilho, ele abriu a porta com o cotovelo e adentrou o vagão.

Lá estavam suas três presas, sentadas no chão da passagem de conexão entre os vagões, e o trio olhou para cima bruscamente quando ele entrou.

Hester Ravenscar — ele a reconheceu imediatamente, havia estudado os arquivos e as fotos da Família à exaustão — era desinteressante, não tinha nem um rosto bonito nem um corpo atraente. Vestia-se como uma hippie em recuperação. Se já não tivesse visto quão letal ela era, a teria desprezado completamente. O menino, Cai, também era visualmente desinteressante. Pequeno, magro, de cabelos escuros. Nada que indicasse sua verdadeira natureza monstruosa.

Devon, por outro lado, parecia a mascote de um clube de motociclismo lésbico: alta e esguia, cabelo cortado bem curto, roupas totalmente pretas e muito couro. Encostada na parede como uma delinquente juvenil qualquer. Muito destoante da garota de vestido de renda e tranças de quem ele se lembrava.

Sua irmã empalideceu de choque quando ele entrou. Disfarces não eram muito eficientes no nível de familiaridade que eles tinham. O olhar dela se fixou no transmissor que ele segurava com firmeza em seu punho, e ela apertou a mandíbula.

— Boa noite, senhoritas — disse Ramsey, ainda parcialmente enterrado no cachecol pesado. O chapéu estava puxado para baixo, quase cobrindo-lhe as sobrancelhas; seria cômico em outras circunstâncias. — Receio que não permitimos que passageiros se sentem no chão nesta parte do trem. Se importam se eu as conduzir até o vagão?

— Busquem assentos, vocês dois — disse Devon, levantando-se. — Vou comprar nossos bilhetes e chego lá em um segundo. Você disse que estamos indo para Edimburgo?

— Edimburgo, sim — disse Hester, depois de uma longa pausa, e Ramsey pôde sentir a tensão que ela emanava. Relutante em compartilhar informações, ele presumiu.

Mas ela se afastou rapidamente com Cai em seu encalço, provavelmente a fim de evitar mais perguntas.

Quando a porta se fechou atrás deles, Ramsey disse calmamente:

— Se eu estivesse realmente caçando vocês, a essa altura vocês já estariam liquidados. Você tem dez segundos para me dar uma explicação para o massacre de agora há pouco.

— Mas como você... — ela começou, e então sabiamente se conteve pela primeira vez na vida, engolindo a pergunta. — Seus homens nos atacaram primeiro. O que eu deveria ter feito? Tomado a arma dela? Talvez eu também devesse ter admitido que sou uma traidora e trabalho para as Famílias! — Ela lançou um olhar de culpa por cima do ombro, como se a mulher Ravenscar pudesse irromper porta adentro, clamando por vingança.

— Nada disso, ora! Um simples sinal sobre o que você estava fazendo, para onde estava indo e com quem você estava já seria bom. — Ramsey não culparia seu superior na frente dela. — No momento, temos um esquadrão inteiro eliminado, e sabe-se lá o que vai acontecer com os dois que eu deixei para trás.

— Novamente, o que eu deveria ter feito? — ela retrucou. Seu olhar continuava se desviando para o transmissor. — Fica a dica: não venha correndo em nosso encalço da próxima vez! Eu nem sabia que ela tinha aquela porcaria de arma, só para constar!

— Ela já lhe disse quem ela é? — O suor havia deixado suas mãos escorregadias, mas ele manteve um aperto firme no transmissor, e um bom metro e meio de distância de Devon. Não havia como ter certeza de que ela não tentaria alguma coisa. — Ou o que ela quer de você?

— É óbvio — disse Devon, claramente irritada. — Ela é uma Ravenscar e está me levando diretamente até Killock. Como você queria. Não é esse o motivo que me fez arrastar Cai por este inferno?

— Sim, isso mesmo. — Ele mexeu na máquina de bilhetes. Coisa estúpida. Era difícil operar com uma só mão, mas ele não ousou tirar o polegar do transmissor.

— Para onde ela está levando você? Edimburgo é seu destino final? E qual foi o combinado?

— Só sei que é em algum lugar da Escócia. Quase certeza de que Edimburgo não é o destino final, apenas uma parada no meio do caminho. — Ela cruzou seus braços trajados em couro. — Me ofereceram Redenção, mas devo concordar em viver sob o jugo dos Ravenscar. É complicado.

— Interessante — ele ponderou. — Ainda assim, não importa o que eles estão pedindo, porque você não vai ficar por lá nem viver com eles em longo prazo, não é? Isso tudo acaba quando encontrarmos Killock. — Ele finalmente conseguiu fazer aquela máquina estúpida cuspir dois bilhetes e os estendeu cuidadosamente através da distância entre eles. — Quanto tempo até a próxima parada? Qual é mesmo a próxima parada?

— Daqui a dezoito minutos, quando chegarmos a Berwick-on-Tweed. — Ela pegou os bilhetes. — Você não come os horários dos trens quando chega em um uma nova área?

— Mas que vaca sarcástica você é, hein? — Ramsey tinha coisas melhores para ocupar seu cérebro do que com horários de trens; isso era tarefa *dela*. — Vamos fazer assim: daqui a cinco minutos, vou puxar o freio de emergência e apagar as luzes, se eu conseguir acesso. Quando isso acontecer, convença Hester Ravenscar de que os cavaleiros devem ter conseguido subir a bordo e que vocês três precisam desembarcar antes da hora.

— Você quer que abandonemos o trem? — perguntou ela, incrédula. — E o que *você* vai fazer?

— Transformar sua mentira em verdade, naturalmente. Eu, minha faca e um vagão inteiro de inocentes aos berros daremos a você todo o pânico necessário para alimentar essa história de perseguição de cavaleiros.

— Por Cristo, Ramsey! Quantas pessoas você está planejando matar?

— Nenhuma, sua idiota. Apenas assustá-las o suficiente para que algumas corram aos gritos pelo trem. — Como malditas galinhas, ele pensou. E ele seria a raposa.

— Mas por quê? — ela sibilou. — Qual o propósito desse teatro todo?

— O propósito é o caos em si — disse ele docemente. — Você pode não confiar em mim no momento...

— Não me diga!

— ...mas eu estou me dedicando ao seu sucesso, pelo menos no momento. Então, arruíne o plano da Senhorita Ravenscar, deixe-a desestabilizada. Ainda chegaremos ao esconderijo deles, mas em nossos termos, não nos dela. Resumindo, mantenha-se viva, Devon, e mantenha-se esperta. Lembre-se: Killock não mandou essa irmã dele porque a considera incompetente. Aquela vaca matou quatro homens treinados hoje sem pestanejar. Não deixe que ela mantenha qualquer vantagem sobre você.

Devon o surpreendeu sugando suas próprias bochechas e dizendo:

— Está bem. Então, já que estamos tomando medidas extremas, deixe tudo especialmente convincente. Mande um ou dois cavaleiros em nosso encalço, dê-nos alguns bichos-papões para nos escondermos e nos esquivarmos.

Ele assentiu novamente.

— Não é uma má ideia. Vamos rastrear seu telefone e mandar um cavaleiro para interceptar vocês pela estrada, se eu conseguir algum a tempo. Providenciar uma perseguição de carros, ou algo do tipo. — Ramsey percorreu seus dentes com a língua. — Mas mantenha esse vivo, por favor. Estou cansado de limpar corpos, e cavaleiros não são infinitamente dispensáveis. — Muito pelo contrário, nos dias de hoje.

— Não tenho como prometer que...

— Só faça o seu melhor. — Ramsey lhe deu um peteleco na testa, como fazia quando eram crianças; ela fez uma careta. — Não tenha nenhuma ideia estúpida sobre fugir com esse pessoal e suas pílulas mágicas, beleza? Porque eu sempre te alcançarei quando você fugir. Sempre. Lembre-se disso.

Ela cerrou os punhos, sem dizer nada.

— Vá — disse ele, agitando o transmissor. — Antes que eu mude de ideia sobre toda essa empreitada e mande seu filho pelos ares. — A única medida de segurança que ele tinha contra ela: a habilidade de acabar com a vida de Cai à distância, pressionando um botão. — E lembre-se de que não sou o único com um transmissor.

— É claro que me lembro, já estou indo. — Devon se virou e seguiu rumo ao vagão, com os bilhetes pressionados contra seu peito.

— Seja convincente. — Ele gritou atrás dela. — Você tem muito a perder.

Ela não olhou para trás, mas ele percebeu a tensão em seus ombros e se deu por satisfeito.

Ramsey a observou partir e, então, sacou sua faca. Olhou para os vagões por onde havia passado, lembrando-se do cheiro deles, antecipando o caos barulhento e cansativo que os humanos causariam, o jeito claustrofóbico com que colidiriam ao seu redor.

Acabe logo com isso, disse ele a si mesmo, e segurou o cabo da faca com mais força.

A PRINCESA E O GOBLIN
OITO ANOS ATRÁS

Era realmente uma tolice — correr para cada vez mais longe de todos que poderiam ajudá-la, como se ela estivesse procurando um local adequado para que a criatura goblin a devorasse à vontade. Mas é isso que o medo faz conosco: ele sempre fica do lado daquilo que tememos.

— George MacDonald, *A Princesa e o Goblin*

A perseguição não foi imediata. Durante a primeira meia hora, Devon fugiu cegamente através das árvores retorcidas, ao mesmo tempo eufórica e nervosa por não ouvir nada além do silêncio. Em pouco tempo, ela estava cheia de cortes e hematomas, causados por tropeços na floresta, e totalmente perdida. No entanto, voltar não era uma opção. Ela seguiu adiante por entre árvores cobertas de neve e terra semicongelada lodosa até se deparar com uma cerca alta de arame farpado.

A fronteira da Mansão Fairweather.

As terras além daquele ponto eram desconhecidas para ela.

Voltar não era uma opção. Devon se jogou contra a cerca, seus pés e suas mãos encontrando apoio facilmente. Para cima, e por cima. Ela aterrissou desajeitadamente do outro lado e disparou pela neve em direção ao local que ela pensava ser Birmingham. Uma cidade grande, cercada por estradas, a apenas algumas horas de carro. Encontrar a casa dos Winterfield certamente não seria tão difícil assim.

As Famílias não estavam ao lado dela. Essa percepção atingiu Devon subitamente, como o barulho estridente de alguém batendo em um sino, fazendo-a estremecer dos pés à cabeça mesmo quando seus pulmões queimavam e seus pés amarrotavam a relva, o nariz tomado pelo cheiro do mato e da neve fresca. As

Famílias eram seus parentes de sangue, pessoas que ela amava e por quem havia sido amada; seu mundo inteiro. Elas agora eram seu Grande Inimigo.

Na verdade, sempre foram. Apesar de ter recebido amor na infância, a carne dela ainda pertencia a elas, como um bem a ser vendido. Como porcos ou galinhas criados para o abate, ela desenvolveu afeição por seus proprietários, e eles por ela. Mas isso não a impedia de ser consumida; criadores de porcos degustam bacon com satisfação. A afeição só tornava a crueldade pesarosa.

Ao longe, atrás dela, um assobio suave e agudo soou.

Perseguição. Sua pele inteira se arrepiou, e Devon correu mais rápido. Ela não havia corrido muito desde o nascimento de Salem, mas o desespero a impulsionou. A fuga ainda seria possível se ela conseguisse chegar a algum lugar com pessoas, onde os cavaleiros talvez ficassem com receio de abordá-la.

Mas ela temia se aventurar pelo pântano, a céu aberto, com cavaleiros a perseguindo em motocicletas com dragões na garupa. Aqui, pelo menos, ela conseguiria despistá-los por períodos de tempo, ocultar seus rastros e seus ruídos no emaranhado da floresta congelada.

Se tivesse chegado mais perto de uma cidade, ela poderia ter conseguido. Na presente situação, menos de duas horas depois de deixar a mansão, havia cavaleiros espalhados por todos os lados, a apenas uns cinquenta metros dela, com Ramsey entre eles. Ela não conseguia vê-lo, mas ouviu seus gritos e conhecia muito bem sua voz.

Outras silhuetas disparavam com passadas furtivas, todas vestidas de preto e usando capacetes de motocicleta imponentes. O lampejo de uma imagem passou por sua mente enquanto ela corria: Luton, curvando-se sobre uma Salem recém-nascida. *A língua. Alguém verificou?*

Dragões viviam na periferia do mundo dela como aparições sem voz. Ela sabia que eles eram crianças ensandecidas e perturbadas que tinham probóscides, em vez de dentes de livros; que tinham fome de mentes, em vez de fome de livros, como uma espécie atenuada de zumbi; que moravam em uma instalação administrada por cavaleiros em algum lugar próximo a Oxford, porque não se podia confiar que resistiriam à própria fome, mesmo com Redenção à disposição. Ela também sabia que agora eles eram utilizados por cavaleiros para *resolver problemas da Família*, como disse um tio uma vez.

Devon aparentemente era um problema da Família agora. Um que eles não tinham escrúpulos em resolver de formas letais ou violentas caso ela saísse da linha. Se um dragão a alcançasse, ele desenrolaria uma horrenda língua de mosquito e a enfiaria em sua orelha, uma paródia asquerosa de intimidade, e sugaria sua vida, suas memórias e toda a sua psique em menos de um minuto.

Ramsey gritou algo em latim. O assobio agudo soou novamente. E um medo que Devon jamais havia sentido antes tomou conta de seu corpo, causando uma fraqueza repentina. Ela ziguezagueou em um pânico cego, sem fôlego para sequer gritar.

— Garota! Pare! — O dragão mais próximo tinha uma voz alta como um megafone e não usava capacete. Veias escuras percorriam seu rosto anormalmente pálido devido à falta de luz do sol. Nele não havia nada de sem voz, sem rosto ou sem vontade própria.

O medo impulsionou seus pés. Ela não parou, optando por acelerar rumo a um riacho seco, subindo um banco de terra que desmoronava em seguida. Devon se abaixou sob um punhado de galhos baixos e colidiu diretamente com um pesadelo ambulante: outro devorador de mentes, que de alguma forma deu uma volta pela frente e agora se atirou sobre ela.

Os dois caíram no chão, lutando. Ele era ainda mais alto do que ela, e mais musculoso. Olhos escuros arregalados, pupilas pequenas como alfinetes. Ele tentou contê-la, saliva voando de seus lábios entreabertos.

Lábios. Escondendo uma língua probóscide.

Sua repulsa se transformou em força, e ela lhe deu uma forte cabeçada. Ele uivou como um lobo ferido, sangue jorrando de seu nariz. Devon o empurrou para o lado, levantou-se cambaleante — e o ar deixou seus pulmões quando mais dois dragões a atacaram.

Em desvantagem de três para um, Devon socou, arranhou e chutou com uma ferocidade que a surpreendeu e exasperou. Ela brigava com seus irmãos quando criança, mas não por anos e nunca dessa maneira. O medo se dissipou, liberando seus membros e aguçando seus reflexos.

Não foi o suficiente. Em um momento, ela estava arrancando os cabelos de alguém aos punhados enquanto chutava as canelas de outro. No momento seguinte, estava, de alguma forma, no chão, o primeiro homem ajoelhado sobre seu peito com as mãos ao redor de seu pescoço, enquanto um segundo agarrava suas pernas e um terceiro prendia seus pulsos.

Ela nem mesmo viu os cavaleiros chegarem, nem percebeu quando eles se esgueiraram por entre as árvores ou ouviu Ramsey gritar *Locum tenentem!* para os dragões.

Um estalo, como um elástico enorme, seguido por um beliscão em seu peito. Um céu inteiro de raios tomou conta do corpo de Devon. A dor invadiu seus músculos. Era como fios de ácido serpenteando por sua carne.

Os cinco segundos mais longos de sua vida antes da rajada da arma de choque finalmente acabar. Sua boca estava cheia de sangue; ela mordeu a língua. Nenhum de seus membros funcionava e uma tontura tomou conta de sua cabeça. Alguém deu um assobio agudo, e os dragões se retiraram, bufando mal-humorados.

— Sinto muito, Dev. — Ramsey apareceu diante dela, com a arma ainda apontada em sua direção. — Mas você precisa aprender, e esta é a sua lição. Se você fugir, nós sempre vamos alcançá-la. *Eu* sempre vou alcançá-la.

Devon o encarou, crucificada por um misto de emoções. Ela deveria estar se levantando para fugir, mas uma letargia pesava sobre seus ossos e seu corpo se encolhia com a lembrança da agonia. Uma arma de choque deveria doer tanto assim? Ou era essa era uma agonia particular que apenas devoradores de livros sentiam?

— Antigamente, eles tinham meios de lidar com garotas assim — disse um cavaleiro de olhos verdes entrando em seu campo de visão. — Como tornozeleiras e tudo mais. Talvez sua irmã precise de algo desse tipo, hein?

— Que nada. Ela não fará algo assim de novo. — Ramsey a cutucou com um dos pés. — Não é mesmo, Dev?

Ela tentou falar, mas não conseguia. Tentou cuspir, mas também não conseguia. Respirar era um desafio. Cavaleiros se infiltraram pelas árvores ao redor dela, silenciosos e misteriosos. Não, eles não eram plenamente silenciosos — ela é que estava perdendo a audição e a visão. Uma tontura tomou conta dela, e a escuridão se abateu.

Acordou na manhã seguinte deitada na cama, sentindo-se enjoada. Alguém finalmente havia trocado seu vestido de festa estúpido por um vestido formal de uma de suas tias, a gola causando coceira em volta do pescoço por causa de uma renda desnecessária.

Parte dela queria se levantar, tentar de novo, fugir uma segunda vez. Seu corpo se recusara a ceder; ela estava fraca por não comer e por correr demais. Fraca, com medo e traumatizada. Dragões eram uma coisa aterrorizante.

Para sua vergonha, ela ainda não tinha se mexido horas depois, quando Aike apareceu, carregando uma seleção de livros em uma bandeja.

— Ouvi dizer que você não comeu nada desde que nos foi devolvida pelos Winterfield ontem — disse ele. — Posso convencê-la a se alimentar? — Ele não estava a chamando de princesa, pelo menos. E ela também nunca mais o chamaria de tio.

Devon continuou encolhida em sua cama olhando fixamente para a frente, ignorando a comida oferecida. Ela não queria comer nada vindo dele.

Aike deixou a bandeja lá, intocada.

— Sinto muito pela caçada, mas você não nos deu muita escolha.

Devon achou difícil se importar com suas desculpas.

— O que acontece agora? Você vai colocar uma tornozeleira em mim? Vai me rastrear como um animal selvagem?

Ele piscou.

— Uma tornozeleira... Meu Deus, ninguém faz isso há anos! De qualquer forma, apenas os cavaleiros recorriam a tais práticas bárbaras. Você ainda é uma filha desta casa...

— Sua filha. Fale de uma vez, eu sou *sua* filha!

— ...e será tratada como tal. — Ele não admitiria, apenas a olhou com os lábios apertados e a testa franzida: a grande fortaleza que ela não conseguia penetrar.

— Desgraçado — ela sussurrou.

— Quanto ao que lhe acontecerá, vamos deixá-la considerar suas ações e suas opções — disse Aike com uma gentileza tocante. — Você ainda tem mais um contrato de casamento para cumprir e mais um bebê a ofertar.

— Eu não quero me casar de novo. — A ideia de um segundo casamento revirou seu estômago. Outrora isso lhe daria arrepios de empolgação.

— Devon. — Ele entrelaçou os dedos, parecendo irritado. — Você não tem escolha, nenhum de nós tem. A sobrevivência de nossa espécie depende de cada devorador fazer sua parte. Você entende como restam poucas mulheres férteis de nossa espécie? Quão difícil é negociar casamentos que não apenas beneficiem as Seis Famílias, mas que também evitem muita consanguinidade?

Uma centelha irrompeu em seu peito.

— Para você, é fácil falar! Não é seu corpo e nem seus filhos que são tomados!

— Você não faria nada de diferente no meu lugar. — Sua segurança calma estava imersa em uma arrogância tão densa que ela só conseguiu se sentir estupefata pela afirmação. — Se serve de consolo, não será desse jeito para sempre. Quando começarmos a utilizar os tratamentos de FIV, não precisaremos mais dos cavaleiros para arranjar e fazer cumprir casamentos. A próxima geração de meninas, incluindo sua filha, encontrará tudo um pouco mais fácil.

Alguém bateu à porta antes que ela pudesse tentar formular uma resposta.

Aike girou em seu assento.

— Ah, sim! Falando em sua filha, providenciei a visita de um convidado.

Devon mal teve tempo de se sentar direito antes que Luton Winterfield entrasse, desacompanhado, exceto por seus modos formidáveis e seu terno bem engomado.

— Você! — Devon lutou para manter o rosto sério e as emoções sob controle. Ela estava dividida entre exigir que ele devolvesse sua filha, implorar por correspondência e tentar voar em seu pescoço; a indecisão emaranhou as palavras em seu peito.

— Deixarei os dois a sós. — Aike esboçou uma breve reverência e se retirou.

Luton olhou para ela com muito cuidado, como se eles tivessem se visto pela primeira vez e ele desejasse memorizar suas feições.

— Presumo que você me odeie.

Não havia nada a dizer sobre isso. Ela deu o tratamento silencioso que essa pergunta merecia.

— Sinto muito por esse negócio com Salem — disse Luton, como se estivessem discutindo imóveis; mas então, ele era um agrimensor, no mundo humano. — Se serve de consolo, com o primeiro filho é mais difícil. Pelo menos foi o que me disseram. Será mais fácil com o próximo.

— Não quero que seja mais fácil — disse ela, encontrando sua voz novamente. — Eu quero criar minha filha! — Todos eles adoravam se desculpar, ela pensou amargamente. Ela já havia recebido três desculpas hoje, e o dia ainda não tinha acabado. Isso não impediu ninguém de agir de forma abominável.

— Estou ciente do que você quer. — Luton estendeu um pingente pesado em uma corrente de aço, tirado do fundo de um de seus bolsos. — Eu trouxe algo para você. Pegue, se quiser. Ou não pegue, se não quiser.

O pingente girou, refletindo a luz. Um disco circular espesso, com entalhes em revelo na parte externa.

Seu orgulho lutou contra a curiosidade; a segunda venceu. Devon pegou o objeto das mãos dele. Suas unhas tocaram uma ranhura. Um medalhão? Ela o abriu. Não era um pingente nem um medalhão, mas uma bússola, bem bonita. A agulha oscilava. No interior da tampa, alguém havia colocado uma foto de Salem. Certamente uma foto recente, talvez de alguns meses antes de seu terceiro aniversário. Ela estava sentada nos jardins que Devon conhecia tão bem, sorridente e adorável. A luz do sol captava seus traços élficos.

— O padrão exterior é o brasão dos Winterfield. Embora tenhamos algumas diferenças de personalidade, você cumpriu seus deveres satisfatoriamente e forneceu à minha casa uma filha saudável a quem aprecio muito. — Ele limpou a garganta. — Disseram-me que você está sofrendo com a transição para casa, em parte por causa de como lidei com as coisas, e achei adequado fornecer-lhe uma pequena lembrança. Para facilitar a situação.

Devon fechou a bússola, seus dedos apertados em torno dela.

— Você tomou minha filha e quer que eu seja grata porque você me deu uma bugiganga em troca? Vá se danar. Você não está perdoado.

Suas sobrancelhas se ergueram.

— É mesmo? Bom, se você não quer a bússola...

— Eu não disse isso. — Devon deliberadamente guardou a bússola no bolso. — Algum dia eu vou voltar, vou pendurá-la em volta de seu pescoço e levarei minha filha de volta.

— Isso é pura fantasia, não vai acontecer — disse ele com uma certeza que a queimou até os ossos. — Eis o que *vai* acontecer. Vou falar de você para Salem e manter sua memória viva.

— O que você...

— Vou falar de você para Salem. — Ele repetiu. — Vou dar a ela fotos suas, já que ela sente muita saudade de você agora. E vou dizer a ela que sua mãe voltará para vê-la um dia, mas apenas se sua mãe a amar o suficiente. Em seu décimo aniversário, talvez; você já estará livre de seu próximo casamento, até então. — Ele agitou um dedo. — Comporte-se e faça sua parte, Devon, e você conseguirá esse encontro com Salem. Mas, se você agir mal em seu segundo casamento e causar problemas, serei forçado a dizer à sua filha que você não a ama e não deseja vê-la.

— Você está mentindo! — Uma espécie de terror desesperado tomou conta das articulações de Devon, corroendo toda a sua fúria e coragem anteriores. — Assim como estava mentindo antes!

— Acredite no que quiser. Vim aqui para lhe fazer um favor, não para ouvir suas acusações paranoicas. — Luton se levantou e saiu.

Ela bradou palavrões às costas dele, ciente de quão selvagem soava.

Ninguém prestou atenção. Do lado de fora de seu quarto, alguém puxou os ferrolhos para trancar a porta. Vozes murmuraram enquanto seus vigias trocavam de lugar. Tudo estava fechado, trancafiado. Sua patética tentativa de fuga havia terminado. Nenhuma batalha travada ou última resistência; ela foi apenas caçada, amarrada e arrastada de volta.

Estava se tornando o tipo errado de princesa, do tipo que se misturava com goblins e ficava trancafiada em torres.

A vergonha tomou conta de suas veias e o luto a atingiu como o soco de um devorador de mentes. Quão estúpida ela tinha sido por pensar que alguém lhe daria ouvidos! Quão ingênua eles devem pensar que ela é, uma menina idiota que acredita em qualquer mentira que os patriarcas contam a ela. Sua ameaça a Luton era vazia e insubstancial, ela era incapaz de cumpri-la.

Devon, a Dodói. Devon, a Doida. Devon, a Defraudada.

A costura que mantinha sua vida unida estava se desfazendo. As Famílias eram fortes, inflexíveis, treinadas; ela não era nada, apenas a cabeça cheia de livros cuidadosamente selecionados por elas e vazia de conhecimentos práticos.

Uma cruel compreensão cresceu em torno dela como vinhas sufocantes. A única saída era se comportar bem. Toda vez que ela desafiava a Família, outra pessoa pagava o preço. Ela ainda não conseguiria vencer seguindo as regras, mas ao menos sua derrota seria amenizada.

Seja passiva, seja boazinha, tenha a próxima criança, obtenha um mínimo de liberdade. E, mesmo que não a permitissem visitar Salem, ela ainda teria mais liberdade depois que seus casamentos fossem concluídos e alguns de seus deveres estabelecidos fossem suspensos.

Isso significava que ela não veria Salem este ano, nem no próximo, nem mesmo no seguinte. Terrível, quase insuportável.

Mas a alternativa era pior: agir com muita ousadia, atraindo mais restrições. Arriscar que Luton cumprisse sua promessa e convencesse Salem de que Devon não desejava vê-la. Se Devon quisesse a chance de ver sua filha, teria que suportar a miséria, a mágoa e a impaciência de sua necessidade.

Ela se encolheu no chão, suas mãos envolvendo a bússola, e se forçou a respirar.

NA COMPANHIA DE LOBOS
DIAS ATUAIS

Mas curar a fome dos devoradores de mentes não ajudava em nada a resolver os problemas de fertilidade que assolavam a espécie. Para esse problema, os devoradores de livros fizeram o que fazem de melhor: das sombras, encorajar a tecnologia humana a avançar, e então tomá-la emprestada.

Eles já haviam dominado o básico de FIV havia muito tempo. Tarefa fácil quando se pode aprender a ciência médica humana apenas com um "almoço" nutritivo composto de livros didáticos. Mas a grande dificuldade para se usar tal tecnologia está em adaptá-la à complicada biologia dos devoradores e colocá-la em prática com segurança.

E que tipo de mundo teremos, eu me pergunto, quando os devoradores de livros puderem ter filhos livremente? Uma pergunta terrível para o futuro.

— Amarinder Patel, *Papel e Carne: Uma História Secreta*

Vão! — Devon empurrou Hester e Cai aos trancos rumo à saída de trem mais próxima.

Ela voltou ao vagão onde Cai e Hester estavam sentados e teve apenas tempo suficiente para dizer *acho que vi cavaleiros no trem* quando o motor parou. As luzes falharam quase que imediatamente. Pouco depois, Ramsey começou os trabalhos com sua faca, causando medo e terror nos passageiros humanos — que, por sua vez, fugiram cegamente através dos vagões, agora escuros como breu, acusando-o de assassino e buscando ajuda.

Com todas as artimanhas dele, Devon não encontrou dificuldade em convencer Hester e seu filho de que cavaleiros estavam a bordo do trem, ou que o trio deveria abandonar a jornada.

Eles cambalearam para fora, junto com um grupo de outras pessoas, rumo à gélida noite da Nortúmbria em meio a um descampado extenso e ermo. Atrás deles, no trem, várias pessoas gritavam. O céu pairava maligno: nublado e sem lua, perfeitamente atmosférico.

Hester tropeçou, caindo no ombro de Devon. Elas se apoiaram e continuaram correndo através da grama alta e semicongelada, tentando se distanciar do então sitiado trem das 22h15.

Haviam percorrido uns duzentos metros, quando Hester exclamou:

— Esperem! — E parou bruscamente — Minha bolsa sumiu. Não estou com ela!

Devon virou-se para ela.

— Por que uma bolsa é tão importante?

— É uma pergunta retórica? — Hester já havia se virado para olhar os duzentos metros do descampado com olhos semicerrados. O trem mal era visível por causa da suave inclinação da terra. — Minha carteira, meu celular e meu revólver estavam nela. E só a bolsa custou umas quatrocentas libras, mas acho que isso não importa. — Seu tom ofendido sugeria que importava, na verdade. — A maior perda é o revólver. Foi uma herança.

— Você quer que tentemos voltar? — Devon perguntou, olhando inquieta para o trem. Ramsey, ela sabia, não gostaria nem um pouco de vê-los voltar.

— Não. Não vale o risco. — Ela fechou as mãos brevemente, relaxando-as em seguida. — Ainda assim, meus lápis estavam nela. Meu caderno de desenhos também.

— Caderno de desenhos? — Devon estava perplexa. Ela nunca tinha ouvido falar em um devorador de livros desenhando, embora fosse tecnicamente possível. Eles simplesmente não eram criativos dessa maneira, como espécie. — Eram *seus* desenhos? Eram importantes?

Hester deu uma risada depreciativa.

— Não, acho que não. — Ela juntou seus cabelos soltos, desgrenhados com a correria, e prendeu-os para trás com uma eficiência selvagem. — Só vamos embora. Antes que eu mude de ideia.

— Quanto a isso — disse Cai —, para onde exatamente estamos indo?

— Para a cidade mais próxima, que provavelmente é Alnwick. — Hester limpou a lama de sua saia. — Chegar lá, conseguir transporte e cruzar a fronteira da Escócia adequadamente.

— Acho que o que ele quis perguntar foi qual é o nosso ponto de chegada — disse Devon. — Para que parte da Escócia vamos?

— Ainda não é seguro que vocês saibam. — Hester começou a se afastar.

Devon trocou olhares com Cai. Ele deu de ombros.

O trio vagou através das urtigas ásperas e pelos campos cobertos de mato, o cheiro característico de terra molhada e ervas daninhas entupindo o nariz de Devon. Ela espirrou duas vezes. Não havia neve lá, apenas frio e umidade.

Depois de mais meio quilômetro, chegaram a uma estrada de duas pistas que serpenteava como uma fita curva de gelo. Devon olhou nas duas direções, pisando com seus pés ainda descalços na pista escorregadia e gelada.

— Nenhuma pessoa ou perseguição, mas também nada de carros ou casas.

Hester semicerrou os olhos para enxergar uma placa na estrada.

— Parece que esta é a A1086. Se tivermos um pingo de bom senso, devemos evitar a cidade e ir direto até o próximo local.

— A próxima cidade? — Cai desanimou. — Mas eu estou cansado agora. Nós *precisamos* andar a noite toda?

— Ele tem razão — disse Devon. — Precisamos dormir, todos nós. Estou acordada há mais de um dia e não comi o suficiente para uma longa caminhada.

Ela de fato estava exausta, mas, além disso, Devon queria tempo para observar a mulher e aprender mais sobre o que poderia aguardá-los na casa dos Ravenscar. A única garantia concreta que eles receberam foi a dose de Redenção, enquanto o resto era totalmente desconhecido. Para Ramsey, não havia problema em não se importar com o que estava por vir, mas não era a vida dele em jogo.

— Não deve levar a noite toda para chegar lá — disse Hester, arrancando um fio solto de uma de suas mangas.

— Como assim *não deve*? Quanto ainda falta?

— Eu não devo dizer a você até chegarmos lá. — A incerteza a fazia parecer ainda menor. — Não é seguro.

— Ah, pelo amor de Deus! Ouça, você está acostumada a ser cautelosa. Eu entendo isso. Mas precisamos trabalhar juntos agora. Quanto ainda falta? Poderia me contar pelo menos isso? Não para onde vamos, só a distância.

— Cerca de cento e trinta quilômetros — disse a outra mulher cautelosamente.

Devon passou a mão em seu próprio rosto.

— E você acha que não deve levar a noite toda para cruzar *130 quilômetros*?

— Bem, obviamente demoraria se fôssemos andando, mas é uma curta viagem de carro. Alguém deveria nos receber em Edimburgo quando chegássemos lá. — Ela fez uma careta. — Eu poderia fazer uma ligação, mas meu telefone estava na maldita bolsa.

— Não estamos nada perto de Edimburgo, e lá também não é exatamente seguro para nós. No presente momento, estamos obviamente sem carro, o que torna 130 quilômetros uma baita caminhada.

— E você tem uma ideia melhor? — a outra perguntou exasperada. — Imagino que pense que a gente deveria dormir aqui, sob céu aberto!

— Não sob céu aberto. Debaixo de um teto. — Cai apontou, as mangas esfarrapadas de sua blusa sacudindo ao vento gélido do inverno. — Há uma pousada naquela direção. Não poderíamos ir lá? E aí encontraremos outro jeito de viajar pela manhã.

As duas olharam para ele.

OS DEVORADORES DE LIVROS ⌇ **103**

— Você já veio aqui antes? — Devon indagou.

— Mais ou menos. O advogado já se hospedou aqui uma vez, para um passeio de férias nas charnecas. Ele já viajou bastante por estas bandas.

Hester levantou uma sobrancelha.

— O advogado?

— Uma pousada viria a calhar. — Devon não queria explicar sobre *o advogado* ou qualquer uma das outras vítimas apenas parcialmente recordadas de Cai. — Vamos, quero finalmente descansar meus pés.

Hester ergueu as mãos.

— Não tenho nenhum dinheiro, minha carteira estava na bolsa...

— Eu tenho uns trocados.

— Uns trocados? Quanto?

— O suficiente para passarmos a noite. — Devon pensou que vinte mil libras seriam suficientes para pagar pela estada na maioria das pensões.

— Certo! Eu desisto. Se vocês dois estão tão determinados a fazer uma parada, nós faremos uma parada. Qual é o caminho agora?

— Eu sei chegar lá — disse Cai. — Não é longe. Não vou me perder.

Eles voltaram a andar, desta vez através do mato semicongelado e seguindo a cerca. Devon caminhava ao lado de Hester, enquanto Cai, adiante, percorria um terreno do qual apenas um homem morto dentro de sua cabeça se lembrava. Eles descobririam em breve se suas memórias roubadas ainda eram precisas.

— Fico feliz que você não seja uma armadilha das Famílias — disse Hester, seu rosto obscurecido por seus cabelos cacheados. — Essa possibilidade passou pela minha cabeça.

— A noite é uma criança — disse Devon, com uma leveza que se contrapunha à sua apreensão interior.

Hester não riu.

— Killock, meu irmão, tinha uma teoria de que vocês dois eram uma armação. Que Cai não era realmente seu filho.

— Ele é meu, sim.

— ...e que a coisa toda era uma jogada das Famílias para conseguir Redenção. — Ela corou. — De qualquer forma, parece bobagem falar isso agora. Cinco minutos ao lado de vocês dois e fica claro o vínculo que os conecta. E ele se parece com você.

— Ele é mais bonito — disse Devon ironicamente. — Posso perguntar uma coisa? Consigo entender um golpe, jovens são ambiciosos e gostam de se tornar patriarcas. Mas o que seus irmãos ganham fugindo para *se esconder* fora das cidades? Vocês não estão mais vendendo Redenção ou ganhando dinheiro, o que deve ser difícil. Talvez eu não esteja percebendo alguma coisa, mas não entendo por que Killock apenas não... fica na encolha, e vocês com ele. As outras Famílias não teriam se importado com uma mudança de poder em sua casa.

— Receio que Killock precisará explicar isso para você pessoalmente. É um assunto extremamente complicado e delicado.

— Imagino — respondeu Devon, irritada e frustrada. Sempre que achava que a conversa estava se desenvolvendo, ela encontrava um empecilho.

— Quando ele explicar, fará sentido, eu prometo. — A Ravenscar pisou em um trecho de lama congelada, fitando o terreno irregular diante dela. — Você não é nada do que eu esperava — ela acrescentou quase como uma reflexão tardia.

— Hum — disse Devon. — E o que você esperava?

— Acho que alguém como eu.

Antes que Devon conseguisse entender aquela resposta enigmática, Cai se virou e gritou por cima do ombro:

— Acho que estou vendo! É aquele lugar ali adiante.

O trio parou para dar uma boa olhada. A Fazenda Alndyke se estendia a partir da estrada, a apenas algumas centenas de metros da pequena fileira de casas. Uma cabana de pedra se encolhia sob um telhado de telhas pesadas, como um cinzento deus tartaruga da escuridão. Mas a construção era muito bem cuidada: silenciosa e limpa, com um toque de uma pretensa excentricidade britânica comum a tais lugares.

Já era quase meia-noite quando Devon cruzou o caminho de cascalho com passos ruidosos, Cai ao seu lado e Hester seguindo um pouco atrás. A entrada não estava trancada e as luzes ainda estavam acesas, mas não havia ninguém no balcão. Apenas o esperado, uma hora dessas.

A proprietária, uma mulher pequena chamada Nadiya, não gostou de ser acordada. Ela ficou ainda menos satisfeita ao ver um bando de gente suja e desleixada exigindo um quarto. Os pés descalços de Devon receberam um olhar de choque.

Mas ela não tinha um bom motivo para rejeitá-los, especialmente quando Devon pagou o dobro pelo incômodo. O dinheiro era uma forma de curar o ressentimento humano.

Vinte minutos depois e cem libras mais pobre, os três estavam entrando, exaustos, em uma cabana do outro lado do pátio. O quarto continha duas camas de casal recém-arrumadas e decoradas como que para imitar a vida rústica, o que Devon achou confuso. Alndyke já era uma fazenda de verdade. Por que fingir ser uma de mentira?

— Onde cada um vai dormir? — Devon perguntou, embora Cai já tivesse se jogado em uma das camas. — Ei, tira esses sapatos!

— Em um minuto. — Ele afundou a cara no travesseiro com um gemido.

— Posso ficar no sofá se você quiser a outra cama. — Hester ofereceu. — Você parece precisar do descanso.

— Não seja boba. Vou dormir com Cai. Já fiz isso um monte de vezes. No entanto, o chuveiro é meu. — Ela entrou no banheiro.

— Não demore demais! — Hester gritou do lado de fora. — Você sabe que só temos um banheiro!

Devon revirou os olhos, então se despiu e entrou embaixo da água gelada, apenas pelo tempo suficiente para enxaguar a sujeira de seus cabelos e de sua pele. Seus pés estavam imundos, mas não havia nada com que esfregá-los, exceto um sabonete ressecado que se desmanchou quando ela o pegou. Seria pedir demais. Então ela se secou e voltou a vestir suas roupas sujas, com relutância. Bom, ela já tinha usado coisa pior.

Limpa, ou pelo menos mais limpa do que antes, Devon saiu do banheiro, para o alívio de uma Hester frenética, que prontamente tomou seu lugar e fechou a porta com força.

Cai estava encolhido na cama, dormindo profundamente. Ele ainda estava de sapatos. Devon os tirou e o cobriu, com suas roupas surradas e tudo. O menino fedia a suor e sujeira. Ele também precisava de um banho. Manchas de eczema marcavam a articulação entre o pé e o tornozelo e também as dobras dos cotovelos. Ela se perguntou se tomar Redenção novamente ajudaria ou pioraria a pele dele. Decidiu que isso não importava.

Com cuidado o suficiente para não o acordar, Devon levantou a barra de sua camisa, revelando a cicatriz sutil em seu abdômen. Apenas três centímetros, parecendo pouco mais do que uma linha prateada de pele. Sem luzes brilhantes ou protuberâncias incômodas que o fizessem reclamar; nenhum sinal externo do minúsculo dispositivo implantado cirurgicamente em sua cavidade peritoneal.

Mentir para ele era errado, mas aquilo pareceria pesado e estranho demais para uma criança de 5 anos que já carregava o peso de várias vítimas e dos pecados de outras pessoas. Ele já tinha muito com o que se preocupar.

Ocasionalmente ela se perguntava se o dispositivo de fato estava lá ou se havia sido desativado de alguma forma. Parecia um conceito muito improvável. Mas a realidade sempre se reafirmava. Devon havia presenciado a cirurgia, viu Cai receber os pontos depois; seu filho carregava a morte com ele, o tempo todo, e não sabia disso.

E, se eventualmente ela vacilasse, só precisava pensar em Ramsey. *Vá, antes que eu mude de ideia e mande seu filho pelos ares.* Sempre que ele ameaçava a vida de Cai — como fez hoje, e sem dúvida faria novamente —, ela engolia sua raiva ardente, já reprimida por tempo demais, e tentava ser educada. Ele poderia acabar com o filho dela apenas apertando um botão.

Sons vieram do banheiro. Devon abaixou a camisa de Cai e se reposicionou de forma menos suspeita, bem a tempo de Hester aparecer. No intervalo de dez minutos, a mulher havia domado o cabelo e desamarrotado as roupas. Uma habilidade impressionante.

— A propósito, você deixou isso aqui na pia. — Hester estendeu a bússola.

— Ah! — Devon a apanhou de volta na velocidade da luz. Descuidada, tão descuidada. Por Cristo, ela estava realmente cansada! — Obrigada — ela acrescentou sem graça.

— Não há de que. — A Ravenscar se sentou na outra cama, o espaço entre elas estreito o suficiente para que seus joelhos se tocassem, e começou a pentear seus cachos úmidos com os dedos.

— Bela bugiganga. Herança da Família?

— Lembrança da minha filha.

Hester parou de pentear os cabelos, seus dedos congelados na metade dos fios.

— Ah, perdão, eu não teria pegado se...

— Tudo bem. — Devon abriu a bússola. — Dê uma olhada se quiser. — Todos deveriam ver sua filha.

— Ela é adorável — disse Hester, encantada.

— Claro. Toda criancinha é linda. — Devon fechou a bússola e enrolou a corrente na palma de sua mão. — Adultos nem tanto. Fizemos coisas demais na vida para sermos lindos.

Um momento de silêncio desconfortável, e então Hester apontou para o frigobar.

— Você quer um drink? — A risada dela soou ansiosa. — Aposto que tem vinho naquela coisa.

— É, cairia bem agora.

Hester se levantou, vasculhou o frigobar e tirou uma garrafa de vinho branco barato.

— Posso te perguntar uma coisa? Você foi uma criança feliz? Crescendo com sua Família.

— Sim. — Devon não precisou pensar para responder. — Eu era muito feliz. Tinha liberdade. Ao menos achava que tinha. Talvez seria melhor dizer que eu adorava fazer as coisas que tinha permissão para fazer. Eu sei que tudo se tornou perverso e distorcido no final, mas ainda gostaria que Cai tivesse conhecido um pouco daquela alegria.

Pântano. Urzes. Raposas. Lontras. Sol e neve, andar descalça em uma tempestade. Todas essas coisas existiram e foram dela, mesmo assim, ela só conseguiu passar adiante um legado de dor.

— Faz sentido. — Hester encheu duas canecas da pousada, já que não havia taças. — Acho que eu teria gostado de conhecer a Devon feliz.

— Mas sua vida também não foi exatamente mamão com açúcar.

— Eu quase não falei sobre mim. — Hester pousou a garrafa e pegou as canecas.

— É o que você não diz.

— Você é observadora demais para seu próprio bem. — Hester sentou-se ao lado dela desta vez, quase ombro a ombro, uma caneca em cada mão. A proximidade era de uma solidez reconfortante. — Aqui, pegue uma.

— Obrigada. — A alça de cerâmica condensava gotas d'água em sua mão. Então, você tem filhos?

— Não, nunca tive nenhum.

— O quê? Sério? — Devon levantou uma sobrancelha; a outra mulher tinha a idade dela e era uma devoradora de livros. Então... — Como você conseguiu se safar?

— Puro acaso. — Hester tomou um longo gole, bebendo quase toda a sua caneca de uma vez só. — Todas as mulheres saudáveis da Família sofrem de falência ovariana prematura como padrão. No meu caso, a falência apareceu durante a infância, em vez de aparecer no fim dos meus vinte anos.

Devon não confiava em si mesma para responder. Ela tinha medo de abrir a boca e acabar dizendo *que sorte a sua*, quando isso não era realmente justo; ela não sabia o suficiente sobre a vida de Hester para julgar se a infertilidade era uma sorte ou não. Não tinha o direito de projetar esse tipo de suposição em outra pessoa.

— De qualquer forma, me sinto uma idiota. Eu deveria saber que você teve mais de um filho — disse a Ravenscar. — Onde ela está, sua filha?

— Birmingham. Não a vejo há sete anos.

— Sinto muito, deve ser difícil — disse Hester em voz baixa. Ela bebeu o resto de seu vinho. — Espero que você não se importe com o que vou dizer, mas há um estranho conforto em saber que você sente falta de sua menina. Não me lembro muito bem da minha mãe, mas gosto da ideia de que ela está sentindo minha falta, em algum lugar.

— Eu também. — Devon admitiu. A resposta pareceu inadequada. Milhares de livros devorados e ela ainda não tinha as palavras certas para falar sobre sua própria matriarca. Como dar forma à ausência? Como preencher um buraco negro com luz?

Quando criança, ela imaginava como seria conhecer sua mãe. Como jovem noiva, grávida e radiante, esse cenário hipotético se expandiu para uma fantasia completa, na qual Devon conseguia visualizar a reunião com Amberly, as duas se conectando por meio de experiências compartilhadas.

Hoje em dia ela não gostava nem um pouco de pensar nisso. Não estava pronta para a experiência de encontrar sua mãe pessoalmente; jamais estaria pronta. Ainda bem que era improvável que isso acontecesse.

Quando o silêncio ficou muito intenso, Devon o quebrou dizendo:

— Você é próxima de Killock? O conhece bem?

— Mais ou menos? — Hester bocejou na palma da mão. — Acho que o conheço tão bem quanto qualquer um. Ele era um menino gentil e um bom irmão durante nossa criação.

— Você não o descreveria desse jeito agora? — Devon perguntou, escolhendo as palavras com cuidado.

— Não, acho que não. Eu gostaria que ele fosse um ouvinte melhor. — Hester parecia cansada, ou talvez fosse só o vinho. De qualquer modo, os olhos dela estavam se fechando, sua figura pequena quase caindo de lado. — Às vezes ele me assusta.

— Como assim?

Sem resposta.

Ela olhou para baixo. Hester tinha apagado, a cabeça ainda no ombro de Devon.

— Deixa para lá — disse ela.

Sentindo-se estranhamente protetora, ela conduziu a Ravenscar até a cama próxima e tirou a caneca manchada de vinho de seus dedos letárgicos, pondo-a sobre a mesinha de cabeceira.

— Eu acho — comentou Devon — que não vou gostar muito do seu irmão.

Hester continuou dormindo, sua respiração pesada.

Hora de completar sua vigília anual para Salem.

Ela foi ficar perto da janela, a cabeça escorada no batente, e abriu a bússola. A foto desbotada de uma menina de 3 anos apareceu.

A vigília nunca foi nada além de dolorosa, e neste ano foi particularmente excruciante. Em algum lugar ao sul, sua filha estaria acordando em poucas horas, com uma festa de aniversário e lindas comemorações para marcar seus 10 anos de idade.

Dez anos de idade. O aniversário ao qual Devon deveria comparecer, segundo o acordo com Luton. E ela estaria ausente, abandonando um filho para salvar outro.

Sem dúvida, o pai de Salem apreciaria o momento, ela pensou com amargura. Mas nenhuma das escolhas de Devon incluía a possibilidade de uma solução ideal, e as condições exigidas para que ela cumprisse aquela promessa contariam com entregar Cai à morte, ou coisa pior.

Ela estava fazendo seu melhor. Sua filha teria que esperar.

— Sinto muito, mas não poderei vê-la, afinal — sussurrou ela para a escuridão, seu hálito produzindo uma fumaça através das janelas sem vidraças. — Voltarei por você quando puder. — Ela apertou o pequeno disco até as bordas marcarem linhas vermelhas em seus dedos. — Feliz aniversário, Salem.

O silêncio se misturou com seu cansaço, formando um tipo peculiar de exaustão que já parecia durar por anos e anos. Não querendo perturbar Cai ou invadir o espaço pessoal de Hester, Devon deixou suas companhias em suas respectivas camas. Ela espremeu seu corpo alto no sofá falso rústico e caiu no sono.

A PRINCESA E O OGRO
SEIS ANOS ATRÁS

A princesa estava completamente só outra vez. Para piorar as coisas, seu pai prometeu sua mão em casamento a um ogro, que concordou em dar ao rei cinquenta carroças de prata em troca.

A princesa ficou horrorizada quando soube o que seu pai havia feito, e implorou que ele mudasse de ideia. Mas seu pai estava determinado a cumprir sua barganha.

— Charlotte Huck, *Princesa Furball*

Havia uma espécie de paz na rendição.

Embora a envergonhasse, uma parte de Devon abraçou o alívio de simplesmente desistir. O único caminho de volta para sua filha era também o caminho de menor resistência, e assim, sete meses depois de sua fuga fracassada, Devon não resistiu quando as tias Fairweather vieram prepará-la para um segundo casamento.

— Respire fundo, querida — disse Tia Beulah, com os dedos contra suas costelas. — O casamento não dura para sempre. Seja forte e mantenha a cabeça erguida.

Devon puxou o ar e endireitou a postura. Era o mesmo vestido romeno com bordados pesados que ela ganhara de presente havia mais de quatro anos, só que agora estava apertado no busto e nos quadris, e elas tiveram que batalhar um pouco com o tecido. Era apenas o esperado. Ela era mais velha e tinha dado à luz um bebê. Sua filha. Não, não pense em Salem.

Mãos fortes puxaram os laços, e Devon imaginou que ela estava permitindo que seu coração fosse amarrado em seu corpo. Aguente firme. Mais um casamento, mais um filho, então ela poderia pedir para vê-los.

Em sua mente, ela já estava organizando argumentos. Poderia pedir conselhos a Faerdre, caso visse a outra noiva novamente. Será que Faerdre queria ver os filhos? Ela se importava? Ela parecia apática no casamento de Devon, pensando bem.

Elas eram princesas, de certo modo, e era assim que princesas viviam: seguras em torres, casadas com homens que competiam por elas, de um jeito ou de outro. Mesmo nos contos de fadas mais felizes, as princesas normalmente não tinham muita escolha. Eram prêmios a serem obtidos ou oferecidos, e não havia outro contexto no qual ela pudesse entender sua vida.

Em uma tarde quente demais de julho, Devon deixou sua casa de infância pela segunda vez. Sua partida não foi anunciada nesta ocasião, as tias se escondendo em seus quartos e os tios a ignorando veementemente. Talvez não houvesse mais necessidade de fingimento, ou talvez todos estivessem genuinamente envergonhados. De qualquer modo, Devon estava grata. Uma despedida da Família por ocasião de seu segundo casamento indesejado seria uma crueldade insuportável.

Em vez disso, ela foi colocada em uma limusine muito menor com um par de cavaleiros em sua comitiva — um deles sendo o próprio Ramsey.

Da última vez que ela havia visto seu irmão, ele estava em cima dela em uma floresta gélida com uma arma apontada para sua cabeça.

— Depois de você — disse Ramsey, e até mesmo sorriu. Mais ou menos.

Devon estremeceu e entrou no veículo.

Ela acabou espremida entre Ramsey e outro cavaleiro chamado Paulton. Aike sentou-se diante deles. Um único dragão ocupava o assento ao lado, suas mãos macias entre seus joelhos grandes e o rosto desconhecido escondido por um capacete de motociclismo.

— Eu disse que conseguiria vir ao seu segundo casamento — disse Ramsey, e riu como se tivesse contado uma piada. — Como tem passado?

Devon apertou seus lábios e encarou o chão. Ela não aguentaria ter uma conversa amigável.

A viagem de Yorkshire até a costa de Norfolk demorou consideravelmente mais do que a viagem de Yorkshire até Birmingham. Embalada pelo movimento do veículo, e sem interesse na paisagem lá fora, ela caiu no sono — apenas para ser acordada pelo que pareceu momentos depois por Ramsey, dizendo:

— Estamos quase chegando.

Devon assentiu com a cabeça, lembrou-se de que ela o odiava agora e olhou pela janela para evitar seu olhar. O irmão abafou um bocejo.

A Mansão Easterbrook não se parecia com nenhuma outra casa que Devon visitaria novamente. Ela se sentou em silêncio subjugado enquanto eles dirigiam por uma estrada bem pavimentada adentrando a propriedade da Família, impressionada pelos jardins, pelo pomar, pela pequena fazenda orgânica e por uma bizarra série de estruturas móveis que Ramsey a informou que se chamavam moinhos de vento.

— Moinhos de vento? — Ela perguntou, a curiosidade sobrepujando brevemente o ódio. — Para gerar eletricidade?

— Sim. Eletricidade é vendável. Os Easterbrook arrendaram com sucesso boa parte de suas terras para negócios humanos.

Catadores de frutas sazonais passavam pelos campos, trabalhando e cuidando da área. Tratores aravam fileiras metodicamente. Os trabalhadores estavam malvestidos e muitos pareciam cansados.

— Achei que não deveríamos interagir com humanos — disse Devon. — E por que a maioria deles são mulheres? Eu achava que mulheres não gostariam de tais empregos.

— Melhor trabalhar no campo do que no bordel — disse Paulton. Um músculo saltou em sua bochecha.

— Bordel? — Um mal-estar revirou o estômago de Devon. Ela entendia a ideia de bordéis graças a algumas leituras isoladas, mas não conseguia entender o que isso tinha a ver com a Família.

— Isso mesmo, é uma roleta de más escolhas — disse Paulton. — Agricultura, se tiver sorte. Bordel, se não tiver. Colheita de órgãos, se for velho demais para as duas coisas. É um negócio sinistro.

— Interagir não é problema, integrar-se que é — disse Ramsey, ignorando a interjeição de seu colega. — Os Easterbrook não se integram aos humanos. Nenhum humano trabalha dentro da casa em si. Na verdade, a maioria dessas pessoas sequer está empregada, estritamente falando, porque elas estão no país ilegalmente e são simplesmente gratas por qualquer pagamento que conseguirem. — Ele abriu a janela e pôs um cotovelo para fora. — É um bom esquema. Além de alguns técnicos, a maioria dos rapazes Easterbrook são administradores ou donos de terras...

Paulton bufou.

— É uma forma de dizer.

— ...que tiram o suficiente das fazendas e dos moinhos elétricos para manter a casa funcionando. — Ramsey continuou, dirigindo-lhe um olhar severo. — E, por sua vez, isso significa que eles passam menos tempo entre a população local do que os homens de outras casas. Seu ex-marido, em comparação, precisava tomar muito cuidado para evitar contato humano próximo em seu trabalho.

— É dinheiro sujo. Vindo do sofrimento. Não acredito que os patriarcas permitam isso, honestamente. — Paulton parecia irritado. — *Minha* casa, Gladstone, não faz nada desse tipo.

O ar dentro da limusine parecia ficar mais denso e quente.

— Ah, qual é, são só humanos — disse Ramsey em um tom irritadiço. — Não é como se estivessem traficando outros devoradores de livros.

Traficar: verbo transitivo e intransitivo. A palavra tem diversas definições, mas nenhuma delas fazia sentido no contexto usado por seus irmãos. O que havia de tão ruim em transportar pessoas? Não era o que carros e trens faziam?

— Não seja obtuso — disse Paulton. — Claro que eles são só humanos, mas você já viu aqueles buracos infernais onde eles mantêm as garotas? Eu não colocaria um dragão em um desses!

Ramsey começou a rir.

— Desde quando você é bundão desse jeito?

— Já chega, Paulton. — Aike interrompeu. — E Ramsey, comporte-se à altura de seu posto e idade, pelo amor de Deus!

— Minha idade? — Ramsey soou irônico. — Que tal você cuidar da sua vida e ficar de boca calada, seu maldito velho decrépito? Cavaleiros não recebem ordens suas. — Seu desprezo espantou Devon. Espantou Aike também; ele agitou as mãos e piscou como uma coruja. — Além disso, Paul e eu estamos apenas brincando. Não é, cara? — Ramsey pôs uma mão no ombro dele.

Paulton fez uma careta e murmurou algo ininteligível. Aike, para o espanto de Devon, não disse mais nada.

O cascalho estalou quando o carro parou.

Aike abriu a porta, ainda em silêncio, e saiu elegantemente do carro.

Devon se arrastou para fora e assumiu uma postura de rígida atenção. Princesas sempre se comportavam educadamente, e esse era seu papel. Ela não tinha a liberdade de Ramsey para ser grosseira com seu tio/pai.

A Mansão Easterbrook era antiquada, mantida em seu design original estilo Tudor, mas o interior era dolorosamente moderno e brilhante. Luzes inundavam o salão de entrada, e tudo, desde as portas internas aos lustres, parecia ser feito de vidro. Lascas de quartzo refratavam seu brilho no chão de mármore vermelho.

Prateleiras brancas preenchiam discretamente as alcovas, os livros nelas organizados por cor e tamanho para criar um arco-íris ondulante de lombadas. Um aroma distinto de bibliodor de papel recém-impresso, com um sutil toque de petróleo. Devon torceu o nariz. Livros modernos tinham boas histórias, mas ela detestava o gosto oleoso das páginas lustrosas.

As comemorações já estavam acontecendo. Um punhado de pessoas passou por ela, rindo e bebendo em taças finas que refletiam ainda mais luz. Todos em trajes formais e usando joias. Brilho e esplendor por toda parte. Devon colocou uma mão na cabeça, subjugada por tanta luz.

— Aí está você, Aike. — Matley Easterbrook desceu a escadaria principal com uma confiança casual, dois outros homens atrás dele. Todos os três em ternos claros.

Matley era mais jovem que Luton, embora ainda mais velho que Devon; mais alto do que Luton, embora ainda mais baixo que Devon. Sua pele sépia e seu cabelo bem cacheado evidenciavam sua herança mediterrânea.

Devoradores de livros normalmente tinham etnicidades complexas e confusas. As diferentes famílias em diferentes continentes há muito tempo se misturaram com inúmeras linhagens, nutrindo diversas linhas em todos os lados.

Apenas atrasando o inevitável, ela pensou. Cada vez mais, havia um número menor de famílias de devoradores de livros a quem se fundir, e as que sobreviveram em outros países eram cada vez mais difíceis de acessar. Passaportes, imigração, papelada, vistos e toda essa parafernália oficial quase impossibilitavam arranjos matrimoniais intercontinentais nos tempos modernos.

— Sempre um prazer. — Aike havia recuperado sua elegância. Ostentava um sorriso largo repleto de dentes que ele reservava apenas para outros homens das Famílias, e nunca havia compartilhado com ela. — Tenho o prazer de apresentá-lo a Devon.

Todos os olhares pairaram sobre ela, que enrijeceu sob a atenção repentina.

— Olá, jovem. — Era difícil olhar para Matley; aquele terno cor de pérola o transformava em um farol reluzente em sua casa demasiadamente iluminada. — Minha nossa, você é alta, hein? — Ele pressionou o ombro dela, apertando um pouco forte demais.

Devon fez um esforço para não se encolher. Mostrar fraqueza a esse homem a tornaria motivo de chacota, ela imaginou. Luton tinha sido frio e indiferente; Matley, ela suspeitava, seria deliberadamente desagradável. O tipo de homem que, de fato, traficava humanos sem um pingo de remorso.

Quando não obteve resposta, Matley se afastou e disse:

— Esses são dois dos meus irmãos, Wight e Jarrow.

— Parabéns pelo seu casamento, primo. — Wight cutucava uma cutícula nas unhas. Sua verdadeira atenção estava voltada para a festa que acontecia na sala de recepção.

— Parabéns, primo. — Jarrow repetiu meio sem jeito. Ele parecia ainda mais jovem do que ela, e ela tinha apenas 23 anos. — Felicidades.

— Obrigado. — A banalidade daquela troca a afetou. — Muito gentil.

Matley gesticulou.

— Wight, por favor, escolte os cavaleiros até o quartel para que eles possam inspecionar seu dragão. Jarrow, faça a gentileza de acompanhar nossa noiva às comemorações. — Ele deu um sorriso torto para Aike. — E, primo, se quiser me acompanhar até o escritório, podemos acabar de discutir algumas formalidades.

Ramsey e Paulton saíram com Wight, o dragão os acompanhando de perto. Aike desapareceu com Matley, nenhum deles sequer olhando para ela.

Devon estava atordoada, sentindo como se nada daquele dia fosse real ou palpável. Aguente o casamento, ela lembrou a si mesma. Um dia de cada vez. Matrimônio, casamento, filho — depois Salem. Eventualmente. Não havia mais nada que ela pudesse fazer.

— Queira me acompanhar, Srta. Fairweather — disse Jarrow, o sotaque forte de Norfolk atingiu seus ouvidos. — Temos uma festa para você.

— Mal posso esperar — disse ela, quase com sinceridade. Pelo menos a festa seria uma distração, com bastante álcool. Devon pensou que ela compreendia

Faerdre um pouco melhor ultimamente. O sorriso dela, tão animado na época, em retrospectiva, parecia forçado e frágil.

Ao se aproximarem da sala de recepção, dois jovens passaram apressados, carregando vitrais. Um deles empurrou a porta da sala de jantar e, quando ela se abriu, a figura de Luton Winterfield ficou brevemente visível, rindo animadamente.

Devon congelou. Um enjoo gélido tomou conta de seu estômago e ameaçou subir por sua garganta. Como ele ousava vir até aqui, estar aqui, atormentá-la novamente, vê-la assim quando ele estava com sua filha, a doce Salem, mantida em...

— Não. — Seus pés não se moviam. Ela não conseguiria encarar o pai de Salem. O *sequestrador* de Salem.

Jarrow parou.

— Algum problema?

— Mudei de ideia. Não quero comemorar. Não quero ficar aqui. — A voz dela parecia ecoar na sala de espera, ricocheteando em todas as estúpidas coisas de vidro e nas luzes excessivamente brilhantes.

Ele puxou o lóbulo de uma de suas orelhas.

— Você não quer ir à festa de casamento? Achei que as noivas gostassem das festas.

Ela deveria dizer alguma coisa, uma chance de recuperar a fachada e fingir que estava tudo bem. Submeta-se. Seja passiva. Sujeite-se e não seja uma ameaça, e então ganhe a chance de ver Salem de novo.

De algum jeito, ela conseguiu balbuciar:

— Elas são muito barulhentas. Tem gente demais. — Estúpida. Como se ela fosse uma criança pequena, assustada com um trovão. Exceto que ela *estava* com medo desse rapaz Easterbrook, cuja família traficava vidas, ainda que fossem humanas; de Matley, cruel e arrogante, com quem ela teria que se casar. Se Jarrow se ofendesse com suas palavras, ela estaria em apuros.

Mas quando ela encheu os pulmões de ar para dizer *está tudo bem, vamos entrar agora*, Luton se virou levemente para falar com outra pessoa e a determinação de Devon desmoronou novamente. Ela se espremeu contra a parede, onde ele não a veria. A porta lentamente se fechou, escondendo o cômodo.

Jarrow disse:

— Seu primeiro marido estava lá?

O palpite dele a atingiu. Ela percebeu tarde demais que estava assentindo com a cabeça, e então tentou balançá-la negativamente, ao invés disso. O cômodo girou, as luzes queimaram o interior de sua cabeça. Por que tudo tinha que ser tão brilhante?

— Desculpe. Só preciso de um momento e então posso entrar. — Mentira, mentira, mentira. A coragem dela se esvaía a cada segundo.

Ele a surpreendeu ao perguntar:

— Você curte videogame?

A pergunta dispersou sua angústia crescente apenas com sua absoluta imprevisibilidade.

— *Videogame*: substantivo — disse Devon, se esforçando para manter a compostura enquanto folheava confusamente o seu dicionário mental. — Um jogo eletrônico no qual jogadores controlam imagens em uma tela de vídeo. — Ela franziu a testa. — O que isso quer dizer, afinal?

Jarrow abriu um sorriso.

— Você também teve que comer páginas de dicionários? Ainda bem que não fui a única criança rebelde! Qual deles eles te deram?

— Er, *Merriam-Webster*. — Ela se perguntou se deveria especificar a edição, mas decidiu que isso não importava. O coração dela desacelerou e o calor em seu peito diminuiu um pouco.

— Ah! Nós comíamos o *Oxford* aqui em casa. Mas apenas aqueles que fizessem muitas perguntas, jovens demais. — Ele apontou para as escadas que acabaram de descer. — Venha comigo, vou fazer um pequeno tour pela casa e apresentá-la a alguns jogos. Pode não ser o melhor programa, mas provavelmente é melhor do que mastigar seus próprios nervos, não é mesmo?

— Sim, claro. — Qualquer coisa para evitar a miséria de seu próprio casamento por alguns momentos. Qualquer coisa para evitar ser lembrada de quão longe ela estava de Salem ou de quanto tempo fazia desde que vira sua filha.

Jarrow a conduziu dois andares acima, por corredores preenchidos de arte pós-moderna e lustres que brotavam do teto a cada dois metros. O carpete era espremido sob suas sapatilhas de balé enquanto ela andava, e o ar tinha um cheiro artificial de flores. Diversos corredores depois, eles chegaram ao que aparentemente era a sala de jogos.

Era como se ela tivesse entrado em um universo paralelo.

Ela olhou, estupefata, o grande centro de entretenimento que cobria uma parede inteira. Lá estava uma televisão igualmente grande conectada a uma pequena caixa cinza por fios, um deles terminando em um estranho dispositivo curvo coberto de botões de plástico. Devon nunca tinha visto nada parecido antes. Sua própria casa rechaçava *baboseiras modernas*, como Aike as chamaria.

— Este é o meu PlayStation — disse Jarrow, como se essa informação fosse esclarecedora. Ele entregou a ela o dispositivo curvo. — Aqui, pegue um controle e sente-se.

Ela se sentou no grande sofá vermelho, segurando a coisa em suas mãos.

— O que ele controla?

Não havia luzes ali, exceto as que emanavam das telas; deliciosamente escuro.

— O jogo, sua boba. Segure-o assim. — Ele arrumou os dedos pouco flexíveis dela em uma posição contraintuitiva.

Devon fez o seu melhor, segurando o controle de forma desajeitada. Seus dedos em ângulos estranhos.

— Talvez seja melhor você ficar com ele — disse ela, devolvendo a coisa para ele. — Não sei se sou boa nisso.

— É questão de prática. — Jarrow pegou o controle dela e apertou uns botões no PlayStation. A tela mudou. — Quer uma cerveja antes de começarmos? — Ele pronunciava "cerveja" com o "r" bem retroflexo.

— Hum. — Devon nunca havia bebido cerveja antes, nem pronunciada com "r" retroflexo e nem de qualquer outro jeito. — Sim, eu adoraria uma.

— Legal. — Ele desapareceu da visão dela rumo a uma despensa nos fundos.

As palavras TOMB RAIDER apareceram na tela, junto com alguns créditos e uma sequência de abertura. Uma mulher de cabelos escuros em um top azul com um sotaque britânico pesado começou a falar com um homem norte-americano. Ela parecia ser algum tipo de espiã.

Devon, que nunca tinha visto um filme, desenho animado ou televisão no geral, muito menos um videogame, fitou a tela com um espanto magnético. Era a coisa mais próxima que ela já tinha visto de uma magia real.

Jarrow voltou, colocou duas latas de cerveja na mesa e se jogou ao lado dela no sofá.

— Pronta? — Ele havia tirado sua jaqueta elegante e já parecia mais feliz, mais à vontade.

— Por que é que só sua casa tem essas coisas? — Devon provou sua cerveja. Ela era bem mais fraca do que vinho e, embora amarga e fermentada como um dos romances de ficção militar de Tio Romford, desceu com bastante facilidade. — Eu já amo jogos e ainda nem fizemos nada!

Ele riu.

— Observe-me um pouco, vou te mostrar como jogar. Apenas uma pessoa por vez pode usar o controle, então teremos que revezar.

Devon tomou mais um gole de sua cerveja. Com "r" retroflexo. Ela o observou jogar e ouviu suas explicações, imersa nos detalhes, fascinada pela tecnologia. Não era assim que ela esperava que seu dia fosse ser. Não que ela estivesse reclamando.

Depois do primeiro nível, ela disse:

— Posso tentar de novo?

Jarrow cedeu o controle a ela com polidez relutante. Devon "morreu" no jogo quase imediatamente, riu bem alto e reiniciou para tentar de novo.

O jogo era simplesmente outro meio para histórias, assim como livros — embora fosse eletrônico, em vez de algo feito de papel. Ela se permitiu esquecer o casamento e o vestido antiquado que esmagava suas costelas. Os esforços de Lara Croft para correr, saltar, atirar e resolver enigmas se tornaram os da própria Devon, e isso lhe caía bem, porque os problemas de Lara eram muito mais divertidos do que os dela.

Uma revelação a atingiu e ela apertou o botão de pausar, tomada por uma ideia.

— Que foi? — Jarrow perguntou.

— Ela é uma princesa.

Ele lançou um olhar interrogativo na direção dela, uma sobrancelha levantada.

— Er... mais ou menos. Se você considerar uma definição bem vaga da palavra. Lara é uma aristocrata abastada, eu acho, o que é bem semelhante.

Devon mal o ouviu. Ela só conseguia olhar para a mulher curvilínea de camisa azul na tela: uma princesa que rejeitou seu castelo em prol de aventuras e botas enlameadas. Que foi caçar tesouros com uma arma presa à coxa e lutava contra bandidos.

— Não entendo — disse ela. — Por que não posso ser uma princesa tipo a Lara Croft? Por que eu sou... assim? — O controle parecia pesado como um pedregulho. Seus olhos começaram a arder por causa da mistura tóxica de cerveja e emoções confusas, muitas para ela conseguir processar ou nomear, mesmo com a ajuda de um dicionário em seu cérebro.

Jarrow puxou um de seus cachos.

— Eu...

A porta foi escancarada, sobressaltando ambos. Matley Easterbrook entrou, encontrando Devon sentada, assustada e bêbada; e Jarrow ao lado dela, sem jaqueta e parecendo culpado.

— Procurei você pela casa inteira! — Matley disse apontando um dedo. — Vocês dois estavam aqui esse tempo todo?

— A culpa é minha — disse Jarrow rapidamente. — Eu perguntei se ela queria experimentar uns jogos e...

— Por duas horas? Você tinha uma só tarefa, levá-la até o salão lá embaixo!

— A culpa é minha. — Devon interrompeu. — Não temos jogos na Mansão Fairweather. Minha Família é um pouco antiquada em relação à tecnologia humana. Eu só estava curiosa.

Matley olhou para ela.

— Seu tio está dando um chilique, garota. Ele achou que você tinha fugido. De novo. Já que aparentemente você tem um histórico com esse tipo de coisa. Mas aqui está você, se escondendo com meu irmão mais novo. — Ele riu com zombaria, juvenil demais para um homem de sua idade. — Qualquer outro cara, e eu estaria questionando sua fidelidade.

Devon piscou, confusa; Jarrow estava vermelho como um pimentão. Faltava contexto, mas Matley estava zombando dela, ou de Jarrow, ou de ambos.

— Enfim, você está aqui e não fugiu. — Ele acenou com um dedo, como se ela fosse um cachorro. — De pé, querida. A noite não vai durar para sempre.

Um zumbido preencheu seus ouvidos e sua visão periférica pareceu sumir; ela só conseguia ver Matley, sua silhueta longa de linhas duras, e muita luz. Não haveria bebida ou drogas para mascarar esse encontro, aquelas pequenas gentilezas que Luton havia casualmente oferecido. Seu mais recente marido seria algo para suportar, não experimentar.

Devon se levantou, tomada por uma náusea súbita.

— Vejo você depois — disse ela sobre o ombro, e saiu da sala de jogos ao lado de Matley, mantida ereta pelos laços apertados de seu vestido.

Jarrow assentiu rigidamente de seu lugar no sofá, sentado em silêncio e fitando o controle em seu colo.

ATO 3

A HORA DAS BRUXAS

RAMSEY E A MONTANHA DE LUZ!
DIAS DE HOJE

Há um ponto, sabe, no qual a traição é tão completa e desavergonhada que ela se torna estadismo.

— George MacDonald Fraser, *Flashman e a Montanha de Luz*

Ramsey encontrou o freio de emergência com bastante facilidade e cortou os cabos que controlavam as luzes. A maioria se apagou, o resto apenas piscava. O trem das 22h15 para Edimburgo se tornou uma extensão longa de vagões escuros e inertes.

Ele disparou pelos corredores, lâmina na mão e perfeitamente confortável nas sombras que obscureciam a visão humana. Um corte, um talho, alguns raspões. Gritos e berros. Algumas dezenas de humanos sangrando levemente, bastante aterrorizados. A debandada que se sucedeu foi puro deleite.

Ele descobriu, ainda jovem, que humanos, e também vários devoradores, tinham uma tendência a ter como certo aquilo que conhecem. A acreditar que eventos ou experiências conhecidos continuariam previsíveis indefinidamente. Ramsey aprendera a tirar vantagem dessa suposição. Quando ele estilhaçou as expectativas de todos ali, foi fácil assumir o controle.

Como hoje, por exemplo. Um pensador prático e razoável apontaria que um só homem com uma faca dificilmente seria uma ameaça para um vagão inteiro, muito menos para um trem completo. Se eles se agrupassem para atacá-lo, seria o seu fim, mesmo com sua força superior de devorador. Mas, agindo inesperadamente, ele abalou a crença deles de que os eventos permaneceriam lógicos.

A racionalidade sempre ia pelos ares nesses momentos.

Uma espiada pela janela. Devon estava atravessando o descampado, com Hester e Cai ao seu lado. Trabalho feito, então não havia necessidade de excesso de violência. Melhor cair fora antes que as "galinhas" criassem coragem. Elas estavam em um número consideravelmente superior, mesmo que tivessem se esquecido disso.

Ramsey recuou em direção à saída mais próxima, refazendo parcialmente os passos de Devon. Espremendo-se entre pessoas chorando ou gritando. Covardia revoltante, ele pensou.

Finalmente fora. Alguns humanos aqui, mas não tantos. Nem tão aglomerados. O ar estava refrescante e fresco; um alívio ante o cheiro de carne das multidões. Ele inspirou com gosto. Guardou sua faca na bainha em sua perna. Uma sensação boa. Carregar uma lâmina curta era cavalheiresco.

Algo chamou sua atenção, jogado no chão e pisoteado. Ramsey se aproximou e cutucou o objeto com o pé. Uma bolsa. E uma que ele reconhecia; Hester Ravenscar carregava algo semelhante. Poderia ser dela.

Ele sentiu a textura seca e lisa do couro caro quando pegou a bolsa em suas mãos e a vasculhou gentilmente. Metal frio; ahá. Ele sacou a pistola e a encarou. Cabiam cinco balas. E havia sido recarregada. Quem guardava um revólver na bolsa? Alguém que não queria ocultá-lo em seu corpo. Quem o deixaria para trás? Alguém com pressa.

Definitivamente Hester. Agora ele tinha certeza.

Ele virou o objeto, examinando-o. Caro e antigo. Customizado? Sim, mas baseado em um revólver padrão. Ele também reconheceu o emblema gravado no cabo. Três estrelas vermelhas e uma linha vermelha espessa acima de um leão estilizado. O lema: *Em Resistência*. Ele sorriu. O brasão dos Ravenscar.

Virou a arma. Na coronha, muito sutilmente, estavam as iniciais *WR*. Interessante, de fato. Ele supôs — essa era uma palavra muito fraca, ele apostaria *muito dinheiro* nisso — que aquela arma já havia pertencido a Weston Ravenscar. Até ser removida violentamente dele por suas próprias crias.

Em voz alta para quem quer que quisesse ouvir, Ramsey disse, em tom reflexivo:

— Será que ele deu isso aqui para Hester ou ela pegou de seu cadáver? Por que *ela* está com isso, em vez de Killock? — E então escutou atentamente, como se alguém pudesse responder.

Ninguém respondeu, é claro. Os humanos no trem ainda estavam ocupados sendo pirralhos barulhentos, apenas um pouco mais calmos agora que seu agressor não estava mais entre eles. Alguém encontrou o defeito nas luzes e as consertou, o que aplacou o medo deles.

— Curioso, mas você não é uma questão que eu possa investigar neste momento — disse Ramsey ao revólver, e então pendurou a bolsa em um dos ombros. Ele não tinha nada melhor em que carregar o revólver e não era idiota o suficiente para enfiar uma arma carregada na cintura.

Os trilhos do trem se estendiam monotonamente. Melhor começar a andar ou ele ficaria aqui a noite toda. Havia muito a ser feito. Antes que algo mais pudesse acontecer com sua irmã ou com os Ravenscar, Ramsey precisava lidar primeiro com seus próprios cavaleiros. A arma deu algumas ideias a Ramsey.

Ele partiu, rumo ao sudoeste; não ao oeste, como Devon havia feito.

Percebeu que estava com fome. Fora uma longa noite. Sacou seu livro de emergência, guardado na mesma bolsa rente ao corpo que o transmissor. Um romance de Flashman, uma de suas comidas de conforto favoritas. Ele mordeu um canto, deleitando-se com a textura cremosa das páginas. Tiroteios e sexo fervilhavam em sua língua.

As Seis Famílias não discriminavam pela cor da pele, assim como Ramsey também não. Não seria viável, quando a população de devoradores mal era sustentável. Mas o racismo inerente e as obscenidades desses livros de Flashman sempre lhe foram saborosos e fascinantes da mesma forma.

O ódio de si mesma sempre foi uma característica intrínseca de toda a raça humana. Ele chegou a essa conclusão depois de suas várias negociações com humanos. Quando eles não encontravam desgosto o suficiente em si mesmos, buscavam defeitos em seus vizinhos. Tendência deliciosa.

Algo zumbiu em sua cintura. Ramsey olhou para baixo. O sibilar de cascavel de um celular vibrando em seu bolso. Ele engoliu uma última mordida do livro, pegou seu telefone e apertou o botão verde para atendê-lo.

— Ramz? — Ealand parecia estressado, como sempre. — Por onde diabos você anda? Você está em todos os noticiários!

— *Nós* estamos em todos os noticiários. Graças a Kingsey. — Ele não conseguiu manter o tom ácido fora de sua voz. — Estou em algum lugar entre Newcastle e Berwick. Onde está o comandante?

— Ainda em Newcastle. Ele não está satisfeito, nem um pouco mesmo. — A voz de Ealand baixou para um quase sussurro. — Diz ele que sua espiã nos traiu. Acho que ele está determinado a jogar a culpa do desastre de hoje em *você*.

— Está mesmo, é? — Anime-se, pensou Ramsey; continue inabalado. Mantenha o controle da conversa. — Engraçado, porque *minha espiã*, como ele a chama, não fez nada do tipo. Devon e Hester Ravenscar estão viajando para o esconderijo dos Ravenscar. Não poderíamos pedir solução melhor.

Ele tomou fôlego.

— Tem certeza?

— Vocês todos viram Hester lá. E eu conversei com Devon no trem. Eles desceram antes de Berwick e ela deve entrar em contato em breve. Ela quer que mandemos um cavaleiro para "checá-los", seguindo o sinal do telefone dela.

— Bom, isso muda tudo! Vou deixar Kingsey saber que...

— Não — disse Ramsey. — Não diga nada a Kingsey.

Um silêncio confuso.

— Mas...

Ramsey alterou seu tom de voz, suavizando-o.

— Eal, você tem sido um bom amigo. Acredite em mim ou não, não vou julgar, mas estou sem tempo para explicar. Só acho que seria melhor eu dar essa notícia pessoalmente.

— Então *o que* você quer que eu diga a ele?

— Que eu estarei esperando por ele, e por todos vocês, na Igreja de St. Michael. Nos arredores de Alnwick. — Ele olhou seu relógio de pulso e observou o céu. — Tempo estimado de chegada: três horas.

— Droga, Ramz! Quando você diz que estará esperando por ele... — E então murmurou uma frase inaudível. — Dane-se. Vou repassar sua mensagem. Só não posso garantir como ele vai reagir — disse ele em seguida.

— Até mais, amigo. — Ramsey desligou, imaginando mentalmente o rosto do comandante enquanto guardava o telefone. Aquelas feições profundas e taciturnas.

A vida de cavaleiro foi um choque para o Ramsey criança. O treinamento era pesado e os cavaleiros mais velhos deixavam os jovens resolverem quaisquer desavenças ou agressões entre eles próprios, o que quer dizer que os menores e mais jovens sofriam muito mais. Ramsey, um fedelho orgulhoso, sofreu de forma espetacular.

Na primeira noite em Oxford, Kingsey Davenport ensinou a Ramsey o segredo do medo e do poder, trancando-o em uma sala com um dragão absurdamente faminto, e então esperou que ele quase matasse Ramsey antes de dar a palavra de comando no último momento para contê-lo.

Depois, enquanto Ramsey se encolhia no chão de seu novo lar chorando como uma garotinha, Kingsey se curvou até ele e disse: *você nunca precisará temer o que tiver dominado*. A princípio, aquelas palavras não fizeram nenhum sentido. Ele não tinha entendido na época, mas se lembrou das palavras mesmo assim.

Mais ou menos uma vez por mês, entre treinamentos, surras e o regime exaustivo, Kingsey repetia o exercício, colocando Ramsey de volta naquela sala com um dragão à solta. *Aprenda a lidar com seus medos.* Todos os jovens passavam por isso. Alguns deles ainda reviviam aqueles encontros em sonhos.

Mas ele ficou mais velho, aprendeu a lutar e memorizou as palavras de comando. Logo, aquelas sessões não serviam de nada para incitar o medo em Ramsey, até que, por fim, aos 24 anos, ele ficou entediado e matou aquele maldito dragão. Quebrou a cabeça dele contra a parede e gritou enquanto ele sangrava até a morte, só porque ele podia.

Depois, a quietude se instaurou. O silêncio era chocante. Kingsey entrou, colocou uma mão pesada no ombro de Ramsey, e sua voz rouca disse: *você nunca precisará temer o que tiver dominado*, só que, desta vez, Ramsey entendeu.

Elimine o medo dominando o que você teme. Simples assim. Era incrível que ele não tivesse pensado em uma verdade tão evidente por conta própria. Algumas coisas precisam ser experimentadas para serem compreendidas.

Quando menino, Ramsey amaldiçoou o homem que o arrancou da Mansão Fairweather e virou sua vida de pernas para o ar. Como adulto, ele era grato. O treinamento cruel fortaleceu seus ossos, conferindo uma velocidade gélida a suas ações. Afiou suas arestas brutas. A violência, percebeu ele, só aconteceu com ele porque ele havia sido o tipo de pessoa que a mereceu.

Atualmente, ele era outro tipo de pessoa. Uma pessoa que praticava a violência, ao invés de sofrê-la. Ele não se sentia mais culpado por ferir ninguém. Se as pessoas que ele feria não gostassem de ser feridas, elas não deveriam ter sido fracas, para começar.

Assim Kingsey o ensinara, e assim Ramsey aprendera.

Mas Kingsey havia se esquecido de todas as coisas que ensinou aos outros. Tornara-se fraco, tornara-se o tipo de pessoa que cometia erros. O tipo de pessoa que merecia ser ferida.

No momento, Ramsey tinha algumas novas *ideias* sobre isso.

Algumas horas de caminhada e ele finalmente passou em algum subúrbio. No entanto, não era Alnwick. Ele conferiu seu relógio e olhou em volta. Eram 2h do dia de Natal; nada de ônibus ou táxis. Ele havia deixado sua motocicleta em Newcastle. Por questão de pressa, Ramsey decidiu que teria que furtar um veículo, em vez de ir andando e se atrasar.

Havia um carro estacionado na garagem da casa mais próxima. Um Toyota Prius vermelho e novo o suficiente; este serviria. Mas ele precisava da chave do carro, o que implicava invadir a casa para encontrá-la.

As portas da frente eram fáceis de arrombar. Ele não teve problemas. Segurou a maçaneta, e mexeu na fechadura até os mecanismos internos estalarem. Invadiu uma casa de família com brinquedos espalhados e uma bagunça de véspera de Natal. Sentiu o cheiro de ganso frio, torceu o rosto diante das taças finas não lavadas ainda com um resto do champanhe da noite anterior no fundo — vazias agora.

Algumas Famílias celebravam o Natal, outras não. Os Fairweather celebravam, com seus costumes romenos habituais. Os cavaleiros não. Ramsey se lembrava de gostar da diversão festiva, mas não conseguia mais apreciar a lembrança de nada relacionado aos Fairweather, não mais.

Ele se forçou a focar, e então casualmente vasculhou a cozinha até encontrar as chaves do carro penduradas em um gancho. *Consegui.* Ele se virou para ir embora.

Uma garotinha espiava em um canto, vestindo um pijama de unicórnio.

— Bom dia, pequenina. — Não havia necessidade de alarmar ou machucar a criança, ele decidiu. Se ela começasse a gritar, ele poderia reavaliar a situação. — O que você está fazendo de pé, hein?

— Eu ouvi você entrar — disse ela em um tom presunçoso, depois acrescentou com uma suspeita que ele achou extremamente admirável. — Você não se parece *nada* com o Papai Noel.

— Sou um de seus duendes — disse Ramsey a ela, em um capricho atrevido. — Pode fazer silêncio até eu sair?

Ela fez silêncio, apenas dando uma risadinha quando Ramsey saiu pela porta da frente e destrancou o Prius vermelho. Feliz maldito Natal. Ele acenou e sorriu para a garota. Em seguida, colocou o carro em quinta marcha, acelerando pela rua congelada em indiferente abandono.

Placas de sinalização apontavam para a cidade que ele procurava; ele as seguiu. Menos de quarenta e cinco minutos até o encontro. Bastante tempo. E então ele teria seu próprio acerto de contas com Kingsey.

Perto. Ele conseguia sentir. O momento decisivo da ordem deles; transformação ou desintegração. Poderia ser qualquer um dos dois. Ele estava empolgado com ambas as possibilidades, satisfeito por ter sido um jogador importante, de qualquer forma.

Sem os cavaleiros, as Famílias já teriam sido extintas, egoístas e mesquinhas demais para arranjar casamentos justos e impedir a destruição das linhagens. Todos eles deveriam estar agradecendo de joelhos aos cavaleiros por todo o comando, proteção e serviço. Em vez disso, os patriarcas falavam em dissolução e "organizações redundantes" em tom casual.

A Família não se importava. Via os cavaleiros como acabados, supérfluos diante dos tratamentos de fertilidade. A extinção dos casamentos arranjados entre casas relutantes significava que não havia necessidade de impor internamente esses acordos monetários para que a continuidade das linhas de sucessão fosse mantida. Chega de cavaleiros comandantes com mão de ferro, exercendo mais poder e influência do que qualquer não patriarca deveria. E os dragões, há muito uma fonte de discórdia sem consenso dos patriarcas, poderiam ser completamente eliminados.

Nada aceitável. Não para Ramsey.

Ele se importava intensamente com a sobrevivência dos cavaleiros e ficou chocado com a ideia de que eles poderiam ser dissolvidos. A dissolução de sua ordem previa uma espécie de dissolução de si mesmo. Um *cavaleiro* era tudo o que ele sempre foi, e, sem essa identidade ou propósito, ele poderia desaparecer no éter. Ao menos era assim que ele se sentia. Não exatamente temia essa dissolução — ele não temia quase mais nada —, mas se opunha a ela.

Tratamentos de fertilidade no horizonte não significavam nada. Casamentos ainda seriam complicados, ainda precisariam ser arranjados. Dragões ainda seriam úteis de diversas formas. Ele não via motivo para que essas coisas mudassem.

Mas sem Redenção, seria impossível manter o poder deles. E por isso a busca por Redenção era importante para ele, porque os cavaleiros eram importantes para ele.

Tudo ou nada, de fato.

Acrescente-se a isso o problema de Kingsey. Mentor, comandante, figura paterna, desgraçado assustador. Só coisas boas. Exceto que agora ele era um velho incompetente, com o cérebro lesado por anos de comilança de livros, tomando decisões muito lentamente. Temeroso em sua velhice; dominado pelas preocupações, ao invés de dominando-as. Os patriarcas tinham total controle sobre ele.

Ramsey pensou no banho de sangue de hoje. Tudo porque Kingsey temia a situação e se esforçou para controlá-la, uma meta admirável, exceto que, em vez disso, ele *perdeu* o controle dela. Ele a relegou a um subalterno, em vez de se envolver por conta própria ou tomar a liderança. Esse foi o detalhe que definiu tudo. Domine o que você teme, claro, mas o comandante confundiu *atacar cegamente* com *tomar ações decisivas*.

Ramsey não cometeria esse erro. Ele também não perdoaria Kingsey por isso.

Nesse modo agitado de antecipação por adrenalina e privação de sono, ele chegou, finalmente, à cidade mercantil de Alnwick, carregando nada além de um pouco de dinheiro, um transmissor de bomba de longa distância e uma bolsa com sua arma inesperada. As balas tilintavam no compartimento interno.

Uma realidade muito diferente de dias atrás, quando dirigiu para Newcastle com um esquadrão inteiro de cavaleiros, uma mala volumosa e seu dragão favorito. Por outro lado, ele estava um passo mais perto de salvar o futuro de sua ordem, e também seu lugar nela. Ramsey considerou a troca mais do que adequada. Ele mentalmente tirou o chapéu para Devon, por seu papel nisso tudo.

Como tantos lugares no Norte, Alnwick era pura história e nenhum futuro. Jardins e castelos para turistas, ruas cada vez menores e desemprego crescente para os moradores locais. Ele contornou o centro da cidade, estacionou o carro em uma rua tranquila e saiu, com a bolsa de couro a tiracolo. Deixou a porta aberta com as chaves ainda na ignição; outra pessoa roubaria o carro e cobriria suas impressões digitais. Ele andou o resto do caminho até a Igreja de St. Michael.

Sete motocicletas estavam estacionadas ao redor da igreja. Haveria homens esperando lá dentro. O relógio dele marcava 3h, a hora das bruxas. Estranhamente adequado. Ramsey sorriu, passeando pelas lápides em ruínas. Ele apreciava a atmosfera, apreciava o local silencioso e fresco que o mundo inteiro se tornava quando todos os humanos dormiam.

E então ele parou em frente às portas, contemplando-as. Uma pequena parte dele ainda tinha medo de Kingsey, de enfrentá-lo. Ele conseguia admitir isso. Apenas por um momento. O medo era uma coisa duradoura, de vida longa. Até o último momento, quando você o domina. Isso era normal.

Ele respirou fundo e entrou na igreja.

Sete cavaleiros estavam nas sombras, amontoados à frente. Um deles era Ealand, um bom amigo. Os outros também lhe eram familiares: Llanfor, Prescot, Ashby, Wick, Stalham. Mas Ramsey não se importava com eles. Alguém derrubou o púlpito para abrir mais espaço. Luar dramático, como em um filme. Flashman teria aprovado.

— Feliz Natal para todos vocês. — Ramsey Fairweather caminhou até o altar como um noivo abandonado, ainda com a jaqueta e o quepe do cobrador de bilhetes; mal ajustado, apertado demais. Uma bolsa feminina de couro pendurada em um de seus ombros. Ele nunca se sentira tão confiante, nem tão ansioso.

— Dispense as sutilezas. — Kingsey deu um passo à frente com uma perna manca bem disfarçada e uma bengala raspando e arranhando o chão enquanto ele a arrastava, o som ecoando. — Hoje tem sido o dia de nossa ruína.

Se o cavaleiro comandante alguma vez vestiu alguma cor que não fosse preto, Ramsey nunca tinha visto. Ele não conseguia imaginar o homem vestido de qualquer outra maneira. Cabeça raspada, gorro, luvas pretas e agora, com o passar dos anos, uma bengala preta. Aquela silhueta de ombros largos, outrora tão ameaçadora para um Ramsey bem mais jovem, havia encurvado e encolhido ao longo dos anos, seu peso muscular murchando em uma magreza esquelética.

Ramsey fez uma saudação respeitosa.

— Bem, você deve saber, senhor. O ano passado foi um desastre sob sua liderança.

Silêncio desconfortável. Ealand parecia enjoado, os outros cavaleiros expressavam apenas surpresa com as tendências imprudentes de Ramsey.

— Sua espiã sumiu, e aquela Ravenscar foi junto. Quando poderíamos ter capturado ambas. — Kingsey estava bravo e desconfiado. — E você coloca a culpa em *mim*?

— Os patriarcas Ravenscar eram notoriamente cuidadosos com seus segredos — disse Ramsey, inexpressivo. — Não temos motivo para assumir que eles compartilhariam seus conhecimentos científicos com uma mulher, não quando Killock ainda está vivo e há tantos outros filhos na casa. Capturar Hester poderia ter nos custado perder os Ravenscar para sempre.

O comandante hesitou, um pouco desconcertado. Isso irritou Ramsey. O jovem Kingsey jamais teria demonstrado tamanha fraqueza. O velho estava cedendo.

Os outros cavaleiros perceberam e trocaram olhares ansiosos. Ramsey conseguia vê-los avaliando, ajustando, considerando a situação conforme ela mudava. Uma pitada de respeito por seu líder.

— Não sabemos a situação dos outros Ravenscar — disse Kingsey por fim. — Não temos garantias de que algum deles ainda esteja vivo! Se perdermos esse rastro, se não conseguirmos rastrear sua *irmã* até o destino dela, estaremos acabados. Até onde se sabe, Killock pode estar morto, ou Hester poderia estar vivendo afastada dos outros...

— Está vendo isto? — Ramsey sacou a pistola customizada. Ele a segurou no alto para que pudessem ver o emblema, brilhando ao luar. — Esta arma pertencia a Weston Ravenscar. A mesma que Hester usou na estação de trem. Eu a tomei de Devon — uma mentira sutil, uma simplificação de eventos — há algumas horas. Os Ravenscar sobreviventes estão vivos e bem. Killock, especificamente, está vivo e bem. Mantendo a calma e seguindo o rastro, conseguiremos o que procuramos.

Kingsey fechou a cara e estendeu uma mão.

— Deixe-me dar uma olhada nisso.

— Como quiser. — Ramsey apontou a pistola e disparou.

A bala estourou a nuca de Kingsey. Sangue encharcou o púlpito e Ramsey deu um enorme passo para trás, varrendo a sala com o revólver. Ter uma arma era tão divertido quanto ele esperava.

— Jesus...

— Minha nossa!

— Ramsey, que diabos!

Todos estavam gritando e falando, levando as mãos à cintura, onde guardavam lâminas ocultas. Exceto Ealand. Surpreso, mas resignado. Calmo, até. Bom e velho Eal.

Ramsey disse, ainda com a arma em riste:

— Essa operação foi um grande desastre do começo ao fim! Kingsey causou a morte de quatro de nós hoje por conta de seus próprios medos irracionais, e quatro é mais do que poderíamos perder. Enterrem esse canalha, sigam minha liderança e em *dois dias* teremos novamente Redenção. Vamos até mesmo começar a produzi-la em nossa base. — Ele fez uma pausa, para que eles conseguissem processar a informação. — Cavalheiros, tivemos sucesso em nossa missão. Dois anos de trabalho e a restauração de nossa ordem estará à vista. Tudo que falta agora é rastrear a localização de Devon.

Gestos, olhares de espanto, comunicação cochichada, enquanto sete homens digeriam a mudança de poder proposta a eles. Ramsey esperou. Eles o matariam ou o seguiriam.

Kingsey estava no chão diante deles. Um monte de carne e roupas amarrotadas. As veias se transformando em pó e a pele em pergaminho enquanto eles observavam. Finalmente ele tomou a aparência do que havia sido por anos: uma coisa frágil, feita de papel. *Você nunca precisará temer o que tiver dominado.*

— Você sabe que vou segui-lo. — Ealand falou primeiro, suas botas ainda manchadas com o sangue seco e escuro do comandante. — Mas você precisava mesmo matá-lo?

— Ele estava matando nossa ordem com sua idiotice — disse Ramsey, desviando o olhar para o monte de carne de papel vestindo um terno. — Os homens estavam partindo em bandos. Nós ainda *temos* cavaleiros em Oxford?

Mais agitação, e então Llanfor disse, cauteloso:

— Seis cavaleiros retornaram às suas Famílias ontem. Abandonaram seus postos presumindo uma dissolução.

Seis ontem, quatro hoje. Dez cavaleiros a menos em um único fim de semana. Ramsey fez uma careta.

— Qual é o total restante?

Ashby respondeu desta vez.

— Menos de vinte homens, contando conosco. — Ele estava olhando para toda e qualquer direção, exceto para o cadáver ressecado. — Uns oito dragões? Kingsey continuamente os matava para poupar Redenção... senhor.

A reflexão tardia da palavra *senhor*. Mas, com seu ex-comandante morto tão recentemente, Ramsey achou que era um bom sinal. Sim, ele havia acabado de dar um golpe de um homem só, mas o fez com bastante eficiência e com um propósito, munido de evidências e de um plano. Eles aderiram à sua confiança. À sua competência, conforme tomou conta do vácuo de poder que ele mesmo criara.

Promessas por toda parte.

— Será difícil, mas conseguiremos trabalhar com esses números. — Ramsey pisou com sua bota no cadáver de papel de Kingsey. O peito virou pó, o coração outrora pulsante, poeira. Ele levantou a cabeça, sorrindo. — Organizem-se, homens. Temos uma investida para planejar e alguns corvos pródigos para capturar.

O PRÍNCIPE ENCANTADO JOGA *TOMB RAIDER*
SEIS ANOS ATRÁS

Não sabendo nada sobre escuridão, ou estrelas, ou a Lua, Fotogênio passava seus dias caçando. Em um grande cavalo branco, ele varreu as planícies cobertas de grama, brilhando ao Sol, lutando contra o vento e matando os búfalos.

— George MacDonald, *O Garoto do Dia e a Garota da Noite*

A memória era uma âncora. Ela poderia mantê-lo no chão em uma tempestade, impedindo-o de ficar à deriva. Mas âncoras também podem puxá-lo para baixo, impedindo-o de navegar livremente. As memórias que Devon tinha de Salem faziam as duas coisas, mantendo-a sã, mas também pesando intensamente sobre seu espírito.

Ela acordava sozinha todas as manhãs e ficava deitada na cama por vários momentos, apenas respirando. Apenas pensando em sua filha. Alguns dias, respirar é tudo o que conseguimos fazer.

Matley Easterbrook nunca ficava a noite inteira na cama, e Devon era grata por isso, porque ela não conseguia descansar com aquele homem em seu quarto. Presas não relaxam quando predadores estão à espreita.

A Mansão Easterbrook era grande, luxuosa e moderna, com muitos cômodos elegantes. Tinha jardins e campos, além de uma floresta cultivada; tinha um estábulo com seis cavalos, e trabalhadores humanos cuidadosamente selecionados para cuidar deles. Em algum lugar, havia até mesmo uma piscina coberta e uma academia.

Devon não tinha interesse em nada disso. Ela não havia deixado seus aposentos desde a noite do casamento, duas semanas antes, e hoje não seria diferente.

Não havia motivo para deixá-lo. Ela só precisava suportar Matley, a gravidez, o parto e a perda de seu segundo filho.

Hoje parecia um dia particularmente letárgico e sem sentido, por nenhuma razão em particular. Depois de um tempo, ela se forçou a sair da cama e tomou um banho demorado para tirar o fedor de Matley de sua pele. Saiu do banheiro enrolada em uma toalha pesada, apenas para descobrir que um dos empregados lhe trouxera o café da manhã enquanto ela se banhava.

Mais uma pilha de contos de fadas em sua mesa de cabeceira. Os livros eram do tipo moderno, com verniz brilhante nas páginas, que Devon achava enjoativo. Ela se aproximou, ainda enrolada na toalha, e despretensiosamente abriu um deles em uma página.

Era uma vez uma bela e jovem princesa, cujo cabelo era da cor de ouro puro. Ela frequentemente se sentia solitária e infeliz, pois sua mãe havia morrido quando ela era um bebê e seu pai lhe dava pouca atenção.

Devon arremessou o livro com força. Mas ele esvoaçou, em vez de voar de fato, pousando languidamente a seus pés. Ela o pegou e arrancou as páginas, uma por uma. Pedaços de papel flutuaram.

Pense apenas em Salem e em vê-la novamente. Não se incomode com esse casamento, não pense, seja como Faerdre, desligue-se, viva por dias melhores. *Viva pelo décimo aniversário.* Ela repetiu esse mantra para si mesma, baixinho, até que se tornou um murmúrio de fundo de determinação. Só que isso era muito difícil de fazer ou de manter quando ela não tinha nada além daquelas quatro paredes para ocupar seu tempo...

Ela ouviu um som de batida na porta e se sobressaltou, apertando a toalha contra o corpo, por reflexo.

— Quem é?

— Jarrow Easterbrook — disse uma voz abafada e um tanto familiar. — Nos conhecemos no seu primeiro dia aqui, não sei se você se lembra. Você tem um minuto?

— Eu... — Não fazia sentido antagonizar as pessoas desta mansão. Não se ela conseguisse manter a compostura e a educação por alguns momentos. — Só um segundo, por favor.

Vestiu um vestido simples de linho, enxugou os cabelos na toalha e permitiu que ele entrasse.

— Posso ajudar?

— Mais ou menos. — Ele ficou tímido, nervoso como um cão de corrida. — Eu vim perguntar se você tem interesse em jogar *Tomb Raider.* Sabe, aquele jogo que você conheceu aqui no seu primeiro dia?

O cérebro dela não conseguia assimilar o que ele tinha acabado de dizer.

— Perdão?

— Não quis ofender. — Ele puxou as cordinhas de seu capuz. — É que você pareceu gostar de videogames, e os Fairweather não têm um. Poderia ser uma coisa divertida de se fazer, não é? Pensei em estender a oferta caso você quisesse vir jogar de novo.

Algumas princesas escalavam torres para escapar, ou eram resgatas por príncipes com espadas e cordas. Videogames dificilmente eram uma corda para uma vida melhor, mas *Tomb Raider* ainda oferecia algum tipo de fuga, ainda que só na cabeça dela.

— Tudo bem — disse ela. — Desde que eu esteja de volta à noite. — Princesas sempre tinham que voltar de seus bailes ao cair da noite; algo que parecia mágico na infância, mas que soava ameaçador na vida adulta.

O sorriso de Jarrow iluminou seu rosto.

— Aproveitar o dia, hein?

Devon o seguiu um andar abaixo e pela maior parte do caminho através da extensa mansão repleta de cômodos. Ela não deixava seu quarto havia tantos dias que só pisar fora dele a deixou sentindo-se exposta, como se andasse nua pelos corredores, uma sensação que não era amenizada pelos olhares curiosos e pelas vozes sussurrantes dos irmãos Easterbrook e de seus empregados por quem eles passavam. Jarrow era indiferente, ou estava familiarizado com isso.

Seu desconforto diminuiu assim que eles chegaram à sala de jogos. O sofá era tão confortável que deveria ser crime, Jarrow tinha acesso a um suprimento infindável de cerveja para beber e histórias em quadrinhos para comer, e *Tomb Raider* a levava para longe de sua própria história miserável. Pela primeira vez desde que fora separada de Salem, ela se animou um pouco.

— Podemos tentar algum jogo para dois — disse ele depois que ela morreu como Lara em outra fase difícil. — Você já jogou *Crash Bandicoot?* É uma novidade, recém-lançado.

Devon sacudiu a cabeça, irritada pela pergunta. Claro que ela nunca tinha jogado *Crash Bandidaço* ou seja lá como *se chamava*. Ela nunca tinha jogado nada, tendo vivido em uma prisão de contos de fadas comestíveis durante toda sua vida.

— Podemos acabar este primeiro? Eu não ligo para a dificuldade.

— Você é a visita. — Ele ofereceu outra cerveja, que ela recusou educadamente porque Matley espumaria de raiva se ela aparecesse bêbada. Todo o constrangimento que Jarrow sentia antes havia diminuído.

— Tem certeza de que não tem problema eu ficar aqui? — Ela perguntou. — Digo, usando sua sala de jogos.

— Na verdade, ela não é minha. — Ele estava comendo algo chamado *Watchmen*, com muita tinta e gosto marcante, como toda história em quadrinhos. — Os consoles, jogos, tudo isso... pertence a Vic.

— Quem é Vic?

Jarrow deu outra mordida em sua história em quadrinhos.

— Victoria Easterbrook. Minha irmã mais velha. — Ele hesitou, mastigando devagar. — O quarto que você ocupa costumava ser dela também.

Ela sentiu um arrepio na nuca.

— Costumava ser dela?

— Ela não mora mais aqui. — Um músculo em seu ombro se contraiu. — Vic adorava videogames. Jogávamos juntos — disse ele, quase como uma reflexão tardia.

Um riacho fluía abaixo da calma superfície de suas palavras, e Devon, vendo uma coisa na qual ela poderia se afogar, não disse nada. Ela tinha seu próprio riacho para lidar e não tinha cabeça para sequer se sentir mal por ignorar o dele.

— Enfim. — Ele terminou a história em quadrinhos e pegou o controle, limpando-o na manga de sua blusa. — Você pode vir aqui sempre que quiser. Ninguém nunca usou este lugar, exceto eu e ela.

Quase que inconscientemente, o quarto assumiu uma nova textura para Devon, com base no contexto que ele forneceu. O papel de parede, por exemplo: elegantemente estampado com libélulas. Escolha de Vic, com certeza. Devon não conseguia imaginar Jarrow o escolhendo. Os próprios jogos também se destacavam. *Tomb Raider* definitivamente seria escolhido por Devon, se ela tivesse a opção. Uma princesa aventureira seria um agrado a qualquer devoradora de livros. Victoria pode ter ido embora, mas sua voz ainda ecoava ali.

A música de abertura começou, trazendo-a de volta àquela experiência virtual compartilhada e para longe do mundo real. Ela mal notou o passar das horas enquanto eles passavam o resto da tarde e boa parte da noite na sala de jogos. Graças a algum tipo de acordo tácito, nenhum deles mencionou a Família de novo, nem Matley.

Portanto, ela foi pega de surpresa quando, às 18h45, Jarrow pausou o jogo e disse:

— Está ficando tarde. Acho que você precisará ir embora em breve.

— Eu sei. — Ela se levantou rápido demais e esbarrou na mesinha de centro, sacudindo latas de cerveja vazias. — Obrigada pelo convite.

— Não há de quê — disse ele calorosamente. — Volte amanhã, se estiver a fim.

— Você não precisa me convidar para vir aqui por sentir pena de mim — disse ela, súbita e inquietamente na defensiva. — Sou uma noiva e tenho sorte. Esta pode não ser a vida que eu esperava quando era pequena, mas é melhor do que a de muita gente.

— Não falei nada sobre sentir pena de ninguém — disse ele, e ela não conseguiu ler sua expressão. — Fico entediado jogando sozinho, só isso. Então você é bem-vinda para matar meu tédio.

— Entediado? — Ela perguntou, com medo de esquecer seu aborrecimento. — De jogar?

— Qualquer coisa se torna entediante se você não tiver mais nada para fazer. — Ele fez um gesto abrangente que englobou a pequena sala com sua pilha de quadrinhos, videogames e emaranhados de fios, mas ela sabia que ele queria incluir mais: a Família dele, a dela, todas as Famílias. A vida de devorador de livros.

— Eu como mais romances em um ano do que a maioria dos humanos lê durante toda a vida e, sim, eu estou entediado pra caramba.

— Há coisas piores do que tédio — disse ela.

O rosto dele assumiu uma expressão de tristeza.

— Eu sei. Sei que sim. Minha irmã, ela costumava dizer... — Jarrow suspirou alto. — Deixa para lá. Não sei do que estou falando. Volte amanhã, se quiser. — Ele acenou vagamente com a mão. — Mas só se quiser.

Ela fechou e abriu os punhos.

— Por que está sendo gentil comigo?

— Não estou — disse ele desconfortavelmente. — Você é uma convidada, eu sou um anfitrião e tenho jogos. Isso é só cortesia básica.

Cortesia básica. Em algum momento ao longo do caminho, ela deixou de merecê-la, ou os outros pararam de se preocupar em oferecê-la a ela.

— Vou pensar a respeito — disse Devon enquanto saía apressada, sentindo-se confusa e cansada.

Os corredores passaram por ela como um borrão, seus pensamentos confusos mantendo-a distraída. Ela não entendia as interações deles — o que Jarrow queria dela, ou ela dele. Em um mundo dominado por laços entre Famílias e nada mais, o conceito de amizade a desconcertava.

O próprio Jarrow a desconcertava. Ele parecia descontente, e ela não conseguia entender o porquê; ele era aberto e fácil de lidar, mas também impenetrável e estranhamente inflexível. Era trabalhoso estar com ele, e a coisa toda era mais um estresse de que ela não precisava.

E mesmo assim, naquela noite, Devon notou que estava rememorando as fases do videogame em sua cabeça. Ela ainda estava pensando nos enigmas e nas estratégias quando Matley veio vê-la para seus "deveres noturnos", como ele se referia às tentativas de concepção. Os enigmas do *Tomb Raider* continuaram a ocupar seu cérebro enquanto ela relutantemente tirava as roupas e se deitava na cama, olhando para o teto por cima do ombro de Matley.

Quando ele saiu, ela pensou em várias soluções para tentar. Em algum momento ao longo do caminho, ela tomou uma decisão e consolidou a ideia de voltar à sala de jogos. O sono veio pouco depois.

Pela manhã, mais contos de fadas servidos no café. Ela desdenhou a oferta e, em vez de comer, tomou um banho demorado e se vestiu sem pressa antes de seguir em direção à sala de jogos.

Jarrow não disse nada sobre a presença dela quando ela chegou. Ele parecia esperar por ela: cervejas e livros a postos, controle preparado. Ele já estava com seu moletom de capuz, como se nem tivesse saído do lugar ou trocado de roupa desde o dia anterior.

Ela se sentou, pegou o controle e o pousou delicadamente no colo.

— Eu estava pensando naquela fase. Estamos tentando do jeito errado.
— Legal. Vamos tentar de novo, então. — Ele se esparramou confortavelmente no sofá.

As três semanas seguintes foram um estranho tipo de dualidade entre o desagradável contato físico de suas noites, seguido pela jogatina desconectada de seus dias. Nenhum deles falava sobre Matley, seu casamento, Vic, nada; a aliança deles era pautada na distração, um compromisso unificado a um escapismo total.

E, dentro daquele espaço, ela se sentia segura e feliz; enterrada nos mundos de Lara Croft até concluírem *Tomb Raider*, quando então seguiram para *Final Fantasy*. Outro vasto mundo digital no qual se perder.

Depois do segundo mês de casamento, a menstruação dela não veio. Devon não sabia ao certo se estava aliviada pelo que agora pararia de acontecer ou com medo do que viria a seguir; o sofrimento da gravidez, certamente, e tudo o que aquela realidade implicava.

No fim das contas, ela optou pela resiliência. Salem morava em seu coração e nenhuma outra criança tomaria esse lugar. Não sinta nada, não se importe com nada, e assim você não perderá nada e nada será roubado de você.

O médico que veio à Mansão Easterbrook era um homem humano. Devon soube disso não por sua aparência, por seu modo de andar ou por qualquer outra coisa que fazia, mas porque ele sabia escrever. Diante dos olhos dela, ele tirou uma prancheta com vários formulários e começou a preenchê-los. Ela esticou o pescoço para ver as letras que ele rabiscava.

Devon Fairweather. Sexo feminino. 23 anos. A caneta se agitava e arranhava seu caminho no papel enquanto ela observava. Devon já havia tentado escrever, assim como todos os devoradores de livros quando jovens. E como todos os devoradores de livros, suas tentativas resultaram em garranchos ilegíveis. Ao insistir por muito tempo, sentia uma cãibra nos músculos do pulso até o antebraço, e a visão se tornava turva com o surgimento de inúmeros pontos pretos.

Se o médico sabia que estava performando um milagre, ele não demonstrou. Quando terminou de preencher os formulários, ele pediu que ela se aproximasse para um exame físico básico: aferição de pressão, medição de peso e altura, auscultação do coração.

Devon obedeceu, ainda que relutante. Seu olhar continuava se voltando ao papel com clipes no colo dele, casualmente rabiscado com palavras escritas. Parecia um risco enorme trazer um humano ao seio de uma casa da Família. De todas as pessoas, certamente ele seria a mais apta a notar que ela não era humana.

Ele a tocou no ombro para indicar que ela precisava se mexer, e ela ficou maravilhada porque ele não parecia diferente dela: pele esticada sobre ossos, carne nos lugares habituais; pelos e linhas de expressão. Eles poderiam ser quase da mesma espécie. Ela alguma vez havia tocado Mani, o jornalista convidado de muito tempo atrás, durante sua breve incursão na Mansão Fairweather? Difícil lembrar depois de todos esses anos, mas Devon tinha certeza de que não.

— Sua esposa é excepcionalmente saudável — disse o médico a Matley distraído. — Mesmo para alguém de sua espécie. Muito forte, poderia ser ainda mais forte com um pouco de exercício.

De sua espécie. Ele sabia o que ela era. Devon ficou tensa.

— Não fique histérica — disse Matley, observando sua expressão com um meio sorriso preguiçoso. — John trabalha com os migrantes que empregamos. Ele é confiável e discreto. — Ele estava sentado na cadeira da penteadeira, mexendo em um celular preto volumoso.

— Mas e quanto às regras? — Nada de fraternizar com humanos. Nada de trabalhar com eles. Aquilo estava enraizado na mente de Devon desde sempre.

— O que tem elas? Não temos como ganhar dinheiro sem assumir riscos. Há um motivo para minha casa ser rica enquanto a sua sofre à mercê de dívidas. Além disso, seus irmãos têm empregos, não é mesmo? Não é uma escolha muito diferente. Ou trabalhamos entre os humanos e escondemos nossa natureza, ou empregamos alguns confiáveis e não precisamos nos preocupar em cometer um deslize.

— Entendi. — Não fazia sentido discutir. Não era problema dela, nem da casa dela. — Você tem razão, tenho certeza.

O médico encontrou uma veia, perfurou sua pele e começou a colher sangue. A lareira elétrica tremeluzia atrás dele, sem qualquer cheiro de lenha queimada.

Ela tentou não prender a respiração.

— Quanto tempo até sair o resultado? — Ninguém em Winterfield havia feito um teste de gravidez nela assim. Eles simplesmente *esperavam pela natureza*, como Gailey dizia.

— Algumas horas. Informarei os resultados imediatamente, é claro. Mas, para falar a verdade, o exame de sangue é uma mera formalidade. Mulheres livrotarianas...

— Mulheres livro o quê? — Ela nunca ouvira aquele termo antes.

— *Livrotariano* é o meu termo médico particular para devoradores de livros — disse John, removendo a agulha e agitando o tubinho cheio de sangue preto.

— Ah! — Que coisa mais humana de se fazer, ela pensou. Humanos sempre tiveram o ímpeto de nomear as coisas, descrevê-las acima e além de sua função. Nunca teria ocorrido a ninguém de sua espécie inventar um nome além de "devoradores de livros", em toda a sua glória funcional e sem criatividade.

— Mulheres de sua espécie são biologicamente muito regulares — disse John. — Você certamente está grávida. É só questão de saber há quanto tempo.

Grávida. Devon estava esperando ele dizer aquilo a manhã toda, esperando isso acontecer desde que fora despachada para os Easterbrook, mas ouvir a palavra em voz alta a deixou sem ar. O mantra. Lembre-se do mantra, ela cobrou de si mesma. Não se importe. Não pense. Desligue-se de tudo. Apenas Salem.

— Esta será minha última gravidez? — Ela perguntou, porque tinha ouvido os rumores de que algumas devoradoras de livros poderiam ter três gestações, e isso soava como sua própria ideia de inferno. — Não terei mais nenhuma?

— Mais uma vez, é quase certo que não — disse John, ainda fazendo anotações. — Confirmaremos depois do parto, mas seus dias de carregar bebês estão chegando ao fim.

— Imagino que não tenha como saber o sexo. Ouvi dizer que isso pode ser feito com tecnologia humana. — Matley cruzou e descruzou as pernas. — Ela já teve uma menina antes, sabe, e estamos torcendo para que isso se repita.

— Hum. — John esfregou o nariz, deixando uma mancha de tinta em sua pele. — É possível, mas difícil. Você precisaria de acesso a um ultrassom de um hospital e a um técnico qualificado. Eu poderia ajudá-lo a providenciar isso, mas teria um custo. E não há nenhuma garantia também, resultados de exames podem sair errados.

— Um hospital cheio de humanos? Não, não vale o risco. Vamos ficar com a surpresa. É a tradição, de qualquer jeito.

— Devo alertá-lo, se ela já teve uma menina...

— Sim, sim, eu sei. É extremamente improvável que ela produza algo além de um menino. — Um som veio de seu bolso; o celular de Matley estava tocando. — Com licença, é melhor eu atender esta chamada.

Ele saiu, falando em voz baixa.

— Preciso ir embora também. — John fechou sua maleta e deu a ela um aceno apressado. — Tchau, Sra. Fairweather. Voltarei nos meses seguintes para checar caso haja algo de errado.

— Obrigada. — Os pensamentos de Devon já estavam em outro lugar. Pensando em outra gestação, outro trabalho de parto, outro nascimento. Como ela se sentiria segurando outro montinho macio de cheiros, lágrimas e carne fina como papel em suas mãos? Começou a suar, incapaz de imaginar o rosto de outra criança que não fosse Salem.

O mantra. Salem. Lembre-se dos motivos para suportar.

Ela pegou a bússola que Luton lhe dera. Um lembrete frio, duro e tangível. Sentou-se à janela e passou os dedos pelo rosto de sua filha preservado no vidro e congelado no tempo.

A PRINCESA SOLTA SEUS CABELOS
SEIS ANOS ATRÁS

E agora ela ficou pensativa. Ela deve guardar esse esplendor! Que pequena ignorância seus carcereiros fizeram dela! A vida era uma grande felicidade, e eles a rasparam até os ossos! Eles não devem saber que ela sabia.

— George MacDonald, *O Garoto do Dia e a Garota da Noite*

Devon achou sua segunda gravidez estranhamente tranquila, talvez porque desistira completamente. Esperança era uma coisa que se perdia quando a simples tarefa de tentar imaginar dias melhores se tornava tão exaustiva, sufocante e deprimente a ponto de optar pelo desespero por puro cansaço. Desistir trouxe paz.

Na Mansão Winterfield, Devon passou a maior parte de sua gestação vagando sem rumo, mas feliz, sempre a pé desde que fora proibida de cavalgar por conta de sua condição. Mas a propriedade dos Easterbrook era repleta de fazendas e trabalhadores humanos, coisas que a afligiam ao invés de acalmá-la. Ela ficou dentro da casa.

Com quase nada para fazer e poucos outros lugares para ir, ela passou mais ou menos uma semana prostrada infeliz em seu quarto, vendo nuvens de chuva cobrirem os trabalhadores e os campos, antes de finalmente se aventurar em busca de Jarrow outra vez.

Entrou na sala de jogos sem bater e, em resposta à expressão confusa dele, apenas disse:

— Eu vim jogar.

— Hum, oi — disse Jarrow, pausando o jogo espantado. — Quer dizer, tudo bem, mas não está meio tarde?

— Estou grávida, caso não tenha ouvido falar — disse ela. — Não preciso mais ver Matley à noite.

— Parabéns, eu acho — disse ele, depois de um minuto. — Você, hum... — Ele coçou a cabeça. — Nada de cerveja, certo? Eu acho. Por causa do bebê e... Aceita um chá? Quer continuar jogando *Final Fantasy*?

Devon assentiu com a cabeça.

Os seis meses mais felizes de sua vida foram na sala de jogos de Jarrow, passando noites em claro bebendo chá de tinta enquanto era praticamente ignorada pelo resto dos Easterbrook. Ela nunca esteve tão presa e ao mesmo tempo tão livre.

— É estranho — disse ela em uma de suas muitas tardes perdidas nos mundos do PlayStation e do Nintendo. — Quando eu era garotinha e pensava em meu futuro, nunca imaginei nada do que estou vivendo agora. E definitivamente nada disso aqui. — Ela fez um gesto abrangendo não só os consoles, mas também a amizade pouco convencional que eles acabaram desenvolvendo.

— Ninguém de nossa espécie imagina o futuro — disse Jarrow, esticando as pernas. — Fazemos planos e tentamos prever coisas, mas, na verdade, é difícil demais pensar na vida fora dos limites do que já experimentamos. Que é exatamente a definição de futuro: a vida fora dos limites do que já experimentamos.

— Meu Deus, Jarrow!

— O que foi?

— É só que... — Ela apertou o botão de pausa. — Você realmente escuta quando eu falo com você. E pensa nas respostas e diz coisas que fazem sentido e... é estranho, só isso.

— Meu Deus, Dev!

— O que foi?

— Você tem um padrão baixo para amizades, só isso.

— Se meu padrão é tão baixo, então como a maioria das pessoas não consegue alcançá-lo? — Ela soou amarga até para si mesma.

— Acho que a maioria das pessoas são idiotas, então. Idiotas o suficiente para fazer alguém que ofereça o mínimo do mínimo de Cortesia Básica como eu parecer bem, não é?

— Imagino que sim. — Ela acrescentou, sem pensar. — Eu queria que tivesse sido você. Eu poderia ter feito tudo isso com muito mais facilidade se tivesse um marido de quem gostasse. Mas, em vez disso, eu tenho Matley. Sem ofensas ao seu irmão.

Depois de uma pausa muito desconfortável, ele deu uma risada sem humor, e uma veia pulsou em sua têmpora. Era quase como um soluço.

— Eu disse algo de errado?

— É só que nunca teria sido eu, só isso. Sinto muito.

— Por que não? Quer dizer, você é um pouco jovem, mas não precisa ser sempre o irmão mais velho, não é?

— Não, não precisa, mas eles não me escolheriam mesmo assim. Não quando há tantos outros disputando o papel.

A música do jogo tocava infinitamente ao fundo. *Aperte Play*, a tela pedia. Nenhum deles apertou.

— Eu não entendo. — Enquanto ela falou, uma memória inesperada veio à tona: Matley, na primeira noite dela aqui, olhando de soslaio da porta da sala de jogos.

Qualquer outro cara, e eu estaria questionando sua fidelidade.

— Ninguém te contou, não é? — Jarrow perguntou. — Suponho que eu devo te contar, antes que você ouça de outra pessoa. É uma piada comum nesta casa. — Ele largou o controle do console e pegou o da televisão, apertando um botão para silenciar o volume. — Eu não gosto de mulheres.

— O que você quer dizer? — Ela perguntou, afrontada. — Você gosta de mim, não é? Nós nos damos bem.

Ele gemeu, passando uma mão por seu cabelo encaracolado.

— Não, você não está entendendo. Eu não gosto de mulheres do jeito que homens deveriam gostar.

— Ah, você gosta de homens? Isso não é nada demais. Muitos cavaleiros e irmãos...

— Não, também não. — Ele tirou uma poeira invisível do braço do sofá. — Eu acho que sou assexual.

— Hum. — Devon nunca havia encontrado essa palavra nos livros de ficção, então vasculhou rapidamente seus conhecimentos de dicionário. — Qual deles?

— Hein? — Era a vez dele de ficar confuso.

— A palavra tem quatro definições.

Jarrow bufou, jogando sua cabeça para trás no sofá.

— Continue. Diga-me as suas quatro definições.

— Desprovido de sexo ou órgãos sexuais funcionais. — Ela corou um pouco.

— Definitivamente não é esse o problema. — Ele estava rindo, sem o menor constrangimento.

— Que se envolve ou reproduz por meio de processos reprodutivos — disse Devon, com toda a dignidade que ela conseguiu reunir. — Também não é isso que você quis dizer, não é? Você não é uma ameba ou um cogumelo.

Jarrow balançou a cabeça, ainda sorrindo.

— Que não se envolve, está envolvido ou tem relação com sexo: desprovido de sexualidade. — Ela descreveu, e desta vez ele fez silêncio. — O *Merriam-Webster* ainda especifica: que não tem sentimentos sexuais perante terceiros; não experimenta desejo ou atração sexual — Devon acrescentou.

— É isso aí. É isso que eu sou. Desinteressado em procriação ou pessoas do... do modo que homens deveriam se interessar. — Ele terminou sua cerveja, rolando a lata vazia entre as mãos. — Eu nunca me senti *assim* por ninguém, sabe. Nunca tentei conquistar uma humana ou quis me casar ou... Matley costumava dizer que eu era um desviado. Você sabia que ele tem um estoque de pornografia? — Jarrow sacudiu a cabeça. — Quase todos os meus irmãos têm. Só eu que não.

Desviado: substantivo. Algo ou alguém que se desvia de uma norma.

Ela se surpreendeu ao dizer:

— Eu sou desviada também. Se serve de consolo.

Ele levantou a cabeça, ainda rolando a lata de cerveja.

— O que você quer dizer?

— Eu gosto de garotas. — Devon nunca havia dito aquilo para ninguém antes, nem para si mesma. — Quer dizer, eu acho que gosto. Mas como você sabe, se não há nenhuma por perto para ter certeza? É só um sentimento vindo das leituras que fiz sobre elas em livros. E das poucas que conheci na vida real.

Jarrow ficou em silêncio por um longo momento.

— Ah, droga! Isso deve tornar esses casamentos bem difíceis para você.

— Eu não conheço nada diferente, não é? É só a minha vida.

— Só a sua vida. — Ele achatou a lata vazia com as mãos. — Isso não te incomoda? Os bebês, os casamentos, tudo isso?

A pergunta a perturbou, um eco do que ela perguntou para Faerdre, anos atrás, em seu primeiro casamento.

Faerdre, com seus longos cílios, radiante, bonita e brilhante, com sua mão na coxa de Devon enquanto ela se inclinava para lhe dar um beijo "social". A sofredora Faerdre, entediada e solitária, bebendo excessivas quantidades de vinho no casamento de outra pessoa.

Ela deu a ele a resposta de Faerdre, porque parecia adequada.

— Bom, não há mais nada além disso, não é? Não posso viver entre os humanos, então é isso ou nada.

— Não foi isso que eu perguntei — disse ele tranquilamente. — Esqueça deveres e obrigações, se há melhores ou piores opções. Você, Devon Fairweather, se incomoda em ser uma noiva que entrega seus filhos? — Ele apontou para a barriga dela. — Você está grávida. Pela segunda vez. Você vai se importar quando entregar essa criança?

— Não é tão ruim assim. — Ela o odiou por perguntar. Por se importar. Ela odiou todos os outros ainda mais por não perguntarem e por não se importarem. — Eu tenho sorte. Tenho uma vida privilegiada.

— O quê? *O quê?* — Ele se virou para ela em um raro momento de expressividade, com olhos arregalados e narinas inflamadas. — Dev, você tem uma filha! Você ficaria feliz se ela se casasse como você se casou? Como você se sentirá quando ela passar por tudo isso, daqui a uns doze anos? Você ainda dirá que não é tão ruim assim e que ela teve sorte?

— Eu... — Por um breve momento, Devon foi atingida por uma visão da Salem de 3 anos, rindo e rolando na cama enquanto alguém empurrava o rosto dela em um travesseiro e levantava sua saia.

Burra, burra, burra, porque Salem seria bem mais velha quando ela se casasse, mas esse ainda poderia ser o destino dela, a experiência dela. E por que não? Foi o que houve com Devon. Ela estava mais ou menos de acordo, mas e se a filha dela não estivesse? A experiência seria um pesadelo, como Matley foi para ela. Poderia ser um pesadelo ainda que Salem *estivesse* de acordo.

— Eu não tenho suas opções — disse ela, o ressentimento transparecendo em suas palavras. — Nem todos nós podemos dizer não. Eu não tenho irmãs com quem dividir o fardo. Você me pergunta isso como se eu tivesse alguma opção e é cruel, Jarrow, muito cruel, porque para você essas coisas *são* uma opção.

Ele hesitou.

— Sinto muito, eu não...

— É óbvio que eu me importo. Meu Deus! Eu sinto falta da minha filha o tempo todo. Eu não consigo falar sobre ela, mas também não consigo parar de pensar nela. Eu odeio não ter opções, odeio como vivemos. Privilegiadas e oprimidas, exóticas e apáticas. Eu tento não pensar no casamento dela. — Ela o encarou. — Isso responde sua pergunta?

Jarrow se inclinou para a frente, apertando a mão dela.

— E se eu pudesse ajudá-la a ter opções?

— Como? Eu já tentei fugir antes. Acho que não cheguei nem a dez quilômetros.

— Você não tinha um plano, nem recursos. — Ele rebateu. — Olha, vem comigo até a sala dos fundos. Quero te mostrar uma coisa.

Era uma ideia ruim, mas ela tinha muito tempo de sobra.

— Está bem. — Ela o seguiu sentindo um frio na barriga.

A sala de jogos continha uma pequena despensa que ele adaptou como uma cozinha compacta: uma chaleira elétrica para fazer chá de tinta e um armário cheio de quadrinhos para comer.

Lá também havia mapas. O mapa que Jarrow se esforçou para abrir cobria a mesa da cozinha completamente e ainda transbordava pelas beiradas em um oceano de excesso de papel.

Devon nunca tinha visto um mapa antes e não conseguia parar de olhar.

— Isso é a Inglaterra? Onde estamos nesse mapa?

— É o Reino Unido, que inclui a Inglaterra, e estamos aqui. — Ele apontou. — Costa de Norfolk.

Ela tocou o local para o qual ele apontou.

— Eu não imaginava que nosso país era tão grande.

Jarrow começou a gargalhar.

— Qual é a graça?

— Ah, não é culpa sua. Olha. — Ele pegou outro mapa do armário e o abriu em cima do primeiro. — Esse é o nosso país, Dev, comparado ao resto do mundo.

Continentes esverdeados irrompiam de mares em tons de azul. Faixas de terras e faixas mais vastas ainda de oceano. Incontáveis massas de terras, populadas por pessoas, e bem lá no topo uma ilha incrivelmente pequena, cuja forma ela mal reconhecia do primeiro mapa: seu minúsculo país.

Uma vez ela comeu um romance de fantasia, um livro exuberante e alienígena cheio de palavras que a deixaram tonta, contendo um mapa esboçado de lugares inventados. Na época, ele parecia vasto, mas nem de longe se comparava em tamanho e em detalhes com o do mundo real diante dela.

— O mundo é tão grande — disse ela, impressionada. — Como eu nunca soube disso?

— Porque não ensinam coisas que importam para as meninas. — Jarrow empurrou os mapas para ela, sobre a mesa. — Comece a comer. É o jeito mais fácil de se obter informações, e eu tenho um montão de cópias. — Ele sorriu.

— Perdão? — Ela deve ter entendido errado. — Certamente comer mapas não funciona.

— Sim e não. Papel é papel, até certo ponto. Eu já comi algumas cópias, e vale a pena. Conheço muitos nomes de lugares e tenho noção de onde eles ficam. Ajuda. — Ele apontou para os quadrinhos. — É semelhante a comer esses, viu? E aos livros ilustrados que você comia quando criança. Normalmente você só se lembra das palavras, mas as imagens ainda causam um tipo de sensação. Mais ou menos.

Uma chance de expandir seu conhecimento em algo útil e proibido. Devon expôs seus dentes de livro e mordeu o mapa dobrado. Ele tinha um gosto ligeiramente amargo de tinta gordurosa e de fábricas com ar-condicionado. O verniz petroquímico pesava em sua língua, aderindo ao interior de suas bochechas. Ela fez uma careta.

— Trouxe um pouco de ketchup para você — disse ele, pegando uma garrafinha de uma das estantes. — É um condimento humano, mas seu conteúdo ácido cai muito bem em papel com revestimento brilhante.

Não havia pratos na sala de jogos, então Jarrow jogou ketchup por todo o mapa e o enrolou como um burrito impresso. Devon mordeu seu rolo de mapa.

Palavras se formaram em sua mente, uma longa lista de lugares. Se ela se concentrasse, quase conseguia imaginá-los geograficamente organizados em sua mente. Como se alguém tivesse apagado o desenho das massas de terra e deixado somente os nomes de cidades e países, marcando grosseiramente sua localização.

Mas havia tantos lugares! Países e suas capitais se acumulavam na cabeça dela e o papel brilhante a deixava enjoada. O ketchup tinha o gosto de um livro de besteirol, mas Jarrow estava certo; ele tirava o gosto forte do verniz plastificado.

— Deixa eu te mostrar uma coisa — disse ele quando ela terminou. — Se não estiver muito cansada de ver coisas, claro.

— Não. — Devon lambeu ketchup de seu polegar. — Não me incomodo. — Ela precisava se lembrar desse truque. Havia *muitos* livros com verniz brilhante nesta casa.

— Vou te mostrar as diferentes Famílias. — Jarrow desenrolou o primeiro mapa novamente e apontou para algo com o dedo esticado. — Aqui ficam os Davenport, em Powys, País de Gales. — Ele moveu o dedo para cima, percorrendo redes pontilhadas de cidades. — Os Easterbrook, na Costa de Norfolk; somos nós. — Mais para cima. — Seus amigáveis Fairweather, nos pântanos de Yorkshire. — De volta ao sul. — Os Gladstone, em Londres. — Em algum lugar nas florestas da região central. — Os Blackwood ficavam aqui, embora tenham desmoronado e dispersado para outras casas.

— Hum. Minha mãe era uma Blackwood. Eu me pergunto onde ela está agora.

— Provavelmente em algum lugar do sul. Muitos deles se fundiram com os Gladstone. — Seu dedo voltou ao centro-oeste. — Aqui estão os Winterfield, em Birmingham. Onde está sua filha.

Devon cerrou os punhos até suas unhas marcarem linhas nas palmas de suas mãos.

— E os Ravenscar estão aqui, na costa norte. Ainda mais ao norte do que sua Mansão Fairweather. — Ele pressionou o mapa com uma unha. — Você os conhece?

— São os que fabricam Redenção?

— Isso mesmo. Até os Ravenscar desenvolverem essa droga, os dragões eram apenas mortos ou cuidados por suas próprias Famílias. Hoje em dia, é permitido que eles vivam, porque se mostraram úteis, mas ninguém confia neles o bastante para que tenham sua própria casa, caso se rebelem e chamem a atenção dos humanos. É aí que entram os cavaleiros. Babás para os dragões indesejados das Famílias e arranjadores de nossos casamentos.

— O que isso tem a ver com fugir?

— Nada diretamente, já que perguntou! Na verdade, abri esse mapa para te mostrar a Irlanda. As duas Irlandas. — Ele arrastou uma linha pelo mapa até o outro lado da Grã-Bretanha, apontando para um pequeno aglomerado de ilhas. — Está vendo isso aqui? A Irlanda do Norte fica no Reino Unido, mas a República da Irlanda é um país completamente separado. Com uma fronteira desprotegida entre eles.

— Não entendi?

— *Fronteira desprotegida* — disse ele com impaciência. — Pense, Devon. Qual é a principal coisa que torna difícil escapar das Famílias?

Ela o encarou, totalmente perdida.

— Elas são... poderosas?

— Não, não exatamente, elas só fingem que são — disse ele. — É o fato de que não podemos sair facilmente desta maldita ilha, porque nenhum de nós tem a documentação adequada.

— Ah! É claro!

— Mas *podemos* fugir se incluirmos em nossa jornada uma travessia pela Irlanda do Norte. — Ele continuou. — Podemos ir de barco até lá sem precisar de passaporte, já que lá faz parte do Reino Unido. E então atravessar silenciosamente a fronteira de carro até a República, porque não existem postos de fronteira entre as duas. *Boom*, fora da Grã-Bretanha. — Ele sorriu. — Se quiser fugir das Famílias, tudo o que precisa fazer é pegar um barco até a Irlanda do Norte.

Ela questionou, em dúvida:

— Mas não tem devoradores de livros lá?

— Não mais! Os últimos devoradores irlandeses se dispersaram na década de 1940. Alguns foram para o exterior, para a América, e nunca mais se teve notícia deles. O resto fundiu sua linhagem com os Ravenscar e com os Winterfield. As duas Irlandas estão livres das Famílias. — Ele se inclinou para a frente, o rosto brilhando de empolgação. — O que você acha? Uma boa ideia?

— Eu... — Ela enterrou a cabeça nas mãos, sobrecarregada com tudo o que ele sugeria. Sobrecarregada por estarem sequer discutindo isso. — Pare. Por favor, pare. Eu agradeço por você se importar, isso significa muito para mim. Mas não posso ir para essa tal de Irlanda. Irlanda do Norte, tanto faz. Eu tenho uma filha, Jarrow. Não há plano que possamos elaborar que me permitirá levá-la, porque ela está presa em Birmingham.

Ele fechou a cara.

— Ela continuará presa, quer você vá ou fique.

— Mas, se eu ficar, poderei vê-la depois que eu terminar de ter filhos. Eu tenho um agendamento, está tudo arranjado para o décimo aniversário dela. Se eu me comportar, se eu for obediente e...

— Ouça a si mesma — disse ele, quase rosnando. — A Família fez você pensar que a vida é um conto de fadas. Não há final feliz nesta história. É tudo enganação.

— Não fale comigo como se eu fosse burra — disse ela em voz baixa, com a mandíbula travada, em contraste com os gestos nervosos dele. — Se eu for com você, *definitivamente* nunca mais verei Salem. Será uma certeza. Ela estará perdida para sempre para mim. Ficar é minha única chance, por menor que seja.

— Ah, pelo amor de Deus, Dev, não há chance alguma, está bem? Eles *nunca* vão te deixar ver sua filha de novo! Quando foi que você ouviu falar de mães visitando seus filhos biológicos? Por que diabos eles abririam uma exceção para você? Sua mãe já te visitou? — Ele bateu os punhos na mesa, com uma fúria repentina. — Pense nessa merda! *Alguma mãe já visitou?*

Ela o fitou com olhos arregalados e lábios entreabertos, uma criança recebendo um choque de realidade. Uma lembrança de Tio Aike no quarto dela, com os calcanhares elegantemente cruzados enquanto dizia, tão casualmente, *quinhentos anos de tradições dos devoradores de livros não são derrubados pelos caprichos de uma menina mimada.*

— É um golpe. — Ele bradou. — Eles estão dizendo essas mentiras para mantê-la quieta até você ficar velha e cansada como as tias e não ter mais coragem para lutar. Você não consegue *enxergar* isso?

— Só cale a boca! — Ela tapou os ouvidos com as mãos. — Eu vim aqui jogar videogame. Essa é a única fuga que me interessa. A única fuga possível para mim. Se quiser ir embora, pode ir. Vá e não volte. Sem filhos, sem responsabilidades te ancorando. Mas você não quer isso, não é mesmo? Porque não é sobre mim ou sobre minha vida, é sobre você e sua necessidade de... de resgatar alguém!

Jarrow se encolheu em uma cadeira como se ela tivesse cortado seus tendões. O silêncio reinou entre eles.

— Sinto muito — disse ela. — Se não quiser mais que eu venha aqui, vou entender. — Ela acrescentou quando as desculpas não pareceram o suficiente.

— Não seja boba — disse ele depois de um momento. — Você sempre será bem-vinda para jogar, ou qualquer outra coisa. Sempre. — Ele retirou o mapa da mesa, guardando-o em uma gaveta. — E, se algum dia você mudar de ideia, me avise. É sério.

Ela não conseguia nem imaginar o que aquela oferta custaria a ele. Mesmo aflita, ela era grata.

— Vou pensar a respeito. — Ela mentiu e se afastou dos mapas, que eram uma fuga real demais, de volta para a prisão segura da sala de jogos e sua promessa de fuga digital.

AS VÁRIAS FACES DE DEVON FAIRWEATHER
DIAS ATUAIS

A inabilidade dos devoradores de livros em escrever de qualquer forma utilizando as mãos, incluindo códigos ou pictogramas, é deveras fascinante. Eles não conseguem sequer teclar em meios eletrônicos! Isso me lembra do mutismo seletivo (como o experimentado por alguns indivíduos autistas ou pessoas com ansiedade), no qual alguém pode ter cordas vocais saudáveis e conhecimento acadêmico da linguagem humana, mas ainda assim ser incapaz de se comunicar verbalmente.

Acredito que os devoradores de livros sofrem com uma barreira semelhante no processo de comunicação. Qualquer ação que o cérebro categorize como comunicação escrita se torna psicologicamente impossível de ser executada por eles. O fato de que os devoradores de mentes conseguem escrever com facilidade certamente deve, para eles, parecer uma ironia cruel.

— Amarinder Patel, *Papel e Carne: Uma História Secreta*

Devon sonhou com o inferno de novo, com aquele mesmo senso de comédia absurda.

Em vez de um abismo se abrindo, ela se viu a bordo de um trem cujo destino era o Paraíso, embora ninguém quisesse aceitar sua passagem. Cai estava sentado ao lado dela, e Hester, à sua frente. Ambos pareciam ansiosos para saber como era o Paraíso. Mas Devon já sabia; o Paraíso era uma mentira. Eles precisavam pular do trem para os campos de morte flamejantes lá fora.

Ela se jogou de um trem fantasmagórico, mas seus companheiros não a seguiram, apenas a observaram da porta com rostos tristes. Devon caiu em um fosso de fogo e continuou descendo. Ela caiu nível após nível em um calor capaz de fundir metal, cada vez mais fundo, escuro e quente, até que finalmente aterrissou em um sofá rústico de uma cabana de uma pousada de autoatendimento.

Devon acordou sobressaltada, sentando-se na cama tão rápido que sua cabeça girou. Ela rolou do sofá durante o sono, caindo no chão com um baque. Sua cabeça doía.

A luz entrava através das cortinas baratas de renda, fazendo-a semicerrar os olhos. Cai não estava à vista, mas havia uma pilha de suas roupas do lado de fora da porta do banheiro, que estava fechada, e o som de água corrente vinha lá de dentro.

— Feliz Natal, dorminhoca. Você foi a última a acordar. — Hester sentou-se na beira da cama com as pernas cruzadas. Vestida, atenta e aparentemente bem menos estressada do que na noite anterior.

— Que... — Devon bocejou alto. — ...horas são? — O sol da manhã tingia suas roupas pretas de um cinza doentio. O carpete sob seu rosto cheirava a naftalina.

— Quase 8h. — Hester gesticulou para a pequena televisão do quarto, que estava ligada em volume baixo. — Olha só, somos famosas.

Na tela trêmula, um âncora de jornal bem-vestido estava falando.

Temos notícias urgentes de um tiroteio na Estação Central de Newcastle na véspera de Natal, seguido por uma série de lesões corporais na linha para Edimburgo. Nenhuma morte foi registrada, mas a polícia tem urgente interesse em falar com um homem e uma mulher, que se acredita estarem viajando juntos para Edimburgo. Eles também estão em busca de um cobrador de trem, que é acusado de atacar passageiros antes de desaparecer. Mais informações em breve.

Relatos dizem que o homem tem cerca de 1,80m de altura, vestia roupas pretas, tem pele clara e cabelo escuro. A mulher tem cerca de 1,50m, vestia uma blusa estampada e saia longa...

— Sem mortes, hein? — Devon disse, engolindo um segundo bocejo. — Apenas pilhas inexplicáveis de papel manchado de tinta apodrecendo no chão.

Ela pensou em Ramsey vestindo aquele uniforme de cobrador. Só havia uma explicação para como ele o conseguira. Ela se perguntou se o *verdadeiro* cobrador do trem estaria vivo. E o que ele teria a dizer sobre o homem que o atacou, se fosse o caso.

— Estar nos noticiários é ruim — disse Hester. — Podemos ter problemas se nossos anfitriões acharem que essa descrição é extremamente familiar. Mais um motivo para sairmos logo daqui.

— Eu me sentiria melhor se soubesse exatamente como vai ser em seguida — disse Devon. — E então? Vou só cair de paraquedas e me apresentar aos seus irmãos?

Hester se levantou e começou a sacudir a lama seca de seus sapatos.

— Vou levá-la até Killock e você terá uma conversa com ele. Ele é bem encantador.

— Justo. — Devon pensou na confissão de Hester na noite anterior: às *vezes ele me assusta*. — Ainda precisamos de um jeito de chegar lá.

— Estou dois passos à sua frente! Já fui perguntar na recepção esta manhã. Não fique tão ansiosa, não parecemos nada com aquelas descrições patéticas da polícia que estão na televisão! De qualquer jeito, ela não conhece nenhuma concessionária, mas... mas... na própria fazenda tem um carro velho de que eles estão tentando se livrar há meses. Pensei em pegá-lo emprestado para um *test drive* e não voltar mais.

— Ou podemos simplesmente comprá-lo. — Devon estava passando os dedos pelos cabelos para desembaraçá-los. — E deveríamos. Se eles ainda não suspeitam da gente, com certeza começariam a suspeitar se roubarmos um veículo. — A atenção de Ramsey era uma coisa. A atenção da polícia humana era outra bem diferente.

— Comprar? — Hester perguntou, agitada. — Quanto dinheiro você tem, exatamente?

O barulho de água parou, passos pesados de Cai no banheiro foram ouvidos. Ele estaria ali em breve.

Devon prendeu uma unha em seu cabelo.

— Diga-me para onde vamos exatamente, e eu lhe direi quanto dinheiro eu tenho exatamente.

Hester soltou o ar por suas finas narinas.

— Mesmo que façamos uma rota para evitar cidades, 130 quilômetros não são exatamente uma *Viagem ao Centro da Terra*. Chegaremos lá ainda esta tarde. Do que você tem medo? Que eu te traia antes que você me leve a um lugar seguro?

— Não é tão simples assim. Killock insistiu em manter segredo. Ele me pediu para mantê-la no escuro o máximo possível.

Devon abandonou os nós de seus cabelos.

— Deixa eu ver se entendi. Todo mundo tem que fazer o que ele diz e viver sob sua tutela, às vezes você tem medo dele e ele também é paranoico. Refresque minha memória sobre como ele é supostamente diferente dos outros patriarcas.

— Não é... — Hester cutucou a unha do polegar, comprimindo os lábios.

— Dev? — Cai enfiou a cabeça pela porta entreaberta. — Não tenho uma toalha.

— Ah, pelo amor de Deus! — Devon apanhou uma do chão e a jogou para ele, tentando esconder seu atordoamento. — Leve uma com você da próxima vez.

Ele bufou e fechou a porta novamente, aquela mistura estranha de menino de 5 anos exageradamente competente que conseguia tomar banho sozinho, mas que também nunca se lembrava de levar toalhas ou roupas limpas.

A visão dele, no entanto, foi um lembrete importante de suas prioridades. Ela precisava que essas pessoas confiassem nela, ou Cai nunca ficaria bem de novo e Devon jamais se livraria de Ramsey. Talvez ela devesse ceder, só um pouco, só desta vez.

Ela se virou de volta para uma Hester que parecia estar se divertindo muito e disse:

— Cerca de vinte mil.

O sorriso da outra mulher vacilou.

— Como é?

— Eu peguei 26.327 libras do cofre de Matley Easterbrook. Tinha mais, mas o resto não cabia na minha mochila. — Devon pegou sua jaqueta do sofá, sacudiu-a e enfiou os braços nas mangas. — Acho que ainda tenho uns vinte mil sobrando. Preciso sentar e contar. Mas é o bastante para um carro velho barato.

— Você violou o cofre dos Easterbrook?

— Killock não tomou as posses do pai dele? — Devon disse, evitando a pergunta. — É a mesma coisa.

— Killock teve anos para planejar, além da ajuda de todos nós — disse Hester, igualmente evasiva. — Você era uma mulher sozinha.

— O que faremos agora de manhã? — Cai saiu do banheiro parecendo mais limpo do que já estivera em muito tempo. Mas também se movendo um pouco mais devagar, e a energia brilhante que ele emanava ontem parecia mais apagada.

— Estamos prestes a comprar um carro. — Devon o informou. — Quer fingir que é um órfão faminto de novo? Deve baixar o preço um pouco.

— Não é fingimento. — Ele lamentou. — Estou com muita fome.

Uma semana antes, essas palavras teriam lhe causado um mal-estar terrível. Hoje Devon podia sorrir apologeticamente e dizer:

— Aguente mais um pouco, querido. Só mais algumas horas. — Ela contou quinhentas libras em notas de vinte e as entregou para Hester. — Aqui. Você e ele é que devem fazer a compra. Estou sem sapatos e pareço suspeita demais.

— Ah! Quer dizer, claro, se você confia em mim para...

— Nunca acabaremos esta viagem se não começarmos a confiar uma na outra. — Ela entregou o dinheiro em um maço grosso.

— Certo. — Hester pegou o dinheiro e pigarreou. — Innerleithen.

— Perdão?

— Você não queria saber? Estou te contando. — Hester dobrou o dinheiro com cuidado deliberado e o enfiou em um bolso. — Vamos para Traquair House, nos arredores de Innerleithen. Fica a apenas algumas horas de carro daqui.

— Nunca estive lá, nunca ouvi falar — disse Devon, perplexa. — Mas agradeço a confiança. Obrigada por me contar, mesmo que eu não faça a mínima ideia de onde seja.

— Bem. Como você disse, o sucesso de nossa jornada exige confiança mútua — disse Hester, parecendo envergonhada. — Informar o destino a você é um gesto pequeno o bastante.

— Você precisaria me contar nas próximas horas de qualquer jeito. — Devon pegou o controle remoto da televisão e tirou o noticiário do mudo. — Venha me buscar quando estiver com o carro, tudo bem? Quero ver se há alguma atualização sobre nós, enquanto isso.

— Parece um bom plano. — Hester destrancou a porta e estendeu a mão para Cai. — Certo, jovenzinho. Você será meu cúmplice.

Devon sentou-se pacientemente na beira da cama até eles desaparecerem, mantendo os olhos na tela. Quando a porta se fechou atrás de Hester e Cai, ela se levantou, trancou a porta por precaução e ligou para Ramsey com seu celular.

Ele atendeu no primeiro toque.

— Diga-me que tem boas notícias.

— Innerleithen — disse ela, um pouco sem fôlego. — Vamos para um lugar chamado Traquair House em Innerleithen, é...

— Uma cidade perto da fronteira. Eu sei. — Uma pausa. — De todos os lugares, Innerleithen! Por que justo lá, eu me pergunto?

— Como eu poderia saber? — Ela retrucou, exasperada. — Talvez tenha sido o primeiro lugar que conseguiram encontrar? De qualquer jeito, preciso de alguns dias para me organizar quando chegarmos lá.

— Certo. Eu também preciso de um tempinho para organizar as coisas do lado de cá. — Ele parecia sereno, alegre. Quase agradável, como o menino Ramsey fora durante seus melhores momentos. — Vamos marcar uma data. Dia 26 de dezembro, às 23h. Mande uma mensagem de confirmação quando estiver lá e fique com seu telefone, se conseguir; nós podemos rastreá-lo.

— Isso é amanhã à noite — disse ela confusa, fazendo as contas mentalmente: quase 36 horas. — Tem certeza?

— Por que diabos eu não teria certeza? — Ele rosnou, em um impulso de raiva súbita. — Não é um *problema*, é? Você não está de férias, Dev.

— Não. Claro que não. — Era um intervalo de tempo brutalmente apertado, mas teria que servir. — Tudo bem, só fiquei surpresa. Mais alguma coisa?

— Não faça besteira. Não tente nenhuma idiotice. Fique atenta ao cavaleiro que estou enviando até você. Vejo você em um dia e meio. — O telefone ficou mudo.

Devon observou a chamada encerrada e se perguntou como Ramsey tinha passado a última noite, preso naquele trem com seus superiores pegando no pé dele. Como ele explicou os cadáveres e tudo mais que deu errado nas ações dos cavaleiros? Ela suspeitava, com um tipo de admiração relutante, que ele não havia encontrado nenhum problema. Era forte de seu próprio jeito rancoroso.

Essa força o cegava, no entanto. Ramsey se considerava tão forte e tão assustador que ninguém ousaria cruzar seu caminho, e a considerava tão desesperada e tão vítima das circunstâncias que ela não teria como escapar de sua traição forçada e de seus planos dramáticos.

A única inteligência que ele já foi capaz de reconhecer era aquela que espelhava a sua. Ramsey acreditava que sua força vinha de sua própria crueldade e, portando, não poderia reconhecer tais qualidades em outras pessoas — incluindo ela.

Melhor ainda. Se Devon quisesse realizar seus próprios planos, ela simplesmente tinha que tirar vantagem da cegueira de Ramsey.

Ela estalou o pescoço, abriu seus Contatos Recentes e apertou o botão Chamar outra vez, mas agora para um número diferente: aquele para o qual ela havia ligado na noite anterior, antes de sair do *flat* com Hester e Cai.

Três toques, seguidos por um silêncio cauteloso.

— Nicterísia segue o vaga-lume — disse ela, porque não havia necessidade de código Morse no momento. — Sou eu.

— Que, como ela, estava procurando uma saída — respondeu uma voz, e Jarrow Easterbrook suspirou de modo teatral. — Ainda infarto toda vez que você liga, sabe? Estou perdendo anos de vida aqui.

Ela não pôde deixar de sorrir. Ele nunca mudava, não de forma relevante.

— É bom ter notícias suas. — Devon espremeu o telefone contra a orelha. — As coisas estão se movendo, e bem rápido. Você pode me buscar em Traquair House, em Innerleithen?

— De quando estamos falando? Quão rápido é rápido?

Ela fez uma careta.

— Amanhã, aparentemente. Embora eu não saiba exatamente quando partiremos.

— Meu Deus, Dev! Um dia de aviso? Sério?

— Você teve meses para se preparar. — Ela protestou. — Certo, está bem, não é justo, mas é o que eu consegui. Ramsey está a todo vapor.

— Estou ferrado.

— Isso é um não? — Ela perguntou, sentindo uma onda de ansiedade repentina.

Um farfalhar. Barulho de papéis sendo revirados.

— Você está aí? — Ela perguntou. — Não tenho muito tempo...

— É tempo o bastante, eu consigo. — Ele respondeu. — Escute. Na junção onde o afluente Leithen Water encontra o rio Tweed, você encontrará um trio de ilhas ribeirinhas. Encontre-me lá amanhã de manhã.

— Um trio de *quê?* — Maldito seja seu romanticismo, ela pensou irritada. — Não podemos simplesmente nos encontrar na cidade?

— Droga, alguém está vindo, tenho que ir. — Ele desligou.

Devon pressionou o receptor desconectado, vacilando entre alívio e ansiedade. Tanto malabarismo a fazer, tantos objetos no ar. Foco no objetivo, ela pensou, com o peito apertado. Foco nos objetivos, não nos obstáculos. Nas necessidades, não nos medos.

Dois dias. Apenas dois dias.

Devon se levantou, pegou sua mochila e foi se encontrar com seus outros dois companheiros. O carro já deveria estar pronto.

O interior do pequeno Ford cinza tinha o mesmo cheiro do exterior de uma fazenda. Depois de alguns quilômetros, Devon se sentiu compelida a abrir a janela e colocar a cabeça para fora. O aroma de neve e floresta foi um alívio para seu nariz aviltado. No banco do motorista ao lado dela, Hester cantarolava enquanto dirigia rumo a uma estrada de terra sinuosa, evitando a rodovia. Ela insistira em dirigir, já que tinha sapatos e sabia para onde iam. Tudo bem por Devon.

A compra foi bem direta, e, se os fazendeiros acharam estranho Hester pagar em dinheiro, não reclamaram. Da mesma forma, nem Devon nem Hester reclamaram quando eles cobraram muito mais do que o carro valia. Tal como aconteceu com o quarto da noite passada, o dinheiro resolveu uma série de questões.

Enquanto eles se afastavam, ela olhou pelo retrovisor; os fazendeiros estavam fitando-as com as mãos na cintura e as cabeças inclinadas juntas. Devon se perguntou brevemente se o casal acabaria registrando uma queixa na polícia, então decidiu que, na verdade, ela não se importava.

Os quilômetros passaram, e Devon apoiou a cabeça no encosto, estranhamente cansada, apesar da boa noite de sono. Muita exaustão acumulada. Ela estava começando a cochilar quando a voz de Cai subitamente a despertou.

— Vocês ouviram isso? — Ele olhou pela janela do banco de trás, esticando o pescoço. — Parece uma moto vindo pela estrada.

Devon se endireitou, instantaneamente alerta.

— Onde?

— De que direção? — Hester perguntou. — Tem certeza?

— Na nossa frente! — Ele apontou.

Hester pisou no freio abruptamente, lançando os três contra os cintos de segurança, e colocou a cabeça para fora da janela para ouvir.

Devon também olhou para fora. A estreita estrada de terra estava vazia, entre campos verde-acinzentados e salpicados de ovelhas. E, cortando aquele silêncio bucólico, ouvia-se o ronco inconfundível de uma motocicleta. Ainda muito distante para ser vista naquela estrada sinuosa.

— À frente — disse ela. — Vindo em nossa direção.

Hester arrancou com o carro.

— Vocês dois se abaixem e ele provavelmente passará reto por nós. Rápido!

Cai se encolheu, os olhos fechados com força. O pequeno ponto cresceu, tornando-se uma mancha preta irregular, aumentando gradativamente de tamanho conforme os veículos se aproximavam um do outro. O cavaleiro estava claramente visível em sua motocicleta preta, ironicamente sem capacete, com seu terno elegante oculto por uma jaqueta.

Um dos cavaleiros de Ramsey, em busca deles. Ele estava aqui para uma chamativa perseguição de carro, assim como ela havia pedido. A voz dele ressurgiu em sua memória: *mantenha esse vivo, por favor. Estou cansado de limpar corpos, e cavaleiros não são infinitamente dispensáveis.*

Dane-se. Cada cavaleiro que ela conseguisse matar antecipadamente aumentaria suas chances de sair viva dessa confusão, e ainda melhor se isso a fizesse ser vista com bons olhos pelos Ravenscar.

— O que você está fazendo? — Hester sibilou, os olhos na estrada. — Abaixe-se!

— Não. — Devon avançou e forçou o volante à direita, atropelando o cavaleiro a cem quilômetros por hora com seu pequeno Ford cinza.

A motocicleta atingiu o carro em um ângulo inclinado com um baque metálico. Hester xingou e pisou bruscamente no freio. Devon machucou o peito com o impacto contra o cinto de segurança, suas estranhas batendo contra as costelas.

O cavaleiro foi arremessado sobre o para-brisa em um tornado de membros antes de cair no chão perto do lado do passageiro.

Um único momento de imobilidade atordoada, e então ele rolou, tentando se arrastar para longe. Sangue preto fluía de suas narinas e de uma cavidade ocular destruída. Uma de suas pernas estava dobrada em um ângulo não natural, e ele só conseguiu rastejar por alguns centímetros.

Devon soltou o cinto de segurança e escancarou a porta do carro com toda sua força. A porta atingiu a cabeça do cavaleiro com um baque surdo. A pancada foi mais do que ele conseguia suportar. Ele caiu de volta no chão, atordoado e inconsciente.

Hester gritou de frustração quando Devon saiu do Ford, ainda descalça, como ela estivera na floresta tantos anos atrás, fugindo e sendo caçada. Por um momento, ela ficou parada sobre o cavaleiro caído, uma indecisão espasmódica mantendo-a imóvel. Assassinato, assim como as roupas de segunda mão que ela usava, nunca parecia confortável.

Mas ela ainda se lembrava muito claramente do medo e do horror naquela sua primeira tentativa de fuga. Se os patriarcas tivessem exigido a morte dela, os cavaleiros a executariam sem o mínimo de hesitação.

Além disso, cavaleiro bom era cavaleiro morto.

Pescoços eram difíceis de quebrar, então Devon optou pelo mais fácil e, tirando a faca do cinto dele, cravou a lâmina no quinto espaço intercostal esquerdo. Direto no coração.

Ele nunca recuperou a consciência. Trinta segundos de inércia, enquanto a luz do sol de inverno lentamente aquecia a estrada coberta de gelo e o cavaleiro preenchia sua própria cavidade torácica com sangue. Ela deu um passo para trás, respirando pelo nariz.

— Finalmente encontramos a mulher que matou Matley Easterbrook. — Hester se encostou no carro. — Eu estava começando a me perguntar quando você iria se mostrar.

— E você? — Devon perguntou. — Quando *você* vai se mostrar?

O cavaleiro já estava se decompondo, a pele ficando fina, quebradiça e pálida como papel enquanto suas veias secavam. Linhas de sangue escuro traçavam padrões irregulares na carne exposta.

— Não perco meu sono por causa de um cavaleiro morto — disse Hester, ignorando a pergunta deliberadamente. — Mas, só para constar, não gostei quando você tomou o volante. Isso poderia ter dado diabolicamente errado.

— Perdão. Decisão de último segundo. Não foi justo da minha parte.

— Eu poderia apenas ter passado por ele. Não sei se essa dor de cabeça compensa.

— Ainda estamos a uma hora da fronteira. Ele poderia ter alertado os outros.

— Você não acha que um assassinato vai alertá-los?

— Não se eles não encontrarem evidências. — Devon pegou as roupas, sacudindo a massa de papel molhado de tinta. — Vou esconder as roupas e a moto. Eles notarão a ausência dele eventualmente, mas então já estaremos fora de seu alcance.

Hester colaborou adequadamente. Devon jogou um punhado de tecido manchado em uma vala no canto da estrada. Pegando a moto com as duas mãos, ela a arremessou em uma cerca. Era uma coisa pesada de se jogar, ainda que fosse divertido vê-la voar.

Cai, enquanto isso, observava-as do banco de trás com uma expressão que Devon não conseguia decifrar. Ela encontrou seu olhar brevemente, mantendo-o firme por alguns segundos antes de desviar. Ele já tinha visto coisa pior. O que era mais um assassinato em sua presença?

Por dentro, ela já estava ensaiando desculpas para Ramsey. *Eu não consegui impedi-la. Ela que estava dirigindo, porque a Família nunca me deixou aprender e também porque só Hester sabia nosso destino.* Claro, isso assumindo que ele fosse perguntar — porque ele nem teria a chance, caso tudo ocorresse de acordo com os planos dela. No momento em que ele pensasse em suspeitar de algo, Devon planejava já estar longe há muito tempo.

A ideia de talvez nunca mais voltar a ver o irmão deu-lhe uma repentina injeção de endorfinas e ela quase sorriu.

Hester sentou-se no banco do motorista.

— Acho que demos sorte de o Sr. Cavaleiro Voador aqui não ter quebrado o para-brisa.

— Eu sempre tenho sorte — disse Devon, fechando o cinto de segurança. — Essa é a sensação de ter sorte.

— Você é esquisita pra caramba, sabia? Meu Deus! Vamos para Innerleithen logo. — Hester passou a marcha e partiu, deixando a estrada deserta para trás.

Ninguém olhou para trás.

O EXÍLIO ANTERIORMENTE CONHECIDO COMO PRINCIPADO
CINCO ANOS ATRÁS

O príncipe ficou fora de si e, em seu desespero, caiu da janela da torre. Ele escapou com vida, mas os espinhos em que caiu perfuraram os seus olhos. Então, ele vagou completamente cego pela floresta, não comeu nada além de frutos e raízes, e não fez nada além de chorar a perda de sua amada Rapunzel.

— Hans Christian Andersen, *Rapunzel*

Devon achava que jamais amaria alguém tanto quanto amou Salem. Feridas se transformavam em cicatrizes, a pele se tornava mais espessa, rígida e protetora, ou assim diziam. Junto com outros clichês como "gato escaldado tem medo de água fria" e "o tempo cura todas as feridas".

Os clichês estavam errados.

Devon estava errada.

Quando a hora chegou, ela deu à luz seu segundo filho no sofá da sala de jogos da Mansão Easterbrook, porque mesmo depois de a bolsa estourar, ela optou por continuar jogando *Final Fantasy* durante as primeiras contrações. Apenas quando a dor aumentou a ponto de ela não conseguir mais segurar o controle na mão, ela permitiu que Jarrow fosse buscar ajuda. Àquela altura, ela estava deitada de lado e incapaz de andar.

E depois, quando seu filho recém-nascido estava em seus braços e abriu seus olhos inchados, o coração dela se abriu novamente como se ela não tivesse aprendido nada da primeira vez.

— Um menino — disse a tia mais próxima, e murmúrios de decepção acompanharam o anúncio.

Somente três tias moravam na mansão, entre quarenta adultos. Devon não sabia o nome de nenhuma e sequer trocara uma palavra com qualquer uma delas até agora. Elas compareceram ao parto mesmo assim, porque era o que se esperava que mulheres fizessem umas pelas outras.

— Um menino! Incrível! — Jarrow estava no canto da sala, mantido fora do caminho pelas tias irritadas. — Como você está se sentindo, Dev? — Ele soava como se tivesse 12 anos, e sua alegria empolgada o fazia parecer uma criança.

— Eu... me sinto... — Devon olhou para o montinho se remexendo aninhado em seu peito enquanto as tias se agitavam ao redor dela, tirando a placenta e limpando a bagunça.

O mantra, ela pensou. Não se importe, não crie vínculos, pense apenas em Salem...

Não funcionou. As palavras ensaiadas eram vãs; ela já estava apegada. De novo. A outra pequena criatura que ceifaria seu espírito quando ela a perdesse para as Famílias, só que desta vez as coisas eram piores, porque ele era um menino — que horror! — e poderia crescer para se tornar algo pior do que uma noiva: um cavaleiro, ou mesmo um marido. Ou ambos. Um agressor de mulheres e um caçador de princesas. E ela ainda o amaria, desesperadamente; lamentaria sua perda, infinitamente.

Pois aqui estava o que nenhum conto de fadas jamais admitiria, mas que ela entendeu naquele momento: *o amor não é inerentemente bom.*

Certamente, ele poderia inspirar bondade. Ela não questionava isso. Poetas diriam que o amor é a eletricidade em suas veias capaz de iluminar uma sala. Que é um rio em sua alma para levantá-lo e levá-lo embora, ou um fogo dentro do coração para mantê-lo aquecido. No entanto, a eletricidade pode te fritar, rios podem te afogar e o fogo pode te queimar; o amor pode ser destrutivo. Punitiva e fatalmente destrutivo.

E a outra coisa, o verdadeiro argumento decisivo de tudo isso, era que o bom e o ruim não eram distribuídos igualmente. Se o amor fosse um equilíbrio de luzes elétricas e de choques elétricos, dois lados de uma mesma moeda, então seria justo. Ela conseguiria lidar.

Mas não era assim que funcionava. Alguns amores eram apenas ruins, o tempo todo: um desfile interminável de ossos eletrocutados, pulmões afogados e corações que queimavam até virar cinzas dentro de seu peito.

E então ela olhou para seu filho e o amou com o tipo de sentimento complexo e retorcido que vinha de nunca tê-lo desejado, em primeiro lugar; ela o amava com amargura, e o amava com resignação. Ela o amava, embora soubesse que nada de bom poderia vir de tal vínculo.

— Dev? — Jarrow chamou novamente, trazendo-a de volta ao momento.

Ela caiu no choro.

Assustado com o barulho, seu recém-nascido abriu bem a boca e começou a chorar. De sua boca saiu uma língua tubular, enrolando-se e desenrolando-se fracamente.

— Ah, não! — A tia loira cobriu a boca com as duas mãos, como uma heroína vitoriana aflita.

As outras espiaram, seus rostos empalidecendo imediatamente. Uma discussão acalorada estourou entre as outras duas; algo sobre quem deveria informar "os homens" e quanto tempo elas deveriam esperar.

Com a visão turva pelas lágrimas, Devon se viu tentando enrolar a língua de seu filho aos prantos de volta em sua boca, como se ela pudesse esconder as coisas dele que outras pessoas achariam bizarras, tirá-las de vista. A língua tubular se enrolou ao redor de seu dedo como um fio de espaguete quente, e ele se aquietou imediatamente, a ação de mamar o acalmou, como qualquer outro bebê. Ela permaneceu imóvel, as lágrimas evaporando enquanto as tias discutiam atrás dela.

— Merda — disse Jarrow. — Matley vai ficar uma fera quando voltar. — Mas ele parecia mais preocupado do que enojado, e ela ficou grata por isso.

— Você pode culpá-lo? Que desperdício — disse a mulher mais velha. — Acho melhor eu contar para os cavaleiros. Mais um para seus cárceres de dragões. Pobre monstrinho.

— Eu não me importo com o que Matley ou qualquer outra pessoa pensa — disse Devon, e se deparou com rostos chocados. — Meu filho é lindo.

— Essa criança vai crescer para consumir mentes — disse uma das mulheres que estavam discutindo. — Nossa preocupação não é com a aparência dele, mas com o que ele vai se tornar!

— Pensei que não nos importávamos com humanos. — Devon rebateu. — Por que lhes incomoda se ele devorar alguns? E ele ainda não devorou ninguém. Ele é apenas um bebê!

— Eventualmente, ele vai desmamar e desenvolverá sua fome — disse a primeira tia, com as narinas dilatadas. — Dragões não se importam com o que devoram, nem com quem, desde que se alimentem. Seu filho devoraria *você*, se tivesse a chance.

— Redenção...

— Cura a necessidade, não a vontade. — Interrompeu a mulher mais velha. — Ele ansiará por mentes toda a sua vida, não importa quanta Redenção você dê a ele. Dragões nunca são seguros, nem confiáveis. Apenas lidamos com eles conforme o necessário.

— Ele ainda é lindo — disse Devon. — E ele ainda é meu. — O bebê voltou a chorar, não mais caindo na enganação de mamar um dedo, e ela o colocou para mamar no peito. Tudo isso eram coisas que ela aprendeu a fazer quando teve Salem. — Qual é o nome dele? Matley escolheu um? — Ele não mamava igual a Salem, e a sensação era estranha, mas ela poderia se acostumar com ela.

— Essa coisa não receberá um nome Easterbrook.

Devon virou o pescoço e viu Matley, que havia entrado silenciosamente e agora estava atrás dela. Ele vestia camisa e calças brancas, irritantemente chamativo naquela sala escura.

— Essa coisa não receberá um nome Easterbrook — disse ele novamente, ombros e pescoço tensos. — Vai receber o que os cavaleiros derem.

Um silêncio constrangedor tomou conta da sala, e Devon ficou rígida, ciente de suas pernas nuas molhadas de sangue, de seu peito nu e de seu rosto encharcado de suor. A presença de Matley, de alguma forma, tornou sua vulnerabilidade obscena. Ela se sentiu absurdamente como uma Eva pecadora diante de Deus, percebendo sua nudez pela primeira vez.

Jarrow abriu o zíper de seu moletom e o colocou sobre ela e o bebê, sussurrando:

— Aqui, não quero que vocês passem frio.

— Obrigada — ela sussurrou.

A tia mais velha estava falando.

— Mat, não é hora disso — disse ela, com as palmas das mãos juntas como uma falsa freira. — A garota não teve nem um momento de descanso...

— Não é hora? De um pai ver seu filho? — O desconforto distorceu o rosto dele.

— Que desperdício! Três anos que passarei alimentando e vestindo essa coisa, sendo extorquido pelos malditos Ravenscar. Apenas para os cavaleiros o levarem embora no final e usá-lo como um sustentáculo para seu próprio poder. O que aconteceu com os dias em que podíamos *escolher* o que aconteceria com nossos próprios dragões? Ele deveria ter morrido ao nascer.

Devon ficou muda de raiva.

Matley percebeu o olhar dela e estreitou os olhos.

— Pelo amor de Deus! — disse ele. — Seria tão difícil assim expelir uma menina? Você conseguiu uma para os Winterfield.

— O sexo é determinado pelo esperma do homem. — Devon retrucou, não conseguindo controlar sua língua, mas não importava, porque era a maldita verdade. — Não me culpe pelo seu fracasso.

Ele a esbofeteou com tanta força que por um segundo a visão dela escureceu. Ela caiu de volta contra o sofá, os braços ainda envolvendo seu filho. Seus ouvidos doeram com um som agudo que parecia talheres caindo em um chão de azulejo, e o barulho das tias gritando ao fundo não ajudava.

Matley travou as mãos em volta do pescoço dela. Devon deveria ter soltado seu filho para lutar, mas, em vez disso, ela o segurou com ainda mais força, preocupada que ele pudesse atacar o menino em vez dela. Ela já estava fraca e exausta pelo parto e agora nem conseguia respirar. O aperto e as dores irradiavam de sua garganta até o peito, a cabeça e o vazio atrás de seus olhos.

Jarrow avançou, apesar de sua estatura mais baixa e estrutura mais leve, gritando algo que ela não conseguia escutar porque seus ouvidos ainda zumbiam.

Matley se afastou para se defender contra seu irmão mais novo, e Devon se engasgou, ofegante quando ele a soltou. A última coisa que ela viu antes de desmaiar foram as tias Easterbrook se amontoando sobre os dois homens, tentando separá-los.

Muitas horas depois, Devon acordou em sua própria cama. A garganta dela parecia ter sido enfiada em um triturador de papel, e os inchaços em seu pescoço ardiam ao toque. Engolir se tornara um ato de bravura.

Pelo menos Matley tinha ido embora. Ela o odiava, possivelmente mais do que ela amava seus filhos, e podia sentir esse ódio crescendo nela assim como uma ventania se transforma em uma tempestade.

Ficou deitada um ou dois minutos e imaginou seu marido pendurado em um de seus lustres caríssimos por uma de suas próprias gravatas de seda, apenas para se irritar quando a fantasia não lhe trouxe nenhuma satisfação. O ódio estava perdendo sua força emocional, tornando-se uma coisa comum com a qual ela vivia, em vez de um tesouro que ela nutria.

Seu braço estava ficando dormente. Devon olhou para baixo e encontrou seu menino aninhado ao seu lado, dormindo profundamente na dobra de seu cotovelo. Ele não tinha machucado algum; perfeito, imaculado, intocado pelo surto de raiva de seu pai.

Ela libertou seu membro ocupado e se virou para ver Jarrow, que estava curvado no peitoril da janela de seu quarto, com um console portátil na mão. As palavras *GAME BOY* estavam impressas sob a pequena tela verde. Ele ainda não havia notado seus pequenos movimentos, mas ela também não havia notado os dele até agora; ele conseguia ficar estático quando focado em seus jogos.

Ela tentou dizer *olá*, mas a única coisa que saiu foi uma tosse. O ardor em sua garganta piorou.

— Você acordou! — Jarrow exclamou, virando-se. — Vou pegar algo para você beber. — Ele desapareceu no banheiro. De alguma forma, ele arranjou um copo, encheu-o na pia e levou água para ela, que bebeu e pensou que agora sabia como engolidores de espadas deviam se sentir.

Quando ela terminou, apontou para os hematomas no rosto dele. Precisava saber se ele estava ferido, e quão gravemente, por causa da briga com o irmão.

— Ah, não se preocupe comigo. Vou sobreviver. Mas escute, eu sei de um jeito melhor de conversarmos. — Ele pegou um livrinho fino e o estendeu timidamente. — Pode ser meio trabalhoso comer, mas, por outro lado, sua garganta levará semanas para sarar. Eu o trituraria para você se pudesse, mas então você não aprenderia nada comendo-o. Calorias vazias.

Devon passou o polegar no livrinho. Ele não tinha uma capa propriamente dita, apenas páginas impressas em um papel duro em que um título estava impresso:

CÓDIGO MORSE: Aprendizado e Prática
(Edição Revisada)

Ela ergueu ambas as sobrancelhas em educada confusão.

— Minha irmã, Vic. — Ele puxou o lóbulo de uma de suas orelhas, franzindo a testa com a lembrança desagradável. — Ela se interessava por código Morse. E também suspenses de espionagem, coisas de mistério britânicas. Costumávamos enviar mensagens quando crianças, brincando de James Bond. Era útil para nós.

O entendimento aflorou. Ele queria que ela se comunicasse de uma forma que imitasse a escrita, sem exigir escrever. Uma língua de sons que não precisava de voz. Devon sorriu e apertou a mão dele.

— Que bom que aprovou. — Jarrow trouxe uma tigela de água e, página após página, rasgou cada folha, umedeceu-as para amolecer e as entregou para que ela comesse. Nem muito molhada, nem muito picada; a informação ficaria inacessível para ela se ficasse muito danificada antes que ela a absorvesse.

O panfleto tinha um sabor efervescente, do jeito que ela imaginava que seria o gosto de estática. Não amargo, simplesmente neutro, ligeiramente metálico, embora não houvesse metal na tinta ou no papel. Ela comia devagar, aturando a agonia que engolir lhe causava.

— A propósito, tentar escrever os pontos e traços não funciona; nosso cérebro ainda registra isso como escrita, porque são apenas substitutos para letras — disse ele. — Mas dar toques funciona. Um tipo de trapaça.

Devon revirou os olhos.

<Maldito Colecionador e suas regras para nós> Ela fitou as pontas de seus dedos. <E dedilhar assim machuca os dedos>

— Ah, isso me lembra, quase esqueci. — Jarrow enfiou a mão em um bolso, pegou um dedal e o colocou no indicador dela. — Agora fica mais fácil, não é?

O gesto a espantou; era estranhamente íntimo, lembrava-a de um noivo colocando o anel em sua noiva, exceto que ela nunca tivera isso. As Famílias desprezavam anéis de casamento, uma vez que seus casamentos não deveriam durar. Mas era algo digno de contos de fadas do mesmo jeito. As princesas dos livros sempre faziam alguma coisa com dedais.

Ela pegou a palma da mão dele e dedilhou <Obrigada>

— Não é ótimo? Quão fácil foi isso? Quase tão bom quanto escrever! — O sorriso dele era a coisa mais brilhante que ela vira em anos. — Não há de que, a propósito. Mas vai um pouco mais devagar, estou enferrujado traduzindo código Morse na minha cabeça.

<Devagar. Certo> Ela se arrependeu da próxima mensagem, porque roubou o sorriso do rosto dele. <Onde Matley>

— Ah! Saiu de férias ou coisa assim. — Ele não a olhava nos olhos agora. — Ele vai te deixar em paz se você o deixar em paz.

Então essa era a linha que nem mesmo os Easterbrook permitiam um de seus filhos cruzar. Devon não tinha certeza se deveria se sentir aliviada por terem colocado limites ou furiosa porque o limite não era mais razoável. As duas coisas, provavelmente.

<Mas você está bem>

— Estou bem. Só brigamos um pouco.

Devon não acreditou nele. A luta deles pareceu bem mais séria do que uma simples briga. Ela começou a dedilhar, quando ele levantou uma mão para interrompê-la

— Ei, escute. Estou feliz por você ter acordado, porque, na verdade, vim aqui te entregar isso. — Jarrow colocou seu *Game Boy* no colo dela. — Ouvi dizer que fica bem tedioso cuidar de bebês. Isso pode mantê-la ocupada enquanto você amamenta e tudo mais, não é? Duvido que você vá muito à sala de jogos até sua garganta sarar.

O console estava nas mãos dela, mais leve e denso do que parecia.

<Mas o *Game Boy* é seu>

— Eu queria que você ficasse com o meu. Porque penso em nós como uma família verdadeira, não *a* Família. E irmãos, sabe, dão coisas uns aos outros.

<Vic era sua família também> ela dedilhou, depois de um momento. <Irmã biológica e irmã verdadeira>

Ele lhe lançou um olhar cauteloso, mas assentiu.

— Sinto falta dela. Ela teria gostado de você.

<Jarrow. Onde está Vic>

— Ela sofreu com os casamentos, os filhos. Assim como você. Ela não conseguia aceitar as coisas, arrumava confusão. — Ele suspirou. — Ela irritou Matley, e ele a mandou embora, no fim. As Famílias gostam de fazer isso quando as pessoas causam problemas: mandar morar em outro lugar, onde não tenham amigos nem redes de apoio. — Os olhos dele estavam vermelhos, mas ainda secos. — Eu ligo para ela de vez em quando. Mas não é a mesma coisa.

<Sinto muito> Seu pedido de desculpas pareceu idiota e banal em Morse. Mas pareceria idiota independentemente da forma que ela o comunicasse.

— Vic acreditou na mesma mentira sobre abaixar a cabeça e ver os filhos de novo. A verdade a devastou, quando ela descobriu. — A lareira elétrica iluminava os cachos dele como uma auréola. — Quando eu disse a você naquela época que eles não deixariam você ver seus filhos de novo, eu não estava tentando assustá--la. Estava tentando alertá-la. Mulheres podem viajar um pouco e ir às festas, mas ninguém deixaria as ex-noivas chegarem perto das mansões onde elas têm filhos

<Por isso você queria que eu fugisse com você> disse ela, repleta de amarga resignação.

— Sim.

O bebê acordou assustado e chorando. Devon o abraçou apertado para sussurrar palavras de tranquilização atemporais que ela havia aprendido com os livros, em vez de com sua experiência como mãe. Ele chorou um pouco antes de se aninhar em seu ombro, e ela o apertou, com a palma da mão na parte de trás de sua pequena cabeça felpuda.

Talvez ela devesse ser grata aos cavaleiros, porque, se eles não existissem para manter os dragões vivos, nenhum deles seria salvo. Mas não conseguia pensar em gratidão alguma diante de um cuidado tão rancoroso. Será que alguém abraçava um dragão criança quando ele tinha medo? Parecia improvável. Dragões eram criados em quartéis; isso era de conhecimento comum. Fora disso, as especificidades lhe eram desconhecidas.

Ela enterrou o rosto nos cachos escuros, buscando conforto no cheiro familiar. Este menino — levado embora. Nem mesmo para uma vida de relativo conforto e privilégio como a dela fora, ou como seria a de Salem, mas para uma existência que era inequívoca e categoricamente ruim.

Nos contos de fadas, as princesas têm tudo: amor verdadeiro, final feliz, seus filhos para cuidar e os monstros, bruxas ou ogros derrotados. A vida não funcionava dessa maneira. Ninguém escreveria um final feliz para Devon, e o universo não lhe devia uma filha. O melhor que ela poderia esperar era manter seu filho, ou então perder completamente as duas crianças.

Uma imagem preencheu sua cabeça, de uma Salem de 10 anos esperando desesperadamente no pátio dos Winterfield por uma mãe que não chegaria. Tornando-se cada vez mais melancólica com os anos por causa da traição e do abandono. Uma alternativa pior: Luton havia alimentado Devon com nada além de mentiras e Salem já havia esquecido que sua mãe existiu, como Devon havia esquecido a dela.

Pensar nisso doía. Doía em lugares e de maneiras que ela não conseguia colocar em palavras.

Mas não doía tanto quanto abandonar o menino em seus braços para um destino ainda pior. Ela tinha que escolher entre ambos, e a escolha era clara. Salem já estava perdida, graças ao fracasso de Devon. E seu filho precisava dela mais.

Quando ele estava aninhado em seu peito, ela começou a dedilhar na madeira. <Ajude-me>

Jarrow piscou.

— Ajudar você? Como? Com o quê?

<Ajude-me a levá-lo para a Irlanda. Como você ofereceu antes>

A boca dele abriu e fechou novamente.

<Eu sei que ele é um dragão e que isso muda as coisas, mas se pudermos roubar um pouco de Redenção e...>

— Ah, Dev. — As molas da cama protestaram quando ele mudou de posição. — Você escolhe os piores momentos, sabia?

Ela sentiu um baque de medo em seu peito. <O que quer dizer>

— Também estou sendo enviado para morar com os Gladstone — disse ele, parecendo cansado. — No mesmo chalé em que exilaram Vic, perto da casa principal. — Ele corou diante da expressão horrorizada dela. — Poderia ter sido pior. Eles iam me mandar para os cavaleiros, mas os cavaleiros não me aceitariam porque sou muito velho para ser treinado. Agradeço a *Deus* por essa misericórdia.

Mas ainda era culpa dela que ele estava sendo mandado embora, ela pensou, e se sentiu mal. Ele estava sendo punido por defendê-la de Matley, como Ramsey também já havia sido punido por seguir sua liderança. Se ao menos ela tivesse segurado a própria língua nas duas ocasiões!

<Você veio se despedir> disse ela, tomada por um súbito pânico crescente. <O *Game Boy* é o seu presente de despedida>

— Sim. Sinto muito. — Era a vez dele de pedir desculpas. — Eu falei sério quando disse que você poderia me procurar se mudasse de ideia, mas não posso fazer o que você está pedindo. Estou indo embora hoje. Eu não deveria nem estar aqui, mas não poderia partir sem antes saber como você estava.

<Mas por que me ensinar código Morse se você vai embora>

Alguém bateu à porta, chamando o nome de Jarrow; os dois se assustaram.

— Só um minuto. — Ele gritou por cima do ombro e então virou-se de volta para ela. — Porque você não pode falar, sua boba! Eu pedi para algumas tias comerem livros de código Morse também. Elas serão capazes de atender a seus pedidos e de cuidar de você durante as semanas seguintes, enquanto sua garganta sara, tudo bem?

Não, ela queria gritar. Não estava tudo bem. <Verei você de novo?>

— Definitivamente. Eu prometo. Só que talvez tenha que esperar até que, hum, seu filho tenha ido com os outros dragões. — O sorriso dele era fraco e triste. — Eu viajarei para encontrar você. Quando tudo isso passar.

<Mas isso será daqui a anos> ela dedilhou freneticamente <Vou passar muito tempo sem te ver>

— Eu sei. Eu... sinto muito, Dev. De verdade.

Tudo estava acontecendo rápido demais. Todas as suas portas estavam se fechando, todas as suas opções, se esgotando. Mesmo seu último recurso, uma fuga perigosa com um bebê a tiracolo, era um bote salva-vidas tirado dela, deixando-a à deriva. Ela estava prestes a ficar sozinha em uma casa hostil com um filho que ela não poderia manter. De novo.

A pessoa do lado de fora bateu mais forte, gritou mais alto e com mais impaciência.

— Droga. Preciso ir. — Ele se curvou para dar um abraço gentil nela, tomando cuidado com o bebê, e sussurrou em seu ouvido. — Escute, se você algum dia quiser abandonar as Famílias, com ou sem seus filhos, entre em contato. Eu te ajudarei se puder, eu juro.

Ela queria responder *como? Eu não posso escrever nem fazer ligações*, mas não havia tempo. Outro irmão Easterbrook colocou a cabeça porta adentro, dizendo:

— Vamos, cara. Não temos o dia todo.

— Tchau — disse Jarrow outra vez e partiu com o que restava da luz de Devon.

CASA DE SANTOS
DIAS ATUAIS

Embora eu ache a história do Colecionador completamente absurda, tenho dificuldades para formular uma teoria melhor. Fora os dentes, devoradores parecem idênticos aos humanos. No entanto, eles não podem se reproduzir conosco e têm órgãos estranhos, força extrema e visão noturna. Eles também consomem livros ou mentes, processando essas informações de formas que desafiam toda a biologia conhecida, e se decompõem de uma forma que sugere — ouso dizer — mágica.

Na verdade, a olho nu, eles são uma espécie profundamente mágica. E se eu devo escolher entre acreditar no Colecionador ou acreditar em mágica, então estou relutantemente inclinado a escolher a primeira opção.

— Amarinder Patel, *Papel e Carne: Uma História Secreta*

O pequeno carro cinza subiu as colinas floridas da Escócia e começou a traçar seu caminho por estradas sinuosas até a cidade de Innerleithen, logo abaixo. Devon, olhando pela janela, estava hipnotizada. Pântanos ondulavam por quilômetros em direção ao norte. Amontoados de nuvens corriam baixas através de um céu azul-prateado. Árvores retorcidas ocupavam encostas íngremes, e a neve cobria as pequenas casas de pedra. Havia margens amplas contornando um rio caudaloso, pontilhadas de pescadores otimistas — mesmo nesse clima! — usando roupas de borracha. Perfeitamente pitoresco, como um daqueles cartões-postais de lojas de caridade feitos para capturar a nostalgia britânica.

Ela descansou a cabeça contra o vidro frio.

— Os moradores dessa cidade sabem?

— Sabem o quê? Sobre a família que se mudou para uma velha mansão abandonada há alguns anos, reformou-a um pouco e agora tem uma cervejaria artesanal administrada localmente? Claro, eles sabem.

— Trabalhando em plena vista. Tática interessante.

— Não sei o que quer dizer — disse Hester. — Somos cidadãos cumpridores da lei, exceto por um pouco de evasão fiscal e alguma produção de drogas ilícitas, mas isso não é nada em comparação aos Winterfield e seu escritório de advocacia duvidoso ou aos Easterbrook e seu tráfico humano.

— Não posso discordar.

Eles passaram por um cruzamento depois de uma placa que sugeria virar à esquerda para encontrar a Escola Primária St. Rowan. Hester passou direto pela cidade, rumo ao extremo sul.

— Será que algum dia terei amigos? — perguntou Cai, com os olhos na placa da escola que desaparecia atrás deles. — Se eu tiver Redenção suficiente para viver sem fome?

Devon olhou para ele, surpresa, aquela figura pequena e intensa, tão precocemente inteligente e consciente para sua idade. A ideia de administrar as amizades dele, de ajudá-lo a navegar por situações sociais, parecia esmagadora. Mais ainda do que matar cavaleiros ou atrair humanos para casa.

Pensando bem, a própria Devon nunca teve amigos, brincava apenas com seus irmãos e primos. Como se *fazia* amigos? Como eles eram mantidos? Um mistério. E então o pensamento espontâneo: talvez ela descobrisse com Hester. Idiotice; ela não planejava ficar.

— Espero que você tenha amigos, onde quer que termine no final — disse Hester. — Você sempre terá que se resguardar contra sua fome, mas parece confiável o bastante com sua mãe. Tenho certeza de que pode aprender a conviver com outras pessoas sem apresentar riscos.

— Ah, tudo bem. Por quanto tempo ficaremos aqui? — perguntou Cai, sentando-se um pouco mais ereto. — Se Killock gostar da gente e nós dele, podemos ficar aqui para sempre?

— Um passo de cada vez — respondeu Devon. — Certifique-se de que Killock *goste* de nós. — Devon já sabia que ela não gostaria dele: uma combinação de instinto e uma vida inteira de experiência com patriarcas de Família.

O centro de Innerleithen ficou para trás, suas estradas lamacentas transformando-se de volta em florestas cobertas pela neve. Eles atravessaram o rio Tweed por uma longa ponte baixa. Devon não pôde deixar de vasculhar suas águas em busca de algum sinal das ilhas ribeirinhas, como Jarrow havia especificado. Sua visão não era boa o suficiente do carro para identificar tais massas de terra.

Cerca de 1,5km depois da ponte, eles se aproximaram de uma placa em estilo retrô que dizia TRAQUAIR HOUSE, com uma seta branca apontando para uma estrada menor.

— Chegamos, sãos e salvos — disse Hester. Ela seguiu a placa, saindo da estrada principal rumo ao terreno que era, presumivelmente, já parte de Traquair House.

Dirigiram lentamente por uma longa entrada, esculpida com gramados verdes e sombreada por árvores antigas. De um lado havia uma coletânea de construções menores, a maioria de madeira, e o que parecia ser um jardim bastante elegante de tamanho extraordinário.

Diretamente adiante havia um edifício branco, tão grande quanto qualquer mansão das Famílias. E mais fortificado, ela pensou; portões de ferro, postes de concreto, janelas pequenas. Uma casa que já vira conflitos. Havia uma longa história de embates entre a Escócia e a Inglaterra.

— Vocês não têm tanta segurança — Devon observou. — Não se preocupam que as Famílias poderão encontrá-los?

— As Famílias mal estão nos procurando. Na verdade, acho que ficaram aliviadas quando desaparecemos. Resolveu muitos problemas para eles. — Hester cruzou um par de portões de ferro, reduzindo a velocidade de seu Ford. — Quanto aos cavaleiros... mesmo que eles aparecessem, algumas trancas em portões não seriam suficientes. Não sermos encontrados é nossa melhor linha de defesa.

— Acho que sim. — Devon pensou em Hester na estação de trem, na precisão de seu revólver. Se o resto dos Ravenscar fossem ferozes como ela, então os cavaleiros teriam uma boa luta em mãos. — Tudo envolvendo seu clã parece complicado. Incluindo você e seu lugar nele.

— Você não faz ideia. — Hester estacionou no cascalho, puxando o freio de mão. — Hoje vou apresentá-la a Killock. Quando ouvimos pela primeira vez que você estava nos procurando, foi ele quem deu a ideia de trazer você até aqui e oferecer refúgio. No entanto, você terá que convencê-lo de que é confiável, segura e genuína. Você está disposta a responder às perguntas dele? Há algumas lacunas em sua história sobre as quais estamos curiosos.

— Se ele quer saber como escapei dos Easterbrook, então eu estou disposta a compartilhar — disse Devon, observando a poeira espiralar através de raios de sol. — Mas não estou pronta para falar sobre minha filha com estranhos. De qualquer jeito, são águas passadas.

— Tenho certeza de que vai dar tudo certo. — Hester soltou seu cinto de segurança e respirou fundo. — Escute. Quando entrarmos, você descobrirá coisas sobre mim que eu escondi. Por favor, entenda que eu nunca escondi a verdade com más intenções. Eu menti sobre mim apenas porque Killock me pediu para ser cautelosa. Sinto muito, sei que isso não faz sentido algum agora, mas muito em breve fará.

A nuca de Devon se arrepiou em alarme.

— Não estou gostando nada disso.

— Melhor nos apressarmos, eles saberão que estamos aqui e estarão à nossa espera. — Hester saiu do carro e atravessou a entrada rumo às portas pesadas.

Devon trocou um longo e preocupado olhar com Cai, que deu de ombros. Ambos saíram e seguiram Hester. Não tinha mais como voltar atrás.

Entrar em Traquair House parecia estranhamente familiar para Devon, como se ela já tivesse estado lá e já tivesse visto tudo aquilo antes. De certo modo, ela realmente já fora. Os Ravenscar se assentaram em uma antiga mansão, misturando tradições britânicas com necessidades de devoradores. O conjunto inteiro tinha muito a ver com as Famílias. Seja qual fosse a desavença com o finado pai, os costumes enraizados persistiam.

A casa em si carregava um legado de violência. Vigas de ferro cobriam uma sólida porta de carvalho, que Devon reconheceu como uma forma de reforço contra a invasão de soldados ingleses. Ela era antiga e forte o bastante para resistir a um ou dois golpes fortes de machado. Os corredores a surpreenderam: estreitos, de teto baixo, construídos em pedra caiada. Nada feito para a realeza ou majestade, apenas para a guerra. Uma série de sinos de serviço pendiam acima de uma das vigas, em diferentes tamanhos e tons.

Alguém havia montado um presépio na mesa de entrada, uma Maria desbotada ajoelhada diante de sua criança de madeira em sua pequena manjedoura. Estatuetas de animais estavam agrupadas ao redor. Os reis magos apareciam desajeitadamente em um canto, e José observava com reservas e um rosto inexpressivo apenas de um lado, pois seu rosto estava tão gasto que seus traços estavam lisos.

Um aperto tomou conta da garganta de Devon. A história tinha uma ressonância que a atraía, de uma mãe pária recebendo abrigo em lugares improváveis. Devon não era nenhuma virgem, Hester não era nenhum José e Cai dificilmente seria o próximo Messias. Ainda assim, o espírito da coisa se comunicou com ela do mesmo jeito.

— Hes! Pensei ter ouvido você voltar. — Um homem surgiu da sala mais distante, arrastando os pés para encontrá-los. Ele parecia estar na casa dos 60 anos e tinha ascendência indo-asiática, usando óculos grossos pousados em seu nariz e uma bengala sólida em uma mão. — Estávamos começando a nos preocupar, já que você ainda não tinha chegado. Vi você em todos os noticiários esta manhã.

— Sempre quis ser famosa — disse Hester com um sorriso irônico. — Lock está por aí? — A atenção de Devon foi completamente capturada pelo homem de óculos. Algo sobre ele era exageradamente familiar, e memórias urgentes tomavam conta dela.

— Killock está na sala de visitas com os outros. — O recém-chegado observou Devon, e ela notou o mesmo reconhecimento em sua expressão, sem nenhuma confusão. — É ela? A mulher Fairweather?

— Sim, mas ela não pode ficar para conversar — disse Hester. — Sinto muito, Mani, mas eu realmente preciso ver Killock primeiro.

Mani. Apelido de...

— Amarinder Patel, que escrevia histórias para a televisão — disse Devon sem pensar. — Você é o jornalista que foi até a Mansão Fairweather!

— Quem? — perguntou Cai, confuso, enquanto Hester o encarava em estado de choque.

— Sim, sou eu. — Mani parecia inabalado pela explosão dela, muito diferente do jornalista nervoso que Devon conhecera quando criança. — Quando comentaram sobre trazer *Devon Fairweather* para esta casa, eu me perguntei se seria a mesma garota que conheci há tantos anos, e aqui está você. O destino é mesmo imprevisível.

Devon estava de queixo caído. Quando percebeu, ela fechou a boca. Mais de vinte anos haviam se passado e mesmo assim ela conseguia ver, nas marcas da idade em suas feições, um vislumbre daquele jovem repórter de outrora.

— Como vocês se conhecem? — questionou Hester, perplexa.

— A Família dela é o motivo pelo qual eu vim para a *sua* Família — disse Mani, sem desviar o olhar do rosto de Devon. — Eu me deparei com a propriedade dos Fairweather muitos anos atrás enquanto investigava uma história para o jornal. Fui flagrado por uma Devon bem mais jovem e depois enviado à Mansão Ravenscar. E ainda estou aqui. — Ele deu um sorriso frio.

— Eu sinto muito — disse Devon, tomada de mortificação. — Eu não fazia ideia de como meu tio realmente era na época nem do que ele faria com você.

— Você era só uma criança. Eu não guardo rancor. Se não fosse você, outra pessoa teria me encontrado. — O rosto de Mani estava impassível, e ela não sabia dizer se ele realmente falava sério. — De qualquer jeito, estou aqui agora, entre esses... — Ele divagou, ajeitou seus óculos e olhou para as duas. — Ela sabe, Hester? Você já disse a ela o que você é?

— Me disse o quê? — perguntou Devon, enquanto Hester respondia simultaneamente:

— Não, ainda não. Pedido de Killock, para poupar detalhes.

— Do que todos estão falando? — Cai reclamou.

— Hum. — Mani tirou os óculos, limpou-os na camisa e os colocou de volta. — Melhor subirmos até a sala de visitas, eu acho.

— Concordo que seria melhor — disse Hester, parecendo tensa. — Meu irmão explicará tudo com clareza.

— Sigam-me, caso queiram. — Mani se virou e começou a subir as escadas.

Devon conteve uma resposta frustrada e o seguiu.

Mani os conduziu por uma escadaria curva de pedra, os degraus talhados gastos por séculos de uso, depois por outro corredor até um par de portas ornamentadas de onde vazavam risadas e conversas. Desse ângulo, era impossível ver dentro do cômodo.

— Por aqui. — Mani passou pela porta, sem esperar para ver se o seguiam.

Hester colocou a mão no braço de Devon.

— Cuidado com Killock. Fique atenta perto dele. — Ela tirou a mão e caminhou atrás de Mani, entrando na sala.

— Espere — disse Devon, disparando atrás dela. — Por que eu preciso...? — Ela parou abruptamente, imediatamente após entrar. Cai esbarrou nas costas dela.

Um caleidoscópio de luxo os recebeu. Tapetes vermelhos, vigas pintadas e mobília luxuosa; mesas repletas de livros. Pinturas em todas as paredes, da nobreza humana morta havia tempos. Uma lareira de mármore abrigava um fogo intenso. Havia um cravo aninhado discretamente em um canto, coberto de pinturas de floreios e frases em latim em seu corpo de madeira, enquanto um homem cujo rosto ela não conseguia ver tocava uma peça clássica elegante nas teclas do instrumento musical. No canto mais distante, um relógio de pêndulo marcava o tempo perdido.

Cerca de uma dúzia de pessoas estava reunida aqui. Todas elas estavam conversando e brincando, sua atenção voltada para conversas e jogos de tabuleiro. Presentes, bebidas e lembrancinhas ocupavam uma das mesas, junto com coroas natalinas de papel e cartas de baralho. Velas perfumadas queimavam e exalavam aromas de frutas e folhas de plantas congeladas.

Todos estavam comendo. Havia uma mesa repletas de livros, e eles abriam as capas duras para comer o papel macio de seu interior como quem abre a carapaça de uma lagosta; uma refeição para aqueles que podem consumir papel, mas que não têm dentes de livros. E as línguas: ela conseguia ouvi-las sibilando suavemente durante a conversa, o que a lembrava muito de Cai. Conseguia vê-las, espirais de carne em suas bocas enquanto eles mastigavam e falavam.

— Devoradores de mentes — disse Devon, estupefata. — Vocês são *todos* devoradores de mentes.

A conversa cessou quando a sala inteira se voltou na direção de Devon. Cai enrijeceu.

— Pessoalmente — disse o homem tocando cravo, e sua voz ecoou no silêncio —, eu sempre detestei o termo *devorador de mentes*. É deveras grosseiro e datado.

Devon estreitou os olhos.

— Então qual termo você prefere?

Mas foi Hester quem respondeu.

— Pessoas. Nós somos todos apenas pessoas.

Nós, ela disse, como se ela fosse um deles. Não *eles*. E Devon percebeu com um sobressalto que nunca tinha visto Hester comer um livro durante a jornada delas.

Nem uma única vez.

— Minha irmã diz *pessoas*, mas eu diria *santos*. — O homem diante do cravo finalmente se levantou, sem se esconder mais atrás de sua moldura envernizada. Alto, mas elegante, com cabelos escuros avermelhados presos em um rabo de cavalo apertado. Calças cinza, suéter de gola rulê cinza, olhos acinzentados.
— Bem-vinda de volta, Hes.

Devon ainda estava pasma com tantos choques seguidos. Cada um dos sobreviventes da casa Ravenscar era um devorador de mentes, incluindo Hester.

Mas como e por que havia tantos? As famílias não mantinham suas crianças devoradoras de mentes. Este era, afinal, o propósito dos cavaleiros: evitar que os devoradores de mentes vivessem livres e sem supervisão, com nada além de sua própria força de vontade para manter sua fome sob controle.

Ela tinha consciência de Cai apertando sua mão com força e apertou de volta.

Talvez os Ravenscar tivessem, de alguma forma, escondido seus filhos devoradores de mente, em vez de enviá-los aos cavaleiros, como todas as outras Famílias. No entanto, isso levantava outras questões. Onde estavam os devoradores de livros, por exemplo? Por que não havia *nenhum* devorador de livros entre eles?

— Feliz Natal, Lock — disse Hester, fazendo uma reverência respeitosa. Apesar da diferença na cor dos cabelos, ela e os outros Ravenscar compartilhavam uma forte semelhança. As mesmas linhas na mandíbula, os mesmos ombros largos. As mesmas mãos de dedos compridos e narizes ligeiramente arrebitados. — Tivemos uma jornada difícil e estou absolutamente faminta, mas trouxe mãe e filho com segurança.

E Devon, observando-a, foi tomada por outro pensamento incômodo. Se Hester era uma devoradora de mentes, onde estava sua língua? Como ela a tinha escondido?

— Eu notei. — Killock Ravenscar a fitou da cabeça aos pés. — Uma princesa Fairweather em carne e osso veio se juntar a nós em um exílio solitário aqui. *Até que o Filho de Deus venha* — murmurou ele cantarolando.

Com um enorme esforço mental, Devon deixou de lado o choque que sentiu e se recompôs. Ela ficou diante daquele olhar perfurante, claramente consciente de seus pés imundos descalços, de seu jeans rasgado com a barra suja de lama e de sua blusa amarrotada que fedia a três dias de suor e provavelmente a álcool. Muito distante da menina de unhas feitas que uma vez saiu de uma limusine branca em um vestido romeno impecável. Mas isso não era algo ruim. Ela era mais forte e mais sábia do que seu eu mais jovem, e homens estranhos não a assustavam mais.

— Se você vai me dizer que sou alta — Devon começou —, não precisa. Eu já sei.

Mani fez um som de engasgo. Hester respirou fundo.

Mas Killock só riu e estendeu a mão.

— Srta. Fairweather... posso chamá-la de Devon? Títulos são tão formais! Por favor, permita-me dar-lhe as boas-vindas a Traquair. *Sem* quaisquer comentários sobre sua altura.

— Que bom. Eu agradeço. — Ela apertou a mão dele, quente e seca como a de sua irmã. — Meu filho precisa comer antes de irmos a qualquer lugar. Eu vim aqui porque me disseram que ele poderia tomar Redenção e nunca mais precisaria se alimentar de humanos.

— Sim... seu filho. — Killock desviou seu olhar até ele. — Olá, meu jovem. Qual o seu nome?

— Cai Devonson. — Ele continuava meio escondido atrás de Devon. — Eu não tenho um sobrenome de Família porque sou um devorador de mentes, então Devon criou um para mim.

— Escolha interessante. "Cai" é um nome de cavaleiro, você sabia disso? Sir Kay, das lendas arturianas. Embora pronunciemos de forma diferente hoje em dia. — Killock se abaixou para ficar da altura dele. — Prazer em conhecê-lo, Cavaleiro Real que Não É um Cavaleiro de Família. Você se parece com sua mãe, se me permite dizer.

Cai apertou o *Game Boy* em sua mão.

— Não tem problema.

Killock pôs a mão no bolso, desenroscou a tampa de uma garrafinha de plástico e entregou a ele um comprimido mastigável.

— Redenção de presente. De meu próprio suprimento.

— Obrigado! — O rosto de Cai se iluminou quando ele pegou a pastilha do homem mais velho. Mas ele hesitou. — É verdade? Vocês são mesmo uma casa de... de...

— Uma casa de santos — disse Killock. Novamente com a estranha escolha de palavras; *santos* não era um termo que Devon teria pensado em usar. Ela pode amar seu filho, mas jamais o reverenciaria como um santo.

Hester, enquanto isso, ficou pensativa, com as mãos na cintura olhando para o chão. O alerta que ela deu antes para *ficar atenta* estava disparando na cabeça de Devon como uma sirene. Killock era gentil, educado, até charmoso, mas toda vez que ele falava ela sentia um arrepio na nuca. Havia algo oculto em tudo que ele dizia ou fazia, um tipo de intensidade que a desequilibrava.

Killock endireitou a postura.

— Tendo recebido você aqui, devo admitir que ainda não estou convencido de que posso confiar em você. Minhas experiências com as Famílias não foram boas. Escapamos para cá para vivermos nossas próprias vidas, e eu não posso permitir nenhuma ameaça a isso.

— Minhas experiências com outras pessoas não foram boas, ponto-final. — Devon achou que ele soava muito como um patriarca tradicional: aquela fala imponente, evocando algum tipo de nobre vitoriano. — Partilhamos de uma necessidade em comum e um inimigo em comum. Isso não tem peso nenhum para você?

— Com certeza tem. — Ele esboçou uma reverência que ela achou ligeiramente ridícula. — Admito que estou curioso para saber sobre a morte de seu marido. Além de você e de mim, nunca conheci outro exilado das Famílias.

— Se isso o tranquilizar, eu me disponho a explicar como Matley Easterbrook morreu e como eu fugi.

— Como ele morreu? — perguntou Killock, repentinamente sagaz. — Não como você o matou?

Hester inclinou a cabeça.

— Sim, como ele morreu. — Mantenha-se forte, mantenha-se calma, mantenha-se focada, Devon dizia a si mesma. — É uma longa explicação. Meu único pedido é que Cai fique em outro lugar. Ele não precisa ouvir isso.

Os irmãos Ravenscar trocaram olhares. Hester disse:

— Tudo bem pra você ser separada de seu filho?

— Se eu não responder à sua pergunta, terei problemas bem maiores — respondeu Devon. — E as coisas que contarei podem causar sérios incômodos a ele. Ele já sabe muito disso e não precisa me ouvir repetir.

— Não quero ouvir — disse Cai, levantando o *Game Boy*. — Eu quero jogar *Mario* enquanto vocês conversam. Não ligo de esperar. Eu espero o tempo todo.

O rosto de Killock assumiu uma inércia contemplativa.

— Como quiser. Encontraremos alguém para ficar com seu filho. Enquanto isso, vamos à biblioteca.

MONSTRO
CINCO ANOS ATRÁS

Há amor em mim de uma forma que você nunca viu. Há raiva em mim de uma forma que nunca deve escapar. Se eu não me satisfaço com uma dessas coisas, cederei à outra.

— Mary Shelley, *Frankenstein*

O dano físico sarou em algumas semanas, mas o dano psicológico perdurou. A visão de mãos, quaisquer mãos, fazia Devon sentir a garganta apertada, um gatilho estranho e altamente inconveniente do qual ela parecia não conseguir se livrar.

Como Jarrow havia prometido, as tias vinham todos os dias para ajudá-la com o recém-nascido. Devon dedilhava mensagens concisas, grata pela comunicação que ele lhe deu enquanto os tendões de sua garganta saravam lentamente.

Algumas semanas depois, quando ela voltou a conseguir falar, uma das tias veio informá-la de que Matley desejava vê-la.

— Ele sabe onde é o meu quarto — disse Devon, acalmando o choro de seu bebê. — Por que eu preciso ir a algum lugar?

A tia apenas balançou a cabeça.

— Ele deseja vê-la na sala de jogos.

Um calafrio percorreu o corpo dela.

— Quando?

— Agora mesmo, naturalmente.

Naturalmente, pensou Devon com amargura. Ela envolveu o bebê em um pano para carregá-lo estilo canguru, imaginando o tempo todo o que Matley queria com o refúgio pessoal de Jarrow, e seguiu a tia para outro lado da casa, até a sala de jogos.

Exceto que não era mais a sala de jogos. Uma nova placa de latão fora fixada na parede, com as palavras SALA DE CONTROLE gravadas. A porta estava aberta e algumas luzes piscavam lá de dentro.

Devon adentrou. O fedor de cabos, poeira e cromo tomou conta de seu nariz; o ar tinha gosto de estática. Alguém havia fechado as janelas com tábuas. O sofá que tinha sido seu lar durante a gravidez e o parto estava ausente, assim como as estantes, os consoles, as caixas de jogos, os controles, tudo.

Uma série de uns trinta televisores estranhos substituiu o centro de entretenimento, todos ligados com fios escuros e conectados em um grande console. Cada tela exibia uma imagem granulada diferente de vários locais da propriedade: campos, pomares, garagem, sala de jantar, bibliotecas. O corredor fora do quarto de Devon estava na tela do meio, mas não seus aposentos.

Ela foi tomada por uma sensação de desperdício por conta da adorável coleção de jogos de Vic, descartada como lixo. Nunca saberia o fim de *Final Fantasy* agora, e era estranho como pensar nisso a incomodava. Pelo menos o *Game Boy* foi salvo. Ele estava seguro em seu quarto, escondido embaixo da cama.

O bebê começou a se agitar, tirando Devon de seu estupor. Ela aquietou o menino, balançando-o para cima e para baixo.

— Aí está você. Atrasada como sempre.

Devon virou-se e encontrou Matley Easterbrook saindo do que antes era a pequena cozinha. O cômodo também fora convertido; a mesa havia sido retirada e os armários transbordavam com equipamentos elétricos sobressalentes. Mais nenhum mapa. Mais nenhum plano de fuga detalhado.

— O que é isso tudo? — perguntou Devon, com o bebê choramingando próximo de seu peito. — Por que estou aqui?

Matley cruzou os braços, as telas piscando projetavam padrões em seu rosto.

— Suponho que você saiba que seu filho está destinado aos cavaleiros.

Ela sabia bem demais.

— E daí?

— Perguntei a eles se buscariam o menino mais cedo — disse ele bufando descontente. — Mas eles não o querem. É muito jovem para viver de qualquer outra coisa além de leite e, aparentemente, é difícil dosar Redenção para bebês. Eles preferem que você amamente o máximo que puder.

— Por que eles precisam levá-lo, afinal? — perguntou ela, o desespero tornando-a ousada. — Talvez eu possa trabalhar para pagar os custos da Redenção. Meu tio pode estar disposto...

— Não é sobre custos — rebateu ele. — Devoradores de mentes não podem viver livremente sem ninguém para mantê-los na linha. Caso contrário, eles voltam à sua alimentação asquerosa. — Um leve estremecimento o percorreu.

Devon sabia disso, já sabia que era inútil perguntar. Ainda doía ouvir as respostas mais uma vez.

— Se você me deixar terminar... — ele continuou. — Eu a considero uma hóspede de risco, dado o seu histórico. Alguém sujeito a passar os próximos 36 meses planejando fugir. — Matley passou por ela, parando diante do console com suas várias telas. — Quero prevenir qualquer idiotice da sua parte informando que melhorei a segurança desta mansão. Melhorei *substancialmente.*

Ele apertou uma série de teclas. As telas se compilaram em uma só gravação de vídeo: a própria sala de controle, com Devon parada rigidamente no meio dela.

— É um sistema de segurança doméstico de última geração. Eu lhe dei a privacidade de seu quarto, mas a maior parte da casa está conectada e vigiada, assim como os portões, e eu sou o único que sabe o número de acesso a este console. Boa sorte tentando escalar para fora *desta* torre, princesa.

— Que gentil de sua parte pensar em mim. — O sarcasmo a manteve firme contra o choque. — Estou lisonjeada de ser digna de seu tempo.

— Isso não é só para você. Você não é tão especial assim — retrucou ele com sua mesquinhez habitual e deixou-se cair em uma cadeira giratória. — Eu ia melhorar o sistema de segurança de qualquer maneira.

Típico de Matley, pensou ela. Cada fragmento de satisfação tinha que pertencer a ele.

— Se você não precisa de mim para nada e não há o que fazer aqui, então eu vou dar uma caminhada. — Ela precisava pensar. Processar.

— Uma última coisa — disse ele, segurando um dedal. O dedal *dela*, aquele que Jarrow lhe dera para se comunicar. — Ainda precisa disso?

— Isso é meu. Jarrow me deu...

— Para se comunicar. O que agora você consegue fazer sem isso. — Ele esmagou o dedal entre o indicador e o polegar e o colocou deliberadamente sobre a mesa.

Devon fitou o disco disforme que havia sido um presente de Jarrow e apertou seu filho com força contra o peito.

— Você está livre para ir, a propósito — disse Matley. — Esteja ciente de que terá uma escolta sempre que sair de casa, pelos próximos três anos. Pense nele como um Jarrow substituto, certo? — Ele bufou. — Tente não agir de modo muito suspeito em suas caminhadas. Ele tem autorização para neutralizá-la, se necessário.

As palavras dele a fizeram gelar.

Como profetizado, um homem desconhecido a esperava no corredor quando Devon saiu da sala de controle. Ele era baixo, mas musculoso, e usava um enorme abafador de ouvido. Estava mastigando um chiclete de nicotina. Um humano e, portanto, certamente menos forte do que ela.

Mas ele também estava armado até os dentes com um *taser*, um cassetete e um *walkie-talkie*. E provavelmente com outras armas também, que ela não conseguia ver. Ela se lembrava muito bem da dor que *tasers* causam.

— Vamos dar uma volta, então? — E estourou uma bolha de chiclete fazendo um barulho alto.

— Não — disse Devon, e então se retirou para o seu quarto.

Abafa, esse era o nome dele, a seguiu até a porta, mas não entrou, nem se opôs quando ela fechou a porta com as travas. Ela ficou grata por isso, pelo menos.

Na privacidade de seus aposentos, Devon se encolheu na cadeira perto da janela para amamentar seu filho sempre faminto, tentando pensar.

A mansão dificilmente era um parque de diversões antes. Os Easterbrook, com seus servos e negócios ilícitos sórdidos, prezavam pela segurança. As melhorias de Matley apenas pioraram isso e vincularam tudo a ele pessoalmente — os códigos armazenados em sua cabeça, porque ele não poderia anotá-los nem se quisesse. Ele podia fazer isso porque, como Aike, era um patriarca, um papel que conquistou por meio de um sistema complexo de votação do qual mulheres não podiam participar.

Também não havia nada que ela pudesse fazer para mudar sua situação. O sistema era grande demais, vasto demais, tudo fora de seu alcance, e era impossível superar todos os obstáculos. Se ela fosse embora, eles a caçariam; se ela fugisse, seu filho morreria de fome sem Redenção; se ela o alimentasse sem as drogas, isso significava encontrar humanos para ele devorar e então vê-lo enlouquecer. E tudo isso baseado na suposição de que ela ao menos conseguiria escapar e, ainda por cima, sobreviver na sociedade humana com uma Família hostil à espreita.

Devon olhou para seu garotinho sonolento de rosto amassado, com um vento frio às suas costas, e decidiu que aproveitaria cada dia que tivesse com ele, até que esses dias acabassem. E então, quando finalmente viessem buscá-lo, esses cavaleiros, esses homens das Famílias, envoltos em sua própria arrogância e brandindo crueldade como armas, ela lutaria.

Seria o fim dela, mas talvez a morte fosse o único fim que ela tinha o direito a conquistar depois de todos os seus anos de covardia e subserviência.

O tempo voou nos dois anos seguintes. Devon inspirava dias e expirava noites, imersa no momento. Longas caminhadas pelo pomar misturavam-se com tardes ainda mais longas lendo ou comendo livros, tudo com um bebê ao seu lado. Ela atravessava seus minutos em um estado de atordoamento, porque sua vida era irrevogavelmente diferente, mas nada havia mudado.

Ela levava seu filho nas caminhadas, carregando-o em um xale trançado, como as mulheres romenas faziam no passado, em parte porque os Easterbrook relutavam em dar a ela até mesmo pequenas comodidades, como um carrinho de bebê, e também porque ela achava o xale mais conveniente. Abafa a seguia aonde quer que ela fosse, ou às vezes era outro homem humano armado, que ela chamava de Altão.

Enquanto ela perambulava, sempre acompanhada, mas perpetuamente solitária, Devon tirou um tempo para pensar em um nome, porque a incomodava continuar chamando seu filho de *o bebê*.

Ela nunca tinha dado um nome a ninguém antes. Tradicionalmente, as Famílias davam a seus filhos nomes que eram sempre tirados de locais na Grã-Bretanha, uma prática que sutilmente os diferenciava da cultura humana, ao mesmo tempo em que não exigia nada da criatividade que muitas vezes faltava à sua espécie. Mas como Matley não o queria, e ela já não gostava muito das Famílias, Devon decidiu dispensar esse costume. Ela faria um esforço para usar sua imaginação, tal como era.

Ponderou se a escolha deveria ter um grande significado ou qualquer tipo de significado. No fim, porém, ela não se incomodou com nenhuma pretensão e apenas escolheu *Cai* porque achou bonito. Também era curto, fácil de lembrar e não era um local. Bom o suficiente. Então ela elaborou um matronímico para o sobrenome. Cai Devonson — por que não? Esse serviria.

— Durma, Cai — sussurrava ela, balançando-o para dormir à noite, depois que seus vigias se retiravam e os sistemas de alarme eletrônico eram ligados. — Durma, pequenino. Você sonhará comigo quando eu partir?

As semanas se tornaram meses. A primavera se transformou no verão antes de minguar no outono. Cai crescia como um tumor. E, no segundo aniversário do menino, Devon começou a ter medo de seu filho.

Não que ela não o amasse; ela o amava. Havia infinitas coisas que ela amava sobre ele, como os caracóis escuros de seus cabelos, seus brilhantes olhos cinzentos e o tom quente de sua pele, alguns tons mais forte e mais escuro do que a dela. Perto dele, ela parecia praticamente pálida. Ela adorava o jeito como ele inclinava a cabeça de lado diante de cada novo objeto ou brinquedo e a força de sua risada, especialmente quando ele fazia algo perigoso, como pular de lugares altos.

O medo dela vinha de outras coisas. O jeito que ele podia atravessar um cômodo quase sem ser percebido por ela, ainda que seus próprios reflexos fossem sobre-humanos. Ele começou a falar muito cedo e sua primeira palavra foi *fome*. Ela achou isso fofo, até que ele começou a falar isso fitando a cabeça dela.

Às vezes, enquanto ela arrumava seus aposentos, comia um livro ou tomava um banho, Cai se aproximava dela com seus passos suaves e encostava a cabeça em sua orelha. Ele gostava de agitar sua língua desajeitadamente, como uma cobra.

— Não faça isso — disse ela, um pouco assustada.

— Fome! — Cai fez beicinho para ela. Ainda era um bebê, mas não seria para sempre.

Ele já sentia o desejo.

Devon decidiu que já era hora de pedir Redenção, e Matley relutantemente providenciou um pedido aos Ravenscar, por um alto preço. Ela tentou ignorar seu ressentimento velado.

Quando a primeira entrega chegou, Devon sentou-se na beira da cama e inspecionou os pequenos comprimidos no frasco de vidro. Sem rótulo, sem marca, algo feito de forma rudimentar; eles se desmanchavam muito facilmente quando manuseados, deixando um resíduo de pó em sua pele. Cheiravam a ferro.

No entanto, não havia alternativas. O segredo de como os Ravenscar faziam sua cura mágica, ou qual processo os levou a tal descoberta, era muito bem guardado. Famílias diversas tentaram encontrar sua própria cura, mas não tiveram sucesso. A maioria não sabia por onde começar. Como sempre, a imaginação limitada dos devoradores de livros não os ajudou.

Mesmo com Redenção, Devon não conseguia parar de se perguntar se o filho dela "lancharia" outras pessoas se ela permitisse. Se, de fato, ela poderia acordar uma noite e encontrar o rosto dele se aproximando do dela, com a língua mirando seu ouvido.

Mas ele chorou quando ela o deixou para dormir sozinho em seu berço, mais semelhante a uma gaiola; parecia tão profundamente infeliz que ela eventualmente o deixou ficar em sua cama. O que mais poderia fazer? Ele era apenas um bebê. Ela passou a ficar acordada muito tempo depois que ele adormecia, o corpo tenso em prontidão.

As estações se passaram. Tão pouco tempo! Ela tentou desfrutar de cada momento. Fizeram mais passeios, brincando na área externa sempre que possível.

Matley relutantemente providenciou mais Redenção enquanto Cai ia parando de tomar leite. Uma ou duas vezes, ele veio checá-los pessoalmente. Na primeira vez, não disse nada, apenas fitou Cai por um tempo antes de ir embora.

Na segunda vez, ele inesperadamente perguntou:

— Essa coisa te ama ou só quer te devorar?

— Se Cai algum dia decidir se alimentar de mim, você será o primeiro a saber — disse Devon docemente, o que foi o suficiente para fazê-lo recuar para fora do quarto. Mesmo para os devoradores de livros adultos, a repulsa a dragões permanecia forte. Eles não viram Matley novamente por meses depois disso.

Outra primavera pálida e solitária terminou. Devon a passou cantando e assobiando enquanto caminhava atrás de seu bebê errante, sempre entretida por ouvir Abafa bufando atrás deles. Outras crianças evitavam Cai; outros adultos evitavam Devon. Isso lhe caía bem. Ela achava difícil esconder seu desprezo por eles.

A vida dela se reduziu e se estreitou a uma sucessão de dias solitários de ventania passados sob as árvores do pomar ou nos jardins dos Easterbrook, fora da casa em praticamente em todos os climas. O aniversário de Cai passou despercebido por todos, exceto por Devon, que cantou "Parabéns" para ele e fez animaizinhos de papel para ele brincar, usando páginas que ela arrancou de alguns livros. Ele riu de alegria e ela quase chorou pensando nas festas luxuosas de Salem. Salem era uma prisioneira, mas uma bem tratada, e seus aniversários eram bem-vindos e comemorados, diferente dos de Cai.

O inverno se intensificou na época das festas de fim de ano. A véspera de Natal passou, uma grande festa com presentes, luzes e risadas. Devon não foi convidada, nem Cai, o que o deixou triste. Ele observava tudo do corredor com lábios trêmulos, com idade suficiente para entender que o mundo deles o havia excluído.

— Faremos um Natal do jeito certo quando você for mais velho — ela prometeu, levando-o para longe dos cômodos de onde eles haviam sido excluídos. Uma promessa vazia, mas ela não suportava vê-lo chorar.

— Fome — disse ele, infeliz, e fungou para ela.

Fome era algo que ele dizia bastante, mesmo quando já tinha tomado Redenção o suficiente. Mas Devon sabia que ele não se referia à comida nesse caso, nem mesmo ao desejo sobrenatural de um devorador de mentes. Ele ansiava por algo menos tangível, mas igualmente crucial: um antídoto para a solidão. Ele ansiava, mesmo naquela época, pela companhia e pela aceitação de outras pessoas.

Infelizmente, Devon não tinha nenhum comprimido para isso.

A manhã de Natal a despertou com o som de granizo caindo na casa. E o de um motor de carro acelerando na entrada. Ela cambaleou para fora da cama e foi até a janela. O carro de Matley estava chegando. Ele saiu, discutindo indistintamente com alguém em um celular, e olhou para cima, direto do pátio lá embaixo, apontando para a janela dela.

Devon deu um passo para trás, alarmada por nenhuma razão que ela conseguisse identificar. Algo na expressão dele tinha um quê de fúria, além de seu desprezo corriqueiro. Seria hoje o dia em que levariam seu filho?

Cai sentou-se na cama e disse calmamente:

— Mamãe, estou com muita fome.

Ela olhou para ele, desviando o olhar da janela.

— Eu sei, querido. Mas estamos sem Redenção, então você terá que esperar um pouquinho. Não vai demorar, Matley disse que, com certeza, chegaria um lote hoje.

Frustrantemente, o pedido mais recente de Redenção havia sido inexplicavelmente atrasado por quinze dias, e o último comprimido de seu pedido anterior havia sido usado ontem.

— Fome *agora*. — Aqueles olhos cinzentos brilhavam escuros, sua pele mais pálida do que o normal. A língua probóscide lentamente se desenrolou de sua boca, depois se enrolou de volta.

Devon engoliu em seco. Ela nunca achara seu filho repugnante, nem mesmo um pouco — até aquele momento. Teve uma ideia sobre o que os outros devoradores de livros viam nele, e sua própria reação a envergonhou.

— Tenha paciência — pediu ela, esperando soar animada. — A qualquer momento Matley vai trazer algo para você comer. — Ela nunca havia chamado aquele homem de *seu pai*, jamais.

Cai olhou para ela com muito mais intensidade do que qualquer menino de três anos deveria ter. As íris dele se escureceram até ficarem pretas, as pupilas e o branco dos olhos parecendo encolher.

Devon começou a se vestir, trocando seu pijama por um vestido longo de linho e tendo dificuldades com os laços, como sempre. Ela tinha acabado de trançar seus cabelos quando alguém bateu à porta, provavelmente para trazer a tão necessária Redenção.

— Só um minuto! — Ela abriu a porta.

Do outro lado estava Matley Easterbrook, acompanhado de Abafa e Altão. Os três carregavam cassetetes.

— Vim te desejar Feliz Natal, princesa. — Seu marido entrou, seguido de perto pelos dois homens. — Ou talvez eu deva dizer *adeus*, já que hoje é o seu último dia aqui.

Cai disse, fazendo beicinho e mal-humorado:

— Comida? Comida agora?

— O quê? — Ela se afastou dos três homens, mantendo o filho atrás dela. — Os cavaleiros não deveriam vir até o ano-novo...

— Houve uma mudança de planos. — Matley avançou em direção a ela. — Os Ravenscar se foram, acabaram. Não há mais Redenção.

— Comida. — Cai repetiu, com um mau humor crescente. — Mamãe. Mamãe, estou com fome! — Ele fez cara feia para Matley, que o ignorou. — Onde comida?

— Se foram? — perguntou ela, incrédula. — Como diabos uma mansão inteira de uma Família apenas desaparece? O que aconteceu com eles?

Altão riu. Abafa deu um sorriso irônico.

Matley os encarou até eles fazerem silêncio e, então, voltou-se para ela.

— Olha, isso não importa, certo? Não é assunto de mulheres, você não entenderia — ele acrescentou, e ela notou, pelo tom constrangido e afiado, que nem mesmo Matley sabia. — A questão é que não haverá mais Redenção, nunca mais.

— Não haverá mais Redenção? — ela ecoou, aterrorizada. — Mas...

— Cale a boca e escute — disse ele. — Os cavaleiros estão um caos, provavelmente se dissolvendo. Ninguém mais precisa ou quer seu pirralho, e eu com certeza não consigo alimentá-lo, então acabou. Volte sem causar problemas para a Mansão Fairweather e não te farei assistir enquanto eu coloco essa coisa para dormir.

Coloco essa coisa para dormir. Seu menino adorável, risonho e solitário. Como um cão doente. Ele nem chegaria a ser um dragão: aquele último e horrendo resquício final de *pelo menos ele estará vivo e cuidarão dele*, e nem isso permitiram que ela tivesse.

— Fique longe dele. — A fúria sobrepujou seu medo. — Se você não vai cuidar dele, eu vou, mas *não* vou deixar você matá-lo.

Matley a acertou com o cassetete.

Devon cambaleou para o lado. Ele a atingiu novamente e ela caiu de costas contra a lareira, um granito afiado atingindo-a na têmpora. Um calor tomou conta de seu crânio.

Os outros dois homens se aproximaram e os três formaram um triângulo estreito, olhando para sua silhueta caída com a cabeça sangrando.

Devon tentou rolar para o lado. Abafa pisou em seu ombro, imobilizando-a no chão.

— Fome, fome, fome! — bradou Cai prestes a dar um chilique, suas mãozinhas fechadas em pequenos punhos.

— Parem de palhaçada e amarrem-na logo. — Matley se curvou e levantou um Cai assustado pela nuca. — Eu cuido do dragão.

Errados; eles estavam errados. Esses homens chamavam seu filho de dragão, mas *ela* era o único dragão naquele quarto. O calor de seu crânio machucado não era nada comparado ao calor que tomou conta de seu peito. Cai gemeu, e ela estava cuspindo raiva.

— Não se mova, beleza? — Abafa inclinou-se para perto dela. — Sua...

Devon expôs seus dentes de livro e avançou na garganta dele.

O sangue banhou sua língua, doentio e amargo, não doce como tinta. Sua carne era uma coisa úmida, mole e viva, não tinha a secura morna de couro ou papel; os ossos de seu pescoço rolavam como bolinhas de gude em sua boca. A raiva efervescente guardada por 26 anos estava pulsando em suas veias, e, com a mandíbula travada, Devon *puxou*.

O esôfago de Abafa se soltou. Assim como metade da pele de seu rosto. Ele gorgolejou e caiu como um fantoche sem cordas. O sangue dele foi borrifado no peito dela como um batismo quente e pegajoso.

— Minha... — disse Matley, ofegante, afrouxando o aperto em Cai. Altão estava ao lado dele, petrificado de choque.

— *Fome!* — Cai se contorceu no aperto de seu pai e prendeu a boca no ouvido de Matley.

Matley vociferou uma enxurrada de palavrões, mas Cai continuou preso, extraordinariamente forte para uma criança de sua idade.

Devon não conseguiu ver o que aconteceu, mas conseguiu ouvir: um leve estalo quando a língua probóscide se projetou para a frente, perfurando o tímpano de Matley até seu cérebro.

O cassetete caiu de seus dedos rígidos, rolando no chão até bater nos pés de Altão, que gritou e não fez nada além de segurar seu cassetete com mais força, estático de horror.

— ...ung. — Matley caiu no chão como se todos os tendões de suas pernas tivessem sido cortados simultaneamente, as mãos se fechando por reflexo rumo ao menininho, que ainda estava pendurado em seu pescoço. Cai se aninhou perto da cabeça de seu pai, com os olhos semicerrados como uma criança embriagada de leite. As mãos fechadas começaram a relaxar, e então ficaram estáticas, caídas para os lados.

Matley caiu na poça crescente de sangue de Abafa.

Era demais para Altão. Ele gritou e saiu correndo porta afora.

Devon não podia deixá-lo fugir e saltou como um gato. Um gato ensanguentado, seminu, de 1,80m. Ela o derrubou com um golpe de lado e eles caíram juntos, ele esparramado de costas e ela em cima de seu peito.

— Monstro! — urrou ele, seus punhos a golpeando inutilmente. — Monstro maldito!

— *Sim* — disse Devon, e estraçalhou a garganta dele como um livro de bolso barato.

PAI, FILHO E ESPÍRITO SANTO
DIAS ATUAIS

Não é justo e não é certo. Não somos pessoas também? Todas as Famílias são família. O Colecionador fez a todos nós, cada um para nossos propósitos, ainda que não os sigamos mais tão estritamente. Não somos nem mais nem menos dignos de compaixão ou do direito a uma vida livre do que os devoradores de livros. Por que devemos viver trancados?

Weston deve concordar em nos libertar. Dar-nos os segredos da Redenção, permitir-nos emancipar os outros dragões. É o mínimo que merecemos.

E, se ele não concordar, farei o que for necessário. Custe o que custar.

— Killock Ravenscar, diário pessoal

Os irmãos Ravenscar estavam na luz cinzenta de inverno da Primeira Biblioteca, com Mani silenciosamente ocupando o canto mais distante. Todos os três ouvindo em perfeito silêncio.

Devon estava sentada com as mãos entre os joelhos, olhando pelas janelas. O labirinto do jardim de Traquair preenchia a vista da janela, escuro e carecendo de poda. Mesmo sob o Sol brilhante de inverno, ele se parecia com a vida dela, emaranhado e cheio de becos sem saída.

Na quietude total, Killock disse:

— E depois? Como você escapou do recinto?

— Depois que Cai devorou a mente do pai dele, encontrei as chaves de Matley, esvaziei seu cofre pessoal e dei o fora de lá. — O olhar dela divagou, observando a sala. Sombras brincavam através de fileiras de livros antigos em prateleiras de carvalho. A escuridão lhe acalmava os olhos, tapetes espessos acolchoavam seus pés descalços. O cheiro de papel envelhecido suavemente e de madeira quente os envolvia.

Ela sentia falta desse tipo de casa, pensou, e sentiu-se desgostosa. Anos querendo se livrar das Famílias e de suas mansões, mas aqui estava ela, deleitando-se naquele ambiente. Uma vez princesa, sempre uma princesa.

— Os Easterbrook não a perseguiram? — Mani pegou um bloquinho de anotações e começou a escrever.

— Eu tomei o carro antes que qualquer um deles soubesse o que estava acontecendo — respondeu Devon, afundando novamente em sua cadeira excessivamente confortável — e consegui chegar à estação de trem. Pegamos um trem aleatório e fomos parar no sul. Levou um tempo até os cavaleiros começarem a nos rastrear.

Hester pegou um bloco de anotações e um lápis da escrivaninha, mas, ao contrário de Mani, ela não estava fazendo anotações. Devon, observando aquele papel branco, ficou surpresa ao perceber que ela estava desenhando algo; árvores e folhagem, algum tipo de cerca viva. A vista dela da janela.

— Interessante. — Killock enrolou e desenrolou sua língua como uma serpente. — Mas consumir a mente de um devorador de livros não é o mesmo que consumir uma mente humana, devido à vasta quantidade de informação que devoradores de livros podem reter. Essa é uma experiência que nos transforma. Como seu filho aguentou isso, ainda tão jovem, sem sofrer um severo trauma psicológico?

— Ele não aguentou. Depois de algumas horas, Cai estava quase em estado vegetativo. — Sacudindo-se, tremendo, balbuciando para si mesmo. — Conheci uma mulher no parque com um bebê. Eu os vi e tive essa ideia... sabe, porque a mente de um bebê é tão vazia, tão pequena e... — Devon juntou suas mãos, apertando-as com força. — Não havia mais ninguém por perto. Nocauteei a mãe e dei o bebê para Cai. No estado em que ele se encontrava, não se opôs. Não tenho certeza se ele se lembra.

E isso, mesmo esse horror, não era a verdade inteira. Mas ela não conseguia falar a verdade a mais ninguém. Ainda não.

A voz de Hester fez as palavras flutuarem, suave e tranquila.

— O que aconteceu com o bebê? — Ela segurava o lápis perfeitamente estático, posicionado diante do bloco de papel.

— Devolvi para a mãe. A coisa toda levou uns dez minutos e ninguém mais percebeu.

Não foi exatamente o que aconteceu — o contexto era diferente —, mas o fato básico é que ela destruiu aquele bebê antes de devolvê-lo.

A criança havia perdido todos os seus marcos de desenvolvimento, por não demonstrar emoções ou personalidade e nem fazer tentativas de se comunicar. Todas as coisas que Devon tinha tanto prazer com seus próprios filhos jamais aconteceriam com aquela mulher. Dez minutos para arruinar toda uma cadeia de vidas.

Cai nunca mais a chamou de "mamãe" desde aquele dia, e Devon não insistiu. Ela entendia perfeitamente. Biologicamente, ela era sua mãe e sempre seria, mas emocionalmente eles se tornaram algo mais próximo de parceiros no crime, abusadores mútuos presos em uma codependência.

De qualquer modo, *mãe* parecia um título que ela não merecia mais ouvir de ninguém.

— Esses eventos aconteceram por nossa causa. Nós somos os catalisadores — disse Hester finalmente. — Nossa decisão de ir embora deve ter acabado com os cavaleiros, desencadeando a matança de qualquer dragão bebê ainda vivo.

— Eu não sou responsável pelas ações dos outros — disse Killock friamente, passando um polegar em seu queixo. — Não sei ao certo o que você queria que eu fizesse, Hes.

— Que tivesse dado às outras Famílias o segredo para fazer Redenção, como prometeu, para começar. Talvez...

Killock pigarreou. Sua irmã corou e ajeitou a blusa deliberadamente. Devon os ouviu com um leve espanto. A libertação de outros devoradores de mentes fora o objetivo original por trás do golpe de Killock? E, se sim, por que ele não fez o que prometeu? Algo ali deve ter dado errado.

— De acordo com o que você nos contou, você e seu filho estão há uns dois anos em fuga? — perguntou Mani, chamando a atenção de todos. — As Famílias se importam tanto assim com uma mulher infértil e uma criança que nem conseguem alimentar?

— Boa pergunta. — Killock se virou na direção oposta de sua irmã.

— As famílias não se importam nem um pouco comigo, e os cavaleiros, no momento, estão quase extintos. — Ela estava claramente ciente de que estava pisando em ovos. Alguma ênfase errada e ela causaria suspeitas, o medo justificado deles de que, de fato, os cavaleiros estavam procurando os Ravenscar. — Os cavaleiros que me caçam estão nisso por uma questão pessoal. Um dos cavaleiros é um dos meus irmãos.

— Seu irmão é um cavaleiro? — Hester colocou seu bloco de papel sobre a mesa e se inclinou para a frente na cadeira. — Os homens na estação...

— Você não o matou — disse Devon, sem conseguir esconder a tristeza na voz.

— O que é uma pena. Ele é do alto escalão do que resta dos cavaleiros. Eles estão agindo sozinhos, sem o apoio das Famílias.

— E os dois anos? — perguntou Killock. — É um longo tempo na selva, por assim dizer. Por que esperar tanto para nos procurar?

— Eu não esperei, só levei muito tempo para descobrir de verdade o que havia acontecido com os Ravenscar. Vocês não são fáceis de encontrar! Nem mesmo as Famílias conseguiram achar vocês. E eu não sou exatamente bem-educada nas políticas entre casas.

— Isso é um campo minado — murmurou Mani, com seu lápis em ação.

— Passando dificuldades, aprendendo a matar por seu filho, procurando freneticamente quaisquer sinais de nossos fornecedores de produtos químicos, tudo isso enquanto foge de um velho inimigo. — Killock passou o dedo em uma estampa no braço de sua poltrona e sua unha se prendeu em um fio solto. — Isso é bastante coisa para suportar, Devon da Mansão Fairweather. Outra pessoa teria abandonado a criança e aproveitado a oportunidade para conquistar a própria liberdade.

— Não preciso de liberdade para mim. Apenas para Cai. — Ela não havia se esquecido de Salem, mas não era a hora nem o lugar para falar sobre sua filha. — Se eu conseguir melhorar a vida dele, já estarei satisfeita.

— Muito otimista, embora eu não possa culpá-la por isso. — Ele se recostou de volta na poltrona, que rangeu sob seu peso. — Algo mais que deseje compartilhar sobre suas aventuras, Devon? É um convite, claro, não uma exigência.

Algo mais? Bem. Ela poderia contar a eles sobre o alívio que o álcool trazia conforme os meses se arrastavam; sobre os sonhos repletos de culpa e a bússola com a foto de Salem que pesava mais do que grilhões. Sobre todas aquelas noites em pé sobre a silhueta de seu filho dormindo enquanto pensava em estrangulá-lo, e então se contendo. Sobre as vítimas descartadas que ela carregou, uma a uma, para uma série de abrigos de sem-teto ao longo de meses.

Mas se Devon falasse sobre qualquer uma dessas coisas, então teria que falar sobre como realmente poderia se acostumar com qualquer coisa, com tempo e motivação suficientes; como seus crimes rapidamente minguaram de horríveis e extraordinários para uma faceta de sua realidade cotidiana.

Em algum momento ao longo da conversa, ela percebeu que era assim que os Easterbrook conduziam seu tráfico de pessoas sem um pingo de remorso; era assim que os patriarcas desprezavam o sofrimento e a subserviência das noivas-mães que eles destruíam; era assim que humanos podiam continuar existindo em uma infraestrutura de miséria. O trauma tornou-se rotineiro e a crueldade tornou-se mundana. A vida é assim, não é mesmo?

Da mesma forma, seu amor obscenamente egoísta havia se tornado uma luz-guia. Ela não se importava mais com ninguém além de seus filhos e Jarrow. Qualquer preocupação que tivesse consigo mesma era apenas como um meio de ajudar Cai. Por amor, ela usaria o Cavaleiro Ramsey como uma arma para se libertar das Famílias e não olhar para trás. Desde que seu filho fosse preservado.

No entanto, nada daquilo era algo que Killock precisava saber.

— Só uma coisa a acrescentar — disse Devon, porque queria quebrar o silêncio. — Compartilhamos o mesmo pecado e a mesma raiva. Eu apostaria meu braço esquerdo que você nunca, em toda sua vida, conhecerá alguém que entende tudo o que você passou tão bem quanto Cai e eu entendemos. Podemos não ter nascido sob o mesmo teto, mas somos família de certo modo. Não acha?

Hester pôs a mão no pescoço.

— Eu nunca falei sobre o que passamos — respondeu Killock em um tom suave. — Tem certeza que temos tanto assim em comum?

— Eu posso colocar os pingos no is — disse Devon. — Acho que os Ravenscar têm mantido suas crianças devoradoras de mentes em oposição aos costumes das Famílias porque há muitos de vocês aqui. Da mesma forma, não há devoradores de livros nesta casa. — Ela se recostou contra a poltrona estofada. — Também acho que o "golpe" foi mais uma guerra civil. Devoradores de mentes Ravenscar contra devoradores de livros Ravenscar, algo do tipo. Parece que você queria libertar outros devoradores de mentes. Ao dar-lhes Redenção? — Ela deu uma olhada rápida na direção de Hester. — Algo que seu patriarca se recusou a fazer.

— Acertou em cheio. — Killock sorriu. — Permita-me fornecer algum contexto, por favor. Depois que meus predecessores desenvolveram Redenção, os patriarcas pararam de matar minha espécie no nascimento. Eles decidiram que nossa vida tinha algum valor. Afinal, somos capazes de escrever, uma habilidade cada vez mais importante em um mundo moderno que exige papeladas e alfabetização. E podemos roubar identidades em um piscar de olhos, se necessário. A única questão era como equilibrar nossa utilidade contra nosso perigo inerente aos outros.

— Eles não confiavam em nós para que vivêssemos sem supervisão — disse Hester, cruzando e descruzando seus calcanhares energicamente. — A fome sempre seria uma tentação, mesmo quando podemos sobreviver de livros, assim como você. Suponho que centenas de anos de medo não são facilmente superados. Os cavaleiros já existiam para arranjar e escoltar os casamentos, então os patriarcas acrescentaram a guarda dos "dragões" aos seus deveres.

— Os patriarcas temiam nosso poder — interveio Killock — e temiam uns aos outros fazendo mau uso de nosso poder. Os cavaleiros, por não serem uma Família, no sentido habitual, foram os únicos autorizados a nos "criar".

— Talvez eles não estivessem errados em sentir medo — disse Hester calmamente, e então se encolheu diante do descontentamento silencioso de seu irmão.

— Mas aqui estão vocês dois — disse Devon, gentilmente interrompendo a rixa. — Então, em algum lugar ao longo do caminho, os Ravenscar devem ter ignorado essas ordens e parado de mandar crianças para os cavaleiros.

— Correto — respondeu Killock, ainda de cara feia para sua irmã. Ele claramente não gostava de ser contrariado. — Meus predecessores optaram por manter suas crianças *especiais*, uma decisão que tornou nossa Família rica e bem-sucedida. Ao longo das décadas, nossos números cresceram significativamente.

O que era exatamente o que os patriarcas não queriam, pensou Devon.

— E os cavaleiros simplesmente permitiram isso? — A maldita ironia disso tudo.

— Não exatamente. Tivemos que suborná-los para que mantivessem nossos segredos. E nossas crianças. — Killock fez um gesto vago. — Ainda assim, foi um arranjo bastante benéfico para todos. Às vezes eles até traziam seus dragões "fracassados" para nossa casa. Aqueles cujo temperamento era inadequado para o treinamento de dragão, esse tipo de coisa.

— Ainda era opressão — disse Hester suavemente. — Nós, os devoradores de mentes Ravenscar, almejávamos um futuro onde não houvesse mais nenhum cavaleiro. Onde nossa Família poderia ser *abertamente* uma casa para devoradores de mentes. — Ela suspirou. — Mas construir esse futuro exigia acesso aos segredos de fazer Redenção, conhecimento que os patriarcas Ravenscar transmitiam entre eles mesmos e nunca nos forneceram. Sem esse conhecimento, continuávamos sem nada.

Em retrospecto, era óbvio, percebeu Devon com silencioso desgosto. Killock jamais poderia ser um patriarca, não como um devorador de mentes.

— Weston era tanto um devorador de livros quanto um patriarca, o que o deixava sem simpatia às nossas questões e também voltado às suas próprias tradições — disse Killock com um tom de ressentimento antigo em sua voz. — Ele conhecia a cura, mas não a compartilhava comigo. *Liberte meu povo*, eu lhe implorei, como Moisés uma vez implorou ao faraó. E, como o faraó, ele apenas riu. *Tais segredos não são para sua espécie*, disse ele. Na minha cara. — Gotas de suor se formaram no lábio superior de Killock, e ele as enxugou com a manga de sua camisa. — Aos olhos dele, éramos mimados e sortudos. Ele sentia que o que lhe pedíamos era uma indulgência de proporções extremas.

Devon ouvia cada vez mais alarmada; ela temia o rumo que essa história tomava.

— Como você — continuou Killock —, estávamos em uma situação na qual havia apenas uma pessoa no caminho da liberdade: nosso patriarca. — Ele se inclinou para a frente com a respiração entrecortada. — Quando ele não me forneceu o segredo da Redenção, eu o *tomei* dele. Pelo bem de nosso povo, porque era da vontade de Deus que vivêssemos livremente!

Ela deveria ter pensado nisso antes.

— Você... devorou a mente de seu pai?

— O quê? — Seus olhos cinzentos se dilataram, suas pupilas engolindo as íris de dentro para fora. — Não, pelo amor de Deus, não! Eu *comunguei* com ele, Devon. *Pois a minha carne é verdadeira comida, e meu sangue é verdadeira bebida. Aquele que come a minha carne e bebe meu sangue permanece em mim, e eu nele.* Assim está escrito na Bíblia, descrito como o ato sagrado da comunhão.

— Comunhão — disse ela, um pouco entorpecida. — É assim que você chama devorar mentes? É assim que você... torna sagrado esse ato?

Hester cruzou os braços em volta dela própria, seus ombros curvados.

Killock, porém, apontou como um leiloeiro em um uma venda.

— Você é muito literal, presa nos velhos modos de pensar. Eu já pensei como você uma vez e considerei minhas ações o cúmulo da abominação, tanto me alimentar quanto as mudanças que isso causou em mim. Mas estou mais consciente hoje em dia. — Agora seus olhos estavam arregalados. Suas narinas, vermelhas e dilatadas. — Eu devo gratidão ao espírito de meu pai por isso. A alma dele vive dentro de mim, ensinando-me e orientando meus passos. Nós perdoamos um ao outro e estamos em paz.

Devon mordeu o interior de sua bochecha. Adão e Eva não eram nada comparados a Killock e Cai. Maçãs eram para amadores. Filhos devorando pais: *isso* era um banquete verdadeiramente proibido.

Peças do quebra-cabeça dos Ravenscar começaram a se encaixar, expondo traços comuns entre esses irmãos e ela mesma. Sua complexidade, desdobrando-se na compreensão das Famílias que os esmagaram, o trauma compartilhado que os ligava — ela a Cai, Hester a Killock — e os crimes inenarráveis que finalmente, a um custo tão alto, os libertaram.

Ela escolheu suas palavras cuidadosamente.

— Não posso fingir que sei o que você passa. Se você chama de comunhão, não vou contradizê-lo. Só você pode saber como se sentiu.

— De fato. — Killock se contorcia de forma violenta, seus ombros retesando repetidamente.

— E quanto a mim e Cai? — perguntou ela quando ele não disse mais nada. — O que você acha de ficarmos?

Mais um estremecimento. Então ele sacudiu a cabeça, relaxou e disse:

— Nós dois somos santos, seu filho e eu, e como um santo para o outro eu digo que ele é bem-vindo nesta casa, seja tomando Redenção ou fazendo comunhão. Embora eu espere que, com o tempo, ele abrace sua natureza, assim como eu aprendi a fazer.

— Compreendo. — Devon se mexeu em seu assento. Fazer comunhão e abraçar sua natureza? Nem ferrando. Não se ela pudesse evitar. — E se algum dia ele quiser ir embora? E se depois de adulto ele quiser tomar outro caminho completamente diferente?

Killock sentou-se encolhido na cadeira mais próxima, com os dedos brancos pela tensão de manter-se imóvel.

— A Redenção é o que nos salva do pecado. Deus dá Redenção aos que têm fé. Ninguém mais pode ter a salvação. — Seu sorriso veio e se foi como um tubarão no mar. — Não há saída, uma vez que você sabe onde fica o nosso lar. E se você voltasse correndo para os cavaleiros, hein? Não, seu filho precisa ficar.

Aí estava, pensou ela, a linha dura que jazia sob suas palavras floreadas e sua polidez exacerbada. Killock mantinha todos com um vínculo muito próximo a ele. Seus irmãos, por meio de um misto de amor, lealdade, opressão compartilhada e a necessidade que eles tinham de sua droga. Ela e Cai, por meio de ameaças veladas.

De qualquer forma, ela nunca teve uma escolha, não de verdade; ficar não era uma opção. Mas a atitude de Killock a deixou com a consciência um pouco mais leve.

Devon ergueu as palmas de suas mãos, como se estivesse se rendendo.

— Não é sacrifício algum viver entre vocês. É muito melhor do que viver com Matley.

— Que bom, fico feliz em ouvir isso — disse Killock. — A propósito, não pense que Matley está morto. Seu marido vive em seu filho, assim como meu pai vive em mim. Uma vez que você convida o Espírito Santo a entrar...

Um sino começou a soar em outro lugar da casa, assustando a todos e tirando a atenção daquele momento.

— Isso é um alarme? — Devon girou em seu assento, profundamente aliviada pela distração.

— De jeito nenhum! — respondeu Killock, quase gritando. — Apenas o sinal para o início de nossa missa de Natal.

— Missa de Natal? Como em uma igreja? — Até agora ela tinha presumido que a terminologia religiosa deles era apenas uma artificialidade, e não algo literal. — Você segue religiões humanas? — Não havia nada nas crenças humanas sobre devoradores de livros, e ela própria não conseguia assimilar a adoção daquele sistema.

— Venha ver. Venha ver. — A expressão dele era convidativa e educada, mas, como sempre, seu tom de voz frisava as palavras. Era um comando, não uma escolha.

— Muito gentil. — Ela olhou para Hester, que já estava de pé, seu rosto escondido por uma mecha de cabelos cacheados. — E quanto ao meu filho?

— Vamos trazê-lo conosco. É um assunto de Família. — Ele ofereceu outra pequena reverência absurda. — Siga-me, por favor. Não vamos nos atrasar para minha própria missa de Natal.

LEMBRE-SE DO SABÁ
DIAS ATUAIS

Pai, perdoe-me por todos os meus pecados. Pelo que te fiz em nome da liberdade e da retidão, o que fiz por amor e por irmandade.

Eu te ouço discutindo comigo enquanto tento dormir à noite, sua voz permanece na minha cabeça muito depois de sua vida ter se extinguido. Como você me odiava, ainda me odeia, e quer que eu morra pelo que sou, mas você não entende que o que precisa ser feito está feito, ESTÁ ACABADO...

— Killock Ravenscar, diário pessoal

A capela já havia sido bonita.

Devon olhou à sua volta, inspecionando as manchas de fumaça no teto. O que restou de bancos de madeira polida e almofadas de oração bordadas estava empilhado no fundo da sala. Cadeiras dobráveis baratas e feitas de plástico com dobradiças enferrujadas ocupavam aquele espaço. Um altar rachado, que provavelmente já havia valido uma pequena fortuna, permanecia miseravelmente à frente, sua superfície de mármore branco coberta de cera de velas derretidas.

Próximo do altar havia um grande caixote coberto com um pano outrora branco para formar uma mesa improvisada. Uma Bíblia repousava em cima do caixote coberto, suas páginas manchadas e salpicadas com algo irreconhecível.

Devon havia comido livros de terror o suficiente ao longo dos anos para reconhecer uma configuração suspeita quando via uma.

— O que aconteceu? — cochichou ela para Hester. — Foi um incêndio?

— Logo que nos mudamos, sim. Essa construção é antiga e tem sido mal cuidada por vinte anos — respondeu Hester. — Killock está trabalhando nisso, mas está indo devagar, e as coisas ainda estão frágeis. Não usamos mais velas, não valem o risco.

— Hum. Parece seguro, eu acho.

— Nem me fale, a construção inteira é praticamente gravetos secos — disse Hester, e então baixou a voz. — Escute, precisamos conversar, se não for problema para você.

Devon lhe dirigiu um olhar afiado.

— Diga-me onde e quando.

— Depois da missa — sussurrou Hester, depois acrescentou mais alto. — Já que você é nova, gostaria de te apresentar a alguns de meus irmãos.

Devon passou os próximos quinze minutos apertando as mãos de uma série de Ravenscar, todos irmãos de Hester de idades diversas. Havia outra mulher — outra gêmea fraterna, como Hester e, portanto, também uma devoradora de mentes.

Sorria, acene, passe para o próximo aperto de mão. Entre saudações, ela avistou Mani em um canto, com um copo de plástico cheio de chá nas mãos. O vapor quente embaçou seus óculos.

O ex-jornalista ainda era um mistério para ela, um que ela sentia necessidade de desvendar. Saber como ele acabou aqui e por que continuou morando com os Ravenscar parecia algo crucial de um jeito misterioso, mas ela não queria ir até ele e expor que estava o investigando.

Em vez disso, Devon fez uma rápida contagem de pessoas em sua cabeça enquanto conversava pela sala. Cerca de quinze almas, sem contar ela mesma, Cai e Mani. A casa Ravenscar já tivera uns quarenta membros, então os demais devem ter morrido durante o golpe. A sorte certamente estava contra essas pessoas em uma luta tão injusta.

Killock entrou. Ele havia trocado sua calça cinza e sua camisa por um terno estilo retrô que era de um tamanho maior do que ele vestia. Devon teria apostado que o terno havia pertencido a Weston Ravenscar.

Sem precisar de orientação, as pessoas de Traquair encontraram seus assentos e fizeram um silêncio que beirava a reverência.

— Feliz Natal, meus amigos. Deus abençoe a vocês neste domingo sagrado e a tudo o que o Senhor presenteou. Desde o retorno de minha irmã, sã e salva através do vale da morte — ele apontou um dedo na direção de Hester, que se encolheu —, ao advento de um novo Filho que veio até nós. — Seus olhos escuros pousaram possessivamente sobre Cai de um jeito que Devon não gostou. — Todos pecadores, viemos em busca de Redenção e salvação. E Deus dá. E Deus provê. Deus está aqui conosco, meus caros Sabatários.

Particularmente, Devon desconfiava que Deus não seria encontrado nem crucificado, nem vivo, em um raio de quilômetros deste lugar.

— Neste dia, quando filhos nascem e pais nos céus se regozijam, descubro, meus caros amigos, que meu próprio pai deseja falar conosco hoje. Não tenho notícias dele há muitos meses. — Killock pegou a Bíblia da mesa improvisada, abrindo-a. — Weston tem o seguinte a dizer: *o cerco e a grande aflição que o ataque inimigo causará serão tão terríveis que vocês comerão a carne de seus próprios filhos e filhas, que o Senhor, seu Deus, lhes deu.* Ele cita, como podem ver, o capítulo 28 de Deuteronômio, versículo 53.

Devon contraiu os dedos dos pés. Ela reconhecia o princípio de um discurso desequilibrado quando ouvia um, e Killock não a desapontou. Ele se empoleirou no altar incendiado, falando alternadamente na "voz" de seu finado pai, consumido havia tempos, e em seu próprio tom esganiçado e hesitante.

Igreja alguma teria consagrado tal discurso; o vigário na cabeça de Cai provavelmente estava arrancando seus próprios cabelos metafóricos. Killock havia se tornado uma combinação estragada de dois homens diferentes, seu antigo patriarca agindo como uma espécie de presença parasitária.

Mais uma vez, a maior preocupação de Devon era a de que ninguém mais parecesse incomodado. Os outros moradores de Traquair ouviam aquelas abobrinhas religiosas com atenção séria e pensativa.

Bem. Duas pessoas estavam incomodadas. Hester estava sentada rígida, com as mãos cruzadas no colo e os lábios apertados. E, do outro lado dela, Mani também estava inexpressivo. Ele ouvia com o nariz franzido de desgosto e se esforçando para controlar seu desconforto.

Faltava a Devon informações cruciais. Ela conseguia entender os irmãos desejando autonomia das outras Famílias. O que a confundia era que nada dessa loucura de igreja se enquadrava nos planos e nas intenções originais que Killock havia descrito.

— *Mas Deus proverá!* — disse Killock, tão alto que Devon, que o havia desligado em sua mente, voltou a prestar atenção. — Do velho, Ele faz o novo. Das cinzas, ressurgimos. No Sabá fomos libertados, o Pai e o Filho tornando-se o Espírito Santo. — O estranho tremor estava de volta, e desta vez ele não fez nada para acalmar ou aquietar seu corpo. — Lembrem-se desse Sabá, meus Sabatários, e *o mantenham sagrado.*

Vozes esparsas murmuraram em uníssono:

— Lembrem-se do Sabá.

— A Divindade está dentro de nós. — Ele bateu palmas tão alto que Devon se encolheu com o eco do barulho. — Tomarei o cálice da salvação e invocarei o nome do Senhor!

Ele foi até a mesa improvisada e retirou o pano branco.

O pano cobria não um caixote, mas uma gaiola grande, do tipo que poderia ser usada para guardar um mastim. Dentro dela havia uma figura humana, agachada e aterrorizada. Um homem adulto, de cueca boxer, mãos amarradas e boca amordaçada.

Um sentimento ruim tomou conta de Devon. Ela se esqueceu de respirar.

— Lembrem-se do Sabá — exclamou Killock novamente — e mantenham-no sagrado! — Ele se inclinou sobre o humano amarrado, abrindo a boca e desenrolando a língua.

Devon parou de assistir, optando por inspecionar as linhas de suas palmas e de seus dedos, e as irregularidades de suas unhas. Ela achava insuportável ver Cai se alimentar, e aquilo era algo necessário para a sobrevivência de seu filho. Isso aqui, *isso* era um consumo completamente desnecessário de um inocente por um homem que poderia absolutamente optar por Redenção como alternativa.

O próprio Cai teria dado qualquer coisa para não precisar se alimentar nunca mais. E Killock, o tolo grotesco que era, não tinha noção do privilégio que desperdiçava. Killock também desperdiçava a chance de fazer algo diferente. Em vez de um refúgio, ele criou um covil de monstros predadores escondidos em uma mansão abandonada. As Famílias veriam isso como uma prova definitiva de que os devoradores de mentes não poderiam ser deixados por conta própria.

O pensamento surgiu traiçoeiramente: e se eles tivessem razão?

Ela arriscou uma olhadela para Cai. As bochechas dele estavam coradas, seu olhar fixo no chão diante deles. E, do outro lado, Hester estava de olhos fechados, as palmas das mãos pressionadas juntas, ou rezando ou tentando não ficar enjoada. Ambos totalmente deslocados do teatro que se desenrolava à sua frente.

Não, decidiu Devon. A ideologia que tornava Killock perigoso vinha das Famílias. O problema de Killock não era que ele tentou fazer algo diferente, mas que tentou fazer algo muito semelhante. O mesmo sistema, a mesma casa, o mesmo patriarca e a mesma obediência temerosa. E, como o sistema era inerentemente cruel, ele apenas ampliou a crueldade dentro de Killock ao invés de suprimi-la.

No palco, os gemidos da vítima minguaram. Os devoradores de mentes vibraram e aplaudiram quando a exibição da chamada comunhão de Killock finalmente terminou, e Devon lutava contra seu enjoo crescente. Algumas cadeiras adiante, Mani tirou silenciosamente seus óculos, enfiando-os no bolso da camisa, uma forma inteligente de obscurecer sua própria visão.

— Deus vos abençoe e guarde, irmãos e irmãs. — Killock estava de pé sobre a gaiola aberta, onde a figura encolhida de um humano agora jazia sem vida. — Amém. Ide em paz, para amar e servir uns aos outros. — Embora sua dicção parecesse inalterada, seu sotaque havia mudado; ele soava como um escocês agora, como o homem que ele matou.

Um murmúrio surgiu novamente enquanto as pessoas conversavam entre si, algumas animadas, outras reservadas. Um fluxo natural de conversa, como se nada de extraordinário tivesse acontecido.

Devon trocou olhares com Cai, que tinha a expressão preocupada de um adulto, embora se contorcesse com uma energia pueril.

— Você está bem? — cochichou ela. Parte dela desejava que ele não estivesse presente no que eles acabaram de ver, ainda que o lado lógico de seu cérebro apontasse que ele já tinha visto vítimas muitas vezes até agora. Normalmente, as que ele próprio fazia.

— Estou bem — cochichou ele de volta. — Dev, por que ele é o único que se alimenta? E, se ele não se importa em tomar Redenção, por que qualquer um dos outros tomaria?

— Agora não, querido. — Particularmente, Devon suspeitava que questões logísticas impediam Killock de se alimentar tanto quanto ele gostaria, quanto mais permitir que seus seguidores se alimentassem livremente. Caso contrário, eles esvaziariam a cidade em um ano. — Pergunte-me depois.

Cai mordeu o lábio inferior e assentiu com a cabeça.

Hester a pegou pelo braço.

— Bem! Que missa adorável. Dev, acabei de lembrar que prometi te levar para caçar. Será que você não teria tempo agora?

— Mas e eu? — perguntou Cai antes que Devon pudesse responder.

— Eu cuido do rapaz — ofereceu Mani, surpreendendo a todos. — Posso mostrar a casa para ele, e talvez possamos encontrar um quarto adequado para vocês dois ficarem.

— Claro — disse Cai sem hesitar. Para um menino que passou a maior parte de seu tempo longe de outras pessoas ou trancado em minúsculos apartamentos úmidos, ele se adaptou bem a ter companhia.

— Não guardo ressentimentos por nosso encontro anterior, pode confiar em mim — disse Mani ao ver a hesitação de Devon. — Em todo caso, Sra. Fairweather, receio que eu tenha muito mais a temer de seu filho do que ele de mim. — Um sorriso educado e triste. — Quando terminar de conversar com Hester, poderíamos colocar nossa conversa em dia, que tal? Dois sobreviventes das Famílias devem ter um conjunto de histórias interessantes.

Apesar de sua curiosidade sobre Mani, seu instinto lhe dizia que uma conversa com Hester não podia esperar. E, dentre todas as pessoas desta casa, ela sentia que Cai talvez estivesse mais seguro na companhia de um humano idoso. Alguém que ele poderia sobrepujar, de qualquer forma.

— Muito bem. Tenho certeza de que não vai demorar — disse Devon finalmente. Melhor não hesitar, caso pareça conspiratório. — Aqui, segure para mim, se não for problema para você. Prefiro não carregar isso por aí. — Ela entregou sua mochila a Cai, porque até agora não havia tido a chance de guardá-la em lugar nenhum.

Seu filho a pegou de má vontade, colocando a alça muito longa nas costas.

Todos eles se levantaram para sair. Enquanto saíam, Devon deu uma última olhada por sobre o ombro para a figura esguia de Killock. Ele estava olhando para o cadáver de sua vítima com uma expressão que oscilava entre a ternura e a reverência.

Hester os conduziu para fora da capela e até um depósito no edifício principal, parando para pegar um rifle e munição em um armário, e então passou por uma saída ao norte, nos fundos da casa. As vozes de outros membros da "congregação"

desapareceram rapidamente quando deixaram a capela para trás. E, ainda assim, Hester não falou nada.

Deste lado da propriedade Traquair, os gramados bem aparados davam lugar a uma floresta esparsa cheia de árvores extraordinariamente antigas. Alguém havia montado um campo de tiro em uma pequena clareira, e foi lá que Hester parou, com seu rifle na mão, olhando para uma longa fileira de garrafas de leite empoleiradas em postes de madeira. O sol já estava se pondo, mas isso não importava para nenhuma delas.

— Podemos conversar aqui. É silencioso e distante da casa. — Hester suspirou. — Sinto muito. Eu menti para você desde o nosso primeiro encontro e durante toda a nossa jornada. Killock tem muito medo de que as Famílias descubram que todos nós somos devoradores de mentes.

— Não se preocupe. Eu já menti por muito menos — disse Devon, desconfortável. Ela não estava em posição de julgar alguém por mentir. — Podemos começar do zero? Sinto que toda minha perspectiva sobre você e sua Família mudou completamente.

— Eu nem sei direito por onde começar.

— Que tal por aquela exibição lá dentro? — perguntou Devon. — Ele está *capturando* pessoas para devorar? O que diabos foi aquilo?

— Aquilo foi uma promessa quebrada. — Hester abaixou a arma e ficou cara a cara com ela naquela floresta antiga que já havia visto a guerra, a luz do sol de inverno penetrando as folhas de carvalho como flechas. E então ela abriu a boca, o máximo que conseguia.

Uma leve cicatriz em volta da extremidade livre era tudo que restava para indicar que já houvera uma massa de carne longa e tubular ali. O que restou da probóscide fora habilidosamente amputado, o músculo carnudo fora cortado em uma ponta arredondada. Se Devon não estivesse procurando por uma cicatriz, se não tivesse tempo para observar e examinar, ela não teria notado.

A visão era estranhamente inquietante. Cai sempre poderia se alimentar se ele estivesse correndo o risco de morrer de fome, mas isso não era uma opção para um devorador de mentes mutilado. Não surpreende que Hester não estivesse certa sobre se hospedar na Fazenda Alndyke, especialmente quando ela havia perdido seu suprimento de Redenção.

— Então você *é* um deles — disse Devon, com uma calma que parecia desconectada de seu próprio cérebro sobrecarregado. — Killock prometeu fazer o mesmo?

— Eu e ele fizemos um pacto. — Hester cobriu a boca com a mão. — Se conseguíssemos nos livrar de Weston, criaríamos um refúgio. A ideia era que qualquer devorador de mentes seria bem-vindo, desde que concordasse em viver de Redenção e ter a língua cortada.

— O que quer dizer que nenhum de vocês poderia ceder à tentação da fome — disse Devon, pensado em voz alta —, e os outros devoradores não poderiam mais alegar que sua família era perigosa. Acertei?

— Essa era minha esperança e meu plano, embora eu não tenha mais certeza de que meus irmãos já o tenham compartilhado com tanto entusiasmo. — Ela colocou uma mecha de cabelo atrás da orelha; que foi soprada de volta imediatamente. — Depois que Weston morreu, cumpri minha parte da promessa. O procedimento foi feito por alguém daqui, um dos meus irmãos tem algum conhecimento médico.

— Mas Killock e os outros não cumpriram.

— Alguns seguiram meu exemplo, mas Killock não — respondeu ela. — A princípio, ele alegou que havia muita coisa acontecendo. *Não é seguro. Os laboratórios ainda não estão prontos. Espere até a primavera.* Eventualmente, ele começou a falar que aquilo não *parecia certo*. Em algum momento, não tenho certeza de quando, ele começou a sair e raptar pessoas na surdina. Ceder à fome, buscando a adrenalina dela. — Um tremor. — Hoje em dia, basta falar qualquer coisa sobre cortar a língua que ele perde o controle.

— É uma grande mudança, ir de *parar de se alimentar para sempre* até *se alimentar é a comunhão divina* — disse Devon devagar, apoiando-se na cerca. — O que o fez mudar?

— Consumir nosso patriarca alterou a personalidade dele. A única variável que não previmos. — Hester pegou a arma novamente e começou a carregá-la. — Killock fala das coisas de um jeito estranho. Consumir alguém é... é tão profundamente *íntimo*. Você os conhece, passa as amá-los, e eles se tornam parte de você para sempre. É como uma fusão de almas. As esperanças e os medos deles são seus, nunca se concretizando, mas também nunca morrendo completamente dentro de você. É a droga suprema, Dev, e não é à toa que chamam sua ausência de abstinência. Devorar mentes vai muito além da fome. — Ela bufou. — Por que você acha que eu fumo? Ajuda com a fome enlouquecedora e é um vício substituto.

Devon observou os cartuchos desaparecerem no carregador da arma.

— Essa coisa de comunhão. Você está falando por experiência própria ou foi o que seu irmão descreveu?

— Experiência própria — disse Hester de forma seca, e engatilhou o rifle. — Depois que Weston se recusou a nos deixar partir ou nos dar o segredo da Redenção, o único caminho que sobrou foi a violência. Éramos poucos e não tínhamos armas o suficiente, então usamos nossas línguas. Todos nós devoramos pelo menos uma vítima naquela noite. — Hester levantou a arma e atirou várias vezes.

As garrafas de vidro se estilhaçaram quando as balas atingiram seu alvo. Ao longe, pássaros soltaram sons agudos; o silêncio voltou a tomar conta da floresta logo após aquela violenta interrupção.

— Eu disse a mim mesma que deu certo, que finalmente estávamos livres e que compensaria o custo. Eu fui ingênua e estava errada. — Hester tentou sorrir, mas não conseguiu. — De qualquer jeito, agora você sabe o que eu sou. O que meu irmão é. O que fizemos para chegar até aqui. Todas as mentiras que contei para você ultimamente. — Ela estendeu o rifle, com a coronha voltada para Devon. — Quer praticar? É uma boa habilidade para se dominar.

— Digo, se você quiser — disse Devon, surpresa com a mudança de assunto. — Mas...

— Por favor, me distraia.

Devon pegou o rifle a contragosto, tentando encaixá-lo contra seu corpo desengonçado.

— Deixe-me ajudar. — De perto, o cheiro familiar de tabaco de baunilha de Hester era inconfundível. — Isso, desse jeito... quase. Levante este cotovelo. Um pouco mais alto, é melhor fazer um ângulo de noventa graus. Coronha no ombro. Isso, cano firme. Como se sente?

— Com sorte — disse Devon, pensando em Clint Eastwood, e mirou o cano da arma. — É meu dia de sorte.

Ela disparou. O barulho tomou conta de seus tímpanos.

— Incrível — disse Hester, apertando os olhos para ver ao longe. — Você errou por mais de um quilômetro.

— Que sacanagem. — Devon levantou o rifle outra vez.

— Você precisa recarregar, a propósito. Esse foi o último cartucho.

— Eu sabia disso.

O eco da risada de Hester atravessou a floresta. Uma risada de verdade, sacudindo seu corpo pequeno.

E então parou, aquela alegria repentina se contraindo como um papel arremessado na fogueira.

— Meu irmão se foi, Devon. Devorar nosso patriarca foi a ruína dele, libertando uma abstinência terrível que ele tentava ignorar desde criança. Eu o observei se desintegrar um pouco mais a cada dia durante os últimos dois anos, conforme sua violência escalava. Quando você falou com ele no escritório... quando você ouviu a pregação dele... aquele não era Killock. Era um coletivo amorfo e monstruoso de suas vítimas, sobrepostas pela personalidade de Weston.

Os cartuchos novos pesavam na palma da mão de Devon.

— Se eu acreditar nisso sobre seu irmão, então tenho que acreditar que meu filho se foi.

— Não necessariamente — disse Hester depois de pensar por um momento. — Cai é veementemente ele mesmo, pelo pouco que vi. Ele deve resistir. Como, eu não sei, só sei que ele resiste. Ele era próximo de Matley?

— Não — respondeu Devon. — Eles mal se viam.

— Talvez isso faça a diferença. Weston tinha uma personalidade excepcionalmente poderosa e uma relação próxima e distorcida com Killock. Isso com certeza deve ter complicado as coisas.

— E você? — perguntou Devon, cuidadosamente deslizando o pente para dentro da arma. — Você lutou contra essa influência? Você mudou?

— Sim e não. Quer dizer, onde você acha que aprendi a atirar? — Ela deu de ombros. — Ninguém ensina meninas a usar armas. Nem mesmo devoradoras de mentes. *Especialmente* devoradoras de mentes. Essa habilidade é apenas para homens. Como o homem que devorei. Ele é parte de mim agora, assim como outras coisas sobre ele.

Devon digeriu essa informação.

— Eu não havia pensado na sua habilidade de atirar até você mencioná-la. Nem no tabagismo. Acho que só presumi que você tirou tudo de algum livro.

— Nada. Devorar um livro sobre armas lhe daria conhecimento técnico de tiro, mas não lhe daria memória muscular. Ou instintos baseados em experiência. Devorar uma pessoa, no entanto, é um nível completamente novo de absorção.

— Compreendo. — Devon pensou sobre isso enquanto levantava a arma ao ombro e atirava, ainda bem mal, nos alvos. Ela errou os tiros e não se importou, estava pensando em Cai jogando obstinadamente o mesmo videogame através de suas refeições. O jeito que ele parecia absorto depois de cada vítima, e "voltava" para ela horas depois, como quem retorna de uma longa jornada. Será que ela tinha arriscado perdê-lo para outra pessoa em cada uma das vezes, como Hester explicou que Killock havia se perdido, da forma que Devon sempre temeu perdê-lo? Era um pensamento que fazia seu coração parar.

Quando esvaziou a arma novamente, ela a abaixou e perguntou:

— Você não tem motivo para ficar. Você não deve sua vida àquele homem. Por que não pega um punhado de Redenção e dá o fora?

— Por que você não abandonou Cai? — Hester devolveu a pergunta. — Se não fosse por ele, você poderia estar a meio mundo daqui. Que preço *você* dá ao amor, Devon Fairweather?

Ela sabia a resposta de cor.

— Preço nenhum. Não existe um preço. O amor não tem custo. É só uma escolha que você faz.

— Então você respondeu sua própria pergunta. Eu prometi a Lock que ficaria com ele quando fugíssemos, que sempre ficaríamos juntos. Como posso renegá-lo? Ele se destruiu tentando libertar a mim e aos meus irmãos. — Hester pegou o rifle de volta, limpando-o com a velocidade de um especialista. — Eu queria que você tivesse conhecido Lock quando ele era mais jovem. Era adorável, de natureza doce, honesto. Nunca machucou uma única alma em sua vida, até aquela noite.

— Eu sinto muito. — Ela também sentia.

— Todos lamentam. — Hester enfiou o pente de volta no lugar e atirou novamente, um tiro após o outro, até esvaziar a arma e estourar cada garrafa de vidro.

Devon cobriu as orelhas com as mãos e esperou até que os estampidos acabassem, com os ouvidos zumbindo após cada explosão tilintante.

Hester abaixou o rifle, seus lábios tremendo nos cantos.

— Às vezes me pego desejando que ele morresse. Quão horrível é isso? Mas eu desejo mesmo assim, porque então eu ficaria livre dele sem culpa ou medo. Meu Deus, olha só o que estou dizendo! — Uma expressão melancólica tomou conta de seu rosto. — Você deve achar que sou um monstro. Veja só você, fazendo tudo o que pode para salvar seu filho, enquanto o melhor que consigo fazer é rezar para que meu irmão sofra um maldito ataque cardíaco enquanto dorme.

A familiaridade daquele sentimento não passou despercebida para Devon. Ela não pôde deixar de sentir uma pontada no coração com o eco das palavras que já dissera tantas vezes a si mesma.

— Eu não acho nada disso — respondeu Devon com sinceridade. — Não menosprezo ninguém que só quer acabar com a própria miséria. Você não é um monstro.

— Muito gentil — disse Hester amargamente. — Mas você não me conhece.

— Talvez não. — Devon pensou novamente no vigário e em toda a longa fila de vítimas de Cai que vieram antes dele, e parecia que ela falava para absolver a si mesma tanto quanto Hester. — Mas eu *sei* que só podemos viver a partir da luz que recebemos, e alguns de nós não recebem luz alguma. O que mais podemos fazer além de aprender a enxergar no escuro?

— Aprender a enxergar no escuro — repetiu Hester. — Eu não mereço tal mentira — ela acrescentou baixinho.

— É a verdade — respondeu Devon, com mais convicção do que ela sentia.

— Obrigada. — Hester se aproximou e a abraçou, o ato inesperado chocando Devon intensamente.

E ela se chocou mais ainda ao devolver o abraço, embora tivesse que se abaixar para fazê-lo, tentando se lembrar da última vez que abraçara outro adulto. Jarrow, antes de ele partir para Londres. Outra mulher, no entanto, nunca, não desde que as tias se despediram dela em seu primeiro casamento.

Era um pequeno conforto contra o vasto mundo. Ela lamentava por Hester, por ela mesma, por gerações inteiras de Famílias ridículas e degeneradas; pelas vidas que elas arruinaram e pela miséria que escolheram infligir umas às outras e a si mesmas. Uma grotesca confusão.

E uma que ela provavelmente estava prestes a piorar.

Devon disse, quebrando o frágil silêncio entre elas:

— Hes, eu não estava sendo honesta no escritório de Killock. Eu escondi coisas. — Ela respirou fundo para se recompor. — Há uma coisa que também preciso te contar.

Hester se desvencilhou do abraço, enxugando os olhos.

— O que é?

— O resto da história — respondeu Devon.

O RESTO DA HISTÓRIA
DOIS ANOS ATRÁS

Quando eu lia contos de fadas, imaginava que esse tipo de coisa nunca acontecia, e agora cá estou eu no meio de um!

— Lewis Carroll, *As Aventuras de Alice no País das Maravilhas*

O sangue tingiu sua boca em amargura. Devon engasgou até vomitar pedaços de carne. Ela não conseguia sentir nada, exceto um espanto estupefato, o que parecia errado para ela. Certamente você deveria sentir algo quando rasga gargantas. Certamente.

Cai estava gritando. O barulho perfurou seu entorpecimento e ela se virou para vê-lo se arrastando pelo tapete, batendo a cabeça contra a parede.

Impulsionada por algum instinto básico, ela se arrastou até ele e tentou impedi-lo de se machucar, envolvendo-o pelo torso com os braços e sujando-o de putrefação. A proteção dela apenas o maculou; que típico. A respiração dela estava curta e ela tinha dificuldades para pensar porque Cai não parava de gritar. Crianças não deveriam gritar assim.

Ela ainda estava lá quando o Cavaleiro Ramsey chegou, vinte minutos depois, encontrando-a coberta de vômito e de sangue coagulado, ajoelhada no chão sujo de sangue e tripas de dois cadáveres enquanto Cai se debatia e uivava em seus braços. Jatos arteriais haviam manchado o quarto em fios viscosos de sangue, e outro tanto estava empoçado e coagulado. Matley havia perdido o controle da bexiga e estava plácido em suas calças manchadas de urina. Ainda vivo, de alguma forma.

— Meu Deus do céu! — Ramsey olhou para a forma inerte de Matley enquanto outros cavaleiros entravam no cômodo, alguns deles examinando a cena e murmurando em voz baixa.

— Easterbrook idiota. Que bobagem é essa? — Ele deu um chute forte nas costelas de Matley; sem resposta.

Bobagem: substantivo, Devon pensou estupidamente. Conversa ou escrita idiota ou inverídica; incoerente. Que estranho. Ela nunca descreveria uma morte deliberada como bobagem.

— Eu cuido do rapaz. — Um dos cavaleiros se inclinou sobre eles.

Devon se encolheu na parede.

— Você não vai levar meu filho. — Os braços dela se fecharam mais forte ao redor da criança, seus dedos procurando apoio em sua pequena figura. — Ele é meu. Ele é meu e eu ficarei com ele!

Ela rosnava enquanto falava, com seus dentes de livro expostos. Mesmo quando o cavaleiro recuou com desgosto, ocorreu a Devon que ela não conseguia se lembrar de *por que* ela queria seu filho, além do fato de ter pago um preço terrível para ficar com ele, e ela simplesmente não podia desperdiçar isso.

— Você é mesmo diferenciada — Ramsey bufou, examinando-a dos pés à cabeça. — Sério, Dev, você é fenomenal à sua maneira.

O outro cavaleiro já estava levantando sua besta.

— Ela é uma causa perdida.

Ramsey tocou-lhe no ombro.

— Espere um segundo, Ealand. — Ele a olhou por cima da curva daquele seu nariz orgulhoso de imperador romano. — Eu nunca te agradeci, a propósito. Ser enviado para os cavaleiros foi a melhor coisa que já me aconteceu.

Ela vomitou outro pedaço de carne humana, mal escutando a conversa.

— Acho que ainda podemos usá-los para o propósito pretendido. — Ramsey pegou um celular elegante. — Não os separe ainda e não atire, a menos que ela ataque. Preciso ligar para Kingsey para ver se podemos adaptar a situação a nosso favor. — Ele saiu com o telefone na mão. Os outros cavaleiros trocaram olhares, mas aguardaram.

Situação. Propósito. Palavras sem sentido pairando preguiçosamente no subconsciente de Devon, nada se encaixando, como um quebra-cabeças desalinhado. Matley disse a ela que não havia mais cavaleiros, mas aqui estavam os cavaleiros, conversando como se tivessem alguma utilidade pensada para ela. Um plano. Não havia planos. Ratos e homens. Seria ela o rato ou o homem? Ela tentou pensar, mas Cai estava gritando e o barulho sobrecarregou seus sentidos.

O quarto fedia insuportavelmente a vísceras. Ela impedia seu filho de rolar sobre algo muito grotesco enquanto ele se debatia em agonia, a mente dela existindo em um lugar que já havia superado o medo e a preocupação normais há muito tempo. Cai não estava bem, e ela não entendia por quê. Ele havia se alimentado, foi horrível, mas era um devorador de mentes, e a ação a salvou, então por que ele estava tão mal?

Ramsey voltou, enfiando o celular no bolso.

— O comandante Kingsey disse que devemos proceder. Há algum lugar onde eu possa me sentar? Preciso interrogá-la e prefiro fazer isso sem precisar tampar o nariz o tempo todo.

Outro cavaleiro perguntou:

— Você acha que isso aqui tem recuperação?

— Ela foi útil antes e ainda é — respondeu Ramsey. — Resolva com o comandante, se achar ruim.

Fez-se silêncio. Ninguém mais discutiu.

— Seu consentimento é apreciado — disse Ramsey. — Continuando. Esta é uma fazenda produtiva, certo? Com trabalhadores ilegais traficados e outros tipos?

Foi Ealand quem respondeu.

— Sim, senhor.

— Excelente. — Ramsey fez um sinal com o polegar. — Vá até o prédio onde os trabalhadores estão alojados e traga-me a criança mais jovem que encontrar. Estaremos na sala contígua. — Ele olhou para Devon. — Levante-se.

Ela olhou para cima, Cai soluçando desconsoladamente contra seu peito.

— O que está acontecendo?

— Se você quer que seu filho sobreviva — disse Ramsey —, então venha comigo. — Ela hesitou. — Ou podemos atirar em vocês dois agora. É sua escolha, irmãzinha — continuou ele.

Ela se levantou, com a criança se contorcendo em seus braços.

— O que há de errado com meu filho?

— Sua refeição não combinou com ele. Matley sempre foi um babaca do contra. — Ramsey saiu, seus sapatos deixando um rastro de pegadas sangrentas no carpete do corredor. — Já estou cuidando disso. Precisamos conversar primeiro.

— Não há nada a ser conversado. — Ela pensou em fugir, já que nenhum outro cavaleiro os havia seguido, mas isso seria inútil e idiota. Eles a alcançariam imediatamente.

— É aí que você se engana. Vocês dois são mais úteis do que imagina. — Ramsey a levou dois cômodos adiante. — Potencialmente, ao menos. Se você cooperar. — Ele lhe deu um sorriso frio e entrou no cômodo. — Seja Devon, a Deferente, sim?

Devon entrou mancando, ainda atordoada pela rápida mudança de eventos e checando compulsivamente Cai a cada poucos segundos. Ainda sem melhora. Ela olhou ao redor com relutância. Estavam no escritório particular de alguém. Armário de arquivos, tapetes comuns. Uma escrivaninha. Algumas cadeiras.

— Sente-se. — Ele deu um empurrão nela.

Devon se sentou, ciente do sangue seco e do vômito incrustado que manchavam sua roupa. Cai arqueou as costas, gemendo, e se desvencilhou de seus braços.

— Solte-o — disse Ramsey. — Ele vai procurar cantos escuros, menos informações sensoriais, para aliviar a dor que está sentindo.

— O que há de errado com ele? — perguntou ela novamente e delicadamente colocou o menino no chão. Como Ramsey havia previsto, Cai rastejou até o canto mais distante e se encolheu, chorando em posição fetal.

— Consumir um devorador de livros não é como consumir um humano. Pode ser feito, mas a quantidade de informações é uma dificuldade. Somos repositórios vastos, mais próximos de bibliotecas ambulantes do que de humanos. Seu filho — ele apontou para Cai — ainda é praticamente um bebê, e consumir Matley o sobrecarregou. Já vi algo assim antes.

— O que diabos isso significa?

— Exatamente o que parece — Ramsey pegou uma grande carteira de couro do bolso interno de sua jaqueta, abrindo-a para revelar um conjunto de seringas. — Com sua permissão, darei a ele um sedativo de curta duração enquanto esperamos pela volta de meu colega. Enquanto isso, nós dois precisamos conversar. — Ele inclinou a cabeça. — Não dá para dizer que cavaleiros não sabem como lidar com dragões, não é?

— Com minha permissão — ecoou ela, vazia. — Como se eu tivesse escolha.

— O que posso dizer? Aprecio o ritual da polidez. Às vezes. — Ramsey se curvou sobre a criança, a agulha penetrando cuidadosamente no braço minúsculo dela. Devon não conseguia desviar o olhar. Parte dela temia o que havia naquela seringa, mas, se o irmão dela os quisesse mortos, eles já o estariam.

Em instantes, Cai se aquietou. Ele agora oscilava entre a consciência e a inconsciência, sem gritar ou chorar mais, mas ainda se contorcendo como um coelho nervoso, encolhido em seu pequeno emaranhado de membros.

— Não se levante — disse Ramsey quando ela tentou ficar de pé. — Sente-se e permaneça em seu lugar. Vamos conversar primeiro. Seu filho não vai se machucar dormindo no chão.

Lentamente, Devon afundou em sua cadeira de plástico. Cai estava ofegante, suas pálpebras tremendo.

— Boa menina. — Ramsey sentou-se na cadeira à frente dela e lhe lançou aquele sorriso torto familiar. — Você sabe por que estou aqui?

— Não. — Devon tentou se concentrar. — Matley me disse que os cavaleiros estavam se dissolvendo. Que estavam acabados. Que não havia mais espaço para Cai.

— Algumas Famílias adorariam isso. Mas não acabamos, pelo menos por enquanto. — O sorriso se alargou. — Dev, você sabe como minha ordem controla os devoradores de mentes que temos?

— Redenção — respondeu ela. E então endireitou-se na cadeira, seus sentidos aguçados com a descoberta. — Espere, se tiver alguma Redenção por aí...

— Ela não o ajudará agora — disse ele impaciente. — Ela só tira a fome, e ele já está sobrecarregado. *Esqueça seu filho* por um segundo, por favor, ou isso aqui vai levar a noite toda.

Ela cerrou os dentes.

— Certo. Todos sabem que vocês controlam a fome dos seus dragões com Redenção. — Assim como eles controlavam a de Cai. — E daí?

— Redenção é produzida por uma casa, a dos Ravenscar — disse ele. — Me disseram que os japoneses talvez tenham algo semelhante, mas eles não lidam muito bem com forasteiros. Ninguém mais neste continente pode fabricar essa droga, e os próprios Ravenscar sempre mantiveram o processo em segredo. — Ramsey se inclinou para a frente, as palmas das mãos pressionadas na mesa. — O que é um problema, porque há dois meses todos eles desapareceram.

— Matley já me contou isso. — Devon se forçou a se concentrar. — Não entendo como isso seria possível. Mansões inteiras não desaparecem da noite para o dia.

— Elas desaparecem quando alguém as incendeia — respondeu ele. — Alguns dos filhos adultos do patriarca, até onde sabemos, provocaram algum tipo de rebelião e fugiram noite adentro. A Mansão Ravenscar foi destruída. — O olhar dele era firme e concentrado. — Todas as Seis Famílias... Bem, *Cinco* Famílias agora... estão sem Redenção. Incluindo meus cavaleiros e nossos dragões.

Devon ficou sentada em silêncio, em embate com a enormidade disso tudo. Espantada pelo próprio interesse, apesar da noite terrível até agora e de seus próprios problemas a consumindo. Não é de admirar que Matley tenha dito que os cavaleiros estavam se dissolvendo. O poder e a influência deles estavam vinculados aos dragões que eles controlavam. Se Ramsey estivesse falando a verdade, a ordem deles estava acabada. Especialmente com as tecnologias de fertilização no horizonte e o fim dos casamentos arranjados.

E com eles ia o futuro de Cai, ela pensou. Ela queria salvar seu filho da vida de dragão. Mas não se isso significasse a sua morte.

— Isso não explica por que estou aqui — disse ela. — O que você quer conosco?

Antes que Ramsey pudesse responder, Ealand entrou de novo, carregando um bebê que dormia. Ele tinha só alguns meses de vida e era bem magro, parecendo sofrer de desnutrição.

— Chegou bem na hora. — Ramsey deu um tapinha no ombro de seu colega e pegou o bebê.

— A mãe tentou resistir, mas no fim eu consegui tomá-lo — disse o outro homem. — Quer que eu fique aqui?

— Sim, espere lá fora, se quiser, depois você pode devolvê-lo. — Ramsey riu como se compartilhassem uma piada interna.

— O que está acontecendo? — Ela odiava ser deixada na ignorância, sempre cinco passos atrás dele.

— Como falei repetidamente, seu filho está sobrecarregado — respondeu Ramsey, voltando-se para ela com o bebê em seus braços. — Seus processos mentais estão sofrendo enquanto ele tenta processar a mente de Matley. Se deixá-lo sem tratamento, ele vai entrar em coma em um dia. A única coisa que pode ajudá-lo agora é sobrescrever essa alimentação difícil com uma mais fácil. Mesmo assim, não há garantias.

O bebê começou a chorar.

— Você vai dar essa criança para o meu filho? — perguntou ela, estupefata.

— Certamente não. — Ramsey sacudiu o bebê aos prantos, tentando acalmá-lo com a falta de jeito de alguém que nunca esteve perto de uma criança. — *Você* vai dar essa criança ao seu filho.

Devon o encarou, ainda abatida, ensopada de sangue e traumatizada pela noite mais violenta de sua vida. Este era um daqueles momentos, ela pensou, em que o amor *não* era uma coisa boa. Ele havia se tornado uma correnteza que a arrastava para lugares cada vez mais escuros, enquanto ela queimava e torrava sob suas muitas exigências hediondas.

— Você parece incrédula, mas confie em mim, funciona. — Ramsey desistiu de tentar fazer o bebê se calar e simplesmente colocou a mão sobre a boca dele, abafando seus gritos contra a palma da mão. — Uma pequena mente em branco limpará o sistema dele e eliminará boa parte da personalidade complexa de Matley. Isso salvará a sanidade de seu filho, assim como a vida dele. — Ele fez uma pausa. — Ou podemos observá-lo morrer agonizando. É com você.

Devon estava sentada perfeitamente imóvel, as mãos descansando suavemente sobre os joelhos enquanto ela reunia toda sua concentração. O horror inicial estava desaparecendo, dissolvendo-se em um pesadelo contínuo no qual o terror havia se tornado parte de sua vida cotidiana.

Ramsey achava que apresentava a ela uma escolha crucial, mas não existia isso de grandes decisões em sua vida — apenas a somatória de muitas pequenas decisões ao longo de suas horas, em que ela estava constantemente avaliando o valor de Cai para ela e o quanto ela se importava. Se ele chorava, ela optava por pegá-lo no colo; se ele se machucava, ela optava por tratá-lo. Se ele precisava de alguma coisa, ela escolhia atender às necessidades dele em detrimento das suas.

Mil vezes por dia, de mil maneiras diferentes, ela escolhia Cai, até que escolhê-lo se tornou o padrão, assim como respirar. Mãe, custe o que custar.

Devon se levantou.

— Entregue-me o bebê.

Ramsey lhe passou o pequeno humano, seus olhos brilhando com um interesse ganancioso.

Com aquele inocente nos braços, ela se ajoelhou ao lado de seu filho e, com toques e sussurros gentis, incitou-o a se alimentar. Ele estava atordoado, quase inconsciente, e claramente com muita dor. Ela finalmente conseguiu abrir a boca dele e colocar sua língua desenrolada contra a orelha de sua vítima. E o instinto tomou conta.

Um momento de beleza perversa: uma criança segurando a outra, a boca de Cai na orelha do bebê. Quase um beijo, quase um abraço. Era amor, mas também era morte, e Devon pensou que, para ela, as duas coisas se tornaram inextricavelmente unidas. Seus filhos eram chamas que precisavam de combustível, e ela queimaria tudo e qualquer coisa para mantê-las acesas.

Não havia outro curso que ela pudesse seguir, nenhum outro caminho que pudesse trilhar. Não mais.

Devon sentou-se com Cai enquanto ele se alimentava, uma das únicas vezes que ela faria isso. Observou os olhos dele se arregalarem com a súbita cessação da dor, sua expressão substituída por aquela embriaguez de leite que ela vira depois que ele consumiu Matley. E desta vez, quando ela soltou o bebê, que não mais protestava, ele mergulhou em um sono verdadeiro e tranquilo.

O bebê relaxou no chão ao lado deles. Incrivelmente, ele ainda estava vivo, embora apenas fisicamente. Ela ignorou seu olhar vago, tentando afastar qualquer lembrança daquele rosto minúsculo e amassado.

— Fenomenal — disse Ramsey. — Mas você sempre foi especial, mesmo quando éramos crianças.

Devon cuspiu nele, pegou seu filho no colo e recostou-se contra a parede.

— Não é por acaso que estou aqui. Apesar das artimanhas de Matley, eu já havia providenciado para vir aqui hoje, porque nós dois precisamos da mesma coisa. Você precisa da cura dos Ravenscar para seu filho, ou ele sofrerá durante todos os seus dias. Eu preciso dessa mesma cura para meus dragões, ou os cavaleiros estarão acabados.

— Você está me *recrutando*? — Era a vez dela de ficar incrédula. — Para... encontrar esses Ravenscar desaparecidos?

— Evidentemente — respondeu ele como se fosse a coisa mais óbvia do mundo. — Matley complicou as coisas se comportando feito um idiota, mas meus planos podem acomodar esse empecilho. Até mesmo tirar vantagem dele.

— Você está louco? Eu não posso simplesmente ir atrás desses Ravenscar, onde quer que eles estejam, e pedir gentilmente por suas drogas secretas!

— Pelo contrário, sim, você pode. — Ele se levantou, esticando as pernas, olhando para ela de cima. — Discutiremos os detalhes depois. No entanto, primeiro eu quero que você concorde silenciosamente e *ouça*, porque tem muito mais que preciso explicar. — Ele a pegou pelos cabelos, virando sua cabeça na direção dele. — É bem simples, Dev. Você trabalhará comigo ou não?

Ela lambeu os lábios.

— O que acontece se eu recusar?

— Então sua história termina esta noite, princesa.

E por mais que ela fosse a única coberta pelo sangue dos outros, que sua língua ainda estivesse contaminada pelo duplo homicídio que cometera, não conseguiu deixar de se encolher diante de seu irmão.

Às vezes decisões são simplesmente uma questão direta de vida ou morte.

— Eu... — Devon abraçou seu filho com força. — O que você quer que eu faça, exatamente?

CAMELOT, LTDA.
DOIS ANOS ATRÁS

Coragem — e embaralhe as cartas!
— George MacDonald Fraser, *Flashman*

A noite passou como um borrão.

Três cavaleiros arrancaram as roupas arruinadas de Devon e as colocaram em um saco de lixo. Alguém deu a ela um terno masculino para vestir, completo, com uma cueca boxer. O terno serviu bem, sua altura e seu porte físico foram uma vantagem pela primeira vez. Ela se vestiu apressada e constrangida, apenas para ser levada de volta para o cômodo coberto de sangue de antes.

O cofre de Matley havia sido arrombado, presumivelmente por um dos cavaleiros. A porta estava pendurada nas dobradiças, inutilizável para sua função principal.

Ela olhou boquiaberta para as notas empilhadas dentro dele.

— Coloque quanto dinheiro conseguir dentro disso. — Ramsey lhe entregou uma bolsa. — Deve caber uns vinte e poucos mil, se você for eficiente.

Ela então compreendeu o que se passava.

— Você está fazendo parecer que eu o ataquei, o roubei e então fugi com o dinheiro.

— Não estou "fazendo parecer" nada. Isso é precisamente o que você *vai* fazer.

Ela pegou a bolsa com as mãos ensanguentadas.

— O que você fez com Matley?

— Ele sofreu uma hemorragia interna — respondeu Ramsey levianamente, de modo que ela não conseguia discernir se era verdade ou uma implicação de que os cavaleiros haviam acabado com ele. — Levamos seus restos para o quarto.

Cada ação que ela tomava era mais uma palavra em sua própria sentença de morte. As Famílias pensariam que era culpa dela. Ela seria completamente culpada pela morte de seu marido; completamente culpada, também, por roubar seu dinheiro e por matar seus homens. E meio que era culpa dela, o que complicava ainda mais as coisas. Só não até onde Ramsey estava sugerindo.

Mas quatro cavaleiros estavam no quarto, todos eles armados, então Devon deixou seu filho na parte mais limpa do carpete que ela conseguiu encontrar e enfiou as notas na bolsa até que mal conseguisse fechar o zíper. Quando ela terminou, suas impressões digitais estavam por toda parte: misturadas com sangue, sujeira e sabe-se lá o que mais dos homens que ela matou. Mais corda para ela se enforcar.

— Perfeito — disse Ramsey com um sorriso vitorioso, e pegou a bolsa da mão dela.

Alguém enfiou um capacete de dragão mal ajustado na cabeça dela, e agora ela finalmente entendeu por que lhe deram um terno. Os cavaleiros estavam removendo-a da cena do crime sem chamar atenção.

Eles andaram pela Mansão Easterbrook. A casa fervilhava de atividades, homens e as poucas mulheres conversando nos corredores ou discutindo em cantos. Ninguém reconheceu Devon de terno e capacete; dragões tinham uma espécie de invisibilidade especial nesse sentido.

— O que você disse a todos? — O capacete abafava a voz dela.

Ramsey olhou para trás.

— Como prometi mais cedo, eles pensam que você assassinou Matley e fugiu com Cai. Sob circunstâncias normais, eles teriam buscado o auxílio dos cavaleiros para caçá-la, mas aparentemente estamos nos dispersando. Eu disse a eles que não podemos ajudar. — A última parte foi dita com um tom venenoso e selvagem.

Devon, dentro da segurança de seu traje de dragão, encolheu os ombros e não disse mais nada enquanto eles cruzavam a casa e saíam para a escuridão suave da hora das bruxas. O ar tinha um aroma fresco e a brisa carregava consigo um frescor agradável.

— Temos uma longa viagem pela frente — disse Ramsey, montando em sua moto. — Você vem comigo e seu filho vai com outra pessoa. — Ele gesticulou para que ela se sentasse atrás dele, e ela, relutantemente, obedeceu. Cai estava sendo acomodado na garupa de outra moto, ainda inconsciente.

— Para onde vamos?

— Oxford. — Ele deu partida em sua moto.

Devon deixou a Mansão Winterfield na calada da noite vestindo um terno de dragão, discretamente em cima da garupa da motocicleta de Ramsey. A bagagem que ele carregava a envolveu, e ela caiu em um sono exausto rapidamente.

Quando acordou, o dia estava começando a amanhecer, umas quatro horas depois. Os cavaleiros haviam contornado o centro da cidade, mantendo-se em estradas secundárias e cruzando cidades pequenas antes de eventualmente chegarem a um solitário edifício de concreto no distrito comercial cercado por muros de concreto e uma cerca de arame farpado. Liam-se as palavras CAMELOT LIMITADA em um grande letreiro.

— Posso sentir você rindo — disse Ramsey. — Qual é a graça?

— Claro que você moraria em Camelot — disse Devon, quase sem ar. — Eu deveria saber. Não é bem um castelo, não é? Você tem uma távola redonda, pelo menos?

— Não há espaço para tal simbolismo nos tempos modernos — disse ele, parando em frente a um enorme par de portões automáticos. — Nós gostaríamos muito mais de uma ponte levadiça com um fosso, mas isso é mais seguro do que a versão arturiana.

Um par de jovens cavaleiros de terno se inclinou para fora de uma cabine de segurança, proferindo uma saudação em latim; ela entendeu apenas a palavra "Camelot".

— Como vocês bancam isso? — perguntou ela enquanto os cavaleiros se aproximavam da motocicleta deles. — Nenhum de vocês tem emprego.

A maioria dos devoradores de livros trabalhava em firmas geridas por uma Família ou fazia outro tipo de trabalho que exigisse apenas o mínimo de interação com o restante da sociedade humana. Alguns tinham negócios ilícitos, como os Easterbrook, usando humanos que não faziam muitas perguntas. Os cavaleiros, até onde ela sabia, não faziam nada disso.

— Até dois meses atrás — respondeu Ramsey —, todas as Famílias nos pagavam um imposto para arranjarmos e facilitarmos casamentos. Também tínhamos um acordo especial com os Ravenscar, que é complicado e não tem nada que você precise saber a respeito. — Ele fez uma série de sinais para os vigias. — Durante esse período de transição, estamos usando nossas economias para pagar as contas, pode-se dizer.

— Elas lhes pagavam um imposto porque vocês não deveriam ter uma agenda própria — disse ela. — Me parece que vocês são apenas outra casa. Apenas mais uma Família.

— Besteira. — Ele arrancou com a moto e passou pelos portões, levantando a voz para que ela conseguisse ouvi-lo acima do barulho do motor. — Uma Família comum está sujeita a todo tipo de regras, que nós não precisamos seguir. Os cavaleiros têm muito mais liberdade e poder do que qualquer um dos patriarcas.

— Que burra eu sou — murmurou ela às costas dele. — E eu aqui pensando que vocês existiam para servir. — Não é à toa que os patriarcas estavam ansiosos para se livrar dos cavaleiros.

Ramsey e os outros cavaleiros passaram por um trecho de asfalto até uma garagem coberta, onde eles estacionaram e desceram das motos. Cai ainda dormia profundamente, aninhado na garupa da motocicleta de outra pessoa. Devon conteve o ímpeto de correr para ver como ele estava.

Enquanto a ajudava a descer da moto, Ramsey disse:

— Proteger, não servir.

— Perdão? — Ela havia perdido o fio da meada da conversa.

— Você disse que existimos para servir. Não é bem isso. Existimos para *proteger* as Famílias, garantindo sua sobrevivência por meio do sistema de casamentos. Entre outras coisas. No momento, perder os Ravenscar é nossa maior ameaça, porque assim perdemos a habilidade de controlar os dragões, e os cavaleiros serão dissolvidos se nada for feito.

— Isso é uma ameaça para vocês, não para eles — disse ela. — As Famílias estão nos estágios iniciais de testes de seus próprios tratamentos de fertilidade, então os casamentos serão cada vez menos rígidos a cada geração. Poderemos *escolher* ter meninas, gerações inteiras delas, se quisermos. Mesmo se não tivéssemos perdido os Ravenscar e sua Redenção, e daí? Os cavaleiros não durariam para sempre. Isso só acelerou as coisas.

— Não enxergue as coisas de forma tão limitada. Ainda temos bastante utilidade. — Ele enfiou um par de luvas de motociclismo no bolso. — Siga-me, por favor. Estamos com um prazo apertado e ainda temos muito terreno para cobrir.

Ela deu um passo rumo a Cai, que estava sonolento, mas já despertando nos braços de outro cavaleiro.

— Ainda vamos nos encontrar com ele de novo, no fim de sua pequena jornada. — Ramsey deu um passo à frente dela, impedindo-a de ver Cai. — Quanto mais rápido fizermos isso, mais rápido você o verá novamente.

O cavaleiro que carregava Cai já se movia rapidamente na direção oposta. Se ele não o segurava amorosamente, pelo menos não estava sendo totalmente cruel; cabeça aninhada, joelhos apoiados.

Devon cerrou os punhos, observando-os desaparecer na curva de um corredor, e então relutantemente seguiu Ramsey por outra série de portões de segurança internos e até o "castelo" propriamente dito.

As mansões das Famílias eram exuberantes, de um jeito ou de outro. Os Winterfield tinham decorações luxuosas e imponentes; os Easterbrook optavam por um estilo contemporâneo, mas caro. Mesmo os Fairweather, velhos e cobertos de dívidas, tinham resquícios de extravagância em carpetes, tapeçarias e lustres. Devoradores de livros apreciavam ornamentos. E livros, naturalmente.

Nada desse legado transparecia nessas instalações. As paredes de concreto eram cinza e estavam descobertas; o chão de ladrilhos era brilhoso, mas simples. Nada de luzes, apenas escuridão. Nenhuma acomodação para visitantes humanos ou qualquer referência à cultura humana. Presumivelmente, eles tinham livros para comer, embora nenhum estivesse à mostra. Nenhum cheiro particular de livros também. Devon se perguntou o que cavaleiros adultos consumiam.

O corredor se ramificava em duas direções. Devon estava prestes a seguir reto quando Ramsey a segurou pelo ombro.

— Por aí não.

Ela se permitiu ser guiada para o outro corredor.

— O que há por aquele caminho?

— Quartéis e treinamento. Nada que você precise ver. — Ele colocou uma mão na porta. — Em vez disso, vamos tomar um caminho que passa pelos currais dos dragões.

— Currais?

— É uma piada interna.

No corredor, havia uma série de portas de celas, com painéis de observação na altura da cabeça. Alguns estavam abertos. Com o coração na boca, ela se aproximou para olhar através do vidro espesso.

Uma sólida sala branca, cujas paredes e o chão eram revestidos de isolamento acústico branco. Não havia muito espaço, uns três metros de cada lado. Uma mesa branca com uma cadeira branca. Luzes brancas insanamente brilhantes, que seriam irritantes até mesmo para um humano e certamente induziam dores de cabeça em devoradores de qualquer tipo. Um dragão de aparência jovem, com cara de uns 18 anos, estava vestindo roupas brancas e encolhido em uma cama totalmente branca, com os braços em volta da cabeça.

— Eu não entendo. — Devon deu um passo para trás, desconfortável por motivos que ela não conseguia determinar. Nada no quarto era extraordinariamente cruel, em si, e ainda assim a visão daquela cela fez seus dentes doerem. — Qual é o propósito disso?

— Privação extrema de sentidos. — Ramsey parou ao lado dela. — Às vezes chamada melodramaticamente de "tortura branca". Aqui a usamos como uma forma de terapia de despersonalização, para conter a abstinência deles.

Alguma coisa deve ter alertado o dragão lá dentro. Ele levantou a cabeça e sentou-se ereto, encarando-os com olhos muito vermelhos arregalados.

Ela fez uma careta.

— Quanto tempo eles passam aí?

— Onde? Nos quartos deles?

— Esses são seus quartos pessoais? Todos eles dormem nesse tipo de lugar?!

— Quando não estão em serviço, sim. O que, no momento, é a maior parte do tempo.

O dragão se levantou e caminhou com os pés descalços, arranhando ansiosamente o painel de observação. Ele não olhou para Ramsey, apenas para Devon.

— Isso é horrível!

— Típica mentalidade de princesa. — Ramsey revirou os olhos. — As vidas que eles têm agora são rígidas, mas ainda é uma grande melhoria em relação a setenta anos atrás, quando eles eram simplesmente mortos.

O dragão pressionou o rosto contra o painel de observação, sua língua flácida pendurada. Saliva escorreu pelo vidro. Ele parecia miserável, seus olhos vermelhos de tanto chorar.

— Isso é cruel. — Devon pressionou a palma da mão em seu lado do vidro, tentando não imaginar Cai em um lugar desses. — Deve ter um jeito melhor de tratá-los.

— Não seja burra. — Ramsey puxou a mão dela e fechou a tampa do painel, cortando a visão do dragão lá dentro. — A fome é uma coisa muito poderosa, especialmente quando é uma fome de dominação e violência. Poucas pessoas conseguem resistir à tentação de abusar do poder.

— Que maldita ironia logo *você* falar isso — retrucou ela. — Você não se importa com Cai e não está falando comigo por bondade. Por que estamos aqui? Por que você foi me buscar ontem?

— Finalmente algumas perguntas inteligentes! Vamos sair daqui primeiro. Na verdade, eu tenho um tipo de távola redonda para te mostrar, já que você perguntou antes.

Ele fechou o resto dos painéis enquanto eles passavam. Não escapou à atenção de Devon que a maioria dos quartos estava vazia. Pensando nisso, o edifício inteiro parecia meio vazio. Quase nenhuma outra pessoa perambulando por aí. Os cavaleiros estavam de partida? A decisão inofensiva de Ramsey de não a levar pelo caminho do quartel assumiu uma nova interpretação. Talvez ele sentisse a necessidade de ofuscar quão ruins as coisas estavam para eles.

Outra porta, seguida por um lance de escadas. Devon o seguiu, feliz por deixar para trás o corredor branco com suas horríveis celas brancas.

A escadaria terminava em uma galeria de observação elevada, envolta em vidro e com vista para uma sala de cirurgia. Cirurgiões e enfermeiras transitavam ao redor de uma mesa oval, passando instrumentos entre si conforme trabalhavam em um paciente inconsciente. Não qualquer paciente; uma forma pequena e escura...

— Cai! — Devon avançou contra o vidro, batendo nele com os dois punhos. — *Cai!*

Um dos cirurgiões ergueu os olhos, semicerrou-os e voltou ao que estava fazendo. Os outros não pareceram notar.

— Recomendo que você relaxe. — Ramsey seguiu seu próprio conselho, jogando-se em uma cadeira para assistir. — O procedimento estará finalizado em menos de uma hora. Rápido e indolor, e seu filho nunca se lembrará.

Ela se virou, os punhos erguidos.

— *O que você está fazendo com ele?*

— Bata em mim e nenhum de vocês viverá para descobrir.

Devon contou até vinte, forçando-se a se acalmar aos poucos. Tudo estava contra ela e ela precisava deixar tudo de lado, sobreviver momento a momento. Permitiu-se estremecer, reprimindo as fortes emoções.

— Senta. — Ele falou como se ela fosse um cachorro. — Vamos conversar como adultos, certo?

Não havia mais nada que ela pudesse fazer. Enfraquecida por uma fúria impotente, Devon sentou-se, sem tirar os olhos da cirurgia abaixo. Cai estava parcialmente enterrado sob os equipamentos e as vestes médicas.

— Seu filho está recebendo um implante cirúrgico de um dispositivo explosivo que eu posso ativar à distância via satélite — disse ele, como se fosse a coisa mais natural do mundo. — Uma versão mais brutal de uma velha tecnologia que empregávamos contra noivas particularmente resistentes, em raras ocasiões.

Devon sentiu falta de ar, como se seus pulmões tivessem calcificado de repente. Quando foi que seu irmão se perdeu tanto? A resposta veio à tona, indesejada e suja: no momento em que ela o condenou a uma vida entre cavaleiros, quando eles eram crianças.

— Achei que devêssemos esclarecer essa questão — continuou Ramsey. — Agora você sabe por que ele está lá embaixo. Dê um passo em falso, me dê um motivo para duvidar de você, e o gatilho será pressionado. Tente retirá-lo por conta própria, e você mesma vai dispará-lo. Não importa a distância, nenhum de vocês estará seguro. — Ele cruzou suas longas pernas com indiferença casual. — Se você deseja que Cai viva além de hoje, ou se deseja que algum dia esse dispositivo seja removido com segurança, então escute.

— Você ainda não me disse o que quer!

— Eu quero minha ordem de volta — disse ele. — Poderosa, forte, protetora. Do jeito que as coisas deveriam ser. Através de nós, os devoradores prosperaram neste país ao longo do século passado...

— Isso foi por conta dos Ravenscar — retrucou ela. — Os cavaleiros não tiveram nada a ver com a droga que estava sendo desenvolvida, só se beneficiaram dela.

Ele a ignorou.

— ...e, mesmo assim, muitos patriarcas guardavam ressentimentos. Mesmo que tenhamos arranjado os casamentos, mantido a continuidade da espécie e arrastado as Famílias mais antigas aos tempos modernos. Eles não podem nos esquecer tão rapidamente. Entendeu?

Devon certamente entendeu. Ramsey era como um CEO tentando salvar uma empresa moribunda, ou um ditador se recusando a se render. Era sempre a mesma história, ela pensou, exausta. Apenas homens pequenos e raivosos agarrando-se aos resquícios de um poder cada vez menor. Eles temiam viver sem privilégios porque os utilizavam para abusar de outras pessoas e agora estavam aterroriza-dos com a ideia de sofrerem a mesma crueldade que aplicavam corriqueiramente.

Pessoalmente, ela não via como recuperar a Redenção ou como o uso de dra-gões salvaria os cavaleiros no longo prazo. Mas isso não importava para Ramsey e sua trupe. Ele só se preocupava em como isso o afetava no curto prazo.

Em voz alta, Devon disse:

— Nada disso tem coisa alguma a ver com colocar *um dispositivo explosivo* no corpo de Cai.

— Você não faz nem ideia? — perguntou ele. — Meu comandante e eu desen-volvemos um pequeno plano, bastante direto, e ele funciona assim. Descobrimos para onde foram os Ravenscar e arranjamos alguém para se juntar a eles. Alguém em quem eles acreditarão e por quem sentirão simpatia, que compartilhe seus valores e tudo mais. Em seguida, usaremos essa pessoa para rastrear os Ravens-car até o esconderijo deles e invadi-lo à noite. E então vamos capturá-los, pegar seu suprimento de drogas e forçar os irmãos a ensinar como produzir mais.

— Isso é uma maldita loucura — disse Devon.

— No entanto, aqui está você, Dev, caindo de paraquedas como um pote de ouro no fim de um arco-íris. Eu não conseguiria planejar aquele fiasco com Matley nem se eu tentasse! — Ele voltou a rir; o mundo inteiro e sua crueldade implacável eram infinitamente engraçados para Ramsey. — Finja fugir por causa do assassinato de Matley, e fingiremos persegui-la. Os Ravenscar, se a encontra-rem, acreditarão que você é uma fugitiva. Exceto que nada disso é exatamente mentira. Não é um drama maravilhoso?

— Eu... — Sua cabeça girava, seu coração se apertava com a miséria assom-brosa da complexidade de tudo aquilo. — Por que eles iriam *querer* me encontrar? Como eu deveria me juntar a um grupo aleatório de dissidentes que nunca nem conheci?

Ramsey levantou um dedo, cutucou a própria orelha e então imitou uma ex-pressão de morrer que era algo entre o ridículo e o grotesco. Ela percebeu que ele estava zombando de Matley e não sabia como se sentir sobre isso.

— Cai é culpado de parricídio, assim como eles — disse ele. — Eu acho que eles vão achar vocês bem tentadores, na verdade. Farinha do mesmo saco. Eles devem se sentir solitários por conta própria, não acha?

No auditório abaixo, o procedimento estava quase completo. Pessoas lavando as mãos, aventais amassados e jogados fora, luvas descartadas de maneira higiê-nica. Cai ainda estava parado, inerte.

— Eu não sou uma espiã — disse ela. — Não sou nem mesmo um cavaleiro. Sou só...

— Autêntica — disse ele, inclinando-se para ela. — Desesperada. Encurrala-da. Alguém que pensa bem por conta própria. Ocasionalmente criativa, de uma forma que muitos de nós não somos. Você é tudo de que precisamos e muito mais, Dev. Perfeita para o papel.

Cai estava sendo levado para longe de sua vista agonizante e inquieta.

— Que sorte a minha — disse ela, de olho na maca de Cai até perdê-la de vista e o auditório ficar totalmente vazio. — Que tal se você não me falar tanta besteira? Porque eu tenho apenas representado papéis durante minha vida inteira como uma boa princesinha e agora acabo de ver meu irmão implantar em seu sobrinho um dispositivo que pode matá-lo.

O divertimento sumiu do rosto de Ramsey.

— Certo. Permita-me refrasear. Você é uma peça central no jogo, mas não é uma jogadora, nem está em posição de vencer. Só está em posição de ser útil. Seja útil ou seja descartada. — Ele bateu na testa dela com um dedo. — Você está livre para ir embora quando quiser, mas não acho que o fará. Porque isso significaria abandonar Cai, e você jamais faria tal coisa.

Ele tinha razão. Ela odiava que fosse verdade, mas odiava ainda mais a ideia de abandonar Cai. Não era assim que acontecia no final? Cada uma das vezes. Ela não era burra, sabia que ele os "dispensaria" quando acabasse de usá-los. A alternativa era ambos morrerem ainda mais rápido.

— Eu não sei como sobreviver lá fora — disse ela com os dentes cerrados. — Eu nunca vivi entre humanos... nem nada.

— Podemos prepará-la. Levará alguns meses, mas precisaremos desse tempo, de qualquer maneira, para rastrear os fornecedores humanos deles. — Ramsey ficou de pé e alongou-se com satisfação. — Vou me certificar de que o procedimento ocorreu tranquilamente. Se for o caso, você pode ver seu filho. Espere aqui.

Ele saiu de vista, deixando-a na galeria escura. Ninguém mais estava à vista, mas ela sabia que era melhor não correr. Este edifício era um complexo fechado, cheio de cavaleiros e dragões, e seu filho estava em outro lugar lá de dentro. Mantido refém, agora com um explosivo em sua barriga.

Devon se encolheu no vazio silencioso.

Se ela desobedecesse aos cavaleiros, eles a entregariam às Famílias ou matariam Cai à distância. Se ela se recusasse a se submeter, nenhum dos dois sairia vivo dali. Mesmo que ela pudesse remover o dispositivo futuramente, seu filho ainda precisava da droga — ainda precisava dos Ravenscar.

E, no entanto, se ela obedecesse aos cavaleiros rigorosamente, ainda acabaria em uma cova rasa, como bode expiatório por seus crimes, enquanto seus filhos seriam usados como bucha de canhão. Ela era uma ponta solta perigosa demais para ser deixada pendurada.

Todas as suas opções acabavam em morte e fracasso, uma vez que sua utilidade tivesse expirado; ela era uma mulher no corredor da morte.

Devon sorriu.

Tinha que haver um momento, ela pensou, em que era possível identificar as marés de um oceano mudando. Um único momento específico de tempo, registrável, mensurável, em que as ondas paravam de retroceder e avançavam de volta à praia. Este, certamente, era um desses momentos para ela.

Pela primeira vez em anos, seu coração parecia flutuar dentro de seu peito, livre, leve e calmo. O medo tinha sido uma âncora, arrastando-a para baixo, e a certeza da morte finalmente quebrou aquela corrente. Se toda essa politicagem fosse um jogo de cartas, os cavaleiros acreditavam ter colocado o baralho contra ela, para cobrir todas as eventualidades.

E se ela não pudesse vencer, então não teria mais nada a perder. Ela jogaria com tudo o que tinha porque não havia outra escolha. Ao tirar suas opções, Ramsey a libertou.

Tudo o que ela tinha que fazer era elaborar seu próprio plano.

ALGO DE PODRE NA DINAMARCA
DIAS ATUAIS

Chamam de devorar mentes. Olham para mim como se eu fosse uma coisa monstruosa, que se banqueteia de cérebros, algo semelhante à miríade de monstros devoradores de carne e bebedores de sangue das lendas humanas. Minha própria família me via como algo hediondo.

Mas eu sei a verdade agora. Não é devorar. É compartilhar, é comunhão. O que eu faço é a suprema experiência de divindade, a fusão de duas almas em um só corpo; o compartilhamento e a elevação da vida em novas e transcendentes formas.

Isso é um milagre. Eu sou um milagre.

Abençoa-me, Pai, pois eu sou divino.

— Killock Ravenscar, diário pessoal

Diga alguma coisa — falou Devon durante o silêncio que seguiu sua história. O vento bateu, espalhando folhas e gravetos, agitando as árvores. — Por favor.

— Dizer o quê? — retorquiu Hester com os braços cruzados. — Que estou com raiva? Claro que estou! Foi tudo uma grande mentira e você está aqui *para nos matar*! Aquele fiasco no trem... perder minha arma, minha bolsa... isso também foi mentira, não é? Eu não acredito que, dentre todas as pessoas, você trabalharia com os cavaleiros!

— Não estou trabalhando com eles por escolha. Você não ouviu o que eu disse? Estou explorando-os porque preciso. E não estou tentando fazer com que matem todos, só preciso de Redenção para Cai. Os Ravenscar são livres para saírem daqui antes que os cavaleiros cheguem. Eu lhes daria um alerta.

— Livres para saírem? Está falando sério? — A risada de Hester soou histérica. — Que generosidade a sua de nos deixar fugir! Quando isso tudo viria à tona, então? Você pensou em nossas vidas quando traçou esse plano?

Acima delas, o céu começava a escurecer conforme as nuvens se amontoavam. Outra pancada de neve ou granizo esperando para cair.

— *Você* pensou nas trinta e poucas pessoas *de sua própria família* que morreram no golpe sem sentido de Killock? — retrucou Devon, e a outra mulher recuou como se tivesse levado um tapa. — O que há para salvar? Olhe para esta casa. Weston ainda não foi deixado para trás. Vocês só o transplantaram para um novo corpo, uma nova casa. A mesma besteira, o mesmo cretino. Agora com um maldito culto crescendo ao redor dele.

— Como isso justifica o raciocínio por trás de nos trair? Você não sabia sobre a situação aqui antes de tomar essa decisão.

— Os Ravenscar são uma Família como qualquer outra. Presumi que vocês seriam tão ruins quanto os devoradores de livros que deixei para trás — disse Devon, protegendo os olhos contra o persistente vento de inverno. — Quando, na verdade, isso aqui é pior.

— Ah, sai fora! Quem lhe deu o direito de julgar quando você nos conheceu há praticamente dois dias?

— Mas eu não estou errada, não é mesmo? Killock criou um grupo de monstros que sequestram os habitantes locais para se alimentar em sua comunhão bizarra. Vai me dizer que isso não é pior do que o padrão de Família comum? — Ela deu um passo adiante, a folhagem seca estalando sob seus pés ainda descalços. — Fala sério, Hes. Era só questão de tempo até que alguém tomasse conhecimento daqui. Se não eu e os cavaleiros, se não as outras Famílias, então policiais humanos. Killock se ferrou no momento em que devorou seu patriarca e se entregou ao seu apetite. Em algum nível, você deve saber disso.

— Isso torna sua escolha mais ética? — Hester agitou a arma vazia entre elas como um porrete. — O que acontece se eu for contar ao meu irmão? Você vai me impedir? Vai me matar, como você matou Matley? Eu deveria apenas te entregar!

— Você é esperta demais para isso — disse Devon com uma calma que ela não sentia e tirou os cabelos dos olhos. — Ele mataria nós três. Eu pelas minhas mentiras, você por me trazer até aqui. Ao te dizer tudo isso, tornei sua situação impossível.

Hester apertou o rifle com tanta força que parecia estar prestes a amassá-lo.

— Então me diga por que diabos você se incomodou em falar comigo.

— Porque você está encurralada. Como eu já estive encurralada. E eu quero... — a verdade foi exposta, mesmo quando ela verbalizou tudo — ...que você venha comigo e Cai quando partirmos. Pegaremos toda a Redenção disponível, fugiremos, encontraremos algum lugar seguro. Juntos.

— *O quê*? — Hester a encarou. — Isso é mais do que absurdo!

— Por quê? Você não está infeliz? Você não se arrepende do golpe? Não deseja poder ir embora? Todas aquelas coisas que me contou mais cedo.

— É absurdo porque não é possível — sibilou Hester, furiosa, e Devon ouviu nessa negação um eco de suas próprias objeções a Jarrow tanto tempo atrás. — Eu não posso nem... é tão... Pelo amor de Deus! — Ela se virou e caminhou de volta para a casa através da floresta, seu rosto tempestuoso e sombrio como o céu acima delas, com o rifle apertado junto ao peito.

Devon correu atrás dela, o corpo inclinado de uma forma desconfortável para encarar a outra mulher.

— Hes, me responda uma coisa: por que você acha que tão poucas mulheres fogem? Por que você acha que nada muda para os devoradores de livros, século após século?

— Como diabos eu vou saber!

— Nos falta imaginação — disse Devon, implacável. — Mesmo se usássemos ditafones e escribas, nunca seríamos capazes de escrever livros da mesma forma que os humanos. Sofremos para inovar, mal conseguimos nos adaptar e terminamos presos em nossas tradições. Apenas comendo os mesmos livros geração após geração, pensando dentro das mesmas linhas rígidas. A criatividade é o nosso mundo e, no entanto, não somos criativos.

— Eu não dou a mínima...

— *Escute* — gritou Devon, parando na frente dela. — Deixe-me terminar, está bem? Os livros de nossa infância sempre terminavam em casamento e filhos. As mulheres são ensinadas a não imaginar a vida além desses limites, e os homens são ensinados a impor esses limites. Crescemos em uma escuridão cultivada e nem percebemos que somos cegos.

Hester ficou parada naquele trecho de mata, as mãos cerradas em punhos, desviando o olhar. Mas ela havia parado de tentar ir embora, pelo menos por enquanto.

— Eu deveria ter fugido antes — disse Devon com a voz um pouco embargada. — Mas não fugi. Sabe o que de fato me impediu? Minha falta de imaginação, a mesma de que todos os devoradores sofrem. Eu não conseguia imaginar um futuro melhor ou diferente, Hes, e por não conseguir imaginá-lo presumi que ele não existia. — Ela estava com um nó na garganta. — Eu estava errada. A vida pode ser diferente. Você também está errada. É por isso que eu acho que você deveria considerar vir comigo, para tentar algo diferente.

— Eu já tentei algo diferente com Killock, e olha no que deu — retorquiu Hester. — Não foi sobre isso que você *acabou* de me dar um sermão? Nossa incapacidade de sermos diferentes de outras Famílias? Que tipo de maldita arrogância te faz pensar que você se sairia melhor do que ele?

— Porque eu não sou um patriarca e não quero estabelecer uma mansão — respondeu Devon. — Killock queria a mesma coisa que a maioria dos devoradores homens quer: a própria mansão para comandar. Ele não entendeu que o sistema como um todo não funciona, que você precisa deixar *tudo* para trás e fazer as coisas de modo completamente diferente.

Granizo começou a cair; a tempestade havia chegado. Ambas a ignoraram, imunes ao frio e indiferentes à umidade.

— Não existe um modo de vida diferente — disse Hester solenemente. — As Famílias estavam certas sobre os devoradores de mente, afinal. Não podemos viver sem eles.

— Besteira — disse Devon. — Você dominou sua fome. Cai também. Nenhum de vocês saiu se alimentando. Os pecados de Killock são apenas dele. A fome é apenas o seu bode expiatório. Ele quer que você acredite nas mentiras dele para que seu comportamento seja tolerado.

— Isso... — Hester fez uma pausa, seu rosto e suas roupas molhados pela chuva quase congelada. — Mesmo que isso seja verdade, você está me pedindo para acreditar em um amanhã que você diz que eu não consigo imaginar. Para trabalhar em direção a um futuro que eu aparentemente não consigo enxergar, ou pagar o preço para conquistar. Por favor, apenas pare. Eu preciso de espaço. Preciso que você saia daqui.

Devon suspirou e deu um passo para o lado, saindo da frente dela.

— Só para constar, eu realmente sinto muito.

— Todos sempre sentem muito — disse a outra mulher com veemência renovada. Ela caminhou em direção à casa, com a arma ainda aninhada nos braços.

Devon aguardou por um tempo até Hester desaparecer em Traquair, permitindo que seu coração agitado se acalmasse, e então a seguiu mais devagar. Ela andou sozinha sob o granizo do meio da tarde, sem se importar com o frio e com a umidade. Com a floresta atrás dela e a mansão ficando maior em seu campo de visão. O exterior pintado de branco lembrava ossos brilhantes nesta chuva congelada.

Foi besteira ter falado com Hester como ela fez. Correr tal risco era muito diferente de seu eu habitual. Porém, a alternativa era não envolver Hester e simplesmente fugir na surdina com Cai. Isso, por sua vez, significaria deixar Hester ser potencialmente pega no fogo cruzado dos cavaleiros.

Inaceitável.

A força daquela reação a surpreendeu. Em algum momento, a sobrevivência de Hester começou a pesar nas equações que Devon fazia constantemente em sua cabeça sobre como equilibrar as necessidades das pessoas ao seu redor.

Isso significava que a conexão entre elas era forte, ou era apenas um sintoma de sua solidão? Um apego com desespero exagerado à única coisa parecida com uma amizade que ela encontrou desde que Jarrow partiu.

Era tarde demais para se arrepender de qualquer coisa que ela dissera. A mulher Ravenscar partiria com ela ou não. Enquanto isso, considerações mais práticas pesavam em sua cabeça.

Para começar, havia a questão da Redenção, o Santo Graal pelo qual ela buscou ao longo de todos esses meses e anos. Conseguir acesso à receita provavelmente estava fora de questão, já que a única pessoa que aparentemente a conhecia era agora um espectro dentro do cérebro de Killock, e era improvável que o próprio Killock a entregaria.

Devon já havia aprendido ao longo de seus meses com Ramsey que os Ravenscar fabricavam sua droga de acordo com o cronograma de entregas de seus produtos químicos. Os materiais chegavam no verão, o início da produção era no outono, e o acabamento e o armazenamento aconteciam no inverno. A primavera era uma estação de descanso.

Isso significava que eles provavelmente tinham estoques de Redenção a qualquer momento. Como eles ainda estavam produzindo, era certo que teriam suprimentos armazenados em algum lugar. Além disso, Hester e alguns de seus irmãos ainda precisavam da droga, e Killock presumivelmente a tomava nos intervalos entre suas vítimas "cerimoniais".

A dificuldade era descobrir onde estava o estoque e conseguir pegá-lo antes da chegada de Ramsey. Seu irmão não lhe deu muito tempo.

Ela contornou o labirinto e subiu os degraus até o lado norte de Traquair, entrando pela cozinha.

Mani, para sua surpresa, estava esperando por ela lá dentro, sentado sozinho a uma mesa de jantar forrada com um pano. Ele se levantou quando ela entrou, apoiando-se em uma cadeira e na bengala.

— Boa tarde, Sra. Fairweather. Foi uma boa sessão de tiro?

— Acontece que eu sou uma péssima atiradora — respondeu Devon. — Onde está meu filho?

— Está em seu quarto. Eu mostrei a casa a ele e então ele escolheu um lugar de seu agrado. — Mani deu um sorriso cauteloso. — Pensei em vir procurá-la para poupá-la do trabalho de nos procurar por toda a mansão.

— Muito gentil de sua parte — disse Devon com a cabeça ainda girando. — Por favor, vá na frente.

Mani assentiu. Ele se levantou e mancou para fora da cozinha, até o corredor. Em seguida, subiu um lance de escadas que ela ainda não tinha visto, em direção à ala "mais nova" da casa. Nova, neste caso, significava que tinha sido construída por volta de 1700, em vez de 1200, como o resto de Traquair — um fato que Devon achou divertido quando Mani lhe explicou. A Mansão Fairweather parecia impossivelmente antiga quando ela era jovem, mas este lugar era uns bons quinhentos anos mais antigo que sua casa de infância.

— A propósito, que bom que encontrei você — disse Devon, com olhos atentos a outros devoradores. — Eu queria me desculpar novamente por como te ferrei há mais de 22 anos. Eu realmente achei que você era só um convidado interessante.

O rosto dele assumiu uma expressão triste, talvez perdido em lembranças infelizes.

OS DEVORADORES DE LIVROS ✆ **227**

— Como eu disse mais cedo, não precisa se desculpar. Não posso guardar rancor de uma criança que não sabia de nada e que não tinha nenhum tipo de malícia. De todo jeito, você teve sua parcela de sofrimento, pelo que ouvi de sua história.

— E quanto à *sua* história? — questionou ela quando chegaram ao segundo andar. — Como você chegou até aqui? O que aconteceu no meio-tempo?

Dois devoradores de mentes apareceram na curva do corredor, conversando em voz baixa. Mani acenou respeitosamente com a cabeça para os dois, e Devon repetiu o gesto. Nenhum dos irmãos os notou, continuando com sua conversa animada.

Quando os irmãos se foram, Mani disse calmamente:

— Eu fui mandado para o norte até a Mansão Ravenscar, junto com um pequeno grupo de outros humanos, todos pastoreados por cavaleiros. — Ele fez uma pausa para um breve descanso, apoiando-se com força em sua bengala, antes de se reorientar rumo a um corredor longo e luxuosamente decorado. — Naquela época, Weston ainda precisava de cobaias humanas para ajudar a sintetizar Redenção.

Devon parou de repente.

— Como é que é?

— Ah! Ninguém aqui te contou ainda? — Mani inclinou a cabeça, seu olhar astuto por trás de óculos espessos. — O patriarca que primeiro desenvolveu Redenção descobriu que os devoradores de mentes deveriam se alimentar de algum componente presente no cérebro humano. Como ele era um sujeito deveras inteligente, descobriu como isolar quimicamente esse componente, dando-nos a droga que temos hoje.

— Isso é incrível — disse ela, completamente chocada. — Além disso, é absurdamente simples. Por que mais ninguém descobriu isso?

— Provavelmente porque as outras Famílias pensam como devoradores de livros, enquanto devoradores de mentes têm o benefício de uma visão mais *pessoal* do problema — respondeu Mani. — E simplesmente nunca ocorreu a nenhum devorador de livros apenas perguntar aos devoradores de mentes. Seu povo pode ser curiosamente cego nesse sentido. Sem ofensas.

— Não ofendeu.

— Tudo isso para dizer que Weston me manteve trancado por vários anos, me buscando apenas para coleta de sangue e diversos procedimentos de extração no meu cérebro. — Ele apontou para sua perna direita. — Weston também me deixou manco, para garantir que eu não conseguiria fugir.

— Isso é horrível — disse ela horrorizada. — Humanos ainda fazem parte do processo? Parece infernal.

— Era desagradável — disse ele com a neutralidade de alguém que se acostumou com o trauma. — Mas acabou depois de quatro anos, finalmente, quando Weston elaborou um processo completamente artificial para a fabricação de

Redenção. Graças aos deuses! Cada aspecto da droga agora é sintetizado, sem a necessidade de intervenção humana. — Mani voltou a caminhar. — Veja bem, isso significava que eu não tinha mais um propósito.

Devon trotou atrás dele, seus pés silenciosos sobre os tapetes cor de esmeralda.

— Por que ele manteve você vivo? Se não for grosseria perguntar.

— Não é. Eu tenho boa educação, com uma formação em direito e mídias. Weston preservou minha vida para me usar como intermediário para qualquer coisa que exigisse escrita, a única coisa que ele não conseguia fazer sozinho. Eu não diria que nos tornamos amigos, isso seria impossível, dada a dinâmica de poder e o que ele já havia feito comigo, mas nos entendíamos. Ele era um homem frio, mas verdadeiramente brilhante à sua maneira.

— Isso não quer dizer muita coisa. Inteligência é fácil para devoradores de livros.

— Bobagem — disse Mani em tom de reprovação. — Informação não é intelecto. Computadores também podem conter livros inteiros, mas ainda não são considerados inteligentes. Uma coisa é ter um banco de dados e outra bem diferente é *usá-lo*, ainda mais com criatividade. Weston conseguia fazer as duas coisas.

— Eu não havia pensado nisso dessa forma. — Ocorreu a Devon que ela não se considerava particularmente inteligente. Não quando ele descrevia dessa forma.

— De qualquer modo, eu fui o escriba de Weston por um total de dezesseis anos e aprendi muito sobre sua espécie durante esse tempo. — Um sorriso autodepreciativo apareceu em seus lábios. — Tenho escrito um livro sobre a história dos devoradores, mas Deus sabe se ele verá a luz do dia. Mesmo que Killock estivesse inclinado a me permitir publicá-lo, quem acreditaria em alguma coisa dele?

— É uma história incrível — disse Devon com sinceridade. — Você fez algum tipo de acordo com Killock depois que ele assumiu?

— Depois que Killock removeu Weston e os outros devoradores de livros, fui poupado, desde que eu aceitasse a liderança de Killock. — Se Mani achava aquela tênue existência estressante, ele não demonstrava. Talvez ele tenha se acostumado a se mascarar em uma casa de predadores.

— Killock parece confiar bastante em você.

— Eu continuo útil... por enquanto. — Mani concedeu com um tom que sugeria que isso poderia mudar a qualquer momento. — Como todos os devoradores de mentes, Killock consegue escrever, mas ele ainda não existe, legalmente falando, nem tem experiência com o mundo em geral. Eu, por outro lado, sou um verdadeiro cidadão deste país, capaz de abrir contas bancárias e tudo mais, já que tenho documentos pessoais, coisa que ele não tem. Também ajudo a administrar as finanças dos Ravenscar e supervisiono a comunicação com seus fornecedores de drogas.

— Então você conseguiria saber quais componentes são usados nas drogas e também onde as drogas prontas são mantidas — disse ela olhando ao seu redor; não havia ninguém por perto. Esta casa poderia acomodar facilmente quatro vezes mais pessoas do que havia no momento e estava praticamente vazia com apenas quinze pessoas nela. — Desde que Killock te obriga a fazer todo o trabalho duro e manter os registros. Estou certa?

— Essa informação é do seu interesse, Sra. Fairweather? — Ele andou mais devagar, ficando mais próximo. — Há algum motivo especial para sua pergunta?

— Meu filho precisa dela para viver. É do meu interesse mantê-lo vivo. — Ela encontrou o olhar inquisidor dele com seu próprio olhar duro. — Se eu soubesse os ingredientes necessários, talvez pudesse fabricar por conta própria.

— Essa informação só é necessária se você não pretende ficar — disse Mani ajeitando seus óculos. — Por acaso você pensa em se mudar de Traquair?

— Você não? — perguntou ela de volta no mesmo tom. — Vi seu rosto na capela mais cedo. Não consigo nem imaginar como é para um humano passar 22 anos preso entre devoradores de mentes, mas duvido que as coisas tenham ficado melhores ou mais fáceis desde o golpe de Killock. Caramba, *eu* não quero ficar aqui, e sou praticamente um deles.

— Não ficou mais fácil. Nisso você tem razão. — Uma nota de amargura insinuou-se em sua voz. — Mas também tenho 65 anos, artrite, diabetes e recebi um ferimento cruel que dificulta minha rápida locomoção. Convém ser realista sobre essas coisas.

Devon prendeu os polegares nos passadores de seu cinto.

— Bem, eu sou mais jovem, saudável, rápida para caramba e tenho certos recursos à minha disposição. Talvez possamos ajudar um ao outro.

Mani se aproximou mais um passo, ficando quase ombro a ombro com ela.

— Como, Sra. Fairweather?

— Depende. Quanta Redenção você tem em estoque?

Ele sorriu.

— De quanta você precisa?

— O ideal seria o suficiente para Cai viver o resto de sua vida, mas aceitarei quanto você puder me dar.

O ex-jornalista cruzou as mãos sobre a bengala, descansando pensativo.

— Uma mala grande cheia equivale a dez anos para uma pessoa, penso eu. As pílulas são pequenas. Posso conseguir ainda mais, se você puder esperar algumas semanas.

Ela não podia.

— Dez anos está bom. Preciso para amanhã.

— Amanhã? — Seus olhos se arregalaram de leve, e ele quase perdeu a compostura. — Você vai partir tão cedo?

— Assim que eu conseguir Redenção. — E outra chance de conversar com Hester, ela pensou silenciosamente. — Preciso ir embora amanhã à noite. Você pode me ajudar?

— Acredito que sim. — Mani deslocou seu peso, dando um pequeno descanso à perna cansada. — Vou providenciar a condução de um inventário dos estoques de Redenção amanhã. Isso me permitirá obter o que você precisa sem levantar suspeitas.

— E quaisquer anotações que você puder me arranjar sobre os ingredientes — pressionou ela. Dez anos de medicamento lhes dariam tempo de sobra para descobrir a cura, se ela tivesse os ingredientes e os processos anotados.

No entanto, Mani não era bobo.

— Lembre-me novamente o que eu ganho com isso — pediu ele. — Até agora eu ainda não ouvi nenhuma contragarantia de você, Sra. Fairweather.

— Uma viagem de carro para fora daqui e um traslado de balsa com escolta para a Irlanda. Segurança e proteção em todo o caminho, por minha conta.

— Ah, sim. Irlanda... sim, boa escolha. E seremos acompanhados por mais alguém?

— Amigos meus, de confiança, que virão nos buscar — disse Devon. — Talvez Hester. Não tenho certeza.

— Hester, hein? Eu me perguntei se ela... bem. — Mani ponderou por um momento, ainda apoiando-se em sua bengala. — Encontre-me amanhã à noite na fábrica de cerveja — disse ele, por fim. — Às sete da noite, em ponto. Serei pontual e espero que faça o mesmo.

— Estarei lá. — Ela estendeu a mão.

Mani a apertou brevemente.

— Foi uma adorável reunião — disse ele com satisfação, como se eles estivessem conversando sobre o clima. — Venha, Sra. Fairweather. Seu filho está esperando.

A PRINCESA BUSCA SEU PRÍNCIPE
DEZOITO MESES ATRÁS

Então a princesa amarrou seus cabelos, calçou suas botas, vestiu seu casaco de mil peles e saiu para a silenciosa escuridão nevada. Ela andou a noite toda.

— Charlotte Huck, *Princesa Furball*

Depois de oito longos meses em Camelot, Devon finalmente estava "livre" para partir.

O asfalto esburacado ocupava a vista de sua janela, cercado por calçadas repletas de pedestres. Um ano antes, ela teria ficado emocionada com a visão. Agora a ideia de viver entre eles indefinidamente a fazia querer rastejar para a grade de esgoto mais próxima e nunca mais sair.

— Vamos deixar você na estação. Siga seu caminho a partir de lá. — Ramsey guiou seu Volkswagen através do tráfego preguiçoso de Oxford, a primeira vez que ela o viu dirigir algo que não fosse uma motocicleta. — A quantidade de dinheiro que você está levando facilmente vai durar anos.

— Anos? — Em seus meses de treinamento, ele implicou que só levaria algumas semanas. — Você vai realmente me deixar aqui por *anos*?

— Não deve demorar tanto assim. Um ano, no máximo.

Isso não a tranquilizou em nada.

— Co się dzieje? — sussurrou Cai do assento ao lado dela. — Gdzie jesteśmy?

— Eu não sei o que você está dizendo — disse ela pela terceira vez desde que entraram no carro.

O lábio inferior dele estremeceu, e ela suspirou. Cai havia sobrevivido com os esparsos suprimentos de Redenção dos cavaleiros por oito meses, sua mente ainda era a de uma criança. Não haveria mais a droga agora. Não até Devon encontrar os Ravenscar. Para prepará-lo para a viagem, seu filho foi alimentado com um estranho humano, adquirido a pedido de Ramsey.

— Lembre-se das regras — disse Ramsey por cima do ombro, como se já não tivesse dado a ela uma folha com aquelas regras para comer. — Ligue a cada catorze dias, mesmo que não tenha nada para relatar. Se você se atrasar mais de 24 horas para entrar em contato, vamos acionar o dispositivo. — Ele dirigiu com uma mão só através de uma luz laranja, gesticulando para a bolsa no colo de Devon. — Ligue antes se encontrar os Ravenscar, ou se o plano mudar. Seu telefone para cavaleiros e seu carregador estão aí. Guarde-os com segurança. Não contate outras Famílias, nem agentes da lei humanos. Se você tentar falar com qualquer um desses, vamos retirar todo o apoio e, novamente, acionarei o explosivo de Cai.

— Você não é mesmo um tio exemplar. — Ela supôs que ele havia aprendido bem com Aike.

— Obrigado, eu tento. Lembre-se, se você vir cavaleiros na cidade, essa é a sua dica para se mudar para um novo local. Alguma dúvida?

— Sim, eu tenho uma maldita dúvida. Meu filho não fala mais inglês. O que eu faço?

Ramsey revirou os olhos.

— Coma um livro de polonês, idiota. Não é uma barreira exatamente difícil para nós.

— Não é sobre a língua. Ele pensa que é outra pessoa!

— Isso é bem comum. — O Volkswagen fez uma curva fechada, parando na estação com os pneus batendo em buracos da rua. — Bem-vinda à vida de um devorador de mentes que não tem Redenção. Considere-se sortuda por ele não pensar que é Matley.

— Sortuda — ecoou ela, sombria. — Claro.

— Se te incomoda, então pare de ser tão molenga e encontre uma refeição fresca para ele assim que eu te deixar — disse ele, irritado. — Eu recomendo dar a ele crianças, quando puder. É menos provável que ele fique sobrecarregado e isso manterá o acúmulo de memórias sob controle por mais um tempinho. E elas são mais fáceis de capturar também.

Meu Deus, ela pensou e se sentiu enojada. Ela se perguntou se Ramsey tinha dado intencionalmente uma refeição estranha para Cai, para que ela fosse forçada a caçar uma nova pessoa. Seria algo que ele faria.

Seu irmão parou em uma vaga temporária e desligou o motor.

— Não faça nenhuma besteira. Entrarei em contato logo.

Devon desafivelou o cinto de segurança, abriu a porta e saiu devagar.

O mundo a sobrecarregava. Carros amontoados como cracas. O ar fedia a fumaça de carro e suor. As pessoas fluíam de forma desigual para seus vários destinos em um emaranhado instável. Vidas e corpos distantes de sua própria existência, mas muito próximos e tangíveis.

OS DEVORADORES DE LIVROS **233**

Em toda a sua vida, ela nunca tinha visto mais do que um punhado de humanos, a maioria à distância. Agora eles estavam por toda a parte, carnudos, desajeitados e barulhentos, fedendo como os animais e as plantas que comiam. *Tantas* pessoas!

Cai escalou para fora, sua mão pegando a dela, pendurando-se ao seu lado; ela lhe deu um aperto cauteloso. Talvez ele achasse esse novo ambiente tão confuso e sujo quanto ela.

— Vá — ordenou Ramsey, irritado e quase inaudível de dentro do Volkswagen. — Não posso ficar nesta vaga muito tempo.

Ela inspirou uma lufada de ar repleto de poluição.

— Eu não sei como viver aqui.

— Não seja burra. Você teve meses de treinamento, vai ficar bem. — Ramsey se inclinou, fechou a porta e começou a dar ré. O último bastião de familiaridade da Família em retirada, por mais desagradável que esse bastião fosse.

Em segundos, ele havia partido e eles estavam sozinhos: menino e mulher em um pedaço de asfalto preto, ambos não humanos e perdidos. O tráfego rugia de um lado, os trens se arrastavam de outro. Cada respiração tinha um gosto de poluição.

Nada que Devon lera, comera ou experimentara a havia preparado para nada disso. Nem mesmo o treinamento de Ramsey, que foi pouco mais do que algumas palestras e folhas de papel impressas para passar o tempo enquanto seus homens procuravam rastros dos Ravenscar. Fatos e detalhes não compreendiam a realidade, e as instruções dele a deixaram tão preparada para este ambiente quanto seus contos de fadas a deixaram preparada para se casar.

— Boję się, Devon — disse Cai, choramingando. Pelo menos ele sabia o nome dela.

— Você não se lembra de *nada* de inglês? — perguntou ela, desejando pela milionésima vez que não tivesse deixado os cavaleiros tirá-lo de sua vista. — Que tal alemão? Eu já comi alguns contos de fadas em alemão. Sprichst du Deutsch?

— To nie jest moje ciało — respondeu ele, seus grandes olhos escuros marejados. — Powiedz mi, dlaczego mam to ciało?

Nada de alemão, então. Se ao menos sua seleção de contos de fadas tivesse sido maior e incluísse um pouco de literatura do Leste Europeu!

— Vai ficar tudo joia — mentiu Devon e enxugou as lágrimas dele com o polegar. Uma tia havia dito isso a ela no dia de seu primeiro casamento e também foi uma mentira. — Vamos fazer uma viagem. Uma jornada divertida.

As lágrimas dele não pararam. Ele nunca esteve em nenhum lugar além da Mansão Easterbrook e do complexo dos cavaleiros, e sua primeira refeição foi assombrosamente traumática. Cai estava aterrorizado e magoado.

Como se acalma uma criança devoradora de mentes angustiada? Não é como se ela pudesse simplesmente comprar um pirulito para ele. Quando ele era bebê, ela o deixava mamar para se acalmar, mas agora ele já estava muito velho para isso, e o leite dela já havia secado havia muito tempo.

Devon percebeu com uma dolorosa clareza que ela não sabia como ser mãe, nem para Cai nem para ninguém. Ela já deveria ter deixado seus filhos, o papel sacrossanto da maternidade transferido para uma mansão inteira cheia de tias. Ela agora navegava em águas desconhecidas.

No momento, ela não conseguia nem mesmo fazê-lo parar de chorar. Será que poderia comprar um brinquedo para ele ou alguma outra distração? Algo para fazer, ler, distraí-lo de qualquer desequilíbrio que ele estivesse experimentando. Isso seria uma prática materna boa ou ruim? Devon decidiu que *boa* ou *ruim* não importavam diante da necessidade. Ela sentou com ele em um banco do lado de fora da estação de Oxford e procurou por dinheiro em sua bolsa.

Vasculhando as notas amassadas, ficou surpresa ao encontrar não apenas o dinheiro que Ramsey a forçou a levar, mas também seus três livros de contos de fadas e o pequeno *Game Boy* de Jarrow. Os cavaleiros não se incomodaram em privá-la dessas coisas, ou então acharam que, com elas, sua fuga falsa pareceria mais autêntica.

— Ei — disse ela, pegando o *Game Boy*. — Quer dar uma jogadinha nisso? Um amigo meu me deu.

Cai nem olhou para ela.

— Mały chłopiec zniknął. — Ele abraçou forte os seus joelhos enquanto se balançava para a frente e para trás no banco. — Nie, nie. Jestem teraz małym chłopcem!

Devon ligou o console, e a tela se iluminou. Mario surgiu como uma série de pixels, acompanhado por uma fanfarra de música de bipes. O cenário retratava uma imitação esboçada da natureza.

Cai deu um soluço trêmulo, mas sua atenção foi um pouco atraída pela visão do console. Ele parecia confuso, mas curioso.

— É assim. — Devon apertou botões para fazer Mario andar. — A princesa foi sequestrada, e você está tentando resgatá-la. É assim que você pula, e essas coisas aqui te matam. Olha, eu já morri naquele cogumelo. — Ela não conseguia esconder o desgosto em sua voz. — Mas você volta quando morre e pode continuar tentando, para sempre, até vencer.

Aquilo era sua maior fantasia. Jogos ofereciam uma dimensão em que os erros tinham poucas consequências permanentes, ou nenhuma. Se ao menos alguém pudesse reiniciar os níveis da sua vida, ela pensou. As mudanças que ela faria. A princesa que ela salvaria.

Cai agarrou o *Game Boy* desajeitadamente, seus dedos muito pequenos para segurá-lo bem. Em termos biológicos, ele era um pouco jovem para um jogo daqueles, mas seja lá qual pobre alma tenha lhe servido de alimento, quase certamente tinha mais de 3 anos.

— Ciekawy — divagou ele e começou a jogar.

— Bom menino. — Devon o pegou nos braços. Seu filho se aninhou bem, jogando *Mario* com extrema concentração, e ela quase sorriu.

Apesar de falar uma língua que ela desconhecia e as memórias dele estarem misturadas com outra alma que ela nunca conheceu, ele ainda tinha o mesmo cheiro: pele morna com aroma de nozes e aquele leve cheiro de serragem de seus cachos escuros. E, apesar de ela ter fracassado em confortá-lo com palavras, Devon lembrou a si mesma que ele ainda se agarrava a ela, ainda se escondia aninhado em seu ombro. Algum vínculo entre eles persistiu, apesar da confusão psicológica de sua alimentação. Era suficiente, por enquanto.

Devon Fairweather entrou em uma estação de trem pela primeira vez em seus 27 anos de vida, com uma bolsa cheia de dinheiro roubado em um ombro e Cai empoleirado do outro lado. Seus sentidos batalharam contra mais um ataque; o cheiro de plástico mofado e de bagagem rançosa. A tagarelice dos transeuntes invadindo os espaços entre suas orelhas. Um homem falando em seu celular trombou de frente com ela, apenas para quicar espantado quando ela não se moveu. Ela ignorou os palavrões dele — ele não conseguia ver por onde andava? — e continuou em seu caminho.

Comprar passagens se parecia com conduzir uma complexa operação militar. Se o vendedor no balcão levantasse uma sobrancelha para ela por pagar com notas de cinquenta libras, e daí? Ela não contou o troco porque ainda não sabia como e vagou desajeitadamente pela estação até encontrar a plataforma correta.

Lá estava o trem, finalmente. Desabar em um par de assentos trouxe um pouco de alívio. Havia menos gente à vista, o estofamento era macio, Cai estava quieto por enquanto. Ele jogava o *Game Boy*, resmungando e exclamando baixinho em polonês.

Do lado de fora da janela, o mundo passava, o futuro os levava rumo ao sul, em direção ao primeiro contato dela na lista de Ramsey. O sul também era onde Jarrow estava, ela pensou, divagando. Ela precisava contatar Jarrow sem a Família saber. Eles poderiam se ajudar. Essa era sua melhor chance.

As possibilidades a escapavam quando ela tentava focá-las, e o movimento repetitivo do trem lhe causou sonolência. Com a cabeça encostada no vidro frio, Devon caiu em um sono exausto.

Eles chegaram a Reading, uma cidade que Devon erroneamente pronunciava como *reeding*. Ela pagou por um quarto no primeiro hotel que encontraram, quase diretamente do outro lado da rua. Depois se encolheu em uma pequena cama desconfortável com Cai em seus braços, ainda cansada, apesar de todo o tempo que passou dormindo.

Havia muita coisa que Ramsey não foi capaz de lhe ensinar sobre o mundo humano, provavelmente porque sua própria exposição era limitada. Devon descobriu ser fisicamente superior, conforme aprendeu depois de seu primeiro aperto de mão desastroso com um estranho, e ela tinha um repositório mental de livros muito maior do que o de qualquer humano.

No entanto, sua memória de livros não era tão útil quanto ela esperava. Ela era culturalmente inadequada e educada de forma diferente. Coisas simples, como o processo de comprar coisas em lojas ou de pegar um transporte, ela entendia, mas outras coisas a confundiam. Grandes eventos históricos e assuntos atuais ou política eram uma lista insípida de tópicos em sua cabeça, distanciados de contexto ou investimento emocional. O primeiro-ministro fez o quê? A rainha esnobou quem? Tudo isso era vago e complicado.

Depois de uma semana inteira como uma estranha em uma terra estranha, ela finalmente descobriu como contatar Jarrow.

Com dinheiro em mãos e Cai seguro em seu quarto, Devon foi até uma loja de videogames e comprou uma cópia de *Tomb Raider: The Last Revelation*. Ela pagou a um caixa desconcertado para escrever o telefone dela como uma sequência de código Morse em um pedaço de papel, observando cuidadosamente para ter certeza de que ele escrevera tudo certo, então colocou a frágil tentativa de contato dentro da caixa do jogo e partiu rumo a uma agência dos correios.

— Perdão, mas você poderia escrever este endereço para mim? Eu machuquei minhas mãos e preciso enviar este pacote para Jarrow Easterbrook, na Mansão Gladstone, em Londres. O quê? Não, hum, eu não sei o código postal, receio...

O homem atrás do balcão chupou os dentes, mal-humorado. Sem querer ser dissuadida, Devon simplesmente repetiu seu pedido até que o homem cedeu, procurou o código postal e escreveu tudo. Ela deu seu melhor sorriso e caminhou lentamente através da multidão crescente de volta ao seu quarto de hotel.

Um jogo agora estava levando seu número de telefone até Jarrow. O código Morse a identificaria como remetente, esperançosamente sem alertar mais ninguém, não que ela esperasse que alguém examinasse a correspondência de Jarrow. Mas claro que é melhor prevenir do que remediar. Então, se pudesse, ele ligaria para ela, entraria em contato, reconectaria os dois novamente. *A ajudaria*, como prometeu. E talvez, só talvez, ela o ajudaria também.

Só que — sussurrou uma voz baixa em sua cabeça enquanto ela passava pelas portas giratórias — já fazia mais de três anos desde que ela o vira, levado para longe dela pelos Winterfield raivosos em meio ao caos que se seguiu ao nascimento de Cai e ao ataque violento de Matley.

Desde então, qualquer coisa poderia ter acontecido. Talvez Jarrow tivesse sido mandado a outro lugar, ou simplesmente seguiu em frente. Ele estava com Vic agora, afinal; isso poderia ser suficiente para ele. Ela acreditava que ele a procuraria se ela entrasse em contato, e esperava que ele o fizesse, mas não podia contar com isso nem ter certezas. Devon decidiu esperar três meses e depois reavaliar a situação.

Enquanto isso, ela tinha alguns Ravenscar para encontrar.

NICTERÍSIA SEGUE O VAGA-LUME
DOZE MESES ATRÁS

Nicterísia seguiu o vaga-lume, que, assim como ela, estava procurando a saída.

— George MacDonald, *O Garoto do Dia e a Garota da Noite*

Procurar os Ravenscar se provou uma lição brutal.

Rastrear um de seus antigos fornecedores de drogas levou Devon diretamente ao endereço que Ramsey lhe dera. Ela andou até o *flat* subterrâneo na cidade, que fedia a fumaça e a água parada. Quatro homens estavam lá dentro, seus rostos coincidindo com as descrições que ela havia recebido.

Ela nunca havia falado com humanos que traficavam drogas ou outras coisas ilícitas e presumiu, erroneamente, que eles estariam dispostos a conversar ou a negociar. Em vez disso, eles a viram como uma oportunidade: uma mulher sozinha, ingênua e incerta, a vítima perfeita para tráfico de pessoas. Quando terminaram de rir de seus pedidos, tentaram capturá-la.

Seu primeiro soco quebrou o pescoço de um homem. Seu primeiro chute esmagou as costelas de outro. Os outros dois caíram momentos depois sob sua investida frenética e terrível. Ela fugiu do local, abalada pelas mortes acidentais e também furiosa por eles terem ao menos *ousado*.

Depois, mancando por ruas cheias de chicletes grudados e ladeadas por edifícios de tijolos desbotados, ocorreu-lhe que ela deveria tê-los abordado com mais tato. Mulheres estranhas de aparência sombria aparecendo em armazéns ilícitos e exigindo endereços de clientes secretos não era a ideia de diplomacia de ninguém. Faltava a ela experiência nesse sentido.

Pelo menos havia uma lista inteira de outros nomes e lugares para tentar. Mas o primeiro encontro deixou Devon muito alarmada. Ela temia tentar de novo. Seu telefone ainda não havia tocado, e o silêncio de Jarrow era outro peso em sua mente. Ela deveria ter ido direto para a próxima cidade, e, ainda assim, os dias se transformaram em mais uma semana.

Enquanto isso, ela comprou um livro de frases em polonês para comer e conseguir falar com Cai, e também revistas envernizadas, guias de TV e livros sobre cultura ou política para conseguir conversar com humanos. Às vezes ela os comia com ketchup, como Jarrow havia ensinado, para amenizar aquele gosto de plástico.

Naquela época, Cai não estava perpetuamente fraco devido à fome quase constante, e nem ela ainda havia caído na rotina de perseguir a próxima vítima. Eles passaram muitas horas silenciosas caminhando em parques ou florestas, expandido o escopo de seu pequeno mundo. Ainda solitários, mas pelo menos não estavam entediados.

— Tęsknię za domem, ale to miejsce jest ładne — disse ele uma vez, e ela assentiu aliviada ao ouvir sua aprovação. Esta cidade *era* agradável à sua maneira.

Ela pensou em levá-lo a parquinhos, mas decidiu que era muito arriscado; sua língua poderia ser vista. Ele não conseguia escondê-la bem e sibilava fortemente quando falava. Para evitar problemas, eles normalmente saíam de noite ou de manhã cedo, quando havia menos humanos por perto.

E os próprios humanos eram um desafio às suas preconcepções. As mulheres do resto do mundo se vestiam de forma diferente dela e de suas tias. Suas longas saias de linho atraíam muitos olhares em público. Alguém lhe perguntou, uma vez, se ela fazia parte de alguma encenação histórica. Devon disse que sim e saiu rapidamente, porque parecia ser a resposta mais segura.

Às vezes ela observava humanos enquanto andava por aí: essa massa ambulante de pessoas, tão semelhantes e tão diferentes dela. Observava mulheres vestindo calças jeans e andando de mãos dadas em público, observava homens se casando com outros homens abertamente — não se encontrando discretamente, como os irmãos da Família faziam. A franqueza do afeto deles capturou sua curiosidade. Ela comprou óculos escuros e os usava frequentemente, para poder examinar estranhos sem que ninguém percebesse.

Ela foi a uma loja de caridade e comprou os livros mais estranhos e ousados que conseguiu encontrar, coisas que ela nunca teve permissão para consumir enquanto crescia. E então passou uma semana os comendo.

Gênero, sexualidade, crenças e relacionamentos se ramificavam em camadas infinitas de complexidade, impressionando-a com sua variedade em comparação ao fragmento ínfimo que ela experimentou ao crescer. Nos livros, na vida, no mundo ao redor.

Pouco depois, ela voltou à loja de caridade e comprou roupas novas. Calças jeans, camisetas escuras com slogans, sapatos de cadarço feitos de vacas mortas. Ainda não fazia ideia sobre do que gostava, mas descobriria. Jogou fora as saias de linho e os vestidos longos. Ninguém deveria vestir aquilo.

No mesmo dia, comprou uma tesoura e, parada em frente ao espelho do banheiro, cortou suas tranças. O reflexo que olhou de volta para ela não era o de uma princesa, mas sim *dela mesma*. Isso lhe deu uma satisfação selvagem. Como se ela tivesse tirado uma pele falsa.

Depois de mais uma semana daquela tortuosa vida de reflexão, seu telefone tocou. O coração de Devon acelerou, mas era apenas Ramsey. Cheia de desgosto, ela atendeu.

— Sua idiota! — De alguma forma, ele conseguiu rosnar através da distância eletrônica. — O que você está fazendo? Estas não são suas malditas férias!

— Eu...

— Mulheres humanas não vagam por aí às duas da manhã com seus filhos pequenos. Você chama atenção, parece estranha, nenhum Ravenscar chegaria a quilômetros de você, e eu recebi relatos de um devorador de livros que *avistou* você na cidade. Você sabe o quanto isso dificultou minha vida?

— Como eu vou saber o que fazer? Não sou um deles — retrucou ela, finalmente conseguindo falar. — Estou aprendendo, está bem?

— Bem, aprenda mais rápido! Chega de caminhadas noturnas e caia fora de Reading o mais cedo possível — disse ele. — Você deveria ser uma fugitiva. Comece a agir como uma!

Ele desligou.

Devon largou o celular e olhou para Cai, que estava vendo um filme mudo em preto e branco na televisão. Ele não notou o telefonema dela e, de qualquer forma, ainda não sabia inglês.

— Precisamos partir — disse ela, falando com ele em um polonês de dicionário. — Para uma nova cidade. — Havia muitos lugares na lista dela.

Mais tarde naquela noite, Devon pegou um ônibus debaixo de uma chuva torrencial, com um Cai molhado e rabugento ao seu lado. Eles se sentaram em um assento perto da frente, porque, por razões que ela não conseguia compreender, outros humanos pareciam preferir se sentar atrás. Devon gostava da vista mais ampla.

Reading ficou distante, seus edifícios de tijolos vermelhos e multidões de universitários deixados para trás na crescente escuridão. Devon observou através de janelas sujas com o celular em seu colo.

— Głodny — disse Cai, com a palma da mão apertando a barriga. — Głodny, Devon.

Ela estremeceu.

— Eu sei, querido. Vou arrumar algo para você comer. Muito em breve. — Ela estivera temendo sua fome, incerta sobre como capturar alguém para ele. A ideia lhe dava calafrios de ansiedade. Ramsey havia sugerido crianças; o que a enojava. Ela resolveu não fazer isso a menos que estivesse realmente, realmente desesperada.

Mas então, como ela escolheria? Talvez pudesse alimentar Cai com os humanos considerados "indesejáveis": assassinos, ladrões e estupradores. Fingir que ela era algum tipo de vigilante fazendo uma limpeza de pessoas, como os heróis taciturnos das histórias em quadrinhos de Jarrow.

Mas devorar cada pessoa havia afetado imensamente Cai, e a indicação odiosa de Ramsey de que *isso é normal* a assustava muito. Ela temia dar a seu filho alguém perverso ou cruel para consumir e a corrupção mental que isso causaria a ele. Pela sanidade e pelo bem-estar mental de Cai, ela teria que escolher boas pessoas.

Isso por si só era um dilema. Quem era bom, ou ao menos bom *o bastante?* O que significava a bondade? Como ela a media? E o que isso dizia sobre ela, escolhendo os mais gentis e doces estranhos que encontrasse, tudo pelo bem de seu filho? Se ele se tornasse uma "boa" pessoa devorando boas pessoas, ele não batalharia com a imoralidade de tudo isso?

Essa seria a primeira de muitas escolhas desse tipo. Ela odiava o quão difícil era e temia que fosse ficar mais fácil.

Talvez estranhos "normais" servissem, pessoas comuns com vidas comuns. Ela tentava conceber uma ideia de como era um ser humano comum e só conseguia pensar em camponeses de contos de fadas, ou em servos de velhos clássicos ingleses. E, pior ainda, nos quatro traficantes que matara.

A limitação de sua experiência a horrorizou, essa interseção distorcida de privilégio protegido e abuso ao longo da vida. Mesmo depois de todos os livros que lera e das novas experiências que tivera, os vieses da Família limitavam seus parâmetros.

Como Nicterísia, ela pensou, encolhendo-se.

Havia um velho conto de fadas chamado *O Menino do Dia e a Menina da Noite*, do qual ela ainda carregava uma cópia. A protagonista era uma jovem criada por uma bruxa cruel dentro de uma caverna sob um castelo. A menina cresceu conhecendo apenas a escuridão, o que na época não parecia muito um problema para a Devon criança.

Mas a ideia geral era a de que o mundo de Nicterísia era limitado: ela achava que a lâmpada em sua caverna era um sol e que o universo era apenas uma pequena série de cômodos. Ela não sabia nada da sociedade e tinha pouquíssimos livros. Uma situação com que qualquer devoradora de livros conseguia se identificar.

Um dia, Nicterísia escapou de sua caverna seguindo um vaga-lume perdido. Ela acabou no jardim do castelo. Mas suas reações na história foram estranhas e inesperadas. Ao ver a Lua pela primeira vez, Nicterísia decidiu que deveria ser uma lâmpada gigante, semelhante à de sua caverna. Ela viu o céu e também decidiu que deveria ser outro tipo de teto. E, quando olhou para o horizonte, ela viu não um mundo ilimitado, mas apenas outro cômodo, ainda que com paredes distantes.

O conceito de *exterior* não existia para alguém como Nicterísia, e nem poderia existir. Sua criação lhe dera uma perspectiva tão fixa que, mesmo ao encontrar algo novo, ela só conseguia processá-lo dentro das linhas já delimitadas para ela.

A complexidade da história confundira Devon quando criança, mas agora ela a entendia bem. A verdade é que Nicterísia nunca escapou. Ah, ela ganhou um príncipe e um castelo, e a bruxa morreu no final. Mas Nicterísia jamais poderia deixar a caverna, porque a caverna era um lugar em sua mente; era toda a maneira como ela pensava sobre a realidade.

Princesas assim não podiam ser resgatadas.

O último pensamento de Devon antes de cair no sono no ônibus foi se perguntar se, na verdade, ela havia entendido errado. Talvez *todos* estivessem vivendo em uma caverna e Nicterísia fosse a única pessoa inteligente o suficiente para reconhecê-la.

O ônibus chegou em Eastleigh, outra cidade cujo nome Devon achava confuso de pronunciar. Seu conhecimento geográfico era escasso, mesmo com os mapas que ela devorou.

— Głodny — implorou Cai quando eles saíram da estação sob uma chuva quase torrencial. — Głodny, głodny, głodny!

— Vou arranjar algo para você comer muito em breve. — Devon o abraçou forte, então o afastou alarmada quando ele se aninhou em sua orelha.

Ela deveria ter arranjado alguém antes. Muito antes. Só que a ideia de "caçar" uma vítima a enchia de horror; ela não estava pronta. Nunca estaria pronta.

Mas Cai estava faminto. Ela estava ficando sem tempo.

Eles encontraram outro hotel — meu Deus, por que tudo precisava ser tão caro? Tinha que haver uma solução mais barata — e ela o deixou sozinho, de novo, só com o *Game Boy* e a televisão. Hora de alimentar seu filho. De alguma forma, ela precisava fazer isso, dar um jeito.

Por puro acaso, Devon encontrou sua primeira vítima antes de ter percorrido um quarteirão. Um velho embriagado começou a cambalear atrás dela na rua, perguntando se ela tinha uns cinco dólares sobrando para uma bebida e falando coisas do tipo: "Ei, ei, garota, aonde você está indo com essas suas pernas compridas?"

Devon parou e se virou para olhá-lo.

— Você é uma boa pessoa? — E então, como isso não parecia específico o suficiente, ela acrescentou. — Você é bondoso?

— Hein? — Ele apertou os olhos, que estavam vermelhos de tanto uísque. — Você vai me arranjar cinco dólares se eu disser que sim, altona?

Ele tinha cerca de 60 anos, ela calculou, não mais que isso. O suficiente para ter vivido uma vida plena.

— Claro, levarei você de volta ao meu quarto e te darei cinco dólares se você disser que sim. — Ela se arrependeu da proposta quase instantaneamente. Ele certamente interpretaria errado o que ela queria dizer e diria qualquer coisa que achasse que ela queria ouvir.

Mas ele a surpreendeu quando fez uma pausa e considerou seriamente a questão. A chuva voltou na forma de uma garoa deprimente, e ele continuou lá parado, divagando, um pouco triste e muito bêbado.

— Eu queria ser bom — disse ele finalmente. — Quando eu era mais jovem. Minha mãe gostaria que eu fosse um bom sujeito. Mas ser bom é difícil, muito difícil. A vida continua te pegando pelo pescoço, te chutando por aí.

— Verdade. — Devon sentiu um calor inesperado atrás dos olhos. — Venha, vou tirar você dessa chuva. Não estou oferecendo minha cama, mas posso te arrumar uma bebida e algum dinheiro, está bem?

Uma vida era entregue de forma tão simples e fácil. Se a vergonha era uma ferida aberta, seu aperto de mão era uma dose de sal e limão.

Devon o levou escada acima até um Cai faminto, e então se trancou no banheiro e chorou em suas toalhas macias de hotel enquanto seu filho saciava sua fome lá fora. Ela manteve os dedos nos ouvidos e o telefone apoiado nos joelhos, sempre presente, caso Jarrow ligasse.

Ele não ligou. O telefone permaneceu silencioso, inerte e indiferente às suas orações como um dos incontáveis deuses distantes dos humanos.

Por fim, tudo silenciou no quarto ao lado.

Devon se levantou e saiu de seu refúgio. Ela foi recebida por uma cena conturbada, de lençóis e cobertores espalhados pelo chão. Uma cadeira derrubada. Cai dormia profundamente em uma cama bagunçada ao lado do corpo do velho, que estava cada vez mais frio. Paz em meio àquele caos.

Esses foram os primeiros dias, antes de Devon aprender a ser cuidadosa ou entender o que a frase *investigação policial em curso* pode significar em relação às vítimas deixadas para trás. Ela simplesmente carregou o cadáver para o banheiro e o deixou apoiado contra o vaso sanitário. Ele não sobrevivera.

Um problema para amanhã. O luto a deixou exausta, e ela precisava dormir. Mais tarde naquela noite, enquanto estavam espremidos na cama de solteiro, Cai conversou com ela enquanto pegava no sono em seus braços.

— Eu nunca machuquei ninguém — murmurou ele. — Só um pouco. Só quando ela estava me tirando do sério. Esses malditos policiais, sempre do lado da mulher. Meu Deus, eu a amava, mas eu não era bom para ela. Eu poderia ter sido um homem bom, se ao menos não tivesse amado. — Ele se virou. — Minha mulher chorou como você. Mas eu não fiz nada a você, só a ela. Por que você está chorando, altona?

— Ser boa é muito difícil — disse ela com os dentes cerrados. — A vida continua me pegando pelo pescoço, me chutando por aí.

— Não é assim que a vida é? — disse seu filho, e por um horrível minuto ela se sentiu como se fosse Cai quem tivesse morrido, seu corpo habitado pelo espírito do velho que ele havia absorvido. Mas então ele disse, com um sotaque mais acentuado:

— Boa noite, Devon. Estou tão feliz por saber inglês novamente!

— Boa noite, querido — respondeu ela, engasgada com as palavras de uma lembrança minguante de conforto materno. — Durma bem.

Bem depois de Cai, ou quem quer que ele fosse agora, adormecer, o peso de tudo caiu sobre ela como uma segunda pele, apertando-a até que ela mal conseguia respirar ou se mover. Ocorreu-lhe que poderia simplesmente partir. Levantar-se e ir embora. Alguns dias depois, Ramsey detonaria aquela bomba e não existiria mais Cai. Enquanto isso, ela própria estaria em fuga para algum lugar, rápida, sozinha, pronta para aventuras e finalmente livre...

A bússola escorregou e ela sentiu seu toque frio no peito. A clareza encharcou seus nervos como um balde de água fria no rosto. Deixá-lo não era uma opção. Coragem, disse ela a si mesma. Inspire, expire; resista.

Ela apertou a bússola com força. O importante era focar seu objetivo. Não deixar Ramsey, o Tio Aike, Matley e todos os outros vencerem; não falhar com Cai como já havia falhado com Salem.

Foco.

Encontre Jarrow.

Exponha seus planos, traga-o para o seu lado.

Encontre os malditos Ravenscar.

Roube as drogas para Cai.

E depois disso...

Na escuridão silenciosa de seu quarto de hotel, o telefone começou a tocar, sacudindo a mesa de cabeceira com suas vibrações. Ela o pegou e abriu a tampa.

Um número desconhecido, usando um código de área desconhecido.

Seu coração batia freneticamente.

— Alô?

— Sou eu. — Uma voz áspera, cansada, aguda e inconfundivelmente de Jarrow Easterbrook. — Recebi seu pacote, mas não posso falar muito aqui. O quão distante você está de Brighton?

ATO 5

MEIO-DIA

GRENDEL E SUA MÃE
DIAS ATUAIS

Talvez todo monstro seja um milagre destinado a mudar o mundo.
— Maria Dahvana Headley, *A Mera Esposa*

O quarto que Cai tinha escolhido era um espaço grande e excessivamente decorado, uma reminiscência dos aposentos que Devon ocupava quando menina na Mansão Fairweather. Prateleiras de teca e pinturas desbotadas de humanos com olhos de sapo disputavam o espaço com vista para uma cama de dossel e móveis espalhados. A lareira estava fria e o outrora exuberante papel de parede estava descascado e se desfazendo, com pedaços sutilmente manchados por conta da crescente umidade.

Cai estava sentado na cama, com as pernas cruzadas e de costas para ela, inclinado sobre alguma coisa. Devon presumiu que era o *Game Boy*, até que viu o pequeno console ao lado dele em cima do edredom.

— Ei! — Ela atravessou o chão de carvalho com os pés ainda descalços, sujos depois de quilômetros de viagem, e se sentou no edredom perto de seu filho. — O que houve?

Cai se virou e a olhou com tanta hostilidade, que ela parou abruptamente.

— Alguém está te mandando mensagens — disse ele. E estendeu o telefone para ela, o mesmo que ela havia deixado para trás para conversar com Killock e Hester.

Nova Mensagem, declarava o ícone. Três delas, na verdade, e todas de Ramsey.

— Isso é meu — disse Devon estupidamente e estendeu a mão para pegar o celular dele.

Mas Cai se afastou dela, segurando o telefone mais próximo dele.

— Ouvi seu telefone apitar, então eu o verifiquei. Para quem você está mandando mensagens? Achei que você só usava isso para encontrar os fornecedores dos Ravenscar.

A voz dela desapareceu junto com sua coragem, e ela desejou que o chão pudesse engoli-la inteira. Não era assim que ela queria que seu momento de confissão fosse. Todo o perigo que Devon havia enfrentado em sua vida e, mesmo assim, de alguma forma, ela nunca teve tanto medo quanto neste momento.

— Por que você está escondendo coisas de mim? — Ele estava começando a ficar vermelho, um rubor lento subindo por seu pescoço. — Eu achei que você fosse a única pessoa em quem eu poderia confiar, que deveria estar do meu lado! Quem está te mandando mensagens?

— É uma explicação longa e complexa — respondeu ela, soando fraca até para si mesma.

— Então comece a explicar! — Ele a encarou por baixo de uma mecha de cachos escuros. — Você está mentindo para todos sobre alguma coisa e estou cansado disso. *Quem está te mandando mensagens?*

— Um dos meus irmãos — retrucou ela e, então, tapou a boca com as duas mãos, porque não tinha a intenção de gritar com ele. O estresse de um dia longo e cheio de conflitos.

A hostilidade de Cai se transformou em choque.

— Você tem irmãos?

— É claro — disse ela, com a voz cansada. — Todos em uma mansão são parentes uns dos outros, então todos os homens Fairweather são meus irmãos ou tios. — Ou pai.

— Mas você nunca fala sobre eles!

— Não falo. — Devon exalou pelo nariz. Ela nunca havia falado sobre as aventuras da infância com Ramsey, ou sobre os pântanos cheios de coelhos e raposas. Sobre invadir alas proibidas de bibliotecas ou escalar parapeitos. Para Cai, as Famílias eram simplesmente um medo sombrio em perpétua perseguição a ele. — Você tem razão. Eu tenho escondido coisas de você.

— Não me diga! Que merda!

— Ei! Cuidado com essa sua boca.

— Cuidado com a *minha* boca? Você que é a maldita mentirosa!

Devon colocou suas mãos atrás das costas para evitar dar-lhe um tapa.

— Sou sua protetora. Sua mãe. Eu faço o que preciso. Você vai me ouvir ou não?

— Ouvir *o quê?* — gritou ele, seus olhos lacrimejando com a emoção; ainda uma criança em seu âmago. — Achei que tínhamos deixado as Famílias para trás, e aí está você, falando com elas em segredo!

— Eu não tenho escolha! — Ela o pegou pelos ombros, apertando com força. — Você está carregando um explosivo implantado cirurgicamente na cavidade peritoneal de seu abdômen, que os cavaleiros colocaram deliberadamente. Você entende o que estou dizendo?

Cai soluçou e engasgou ao mesmo tempo, muito espantado para protestar ou se afastar de seu toque, como ele normalmente fazia.

— Não sei se devo me sentir aliviada ou exasperada por você nunca ter perguntado sobre a cicatriz em sua barriga, ou sobre os oito meses que estão faltando em sua vida — disse ela. — Você se lembra de *alguma coisa* entre devorar Matley e chegar à estação de trem de Oxford?

— Flashes — disse ele baixinho. — Só fragmentos.

— Você me pediu a verdade — disse ela. — Então aqui está a verdade. Nós não fugimos depois de matar Matley. Os cavaleiros nos capturaram e nos levaram para a base deles nos arredores de Oxford. Em troca de não nos matar, eles me encarregaram de caçar os Ravenscar, que haviam desaparecido, e encontrar a Redenção deles, que os cavaleiros querem. E, para garantir que eu continuaria leal, eles inseriram um implante explosivo em você.

Cai estava boquiaberto; ele parecia totalmente abalado.

— Preciso me reportar a cada duas semanas, ou você morre. — Devon o soltou para passar as duas mãos pelos cabelos. — Eu faço tudo que eles mandam, ou você morre. Encontrei os Ravenscar como eles queriam, e as drogas como eles queriam, mas, assim que eles chegarem, você ainda morrerá ao aperto de um botão. A não ser que eu tome alguma atitude bastante drástica.

— Por que você não me contou isso? — Ele levantou a camisa com uma das mãos, procurando a cicatriz. Mantendo a palma da mão acima dela com uma ansiedade recém-descoberta, como se o simples toque pudesse fazer a maldita coisa disparar.

— Porque você passou os últimos dois anos lutando para não morrer de fome. Você não precisava de mais nenhuma preocupação extra com alguma ameaça de morte incontrolável pairando sobre sua cabeça. — Ela fez um gesto impotente. — Eu teria dito a você na hora certa.

— E quando seria isso? — Ele abaixou a camiseta, sua raiva reacendendo. — Bem quando estamos tentando partir? Depois que a gente desse um passo em falso e eu explodisse, talvez? Você sempre *faz* isso, Devon. Toma decisões por mim e me arrasta contigo. Por que você não confia em mim? Permite que eu diga algo?

Ela se encolheu.

— Você era tão pequeno quando saímos de casa! Era pouco mais do que um bebê. E agora você é...

— Vinte e cinco adultos diferentes — respondeu ele imediatamente. — Eu não sou como as outras crianças. Eu deveria poder opinar sobre o que estamos fazendo, especialmente se me afetar. Você teve mais de um ano para me dizer. Eu merecia saber antes. Não *no dia* do seja lá o que você está fazendo.

Ela gemeu, erguendo as duas mãos.

— Sim eu sei. Sinto muito, de verdade, por não ter explicado antes. Parecia nunca haver um momento certo.

— E *este* é um momento certo?

— Bem...

— Parece um momento meio tarde demais para mim!

— Olha, eu sinto muito, está bem?

— Não diga isso. — Ele bufou para ela, seu lábio inferior projetado para a frente. — *Sinto muito* é o que você diz para evitar fazer algo diferente ou melhor.

— Minha nossa! — disse ela, sentindo-se afetada.

— Não quero suas estúpidas desculpas de gente grande — disse ele. — Eu odeio ouvir você dizer que sente muito.

Ela ainda estava se recuperando de seu primeiro ataque.

— Então o que você *quer*? O que eu posso dizer ou fazer que fará diferença?

— Dê-me a verdade daqui para a frente. Sempre e todas as vezes. — Ele franziu a testa para ela, pequeno e feroz. — Prometa-me que você não mentirá de novo. Pelo menos não para mim. Pequena ou ínfima, eu quero toda a verdade, sempre.

Ela abriu a boca para dizer *eu não posso prometer isso*, porque como ela poderia? Quem sabia o que o futuro exigiria dela, que sacrifícios ou decisões pessoais ela teria que fazer?

A visão de seu rosto pálido e ansioso acabou com todas essas desculpas. Em uma vida de caos e incerteza sem fim, ela se tornou a única constante de Cai. As decisões dela já haviam prejudicado e maculado a confiança entre eles. Se ela não traçasse uma linha agora, a relação deles poderia ruir de vez.

Devon não conseguiria mantê-lo seguro se ele não confiasse nela.

— Eu prometo — disse ela, estendendo-lhe uma mão e tentando não parecer relutante. — Vamos apertar as mãos? Chega de mentiras entre nós. Mesmo que a verdade seja dolorosa, e ela será, ocasionalmente. — Ela gemeu com o aperto forte dele. — Não posso prometer isso para outras pessoas, no entanto. Apenas entre nós dois — acrescentou ela.

— Outras pessoas não são da família — disse ele, retirando a mão como se ela fosse ácida ao seu toque. — Somos uma família, uma família *de verdade*, então não podemos mentir um para o outro.

Devon não sabia se ria ou chorava. Ela se contentou em bufar e esfregar os olhos para enxugá-los.

— Verdade, então — disse ele, teimoso como o diabo. Teimoso como ela. — Por que seu irmão está te mandando mensagens?

— Meu irmão é um cavaleiro — disse ela. — O nome dele é Ramsey Fairweather e foi ele quem implantou *isso* em você.

Ela apontou para a cicatriz dele e deu a mesma explicação que dera a Hester. Patriarcas das Famílias que procuravam eliminar os dragões, e cavaleiros rebeldes que ficaram alarmados com o declínio de seu poder. Gêmeos Ravenscar que desencadearam toda a confusão ao derrubar sua própria casa. E ela própria, pega no fogo cruzado entre as duas facções. O tempo todo suando de ansiedade com receio de que alguém os flagrasse, ou que Cai decidisse que já tinha ouvido o bastante e saísse furioso.

Mas ele não saiu furioso. Seu filho estava sentado perfeitamente imóvel, com a testa franzida e os olhos vagando sem rumo: o enorme poder intelectual de 25 adultos ao seu dispor.

— Nem a Família nem os cavaleiros deixarão você viver, mesmo que faça tudo o que eles estão pedindo — disse ele quando ela caiu no silêncio. — Aceitar trabalhar para os cavaleiros apenas te arrumou um pouco mais de tempo, na melhor das hipóteses.

— Exatamente. — Devon tirou uma mecha rebelde de cabelo dos olhos dele, estranhamente satisfeita por estar conversando com alguém que a entendia. Que alívio não estar mais lutando com tudo isso sozinha, em silêncio. — O negócio é o seguinte: tudo de que você e eu precisamos é de uma cura para a necessidade de devorar mentes e uma solução para o explosivo. O resto é periférico para nós, existindo apenas como obstáculos. Se conseguirmos essas duas coisas, podemos simplesmente *ir embora* sem olhar para trás.

Ele apoiou o queixo no punho.

— A cura está aqui, se conseguirmos obtê-la.

— Acho que conseguiremos. Tenho conversado com Mani, o humano que faz bastante trabalho braçal para Killock. Ele vai nos ajudar, em troca de vir conosco.

— Ah, sim, aquele homem — disse Cai. — Certo. Qual é a solução para essa... coisa dentro de mim? — Ele estava segurando seu abdômen novamente, os dedos apertando a camisa.

— Um amigo tem trabalhado nisso.

— Desde quando você tem amigos?

Ela o golpeou de brincadeira.

— Um homem chamado Jarrow, que está me ajudando a escapar. O seu *Game Boy* pertencia a ele. Ele me deu, e eu o dei a você.

— Entendo — disse ele, e ela se perguntou se ele realmente entendia. — Onde ele está?

— Viajando, vindo de Londres. Eu combinei de encontrá-lo pessoalmente amanhã de manhã. Antes de fugirmos.

— Todos aqui morrerão depois de fugirmos? — Cai apertou a mão dela de verdade. — Você vai me contar a verdade, não é? Se você acha que muita gente vai morrer, não vai mentir?

— Nada de mentiras entre nós. Eu prometi. — Ela apertou de volta. — Não sei se todos morrerão. Se meu plano funcionar, teremos tempo suficiente para partir, e então daremos um alerta aos Ravenscar para que possam ir embora, se assim o desejarem. — Se eles acreditarem no alerta dela e conseguirem se organizar a tempo.

— E quanto a Hester?

— Eu contei a verdade a ela antes de vir te ver — disse ela, constrangida novamente por seu filho ter sido a última pessoa a descobrir. — Ela está pensando a respeito, mas não tenho certeza se está convencida.

Cai mordeu seu lábio inferior.

— Todas as nossas opções são perigosas e prejudiciais.

— Receio que sim. — Ela estava prestes a pedir desculpas.

— Não importa que decisão tomemos, alguém sempre sofrerá de algum jeito — disse ele, um pouco triste. — Eu dei um sermão sobre isso uma vez.

Ela não conseguiu se conter.

— Você não. Foi o vigário.

— E faz diferença? Se você come alguma coisa e depois sai para uma caminhada, você diz *minha comida subiu uma montanha hoje* ou ela é apenas uma parte de você?

— Não estou entendendo, querido.

— Deixa para lá. — Ele suspirou. — Realmente não há outro jeito, Devon?

— Se houver — disse ela —, então não pensei em um, mesmo depois de todos esses meses.

— E agora estamos sem tempo — disse ele, olhando para o relógio, e depois para o céu visível através da janela do quarto. — Sem mais mentiras, mas é tarde demais para eu tomar decisões. O único jeito agora é o seu jeito. — Ele fez uma pausa. — Será que eu ao menos quero ir com você, quando você partir?

A pergunta a magoou; ela tentou não demonstrar. Tentou se concentrar nas palavras certas para dizer.

— Não, Cai, você não precisa vir comigo. Vou ajudá-lo a escapar daqui, com Redenção suficiente para viver, mas você não é uma criança como outras. Se quiser ficar livre de mim também, não vou impedi-lo de ir embora, uma vez que você sair daqui.

Ela nunca o manteria preso do jeito que a Família a manteve. Devon tinha sentimentos fortes sobre isso.

Ele a olhou de soslaio.

— Você não me odiaria se eu te deixasse?

— Não. Nunca. Não importa o que você faça.

— Sério? Mesmo que eu te traísse? — Ele estava estudando-a atentamente agora, com muita precisão. — Mesmo que eu corresse e contasse tudo a Killock, e então vivesse aqui com ele devorando pessoas juntos como irmãos, pelo resto de nossas vidas?

— Eu acho que você estaria cometendo um erro, mas nem assim.

Ele refletiu sobre isso, ainda mexendo no celular dela, e ela se sentiu como uma prisioneira aguardando a sentença: resignada, quase em paz.

No silêncio entre eles, Cai estendeu o telefone para ela e disse:

— Eu quero ficar com você. Mesmo que você tenha mentido sobre tantas coisas.

Ela não podia deixar de perguntar:

— Por quê?

— Porque você é um monstro. Como aquele homem disse, na noite em que eu devorei Matley. — Ele se aproximou e a abraçou, seus braços finos envolvendo sua cintura; uma surpresa. — Um monstro alto, malvado e raivoso que cuida de mim.

— Ah! Então isso é um elogio? — perguntou Devon, falando baixinho, e o abraçou de volta com satisfação.

— Eu sei o que Matley pensava de mim. Todos têm medo de mim, até mesmo os outros devoradores de mentes daqui. Você não tem medo de mim porque é um monstro maior e ainda mais malvado do que eu — disse Cai, o rosto abafado contra o ombro dela. — Você devoraria o mundo inteiro para me ajudar, e eu acho que faria isso por você também. Você é meu monstro e eu sou o seu, e, mesmo que eu esteja triste por você ter mentido para mim e lamente por termos que ferir mais pessoas, precisamos ir embora juntos porque somos uma família de monstros.

Apenas o orgulho conteve suas lágrimas.

— Fico feliz — disse ela, tentando, sem sucesso, não parecer que estava prestes a chorar. — Eufemismo do ano, mas... fico feliz.

— Mas tenho uma condição — disse Cai, virando o rosto para ela. — Quero ir conhecer o seu amigo, quando você for vê-lo amanhã. Você sabe, o cara do *Game Boy*. Você poderia me contar mais sobre ele?

FELIZES PARA NUNCA
DEZ MESES ATRÁS

Ouvindo uma voz que lhe parecia tão familiar, o príncipe seguiu na direção de Rapunzel e, quando se aproximou, ela logo o reconheceu e se atirou em seus braços a chorar.

— Os Irmãos Grimm, *Rapunzel*

Fazia tanto tempo que algo não dava certo.

Devon cantarolou feliz de Eastleigh a Southampton, e ainda cantarolava quando pegou um trem direto para Brighton com Cai no colo. Ela recebeu um telefonema de Ramsey ao meio-dia sobre "vítimas óbvias" deixadas em banheiros de hotéis e a polícia, que procurava uma mulher com a descrição dela. Ela prometeu melhorar e deu de ombros. Eles já estavam viajando novamente, para que o incômodo?

— Não gosto de viajar. — Cai mal ergueu os olhos do *Mario*, preferindo se esconder na segurança de seu jogo, mas abaixou o console por tempo suficiente para olhar pela janela e franzir a testa. — Para onde vamos agora?

— Para o litoral. — Salem gostaria de ter conhecido o litoral, pensou ela desconexamente. Conchas e areia. — Você vai gostar. É ainda melhor do que onde estávamos antes.

Ele fez um beicinho de menino de 4 anos e falou com a voz de um senhor idoso.

— Posso tomar uma cerveja? Sinto falta de tomar uma cerveja no almoço.

— Hum. Não.

Menos de uma hora depois, Brighton apareceu à vista, com seu misto de lojas de souvenirs e edifícios autenticamente arcaicos. O fim de fevereiro não era uma época popular para visitação, e as ruas estavam mais tranquilas sem os incômodos turistas.

Ela pagou uma quantia exorbitante por um quarto de hotel, desta vez à beira-mar. E então, como nem ela nem Cai nunca tinham visto uma praia antes, muito menos o oceano, eles desceram para dar uma olhada. Era o mesmo caminho do píer, de qualquer maneira.

As praias dos livros eram lugares macios, amigáveis, arenosos, quentes e deliciosamente tropicais. A imaginação nutrida de ficção de Devon a preparou com tais imagens.

Mas Brighton desafiou isso completamente. Em vez de areia, a costa era composta de pedrinhas e seixos que mordiscavam os pés de Devon, pequenos apenas o suficiente para ficarem presos entre os dedos de seus pés, mas grandes o bastante para que fosse possível cavar bem neles. O céu era um borrão de cinza apodrecido, o oceano, uma sopa fria de sal amargo que deixava um resíduo salino em sua pele.

— Incrível — murmurou Devon, e Cai concordou enfaticamente com a cabeça. Era o lugar mais bonito que eles já tinham visto. Bruto. Real. *Autêntico*. Difícil e despretensioso. Em outra vida, ela poderia ter ficado aqui para sempre, demorando-se naquela fronteira entre mar e terra. O tipo de lugar no qual você poderia se perder e então se encontrar. Se eles conseguissem chegar a algum lugar seguro, Devon torcia para que ele tivesse uma praia rochosa para perambular.

Apesar do clima nada amigável e da ausência de turistas, o calçadão estava repleto de brinquedos de parque de diversão, cada um infestado por um punhado de crianças humanas usando casacos e sapatos. Ela e Cai usavam apenas jeans e camisetas de manga curta, então Devon percebeu que eles se destacavam de um jeito ruim. Precisariam de casacos quando o clima estivesse frio, se quisessem se encaixar.

— Podemos ir nos brinquedos amanhã? — perguntou Cai, impressionado e alheio ao constrangimento dela. Quase nenhum rastro do senhor de idade quando ele se empolgava, uma coisa que ela achava curiosa e otimista.

— Claro, por que não?

Eles caminharam pela beira da água por um tempo, vagando lentamente rumo ao Palace Pier. Um punhado de nadadores se aventuravam na luz minguante e temperaturas abaixo de dez graus. Devon examinava cada rosto que passava; nenhum deles era seu príncipe Easterbrook. Gritos e risadas de outro lugar do litoral tomavam conta de sua audição periférica. Grupos se juntavam e se dispersavam.

A maré baixou, deixando faixas de seixos sob o píer para eles escalarem, com sapatos molhados e calças jeans com borrifos de água do mar. Devon parou sob as vigas, inalando os aromas mistos de sal e de madeira podre. A água indo e voltando lançava ecos úmidos na cavernosa parte inferior do píer.

Em algum lugar da cidade, o relógio de uma catedral soou o sino de mais uma hora que se passava. Nenhum sinal de Jarrow.

— Agora estou entediado — disse Cai. — Podemos ir dormir? Ou assistir tevê? — Ele parou de pedir para ir para casa nas últimas semanas, finalmente entendendo que a Mansão Easterbrook estava perdida para sempre.

— Sim — disse ela. — Vamos voltar para o hotel.

Devon deu meia-volta, pisoteando a areia rochosa. Se Jarrow não aparecesse, ela simplesmente se viraria sozinha. Não era sempre assim, no final?

Um vislumbre de movimentação chamou sua atenção, muito rápido e efêmero para um ser humano, e então ela parou. Devon enxergava perfeitamente bem no escuro, mas aqui embaixo do Palace Pier, onde as vigas de madeira se elevavam como uma floresta ramificada, era difícil ter uma boa linha de visão.

— Por que paramos? — indagou Cai, puxando a mão dela. Seu sibilar infantil era particularmente forte naquele momento. — Logo vai passar *Corrie* na tevê. Eu queria assistir um pouco de *Corrie*.

Não, o senhor de idade gostava de *Corrie*.

— Você nunca viu um único episódio — retrucou ela, e então imediatamente se arrependeu de suas palavras descuidadas quando os olhos dele se encheram de lágrimas. Não era culpa dele; nada daquilo era culpa dele. — Sinto muito, eu não quis dizer isso. Vamos voltar para que você consiga assistir *Corrie*, está bem?

Ela nem sabia ao certo o que *era* esse programa, só que era algum tipo de telenovela. Mas, e daí?, ela pensou. Era importante para ele. E não lhe custava nada satisfazer os interesses dele, independentemente de sua origem.

— Certo. — Ele fungou e limpou o nariz na manga da camiseta dela, apaziguado momentaneamente.

Eles seguiram seu caminho pela praia de cascalho. Desta vez, quando aquele mesmo lampejo de movimento tomou conta de sua visão periférica, ela não parou nem olhou para os lados. Definitivamente, não era humano.

Em questão de minutos, ela já estava fora da praia, do outro lado da estrada, e conduzindo Cai escadaria acima para seu quarto de alto custo e mobília barata. Ela ligou a televisão e o ajudou a encontrar seu programa bobo enquanto ele se esparramava na cama.

— Preciso voltar lá — disse ela, tomando cuidado para soar casual. — Acho que deixei meu telefone cair na praia. Você ficará bem aqui?

O olhar dele se dirigiu rapidamente ao frigobar.

— Eu vou ficar bem.

Devon franziu a testa.

— Pela última vez, você mal tem 4 anos. Você não precisa, e nem pode, beber cerveja nenhuma. Encoste naquele frigobar e eu jogo fora o seu *Game Boy*.

— Está bem, está bem. — Ele fez uma careta. — Não tomarei nenhuma.

— Bom menino.

De volta ao calçadão, as ruas que escureciam lentamente estavam pontilhadas de luzes e risos. Brighton não queria dormir.

A praia, porém, estava vazia de pessoas. Humanos tinham noção o suficiente para se retirarem de um oceano escuro e frio no qual não podiam nadar com segurança. Devon se encolheu, um hábito que ela adquiriu nas últimas semanas em uma tentativa de parecer menor, e caminhou curvada rumo à margem abaixo do Palace Pier. Ela tropeçou nas rochas em suas desnecessárias sandálias humanas, as bainhas de suas calças jeans já úmidas por causa do chão molhado.

Jarrow estava esperando.

Sem se esconder ou ficar à espreita desta vez; ele simplesmente estava parado na beira da água, com as mãos nos bolsos. Quase imóvel. O moletom havia sumido, substituído por uma jaqueta bomber de estilo antiquado, mais adequada para um homem com o dobro de sua idade. Seus cachos foram aparados em um corte militar. A barba era recente e desgrenhada.

Ele também não estava sozinho. Ao seu lado havia uma mulher alta, com os pés descalços. Seu cabelo escuro estava preso em um coque vitoriano, e ela usava um xale de crochê como uma heroína de Jane Austen, exceto pela cor de pele mediterrânea.

Certamente era Victoria, a presença invisível cuja personalidade vivaz estava exposta em toda a sala de jogos da Mansão Easterbrook.

— Ei — disse Jarrow, sem se virar. — Quanto tempo!

Devon abriu a boca para dizer algo sensato, mas caiu no choro.

Quase quatro anos desde aquela despedida tensa à beira da cama, e ela novamente estava incapaz de falar, desta vez soluçando na manga de sua camisa. Estava se lembrando de tudo, ciclicamente. Os meses de planejamento e silêncio, a incerteza dela quanto ao compromisso dele, a coragem mútua, a determinação compartilhada. A longa separação.

E, nesse tempo, o que ela se tornou, viu, fez? Ele ainda sabia quem ela era, ela ainda sabia quem *ele* era? A relação deles era tão fragmentada e heterogênea que ela dificilmente ousaria chamá-la de amizade.

Recomponha-se, Devon disse a si mesma e enxugou o nariz em uma manga já encharcada.

— Sinto muito. Como você está? Sinto muito mesmo.

— Não sei por que você sente muito. — Jarrow pegou uma pedra e a arremessou na água salgada irregular. — Estamos apenas apreciando a natureza. Uma conversa agradável e pacífica. Não é mesmo, Vic?

Victoria Easterbrook assentiu com a cabeça. O olhar dela estava voltado para o mar; ela parecia perpetuamente perdida em pensamentos.

— Esta é minha irmã, a propósito — disse ele. — Eu contei a ela sobre você, e ela ficou feliz em me acompanhar.

— Prazer em conhecê-la, Vic. — Devon pigarreou, melhorando sua postura cada vez mais a cada segundo.

Olhos castanho-escuros encontraram seu olhar, então se desviaram. Victoria disse, com um esforço óbvio:

— Boa noite.

— Temos dias bons e dias ruins — disse Jarrow. — Mas ela está se sentindo melhor do que há alguns anos. Pelo menos é o que ela diz.

— Fico feliz em saber que você está se sentindo melhor — disse Devon, dirigindo-se à outra mulher. Por dentro, ela se perguntava se hoje era um dia bom ou ruim, e como seria o oposto. — Como vai o exílio, principezinho? — acrescentou ela, falando com Jarrow agora.

Ele gemeu.

— Entediante e privilegiado. *Sufocante.* Eu faço coisas de TI. Eles ainda me deixam jogar videogame. Mas o mais importante é que posso ver Vic. Isso é o principal.

— *Teí?* Isso é algum tipo de bebida?

— O quê? Não, TI significa tecnologia da informação. Computadores, internet, esse tipo de coisa. As Famílias estão tentando *manjar* de programas que convertem fala em texto. É um jeito de escrever sem escrever, sabe?

Devon deu de ombros. Ela não sabia.

— Que bom que você está aqui. Os cavaleiros estão vigiando intermitentemente. Eu espero que você não tenha problemas.

— Eu também. — Jarrow se curvou e pegou um punhado de pedrinhas pontudas demais com as duas mãos, sacudindo-as distraidamente. — Sinto muito por não ter ligado antes. Recebi o pacote, não abri, acabei esquecendo, e depois finalmente o conferi. E aí levou um tempo até eu criar coragem para te ligar, quando encontrei a mensagem e descobri que você era a remetente. Também demorei para encontrar um telefone. — Ele suspirou, arremessando as pedrinhas na praia.

Victoria, apesar de seu silêncio, inclinou os ombros na direção deles, ouvindo atentamente.

— Não importa — disse Devon, a agonia dos meses passados já estava quase deixada para trás. — Você está aqui agora. Fico grata.

— Eu prometi que entraria em contato. Não poderia te deixar no vácuo.

— Bobagem. Você poderia sim, e ninguém o culparia por isso. Sou a assassina do seu irmão, afinal. — A última parte ela disse com uma pontada de amargura.

Um sorriso de satisfação apareceu no rosto de Victoria, embora tenha durado muito pouco.

— Não acredito nesse boato nem por um segundo — disse Jarrow. — Dito isso, se você quiser me contar o que aconteceu de verdade, eu não me importaria de ouvir tudo direto da fonte.

Ela não queria, mas ele merecia a verdade.

Relutante, ela contou sobre aquela noite em uma voz tão baixa que a maré quase abafou sua história. Fatos básicos, declarados com simplicidade, nada mais. Ao redor deles, o oceano, com suas ondas lentas e furiosas, fazia as pedras colidirem umas com as outras; o ar estava tão carregado de sal e umidade que Devon sentia como se estivesse imersa em salmoura. Victoria também ouviu, aproximando-se mais de Devon, embora ainda ficasse atrás de Jarrow, como se ele fosse um escudo.

Quando a história terminou, Jarrow disse:

— A morte de Matley foi anunciada alguns dias depois que você partiu. Os cavaleiros desapareceram, até onde sabemos, e os Easterbrook culpam você por tudo.

— Você está bem com tudo que aconteceu? — Os irmãos não se davam bem, ela sabia disso. Mas Família ainda era Família.

— Isso foi há dois anos. Já fiz as pazes com toda a situação desde então. Nós nem éramos exatamente próximos, em todo caso. — Jarrow esfregou o nariz com a palma da mão. — Falando em parentes. Onde está seu filho? Eu vi você passeando com ele mais cedo. Ele cresceu bastante.

— Está no hotel — respondeu ela. — Não é culpa dele o que aconteceu com Matley. Não tenha raiva dele — acrescentou.

— Não estou com raiva. Eu disse, já fiz as pazes. — Jarrow começou a andar de um lado para o outro com passos silenciosos. — Mas uma operação armada? Procurar os Ravenscar? — Ele balançou a cabeça. — É quase como um filme de ação de baixo orçamento.

— Os Ravenscar existem de verdade — disse ela —, e a cura deles também, se eles ainda a tiverem. Ou a usarem.

— Por que eles negociariam com você? Por que eles... ah, deixa para lá. — Jarrow pegou o braço dela gentilmente. — Nada disso importa, Dev. Vamos deixar tudo para trás, incluindo essa política idiota deles.

Ela se espantou, tirando os cabelos jogados pelo vento de seu rosto.

— Deixar para trás? Você quer dizer fugir?

A confusão tomou conta do rosto dele.

— Não foi para isso que você me chamou aqui? Para falar sobre como fugir? — Ele gesticulou para a irmã. — Vic e eu estamos prontos para partir ainda hoje, se necessário.

— Hoje? Agora? — Ela riu, embora nada fosse engraçado. — Ah, Jarrow! Para onde iríamos?

Victoria estava imóvel, com o rosto pensativo.

— Irlanda, como eu sugeri antes — respondeu ele imediatamente. — Não tem muita gente, e a Família ainda não tem alcance lá...

— Não daria certo — disse ela. — Meu filho recebeu um explosivo implantado cirurgicamente. Se eu não reportar regularmente, Ramsey vai matá-lo à distância.

— Ah — disse ele. — Merda!

— *Ah, merda* de fato.

— Podemos dar um jeito nisso — disse Jarrow, recuperando-se com uma velocidade impressionante. — Se você souber que tipo de dispositivo, podemos ser capazes de interferir no sinal. Uma gaiola de Faraday, ou um bloqueador de transmissão.

Devon queria abraçá-lo por isso. Em vez disso, ela disse tranquilamente:

— Não tenho dúvidas de que você está certo. Mas, de muitas maneiras, o dispositivo é o menor dos meus problemas. Meu filho também precisa se alimentar todo mês, em breve quinzenalmente. Eventualmente, ele precisará de alguém toda semana. Mesmo que bloqueássemos o sinal permanentemente e fôssemos morar em algum lugar remoto, onde acharíamos alimento para ele? Uma pessoa por semana pelo resto de sua vida não é uma questão pequena.

— Todas boas razões — disse Victoria baixinho. Seu irmão lançou-lhe um olhar de surpresa.

— Fugir o mataria — disse Devon. — Áreas remotas não servem para alimentar meu filho. Porém, se eu fizer o que os cavaleiros pedem, Ramsey ainda não me deixará viver. Não há saída dessa armadilha. Não há final feliz para mim ou para meus filhos. — Ela chutou o chão, fazendo areia e pedrinhas voarem — Você percebe a enrascada em que estou?

— Então isso deixa uma única alternativa — disse Jarrow. — Você já sabe o que vou sugerir, não sabe?

Um vento forte varreu a costa, espirrando gotículas de água, e então Devon disse:

— Não. Eu não vou abandonar Cai.

— Por que *não?* — Ele abriu os braços, tornando a sua pergunta tão grande quanto o mundo. — Pelo menos considere a possibilidade! Viver em algum lugar remoto seria fácil para você e para mim. Sem considerações especiais. Sem drogas. Sem vítimas humanas. Poderíamos estar na Irlanda *amanhã* se partíssemos hoje!

— Eu disse *não.* Não vou para a Irlanda sem meu filho, ou para qualquer outro lugar. Não vou deixar esta cidade sem ele. Não o abandonarei para morrer de fome, nem o levarei apenas para vê-lo se tornar um monstro. Mesmo que isso me mate.

Jarrow a encarou.

— Como pode uma criança valer a perda de todo o resto? Como você justifica esse custo?

Victoria apertou seu xale ao redor de si mesma. O olhar dela estava focado e pensativo; avaliando os dois.

Devon procurou sua bússola, apertando-a com firmeza com os dedos.

— O amor não tem um custo. É só uma escolha que você faz, assim como você escolhe continuar respirando ou continuar vivendo. Não é sobre custo e não é sobre preço. Esses conceitos não se aplicam.

Passou-se o tempo de duas respirações, ela tensa, ele encolhido. Em outra parte da cidade, o relógio marcou 22h. Acima do Palace Pier, as luzes estavam diminuindo, algumas apagando-se completamente, a diversão havia acabado por aquela noite.

— Então não posso ajudá-la — disse ele com as têmporas trêmulas e as veias saltando de sua pele por causa da pressão alta. — Eu cumpri minha promessa. Eu vim ver você, sem me importar com o risco para mim e para Vic. Mas você não vai se salvar e *não pode* salvar seus filhos. Não há nada que eu possa realmente fazer, não sei nem por que você entrou em contato!

Victoria se aproximou e colocou uma mão no braço do irmão.

— Jarrow... fique calmo.

— Eu *estou* calmo — resmungou ele. — Ela é quem está sendo ridícula!

— É isso então? — As bochechas de Devon ardiam por causa do vento, mas seus olhos estavam secos como uma prateleira de biblioteca. — Você vai simplesmente voltar para a vida de Família? Viver como um peão, jogado de mansão em mansão. Cúmplice de tráfico, casamentos forçados, crimes...

— É melhor do que morrer! — gritou ele em um tom terrivelmente alto naquela praia deserta. — É melhor do que ver *você* morrer em uma missão que não pode vencer, por um monstro que você não pode salvar. Eu tenho Vic para cuidar, e você... você é uma causa perdida. Está me ouvindo? Eu tenho a merda de um limite!

— Eu não tenho — disse Devon. — A Família tirou todos os meus limites. Ou foi a maternidade. Não tenho certeza.

— É o seu traço definidor — retorquiu ele, e ela nunca o ouviu soar tão amargo, tão inflexível. — Não estar disposta a abandonar seus filhos é o motivo de você estar aqui e é o motivo pelo qual você morrerá. Ramsey sabe que você não os abandonará e está usando isso contra você.

— Pelo contrário. Acho que consigo vencer.

— Jarrow — disse Victoria novamente, mais alto. Ela parecia exasperada.

— Só um segundo, Vic. Escute, Dev, pelo amor de Deus! Este não é, nem nunca será, um jogo que você pode vencer!

— Então vamos sair do jogo — disse Devon. — Pare de ser só mais uma peça. Mude as regras.

Jarrow ergueu as mãos para o alto.

— Você acabou de dizer que era impossível.

— A menos — disse ela — que façamos o que Ramsey quer até certo ponto. Encontrar os Ravenscar, como ele quer. Cai precisa deles de qualquer maneira. *Então* construiremos seu bloqueador de sinal, ou sua gaiola de Faraday, ou seja lá qual for o nome, e fugiremos noite adentro. Com drogas para o meu filho.

— Esse é o plano mais ridículo que eu já ouvi! — Ele a encarou, sua pele escura corada de fúria. — Há um milhão de variáveis que precisam se encaixar, e eu me recuso a...

— *Jarrow* — disse Victoria, quase gritando. — Precisamos ajudá-la! — Ela largou totalmente o xale para apertar o braço de seu irmão, indiferente enquanto o lenço de crochê voava de seus ombros, rolando pela praia.

— O quê? — disse ele, surpreso. — Vic, você não pode estar falando sério!

— Estou falando muito sério — disse ela, enfática e deliberadamente. — Precisamos ajudar sua amiga, porque ninguém nunca me ajudou.

As palavras dela poderiam ter sido facilmente um soco. Jarrow pareceu murchar, parecendo muito mais velho do que era e muito cansado.

— Eu te ouço. — Victoria virou-se para Devon, com o cabelo se soltando graças ao vento persistente. — *Eu te ouço*, Devon Fairweather, e sei que você tem razão. O amor não tem um custo quando se trata de nossos filhos. Vivos ou mortos, presentes ou ausentes.

— Não tem um custo — concordou Devon, estendendo a mão.

Depois de um momento, Victoria a pegou. Seu aperto era forte.

— Deuses e demônios nos ajudem. — Jarrow pegou uma concha muito afiada, passando seu polegar pela borda quebrada. — Certo, Dev. Estou te ouvindo. Como vamos fazer isso?

— Dando um passo de cada vez. — Devon abriu sua bússola, virando-a lentamente até a agulha apontar para o norte, o mar atrás dela com sua força infinita. — Conte-me sobre bloqueadores de sinal.

SEM MAIS SEGREDOS
DIAS ATUAIS

Quase um ano desde aquele encontro na praia, e Devon estava novamente caminhando para um encontro de água e terra em busca de Jarrow.

Ela e Cai dormiram bem, apesar do estresse dos dias anteriores, ou talvez por causa dele, e acordaram bem tarde. Ela insistiu em um banho para ambos antes de irem a qualquer lugar. A banheira estava bem abastecida com sabonetes e xampus caros, apesar de desatualizados. Ela derramou alguns frascos na água, removendo dias de sujeira impregnada em sua pele.

Depois do banho tomado e da banheira esvaziada e reabastecida para Cai, Devon saiu vasculhando os guarda-roupas. Nenhuma das calças jeans era do seu tamanho. Algo para comprar, enquanto estiver na cidade. Ela se contentou com uma saia xadrez — que chegaria até o chão para a maioria das mulheres, mas nela ficava logo abaixo do joelho. Parecia ridícula, algo que uma turista norte-americana usaria, e não tinha bolsos. Mas estava limpa, e isso bastava por enquanto.

A manhã já se aproximava do meio-dia quando ela partiu com Cai, ambos caminhando de mãos dadas pelos portões de Traquair, descendo a única estrada principal em direção à cidade de Innerleithen.

O inverno ainda se agarrava à terra em forma de faixas e manchas, dedos finos de geada cobrindo os descampados e salpicando de gelo os galhos desfolhados. Estava anormalmente quente, o Sol dissolvendo o granizo de ontem, mas o céu anunciava mais neve. Típico clima inglês.

Quando o rio Tweed ficou à vista, Cai perguntou:

— O que você disse aos Ravenscar para sairmos sem supervisão?

— Eu disse a verdade. Vou fazer compras na cidade. — Devon checou seu relógio de pulso: era pouco mais de 11h. — E faremos compras porque precisamos comprar algumas coisas para nossa fuga esta noite. Também vamos passar na ilha e fazer uma visita a Jarrow primeiro.

— E quanto a Hester?

— O que tem ela? Ela sabe onde fica nosso quarto — disse Devon, desconfortável. — Ela poderia ter vindo a manhã inteira e não veio. Pensei em deixá-la em paz, no lugar de ser uma chata.

A estrada principal os levou às margens do rio Tweed. Uma ponte baixa e larga se erguia sobre a correnteza, e a estrada se estendia em direção à cidade de Innerleithen.

— Por ali? — Cai apontou para a ponte.

— Não, vamos pela margem — respondeu Devon.

— Mas não tem estrada na margem — disse ele.

— Vamos seguir aquela trilha de bicicleta, ver se ela leva àquele campo adiante? E então podemos segui-lo até aquelas ilhas.

Eles deixaram a ponte para trás e se embrenharam no mato alto, com colinas íngremes à sua direita, cobertas por um punhado de árvores, antes de finalmente chegarem a uma cerca fechada com correntes. A trilha se dividia em um caminho de pescadores, levando até uma encosta íngreme.

Devon parou na beirada. Abaixo deles, o Tweed fluía veloz e espumante entre as margens arborizadas. Difícil para um humano, mas muito fácil para ela e Cai.

Adiante, ela finalmente conseguiu ver as ilhas ribeirinhas. A menor delas era um pouco maior do que um monte de areia baixo em torno do qual a água se dividia. O maior tinha uma margem arenosa, no entanto com uma pequena mata de árvores e folhagens densamente emaranhadas.

— Não estou vendo ninguém. — Cai protegeu os olhos do Sol com a mão, ficando tão alto quanto sua pouca estatura permitia. — Eles já não deveriam estar aqui?

— Ele estará lá. — Ela estendeu uma mão. — Suba nas minhas costas, você é pequeno para este rio.

Seu filho obedeceu, e Devon saiu da margem até a água, que batia na altura de suas coxas. A correnteza fluía contra suas pernas enquanto ela atravessava. Borrifadas de água salpicavam e faziam espuma.

Mas as ilhas, quando ela subiu encharcada suas margens, estavam vazias. Nenhum sinal de que alguém tivesse estado lá recentemente, muito menos permanecido no local. Eles esquadrinharam os pequenos trechos de mata, a área inteira quase do tamanho do andar térreo de Traquair, rodeada pela água corrente por todos os lados.

— Poderia ser um trio de ilhas diferente? — Cai coçou o eczema em seu cotovelo.

— Definitivamente são estas ilhas. Não há mais nada que seja ao menos *parecido* com um trio por aqui. — A semente da dúvida brotou em sua cabeça. Será que ela poderia ter entendido errado? Normalmente ela não se preocuparia, mas neste caso as consequências de um erro tão banal seriam enormes.

— Então eles foram embora mais cedo? — A tentativa de Cai de ser útil apenas lhe deu mais coisas com as quais se preocupar. — Ou eles ficaram presos em Londres na última hora ou...

Um som veio da mata. Contra o farfalhar das árvores e o som da correnteza próxima, aqueles passos ecoaram alto para os ouvidos sensíveis de devoradores de livros. Em algum lugar a noroeste deles.

Devon juntou as mãos em concha em torno da boca.

— Olá?

— Sou eu. — Jarrow Easterbrook saiu de trás de uma moita, entrando à vista enquanto caminhava rumo a eles, com Victoria ao seu lado. Ela acenou e até sorriu.

— Perdão pelo atraso. — Ele deu aquele seu sorriso tímido. — Passamos a noite em uma pousada local e perdemos a hora de manhã.

Devon achou que ele parecia um cantor grunge dos anos 1960 em umas férias com pouco dinheiro. Usava shorts de trilha que não combinavam com ele e botas de trilha que combinavam. Sua barba estava fora de controle e um traço de grisalho marcava os cabelos em suas têmporas.

Ela também estava extrema, profunda e descaradamente feliz em vê-lo, e não conseguia parar de sorrir.

— Olá, Devon. — Victoria parecia mais calma e confiante desde a última vez que se falaram. — Há quanto tempo!

— Estou tão feliz em ver vocês — disse Devon —, de coração. E *realmente* faz muito tempo.

— Ficando sentimental com a velhice, hein? — Jarrow se inclinou para abraçá-la, e foi tão estranho quanto inesperado, uma espécie de aperto desengonçado e rígido. Devon riu e devolveu o gesto.

Victoria ficou atrás. Ela estava olhando para Cai agora, que a encarava com olhos semicerrados e uma cautela genuína.

— Que bom que conseguiu! — Jarrow a manteve à distância de um braço, inspecionando-a rapidamente. — Gostei da saia. Nunca imaginei que você fosse o tipo de pessoa que usa xadrez.

— Ah, bom! Quando em Roma, não é mesmo?

— Certo. Desse jeito. — Jarrow desviou aquele seu olhar penetrante para o filho dela. — Ei, menino. Você cresceu. Da última vez que nos encontramos, você era deste tamanho. — Suas mãos se estenderam no ar formando mais ou menos o tamanho de um bebê. — Deixe-me apresentar minha irmã, Vic. Ela é sua tia, por motivo de casamento.

Os lábios de Victoria se moveram sem produzir sons. Ela engoliu em seco e tentou novamente.

— Eu tenho dois filhos... em algum lugar.

Cai ficou sem palavras, paralisado pela aparência deles. Por mais que todos os irmãos Easterbrook variassem em temperamento e natureza, eles compartilhavam muitas das mesmas características: cabelos cacheados escuros, pele morena e traços de uma herança mediterrânea.

Era uma herança que Cai agora carregava, em certo grau. E se Devon fosse uma estranha, olhando para ambos, ela poderia muito bem ser perdoada por presumir que Jarrow e Cai fossem pai e filho, em vez de primos de segundo grau.

— Eu ainda tenho seu *Game Boy* — disse Devon, resgatando o menino de seu estado de mudez. — Aliás, Cai o tem. Ele gosta bastante de *Mario*.

Seu filho corou e resmungou algo incompreensível.

— Bom, que interessante — disse Jarrow. — Se o menino está aqui, então presumo que vocês já conversaram sobre... o que há dentro dele.

— Sim, ele sabe de tudo agora.

— Fico feliz em ouvir isso. — Jarrow sentou-se na pedra achatada mais próxima, sacando um retângulo de plástico preto feito de forma grosseira, quase do tamanho de um celular grande. — Certo, papo sério. Eu construí um bloqueador de sinal para você. Você pode me agradecer depois por eu ter comido manuais secos e nojentos sobre bombas e identificação por radiofrequência.

Devon precisou se conter para não arrancar o objeto de suas mãos.

— E ele definitivamente funciona?

Cai perguntou simultaneamente:

— E se a pilha acabar?

— Menino esperto! — Jarrow pegou um segundo dispositivo preto, quase idêntico, segurando um em cada mão. — Eu construí um extra, que sua mãe pode carregar consigo. Andem sempre com pilhas, e sempre com um deles ligado enquanto trocam as pilhas do outro. Quanto mais perto chegarmos de agir, mais provável que Ramsey aperte o botão.

Para Devon, ele disse:

— Sim, vai funcionar. Eu testei esse bloqueador de sinal repetidamente ao longo dos últimos seis meses. Eu juro por tudo, Dev. Nenhum sinal de satélite ou de celular passará dele. Certifique-se de que ele o mantenha junto ao corpo, ou bem próximo, o tempo todo.

Ele estendeu os bloqueadores, um para cada um deles. Cai ligou o interruptor e o inspecionou de perto. Devon fez o mesmo. Ela se esforçou para fazer suas mãos pararem de tremer, e quando isso não deu certo ela se contentou em segurar o bloqueador de sinal com força.

Era extremamente improvável que Ramsey disparasse a coisa nas próximas horas, a menos que quisesse alertar os Ravenscar de que algo estava drasticamente errado, mas ela se sentiu muito melhor por ter o bloqueador em mãos, mesmo assim.

— Quanto às outras coisas sobre as quais falamos, demorei quase oito meses, mas aprendi a dirigir e arrumei uma carteira falsa, por um custo excruciante. Podemos partir para a Irlanda. Eu não consegui arranjar uma para você sem uma foto...

— Certo, tudo bem. Eu sabia que era improvável.

— ...mas será fácil levar você e Cai para a Irlanda. Escondam-se no carro e pegaremos a balsa de Cairnryan até Belfast. A única pessoa que eles inspecionarão na fronteira sou eu.

— Isso é incrível! — Ela estava quase chorando. — O que você fez... Eu nunca conseguirei retribuir.

— O amor não tem um custo — disse ele, e então abraçou-a ao redor dos ombros com um só braço. — Você me ensinou isso, Dev. Você não me deve nada. Sem dúvidas. Qual é a frase que vocês do Norte dizem? Ah, eu me lembro. Vai ficar...

— ...tudo joia — completou ela, e ambos sorriram.

— Qual é o nosso itinerário? — Victoria estava ansiosa.

— Perdão. Itinerário, sim. — Devon passou uma mão por seu cabelo curto. — Ramsey estará aqui por volta das onze da noite.

— Tem certeza disso?

— Sim. Ele me mandou uma mensagem ontem para confirmar a hora e o local, e eu respondi, com a ajuda de Cai. — Ela tocou em seu celular. — A Redenção para Cai estará pronta às sete da noite, cortesia de um assistente humano que trabalha na casa.

— Um humano? — Jarrow levantou uma sobrancelha, em dúvida. — Tem certeza de que é uma boa ideia envolver outras pessoas?

— Se ele não cumprir o que disse, eu dou meu próprio jeito, mas creio que ele esteja motivado a nos ajudar — disse Devon. — É uma longa história, então você terá que confiar em mim.

— Você apostando na confiança? Mais alguma novidade? — perguntou Jarrow amargamente.

— Pois é, pois é. De qualquer forma, espero que todos possamos partir assim que obtivermos a Redenção. Se você puder nos buscar com seu carro naquela ponte lá atrás, ficarei grata. — Ela hesitou. — E, se as coisas derem errado e não aparecermos, não fiquem esperando, certo?

— Ficarei por aqui até o amanhecer, ou até ver algum sinal dos cavaleiros — disse ele gentilmente —, o que vier primeiro. Não mais tarde do que isso. Mas darei a vocês todas as chances, se eu puder.

— Você já fez isso, Jarrow. — Ela se levantou. — Lamento ir embora, mas preciso comprar algumas coisas na cidade antes de nossa jornada. Vamos indo e nos vemos hoje à noite, se tudo der certo.

Jarrow também se levantou.

— Vejo você hoje à noite, minha amiga.

— Está preocupada? — perguntou Cai enquanto eles caminhavam pela estrada até Innerleithen, seus pés ainda molhados com a água do rio. — De verdade, eu digo. Eu sei que você falou para Jarrow que não estava.

— Preocupação é meu estilo de vida. Me mantém viva, e a você também. Mas lidamos com uma coisa de cada vez, e agora estou preocupada em comprar todas as coisas de que precisamos. Quero pegar livros para a viagem, roupas que não me façam parecer idiota e *sapatos*, pelo amor de Deus! Não dá para continuar andando por aí descalça. — Ela escalou a margem até o terreno cada vez mais seco, traçando uma rota através de um campinho malcuidado. — Por aqui, amor. A cidade é logo ao leste.

— Ah! — Cai a cutucou de lado, espetando-a nas costelas. — E quanto à sua namorada?

— Ela não é minha namorada. Eu a conheço tem só dois dias.

— Eu acho que deveríamos comprar um cartão para ela ou algo do tipo — disse ele obstinadamente. — Você não tem muitos amigos. Não é inteligente deixá-los ir tão facilmente.

— Quem te criou para ser tão pentelho?

— Só estou dizendo.

— Claro que sim. — Ela bagunçou o cabelo dele para irritá-lo. — Talvez se eu vir algo adequado.

O caminho evoluiu para uma calçada de concreto conforme eles se aproximavam da cidade, os edifícios brotando como ervas daninhas. A avenida principal de Innerleithen não era grande coisa: uma igreja, algumas lojas, algumas casas espalhadas e coisas essenciais, como lojas maiores ou serviços especializados. Isso bastava.

Ela comprou sapatos no primeiro lugar que os encontrou à venda, ignorando as expressões perplexas dos funcionários da loja. Boas botas firmes para aqueles pesados e falsos passos humanos. Do jeito que ela gostava.

As roupas eram ainda mais fáceis. Ela foi na seção masculina de uma loja de caridade e comprou uma calça jeans preta e uma camiseta preta, vestindo-as no provador logo em seguida. Ficou satisfeita por se livrar da saia xadrez.

Para Cai, também arranjou uma mochila pequena, algo para guardar seus livros, roupas e — agora — seu bloqueador de sinal. Quando essa parte foi feita, eles compraram comida. Revistas e livros de ficção para ele, suspenses e crimes sanguinolentos para ela. A ficção comercial tinha uma certa doçura que ela sempre achou viciante.

— Que livro é esse que você escolheu? — perguntou Cai. — *Carmilla*, ou algo do tipo? Parece interessante.

— Hum. É só uma história gótica antiga. — Devon não queria explicar ao seu filho que havia comprado um romance sobre vampiras lésbicas. Ele nunca pararia de rir. — Tenho certeza de que você não gostaria.

Compras feitas, eles estavam voltando para casa, quando Devon passou pelo Vintage Emporium.

E ela olhou duas vezes. Orgulhosamente exibida na vitrine, por trás de camadas de vidro espesso e muitas travas de segurança, havia uma bolsa Chanel vintage em couro preto com uma alça de corrente dourada.

Antiga, mas atemporal, e também devastadoramente cara. Mesmo uma participante da margem social, como Devon, podia dizer pela fabricação e pela marca que era um produto de qualidade.

Ela pegou Cai pelo ombro.

— Só um segundo. Preciso comprar aquela bolsa.

— Aquela da vitrine? — Ele olhou confuso para a bolsa de couro preto. — Por quê? Você já tem uma bolsa.

— Não para mim, para Hester. Ela perdeu a bolsa quando fugimos do trem, sabe. Eu deveria comprar algo para ela. — No caso de ser a última vez que elas iriam se ver, acrescentou ela em sua mente.

— Isso vai melhorar as coisas? — perguntou ele, olhando para a bolsa com desconfiança.

— Não vai compensar pela reviravolta na vida dela — respondeu Devon. — Nada compensaria.

— Hein? Então por que fazer isso?

— Não foi você que acabou de dizer que eu deveria fazer alguma coisa legal para ela? — perguntou ela, com uma leveza casual.

Ele torceu o nariz.

— Parece tão *básica.*

— De vez em quando, as melhores coisas são — disse ela enquanto eles entravam.

E saíram quinze minutos depois, carregando uma caixa risca de giz cheia de embrulhos com a bolsa.

— Uau! — Os olhos dele estavam arregalados. — Mil libras? Acho que você nunca gastou tanto dinheiro assim *comigo!* — Ele fez beicinho. — E você nem queria dar um presente a ela cinco minutos atrás! Foi ideia *minha!*

— Ei! Menino ganancioso! Acho que já fiz bastante por você, obrigada. — A bolsa de fato custou muito dinheiro. No entanto, Devon não conseguia se arrepender da compra. Era só dinheiro, ela conseguiria mais. — Além disso, decidi que você tinha razão. Eu não tenho tantos amigos para me dar ao luxo de perdê-los.

— Eu sempre tenho razão. — Ele mostrou a língua, cheio de orgulho.

Eles voltaram para Traquair House, ambos corados e quentes depois de um dia de caminhada e compras. O relógio marcava 15h; faltavam apenas algumas horas para o encontro com Mani. E, algumas horas depois disso, os cavaleiros chegariam.

— Posso encontrar você no quarto? — perguntou ela ao seu filho. — Queria procurar Hester primeiro, se não for problema.

— Divirta-se conversando com sua namorada — disse ele, e saiu correndo antes que ela pudesse dar-lhe um peteleco.

Hester estava na sala de estar do térreo, felizmente sozinha, de frente para a janela. Um pequeno bloco de papel estava em seu colo, no qual ela esboçou a vista do labirinto e dos jardins de Traquair.

Seu desenho em preto e branco não fazia jus completamente à cena lá fora. Sem as cores para suavizar os tons, as sombras pareciam ser mais escuras, e os destaques, mais brilhantes. Ela havia retratado cuidadosamente o portão de ferro na entrada do labirinto, mas omitiu sua saída; não havia caminho para fora dos espinhos.

— Muito bom — disse Devon, aproximando-se. — Você é autodidata?

— *Não* está bom. — Hester pressionou a ponta do lápis com força no bloco, até quebrar, e um pedaço de grafite deslizou pelo papel. — Só consigo copiar, não criar. Porque não sou realmente criativa. Acho que você tinha razão sobre isso. — Ela levantou a cabeça, os olhos vermelhos. — O que você quer?

— Falar com você — respondeu Devon, apertando a caixa com mais força do que o necessário. — E, embora eu provavelmente seja a última pessoa que você queira ver agora, só queria te dar um presente. Antes de, sabe, ficarmos sem tempo.

Uma cara de confusão.

— Um presente para *mim?*

— Pela bolsa que você perdeu. — Devon ofereceu a gloriosa caixa embrulhada em papel de seda, sentindo-se cada vez mais constrangida a cada segundo. — Eu não consegui substituir a arma, mas pelo menos isso eu pude fazer.

Hester observou perplexa o embrulho chamativo.

— O que diabos você comprou? Você comprou isso no Vintage Emporium? Aquele lugar é bizarramente caro!

— Não importa onde eu comprei — disse Devon, com um rubor raro tomando conta de seu rosto. — Olha, eu sei que provavelmente não é a hora certa para essa conversa — será que haveria alguma hora *certa?* —, mas, se você quiser vir comigo e com Cai, estaremos na fábrica de cerveja às sete da noite. Se não quiser vir, *por favor*, vá embora antes das onze da noite. Prometa que não vai ficar aqui, certo? Os cavaleiros não estão de brincadeira.

— Eu... — começou Hester, perplexa.

Do corredor veio o barulho repentino de conversa; parecia Killock, e talvez alguns dos outros irmãos de Hester. Ambas encararam a porta com um olhar culpado.

— Lembre-se, às sete da noite, na fábrica de cerveja — disse Devon, retirando-se pela porta oposta. — Sabe, eu acho que o desenho é criativo. É a sua visão. Seu ângulo da coisa — acrescentou ela por cima de um ombro.

Hester a observou com os lábios entreabertos.

Devon saiu por uma porta lateral assim que Killock e alguns outros homens entraram, então se dirigiu ao quarto onde Cai a esperava, ambos impacientes pelo cair da noite.

Imprevistos
DIAS ATUAIS

Pela primeira vez sentira o gosto da vingança. Parecia-me um vinho aromático, quente e estimulante, mas que deixava na boca um gosto metálico e corrosivo, que me dava a impressão de envenenamento.

— Charlotte Brontë, *Jane Eyre*

A noite caiu sobre Traquair House como um edredom recém-lavado, espessa e úmida. Observando a escuridão cair, ocorreu a Devon que foi neste exato dia, dois anos atrás, que ela tentou fugir de Matley.

A situação era diferente, pelo menos. Ela realmente tinha um plano desta vez, e ajuda. Seria melhor. Devon deixou de lado suas preocupações e abriu a janela de seu quarto. Ela olhou as horas; 18h45.

Seu filho descansava no assento da janela, comendo lentamente uma das revistas *New Scientist* que eles compraram na cidade. O *Game Boy* de Jarrow estava ao lado dele, inerte.

— Qual é o gosto? — perguntou ela, aproveitando que podia fazer a ele esse tipo de pergunta.

— De estrelas e trovões — respondeu ele, enfiando outra página na boca. — Não é salgado e quente, como o gosto de *você sabe o quê*. Fico muito feliz por não precisar devorar mais ninguém, nunca mais! — Uma pausa incerta, e ele acrescentou. — É isso mesmo, não é? Se formos embora, não precisarei mais disso, e Killock não poderá me forçar.

— Eu juro por todos os jogos de videogame que existem, nunca te pedirei para devorar alguém novamente — disse Devon, e ficou satisfeita ao ver sua expressão de felicidade. Ela falou sério também.

— Vou levar o *Game Boy*, certo? — Cai se moveu para se empoleirar na beira da cama, balançando as pernas. — Ah, e minha camiseta favorita, aquela do *Doctor Who*.

— Eu não deixaria seu *Game Boy* para trás tanto quanto não deixaria seus dedos para trás — disse ela. — Definitivamente, leve a camiseta também, não deixe nada de bom para trás. — Suas próprias roupas tinham um quê de elegância: calças jeans pretas, camiseta preta, jaqueta jeans. A alegria de novamente ter calças com bolsos.

— O que você está levando? — perguntou ele.

— Só estou levando dinheiro — ela mostrou a ele uma carteira dobrável cheia de dinheiro —, as roupas do corpo e a bússola de Salem.

— E Redenção.

— E Redenção. Assim que a buscarmos na fábrica de cerveja. — Ela pegou a mochila dele, cheia com outras revistas e algumas roupas, e o bloqueador de sinal. — Coloque o *Game Boy* aqui, precisamos partir.

Ele colocou o portátil lá dentro, ajeitando a mochila nas costas.

— Tudo sempre parece acontecer à noite.

— É assim com as princesas. Tudo acontece na hora das bruxas. — Ela pendurou a mochila em um dos ombros. — Pegue meu relógio. Você pode ser meu cronometrista.

— Certo. — Ele passou a pulseira folgada demais em um pulso, apertando-a cuidadosamente.

— Seu bloqueador de sinal está ligado?

Ele assentiu, mostrando-lhe a caixa preta de plástico com o botão na posição certa para ambos.

— Qual o problema? — perguntou ela. — Você está com olhinhos de órfão triste.

— Nada. Mais ou menos. Na verdade, meu estômago está doendo. — Ele fez uma careta. — Espero que não sejamos pegos e tal. Espero que as coisas não deem errado.

Devon não tinha uma resposta para isso, então ela lhe deu um beijo na testa e disse:

— Está pronto?

Eram 18h55, e a casa estava silenciosa. A sala de estar estava repleta de pessoas cansadas, conversando preguiçosamente e jogando baralho. Lá fora, a natureza parecia ter caído em uma calmaria. O vento havia diminuído, criando uma perfeita ausência de som. Os devoradores de livros andavam com suavidade nos piores momentos, e os tapetes aqui eram espessos, então Devon flutuava como uma mariposa fofa. Uma mariposa fofa de 1,80m vestida de preto. Cai, enquanto isso, tinha os pés tão leves que parecia quase etéreo.

De mãos dadas, eles cruzaram os corredores em uma quietude amigável, passando pela entrada principal e pela porta de ferro, que, misericordiosamente, não rangeu quando aberta, e saíram noite afora. Flocos brancos flutuavam pelo céu, outra leve nevasca.

O barulho de alguém perambulando veio de uma janela do andar de baixo enquanto eles estavam atravessando o pátio. Ela parou e segurou Cai, abraçando-o junto a ela. Pela janela veio o som de uma descarga e de uma torneira aberta. Uma ida noturna ao banheiro, então. Uma porta bateu, e ela suspirou aliviada. Cai abafou uma risada com a mão.

Adiante, a fábrica de cerveja estava silenciosa enquanto eles atravessavam o caminho vazio com pés leves. Nenhum sinal de mais ninguém aqui. E nenhum sinal de Hester também. Um desapontamento tomou conta de Devon, transformando-se em resignação. O que mais ela esperava? Elas se conheceram havia dois dias e completaram uma única viagem juntas. Isso dificilmente seria motivo suficiente para uma fuga noturna como parceiras de crime.

De todo jeito, doeu um pouco.

— São sete em ponto — disse Cai baixinho conforme se aproximavam da entrada. — Dev, isso é tão legal! Sinto-me como um espião! — Ele apertou a barriga com a mão. — Mas meu estômago ainda dói.

— Nós *somos* espiões, mais ou menos — disse ela e, então, mexeu na maçaneta. A porta estava destrancada.

Eles entraram.

A fábrica de cerveja não parecia estar do jeito normal. As destilarias, os tanques e todo o equipamento padrão estavam lá, mas um lado havia sido esvaziado e preenchido com mesas, queimadores, kits de química e alguns barris pequenos. Garrafas de plástico tampadas ocupavam estantes de metal, cheias de pílulas. Redenção inacabada estava empilhada em uma das áreas de trabalho. O cheiro adocicado de fermento e lúpulo contrastava infeliz com o fedor metálico e químico da produção da droga. Devon torceu o nariz, confusa por sensações mistas.

Amarinder Patel estava sentado em uma mesa no canto mais distante, casualmente vestindo suas calças de inverno, camisa e uma jaqueta grossa.

Ele se levantou quando ela se aproximou, com a lentidão de quem já não se dava bem com as próprias articulações.

— Boa noite, Sra. Fairweather. — Havia uma mala no chão perto dele, e seus óculos estavam dobrados em cima da mesa. — Perfeitamente pontual.

— Fico feliz em vê-lo — disse Devon.

— A recíproca é verdadeira. Estou ansioso para partir.

— Você não está preocupado? — perguntou ela, genuinamente curiosa. — Eu não paro de me perguntar quando você vai me questionar sobre o que acontecerá com essas pessoas depois que partirmos.

— Eu não dou a mínima — disse o ex-jornalista. — Perdi minha carreira, minha família, meu modo de viver, para passar 22 anos em uma ansiedade solitária, ocasionalmente servindo como fonte de sangue. Mantendo um sorriso estampado no rosto e mostrando utilidade para evitar ser devorado. Eu quero ir embora — acrescentou ele, quase pensativo. — E eu gostaria de publicar meu livro, coisa que Killock jamais permitiria. Ele que vá para o inferno, então.

— Justo. Não perguntarei de novo.

— Fico grato.

— Está com a Redenção? — perguntou ela.

— Tudo que estava engarrafado e finalizado está nessa mala — respondeu ele. — O resto nós precisamos deixar como está.

— São 19h10 — disse Cai alegremente.

— Fique de vigia — disse ela gentilmente. — E ali está um rapaz. Não queremos que ninguém nos surpreenda.

Ele assentiu sabiamente e foi até a janela, observando por entre as persianas fechadas.

Voltando-se para Mani, Devon pegou a mala, colocou-a sobre a mesa e a abriu. Estava totalmente cheia de pílulas, cuidadosamente embaladas. Um tesouro imensurável para ela e Cai. As mãos dela tremiam um pouco. Todos aqueles meses de sofrimento por essa simples mala e as pílulas dentro dela.

Devon a fechou novamente.

— Parece ótimo — disse ela. — E quanto às anotações?

— Estou dois passos na sua frente. — Ele pegou uma caderneta com capa de couro e a jogou para Devon; ela a pegou por reflexo. — O diário de negócios pessoal de Killock. Ele lista componentes, quantidades, remessas. Tem algumas anotações sobre a produção. Com tempo, perseverança e amostras da própria droga, tenho certeza de que você conseguirá decifrar a receita. — Ele ajeitou o bigode com um gesto agitado. — Posso presumir com segurança que você tem planos para impedir que Killock venha atrás de nós? Ele notará a ausência desta caderneta amanhã, ou talvez ainda hoje.

— Killock está prestes a ter problemas maiores — disse Devon. — Os cavaleiros estarão aqui em algumas horas. Eles provavelmente já estão em Innerleithen, esperando para virem.

— Entendi. — Ele piscou lentamente e ajustou os óculos. — Um jogo perigoso para se jogar, Sra. Fairweather.

— Não é um jogo — disse Devon. — Não para mim. — Ela colocou a caderneta em sua bolsa, junto com as outras coisas importantes que possuíam. — Certo, você pode vir conosco, e eu vou protegê-lo e ajudá-lo a fugir do país enquanto viajarmos juntos. Porém, assim que chegarmos à Irlanda, nosso acordo estará encerrado. Vamos nos separar como aliados e seguir caminhos separados pacificamente. Combinado?

— Para mim, está bom. Não desejo viver com devoradores nem um momento além do necessário. Novamente, sem ofensas.

— Novamente, não ofendeu — disse ela secamente.

Cai falou repentinamente, de seu lugar na janela:

— Dev, tem gente lá fora.

— O quê? Quem? — Devon foi até a janela e espiou por entre as persianas.

Duas figuras emergiram da casa, em pé na entrada de cascalho. A conversa deles era inaudível dali, mas seus gestos eram exagerados e raivosos.

Mani juntou-se a ela na janela, semicerrando seus olhos míopes na escuridão.

— Aquele é...

— Killock? — disse ela concisamente. — Sim. E a pessoa com quem ele está discutindo é Hester.

A discussão escalou. Ecos de gritos tomaram conta da frente da casa, tão alto que até mesmo Devon, dessa distância e de dentro da fábrica, conseguiu ouvir.

— O que eles estão fazendo? Por que estão brigando? — sussurrou Cai.

— Você esperava que ela viesse? — Mani perguntou. — E quanto à presença de Killock? Talvez devêssemos ir embora, então — disse Mani, endireitando a postura e afastando-se da janela.

Devon fez careta. De fato, seria mais fácil e mais inteligente apenas ir embora, caso seja lá o que estivesse acontecendo ali os atingisse e interferisse em sua fuga. Uma pessoa a menos para se preocupar durante a jornada a seguir.

— Dev? — sussurrou Cai. — O que faremos?

Exceto que ela não poderia simplesmente ir embora. A ideia de deixar sua amiga para trás se tivesse qualquer chance de viajarem juntas preenchia Devon com uma angústia terrível. *Você não tem muitos amigos*, Cai dissera, e era verdade.

La fora, Killock afastou-se raivoso de sua irmã e disparou em direção à capela, com os punhos visivelmente cerrados. Hester, enquanto isso, permaneceu em frente à casa, sua respiração formando uma névoa no frio do inverno.

— Vou investigar — disse Devon, decidindo-se. — Talvez ela estivesse planejando se juntar a nós e foi interrompida por ele.

— Isso é inteligente? — perguntou Mani.

— Prefiro saber o que está acontecendo e ser capaz de lidar com isso. — Ela virou e estendeu a mala a Mani. — Pegue meu filho, pegue esta Redenção e saia pela entrada oeste da fábrica. Circunde o labirinto e siga para o norte. Encontro você na torre de observação no lado norte do terreno. Não levarei nem quinze minutos, tenho certeza.

Mani a segurou pela manga.

— E se você não chegar? Quanto tempo devemos esperar?

— Ela chegará — respondeu Cai.

Devon sorriu.

— Tudo bem, querido, ele fez uma pergunta justa. — Ela se virou para Mani. — Se eu não chegar em quinze minutos, vá para o carro do encontro. Cai sabe onde ele está. — Era melhor Mani não saber onde estava o carro, ela pensou; menos chances de ele entrar em pânico e deixar seu filho para trás.

O ex-jornalista assentiu.

— Entendido, Sra. Fairweather.

— Boa sorte. — Cai lhe deu um breve abraço, e ela poderia tê-lo beijado por não discutir. — Eu ficarei bem, não se preocupe.

— Tome cuidado — disse Devon. — Certo, circulando, vocês dois.

NO LABIRINTO
DIAS ATUAIS

Eu clamo morte àqueles que não reconhecem uma criança quando veem uma criança. Homens que acham que fizeram o mundo de barro e o tornaram seu lugar seguro, homens que acham que uma mulher não reviraria o universo e os esmagaria embaixo dele.
Tenho balas o suficiente para todos eles.

— Maria Dahvana Headley, *A Mera Esposa*

De mãos vazias e sozinha, Devon saiu da fábrica de cerveja e fechou a porta atrás dela. A neve ainda cobria a entrada de cascalho. Killock já tinha ido para sua capela havia muito tempo; ela preferiu não pensar no que ele poderia estar fazendo lá.

Hester permaneceu na entrada vazia, flocos de neve caindo nos ombros de sua blusa verde, salpicando seu cabelo. Ela ficou lá, solitária e silenciosa, de costas para a fábrica.

Devon se permitiu caminhar ruidosamente pelo cascalho barulhento, alertando-a educadamente de sua presença.

— Ei — chamou ela, baixo, mas com clareza.

— Dev! — Hester se virou. Ela estava com sua bolsa Chanel apertada contra o peito. — Que bom que te encontrei! Achei que poderia ser tarde demais.

— Tarde demais? Para quê?

— Tudo e qualquer coisa. — Hester riu, e seu riso transformou-se em um soluço. — Você virou meu mundo do avesso e não há tempo para pensar ou... — Ela puxou um lenço de sua nova bolsa, enxugou os olhos e assoou o nariz. — Podemos conversar? Só por um ou dois minutos?

Em outro lugar, os cavaleiros estavam se reunindo para atacar Traquair enquanto Salem dormia em uma mansão distante. Cai correu com Amarinder Patel rumo a uma pequena torre de observação, e Jarrow aguardava com sua irmã em um carro escuro perto de uma ponte. Mas aqui e agora, nesta mansão dormente sob um céu de inverno sem luar, ela e Hester eram as duas únicas pessoas que existiam.

— Sim — disse Devon, contendo o reflexo de pedir desculpas novamente. — Estou aqui e ouvindo.

— Estou com raiva de você por todos os motivos errados e por nenhum dos certos — disse Hester, guardando o lenço. — Eu tinha essa esperança quando nos conhecemos, ridícula, eu sei, de que trazer um estranho para esta casa mudaria as coisas. Que você chegaria como uma solução mágica e resolveria a minha vida. Eu nem mesmo sei o que eu achava que aconteceria, só que aconteceria alguma coisa. — Ela balançou a cabeça. — Em vez disso, você complicou tudo e exigiu que eu fizesse uma escolha impossível.

— É isso o que contos de fadas fazem conosco — disse Devon com pesar. — Se crescemos pensando que somos princesas a serem resgatadas por alguém, passamos a vida esperando por esse resgate e nunca tentamos escapar sozinhas.

— Que é o que as Famílias queriam, suponho. — Hester cruzou os braços. — Ainda me sinto traída pelo que você fez.

— E deveria mesmo. *Foi* uma traição — respondeu ela. — Eu gostaria de ter confiado em você antes.

— Eu gostaria que nós duas tivéssemos.

Um grito ininteligível ecoou brevemente da capela, e ambas olharam receosas naquela direção, como se esperassem que Killock surgisse na janela como uma caixinha de surpresas. Mas as cortinas estavam fechadas, e seu irmão não surgiu.

— Não sei como me sinto em relação ao futuro — disse Hester, desviando o olhar da capela. — Mas vou com você e Cai, se a oferta ainda estiver de pé. Por enquanto, pelo menos. Killock não ficará satisfeito, mas não posso fazer nada quanto a isso.

— Nós adoraríamos que viesse — disse Devon, meio rapidamente.

— Nós? — Ela levantou uma sobrancelha, indignada e inquisitiva.

— Eu, então. *Eu* adoraria que viesse conosco. — Mais uma vez, aquele rubor crescente, uma reação tão incomum a ela. — A propósito, falando em Killock, eu o vi pouco antes de sair...

O rosto de Hester assumiu uma expressão triste.

— Sim, ele estava indo para a capela. Ele estava... — Ela parou.

— Para uma "comunhão"?

— Eu realmente queria muito não ter discutido com ele. Esta pode ser a última vez que o verei. Mas o que está feito está feito. — Ela suspirou. — Onde está Cai?

Devon estava prestes a responder, quando seu telefone vibrou, barulhento naquele relativo silêncio. Ela o pegou por reflexo e o abriu.

Uma chamada de Ramsey.

Olhou para a pequena tela cinza, a adrenalina tomando conta dela. Ele não tinha motivos para entrar em contato agora, a menos que algo tivesse dado errado. Ou caso seus planos tivessem mudado.

O telefone vibrou mais alto, como um inseto eletrônico furioso.

— Não vai atender? — perguntou Hester, fazendo gestos inúteis de silêncio para ela. — Ou desligar, pelo menos?

Repleta de uma desconfiança súbita, Devon apertou o botão de Recusar e escutou com atenção no silêncio que seguiu.

O ritmo tranquilo de uma noite sonolenta no campo. Pássaros e insetos. O vento invernal nas árvores.

Não, não tão tranquilo. Ao longe, ela podia ouvir o ronco de motores, baixo, mas claro, e cada vez mais alto. Como um grupo de veículos se aproximando.

— Maldição. — Ela jogou o telefone no chão, esmagando-o com o calcanhar; plástico e lítio espatifando-se sob sua bota. — Precisamos ir agora mesmo.

— Qual é o problema?

O ronco dos motores ficou mais alto. Veículos estavam definitivamente se aproximando, mais de um.

— Ramsey está aqui! Horas adiantado!

No outro extremo do gramado, faróis brilhavam conforme veículos saíam da estrada principal e se aproximavam da propriedade Traquair. *Muitos* faróis. E aqui estava ela, relativamente exposta, ainda à plena vista.

— Vá — disse Devon, frenética. — Volte pela casa, é o caminho mais rápido!

Ela começou a correr, com Hester ao seu lado.

Pneus queimavam a grama conforme as motocicletas dos cavaleiros avançaram, manobrando pelo gramado. Em Traquair House, mais luzes se acendiam e rostos apareciam nas janelas. As pessoas dentro de Traquair notaram a perturbação. O rosto de Killock apareceu na porta da capela, alarmado e com olhos arregalados.

— Para onde estamos indo? — perguntou Hester em um sussurro sibilado.

— Torre de observação. Mani e Cai já estão lá! — Devon irrompeu da porta metálica da frente até o saguão de entrada, deslizou descontroladamente pelo piso liso e recuperou o equilíbrio contra as paredes toscamente entalhadas.

Da frente da casa, ouviam-se sons de buzinas e roncos de motores enquanto os cavaleiros estacionavam em bandos.

— Hes? — Um Ravenscar com ar preocupado chegou correndo. — O que está acontecendo? Há visitantes...

Ele se interrompeu com um grito quando Devon o empurrou de lado, cruzando a Sala Azul rumo à cozinha, onde ela sabia que haveria uma saída diferente. Ela abriu a porta da cozinha com os ombros e desviou de outro par de irmãos devoradores de mentes surpreendidos enquanto eles faziam chá de tinta no fogão.

Devon irrompeu pela porta dos fundos da cozinha, o braço ainda ligado ao de Hester. Um lance de degraus levava a mais uma área verde, dominada pelo labirinto de cerca viva. E para além dele, majoritariamente encoberta por árvores, estava a pequena torre de observação branca. Felizmente, Cai e Mani já estavam lá.

Ela correu escada abaixo, com Hester ao seu lado, feliz por Cai estar em segurança longe de tudo isso. O primeiro grito ecoou de Traquair House atrás delas, seguido por um tiro e um estrondo. Logo outros se seguiram, e os cavaleiros foram expostos em questão de segundos. Haveria sangue por todas aquelas paredes rapidamente, se já não houvesse.

— Não há tempo para meus irmãos fugirem. — A voz de Hester soou fraca, e sua aparência estava ainda pior. — Todos da casa morrerão e é minha culpa por não os ter alertado!

Uma flecha vinda de uma besta dividiu o ar entre elas, errando o nariz de Devon por um triz. Um cavaleiro solitário emergiu da mesma porta que elas acabaram de usar. Sua besta já estava recarregada, quase no ângulo certo para efetuar outro disparo.

Hester sacou um revólver surrado de sua nova bolsa, seus dedos como um borrão de velocidade. A Ravenscar e o cavaleiro dispararam simultaneamente. A bala dela estourou o pescoço dele. A flecha dele perfurou o ombro dela com um baque.

Ela cambaleou para trás com a força do impacto, soltando um grito atípico para ela e se segurando no corrimão. O cavaleiro caiu no chão, com seu sangue preto transbordando entre seus dedos enquanto ele tentava conter o sangramento.

Devon correu rumo ao cavaleiro caído e pisoteou com força sua garganta ferida. Seu grito de morte saiu abafado. Ela pegou a besta com a aljava destacável e virou-se de volta.

Hester não se moveu. Ela ainda estava agarrada ao corrimão, sangue preto encharcando sua blusa. Tecido de seda espetado em um ombro sardento.

— Você está bem? — perguntou Devon, e depois se tocou que era uma pergunta banal.

Hester riu com os dentes cerrados, sua testa já molhada de suor; ela provavelmente estava sentindo uma dor terrível.

— Suave. Simplesmente adorável. — Ela tentou endireitar a postura e xingou bem alto.

— Vou tirar a gente daqui. — Devon passou um braço ao redor de sua cintura, dando apoio. A besta estava pendurada pela alça em seu outro ombro. Ela começou a cambalear escada abaixo, tão rápido quanto ousava naqueles degraus tão estreitos e escorregadios.

Hester riu, e sua risada era um chiado agonizante.

— Não acredito que precisei tomar um tiro para fazer você me tocar!

— Tudo que você precisava fazer era pedir. — Devon ficou surpresa ao descobrir que as palavras saíram com bastante facilidade. — Gostei de você desde o princípio. Se tivéssemos nos conhecidos de qualquer outro jeito... bem, deixa para lá. Não foi assim que aconteceu.

Hester a encarou, surpresa.

— E por que você não falou nada?

— Por que você também não? — retrucou Devon.

Diversos tiros ecoaram por Traquair House; os Ravenscar, revidando. Seguidos por um monte de gritos.

— Que bom que não sou a única com uma arma — disse Hester. — Eles darão uma boa luta aos cavaleiros.

Devon apertou o passo, dividida entre subir quatro degraus por vez e tomar cuidado com o ombro da amiga.

— Não que eu esteja reclamando — disse ela, fazendo uma pausa para reajustar a peso da outra mulher —, mas como você arranjou uma arma nova tão rápido?

— Peguei no armário de armas no caminho para encontrar você — respondeu Hester. — Achei que precisaria de uma, se íamos fugir.

Elas finalmente terminaram de descer a escadaria externa. O labirinto estava logo adiante, cercado de campos verdes por todos os lados. No limite desses campos, havia a floresta, onde ficava o campo de tiro de Hester, e além *dele* estava a torre de observação.

Elas poderiam pegar o caminho mais longo, contornando o labirinto para chegar à floresta e depois até a torre, como Cai e Mani provavelmente tinham feito. Mas isso significava atravessar um gramado descampado que as deixaria expostas a qualquer pessoa com armas de longo alcance, como as dos cavaleiros.

— Hes! Mani! *Alguém!* — Killock Ravenscar cambaleou para fora da casa pela mesma porta da cozinha que elas haviam acabado de usar, sua silhueta esguia delineada pelo luar. Suas roupas estavam em frangalhos e seus longos cabelos ruivos estavam soltos. — Onde está todo mundo?

As palavras mal saíram de sua boca quando Ramsey irrompeu das portas duplas da sala de estar, flanqueado por mais dois cavaleiros e um trio de dragões que rosnavam.

— Devon! — gritou Ramsey, quebrando aquele feitiço momentâneo. Ele pegou o transmissor de sinal em seu bolso. — Onde quer que tenha escondido seu filho, você não pode protegê-lo disso aqui!

Ele apertou o botão com força, e, apesar de todo o preparo dela, Devon estremeceu.

Um grandioso e satisfatório *nada*. Nada de gritos, nada de explosões de qualquer tipo ao alcance dos ouvidos. Killock ficou momentaneamente estático em confusão; ele não entendia e nem poderia entender as camadas desse confronto.

— Boa sorte com isso! — retrucou Devon, mais aliviada do que ousava demonstrar. — Você não pode mais tocar em Cai!

— Eu não preciso mais de Cai — rosnou Ramsey, e apontou para Killock. — Eu tenho *ele* agora. Homens, peguem o Ravenscar!

— Nem no inferno! — rosnou Killock. — Pecadores! Inimigos! *Cavaleiros de Satanás!* Deus esteja comigo!

O último patriarca Ravenscar investiu diretamente contra os cavaleiros, com seu cabelo ruivo esvoaçando-se. Um homem contra três. Comprometido com sua crença em sua própria divindade até o último momento.

Ramsey sacou uma pistola, a mesma que Hester havia perdido um dia antes. Ele atirou, mas errou — faltava-lhe prática, provavelmente, e o patriarca era um alvo em rápido movimento.

Killock riu loucamente, diminuindo a distância entre ambos. Ele avançou para a arma roubada de Ramsey e conseguiu jogá-la longe, mesmo enquanto cavaleiros hostis o cercavam.

Hester fez um som em sua garganta:

— Lock...

Devon não esperou. Melodrama era para heróis e para pessoas que tinham muito tempo de sobra. Ela levantou uma Hester ferida com os dois braços, tomando vantagem da distração momentânea de Killock, e correu direto para o labirinto.

O CAVALEIRO E O DRAGÃO
DIAS ATUAIS

Havia uma dor agora, queimando através dele. Ele havia ganhado tudo, e perdido tudo, e tinha vergonha de si mesmo por estar chorando.

— Cynthia Voigt, *As Asas de um Falcão*

O labirinto de Traquair já teve dias melhores. Os arbustos erguiam-se com mais de dois metros de cada lado, os caminhos tinham só meio metro de largura e muito mato, abandonados ao descaso por muitos e muitos anos.

Depois de algumas curvas e caminhos tortuosos naquela bagunça escura e espinhosa do labirinto, Devon abaixou Hester, que ainda estava atordoada e sangrando.

— Você consegue andar? — Seus pulmões ardiam por conta do esforço de correr, seus braços doíam por carregar o peso de outra pessoa.

Hester segurou a bolsa Chanel enquanto se recostava contra a folhagem.

— Se eu precisar. — A flecha estremecia em seu ombro sardento sempre que ela se movia, e sua blusa estava grudada nela com seu sangue preto e seco. — Meu Deus, Killock! Ele...

— Morreu protegendo sua casa e sua irmã — disse Devon, do jeito mais gentil que conseguiu enquanto ainda arfava e transpirava por causa da corrida. — O que é melhor do que continuar um monstro.

— Espero que você esteja certa.

— Eu também — respondeu Devon e, então, segurou a flecha no ombro de Hester. — Preciso quebrá-la, senão pode acabar prendendo em algo. Está pronta?

A Ravenscar fez uma careta e um gesto que Devon interpretou como consentimento. Ela quebrou a haste tão rápido quanto conseguiu.

Hester deu um grito, sufocando-o na manga da camisa.

— Pronto — disse Devon em tom de desculpas e jogou fora o pedaço quebrado.

— Pode me ajudar a levantar?

— Sempre. — Devon a ajudou a ficar em pé, e assim que Hester estava firme, elas partiram novamente, tão rápido quanto o ferimento permitia.

— Aquele cavaleiro — falou Hester entre dentes cerrados pela dor persistente. — Aquele que chamou seu nome. Ele é conhecido seu?

— Ramsey? Sim, ele é meu irmão.

— Eu imaginei. Lembro-me de você mencionar essa rixa na biblioteca, e depois esqueci de procurar saber mais.

— Ramsey Fairweather — disse Devon, saboreando as sílabas severamente. — Você teria gostado dele quando éramos crianças. Ele e Killock poderiam ter sido amigos.

A risada de Hester soou torturada em todos os sentidos.

— Alguém tem uma família que continua funcional ao longo do tempo? Qualquer pessoa, em qualquer lugar?

— Nos livros, às vezes. Alguns casos raros. — Impaciente com o caminho tortuoso, Devon abriu caminho através da cerca viva à sua direita. Espinhos se prendiam em suas roupas enquanto elas forçavam a passagem, apertando-se através da folhagem espessa. Galhos açoitavam a pele exposta e faziam rasgos no tecido, emaranhavam-se nos cabelos. Elas chegaram a uma parte diferente do labirinto, ambas ofegantes.

Ao longe, um leve ruído de chamas; a casa estava pegando fogo. Devon conseguia apenas vislumbrar a fumaça subindo de lugares inesperados de Traquair. Ou os cavaleiros estavam incendiando o lugar, ou os irmãos Ravenscar haviam decretado algum tipo bizarro de autodestruição. As duas opções eram igualmente ridículas e igualmente plausíveis.

Ela se virou para dizer *falta pouco agora*, mas as palavras morreram com a visão do rosto de sua companheira.

— Qual é o problema?

— Por favor, diga-me — disse Hester asperamente, com os olhos no fogo que se alastrava — que estou fazendo a coisa certa. Eu me sinto como se tivesse cometido o pior crime do mundo, e todas as razões que pensei que poderiam justificá-lo parecem muito distantes agora.

Devon passou um braço ao redor de seu ombro e a beijou.

Hester tinha o mesmo gosto que seu cheiro sugeria: doce e amargo, baunilha e tabaco, pele limpa e uma camada de brilho labial barato. Muito melhor do que qualquer marido enfadonho. E por que não, por que não deveriam desfrutar esse momento tão perfeitamente desastroso? A noite parecia cada vez mais incerta a cada segundo que passava. Se ela morresse, seria um arrependimento a menos para levar para o túmulo.

Hester se desvencilhou primeiro, com a mão pressionada contra sua barriga e a cabeça enterrada no ombro de Devon. Mas ela ficou próxima e não se afastou.

Devon disse, falando com o rosto em seus cabelos:

— Não olhe para trás, Hes. Nunca olhe para trás. Fazemos nossas escolhas e seguimos em frente. Está me ouvindo?

— Estou ouvindo — disse Hester, baixinho.

Outra flecha de besta irrompeu pela folhagem, passando por elas e quebrando o momento.

— Maldição! — Devon pegou e Hester e disparou em outra corrida cambaleante.

— Devon! — gritou Ramsey de algum lugar no labirinto atrás delas. Nada de apelidos, ele estava furioso demais para isso. — Você não tem chance nenhuma de sair viva deste lugar.

Ela não respondeu, ocupada demais procurando meios de colocar camadas de cerca viva entre ela e os cavaleiros. Galhos se quebravam, pés raspavam o chão. Nem mesmo devoradores de livros conseguiam correr silenciosamente aqui.

— Preciso de uma linha de visão, então conseguirei derrubar alguns deles — disse Hester no ouvido dela. — Quantos estão em nosso encalço?

— Não faço ideia! — Ela disparou através de outro arco sob um túnel de trepadeiras que não parecia nada diferente daquele que acabara de atravessar. Ela *achava* que era a direção correta.

Hester sacou seu revólver.

— Acho que estou vendo um deles. Vou tentar acertá-lo.

— Espere! — Devon notou a arma pousada em seu ombro, praticamente ao lado de seu ouvido. — Não desperdice munição.

— Não há tempo para discutir! — Hester se contorceu nos braços de Devon, uma ação que deve ter lhe causado muita dor, e atirou.

O barulho ecoou dentro da cabeça de Devon, acompanhado pelo estalo de seu tímpano estourando. Ela xingou e mal conseguia se ouvir xingando. Todos os outros sons agora estavam fracos e baixos, sufocados pelo eco de um zumbido.

Ouviu-se um grito indignado. Incrivelmente, o tiro de Hester acertou alguém.

Não houve nenhum disparo de retaliação. Ramsey certamente não teve tempo de procurar a pistola que Killock jogou longe. Uma pequena misericórdia.

— Para trás! — gritou Hester, mas já estava cambaleando. — Ou vai levar uma bala entre os olhos da próxima vez!

Devon apertou ainda mais o corpo encolhido de sua amiga e correu mais rápido. Ela vislumbrou a floresta do outro lado das trepadeiras; a terra além. Sem tempo a perder procurando o portão de saída, ela simplesmente forçou a passagem por uma última parede de cerca viva, galhos rasgando seus lábios e olhos, Hester pressionada forte contra seu peito, e finalmente se livrou do maldito labirinto.

A torre de observação ficava a cinquenta metros dali, na pequena floresta de Traquair, aninhada entre as árvores antigas. Era pequena e feita de cimento, rodeada por uma passarela externa em espiral. Não tinha mais do que três ou quatro metros de altura, com uma mureta ao redor da plataforma no topo. Fora construída para a observação de estrelas e de aves, embora lembrasse um castelo de brinquedo para crianças.

OS DEVORADORES DE LIVROS ᗞ **283**

E, espiando daquele castelo de brinquedo, estava um menino de 5 anos e cabelos cacheados.

— Não conseguiremos... — Hester começou.

— ...despistar os cavaleiros, eu sei. Teremos que parar lá e lutar. — Ela correu pela floresta com os braços doendo pelo esforço e a boca seca. Suas roupas, que estavam novas e limpas menos de uma hora antes, estavam praticamente arruinadas pelo suor, rasgos e sangue, quase todo de Hester. Os gritos de cavaleiros e dragões presos no labirinto diminuíram um pouco quando ela chegou perto da base da torre, subindo espiral acima com a energia que lhe restava.

— Fiquem escondidos! — gritou Devon quando chegou ao topo. — Temos companhia!

Cai se jogou como uma pedra, instantaneamente oculto pelas muretas.

— O que aconteceu? — perguntou ele enquanto todos se abaixavam na plataforma. — Vocês demoraram *eras* e, então, ouvimos tiros e, Devon, *veja*, a casa está pegando fogo!

— Hester, minha garota! — exclamou Mani simultaneamente. Ele já estava, muito sensatamente, agachado, com os braços envolvendo a mala. O suor cobria seu cabelo ralo.

Todos eles estavam emoldurados por uma auréola de luz laranja; chamas infestavam Traquair, projetando sombras e feixes de luz, mesmo a essa distância. A casa devia estar realmente em péssimo estado para o fogo se espalhar tão rapidamente, ou então os cavaleiros a haviam incendiado em vários pontos.

— Eu mesma — respondeu Hester grosseiramente, enquanto Devon a colocava no chão. Ela se encostou no jornalista, apertando instintivamente a bolsa Chanel. O couro caro já estava todo amarrotado e sujo de grama.

— Onde vocês estavam? — Cai esfregou uma manga puída no nariz. Ele havia achado uma tesoura de poda antiga Deus sabe onde e a estava agitando com incerteza. — Eu fiquei tão preocupado!

— Eu disse que voltaria — falou ela, satisfeita por ele ter pensado em se armar. — Fiquem abaixados, tem homens nos seguindo!

— Eles estão aqui — disse Mani, tenso.

Devon espiou sobre a mureta enquanto dois dragões emergiam do labirinto através do buraco que ela havia criado atropelando os arbustos densos.

— Onde estão os cavaleiros? — perguntou ela. — Por que eles estão sozinhos?

— Preocupe-se com isso depois! — Hester ergueu-se, com o revólver para fora da beira da barricada da torre.

Devon tapou as orelhas de Cai com as mãos. A arma disparou duas vezes. Seus próprios ouvidos zumbiram mais alto do que nunca. Um dragão caiu, mas o segundo se abaixou bem a tempo de sair de vista. Hester se abaixou sob a mureta novamente.

Devon soltou Cai e se atrapalhou com a besta que ela havia roubado.

— Meu Deus, como se recarrega essa coisa?

— Ah, pelo amor de Deus! Pegue minha arma e me dê isso — disse Hester. — Todo esse tempo nas casas das Famílias e você nunca foi caçar?

— Você está de brincadeira, não é?

— Eu tenho uma arma também! — Cai agitou sua tesoura. — Deixe-me ajudar!

— Ajude se comportando — disse Mani, colocando uma mão no ombro do menino. — Não atrapalhe e não distraia sua mãe.

— Escute o homem e *não se mexa.* — Devon pegou o revólver de Hester e atirou, logo quando o segundo dragão tentou correr saindo da cerca até a base da torre de observação.

O tiro saiu sem rumo e ela deveria ter errado, exceto que o dragão se esquivou para o lado novamente — direto para o caminho de seu disparo. A bala atingiu sua cabeça e explodiu seu crânio, pintando a cerca viva com sua matéria cerebral.

— Isso... — disse Devon selvagemente — ...é que é sorte! — O revólver estava sem balas, havia mais cavaleiros e dragões chegando, e ela estava presa em um castelo de brinquedo com uma amiga gravemente ferida. Mas foi um baita tiro.

— Recarregada. — Hester pegou a besta; a manga de sua roupa estava manchada com sangue escuro. — Eu gostaria de um médico ou algo do tipo.

— Cavaleiros! — gritou Cai. — Eles circularam pela floresta...

Os dragões foram só uma distração. Os cavaleiros haviam tomado outro caminho para circundar as árvores. Devon se virou enquanto Ramsey e Ealand saltavam sobre a mureta do lado norte da torre.

Hester puxou o gatilho da balestra. Sua flecha atravessou a garganta de Ealand e o jogou para trás, por cima da mureta.

— Eal! — gritou Ramsey e também atirou. — Ele havia perdido a arma, ou talvez gastou suas balas com Killock e voltou a usar uma besta. Sua flecha perfurou o peito de Hester, prendendo-a à pedra como uma borboleta de colecionador.

Hester fez um barulho como o de um peixe sufocando no anzol, e Devon, ardendo em fúria, lançou-se contra ele com os punhos em riste. Vamos ver como ele se sai com essa besta idiota em um combate corpo a corpo. Ela estava vagamente ciente dos gritos de Cai e de Mani tentando segurar seu filho; o resto de sua atenção estava em seu irmão.

Ela caiu sobre ele como uma onda no oceano.

Anos atrás, quando criança, ela brigava com seus irmãos quando eles se desentendiam, ou às vezes só por diversão. Um bando de crianças magrelas se engalfinhando na terra.

Este era um nível completamente novo. Ele a agarrou enquanto ela investia, e por um momento eles cambalearam no alto da escada em espiral, ambos forçando de seu lado, devastadoramente páreos.

Ela afundou seus dentes de livro na clavícula dele. O gosto repulsivo de sangue encheu sua boca e desencadeou memórias indesejadas. Ramsey gritou e perdeu o equilíbrio. Eles caíram para trás escada abaixo em um emaranhado de membros e raiva. Os punhos dele desferiram golpes nas costas dela enquanto ela enfiava seu joelho em cada costela de seu irmão.

Eles rolaram por todos os vinte e poucos degraus de pedra e aterrissaram no chão sob a plataforma de observação, ambos xingando, suando e feridos. Devon perdeu a força de sua mordida em algum momento e, antes que ela conseguisse abocanhá-lo de novo, seu irmão juntou seus pés sob a barriga dela e a *chutou*.

Devon rolou para trás, com ânsia de vômito. Ramsey levantou-se com dificuldade. A besta estava irremediavelmente quebrada, reduzida a pouco mais que um pedaço de madeira com bordas irregulares.

— O que diabos você está fazendo? — Cabelos escuros tomavam conta do rosto dele, grudados na pele pelo suor. — Porque, até onde eu sei, você está apunhalando cada maldita pessoa pelas costas. Você tem lealdade a algo ou a alguém?

Devon se pôs de pé em um tipo de posição de luta, com punhos erguidos e pés afastados.

— Sou perfeitamente leal à minha família. Minha família *verdadeira*. Não que você saiba algo sobre isso!

— *Nossa* Família deu tudo a você. Você era uma princesa! — Ele pegou a besta quebrada e a jogou contra ela; ela se abaixou.

— Eu nunca pedi por nada disso! — Ela pegou um pedaço de tijolo quebrado e o jogou na cabeça dele; ele se abaixou. — Tudo o que eu sempre quis foi a pequena vida limitada que você me prometeu, um final feliz com meus filhos. Tudo que precisava ser feito era me devolverem Salem e me deixarem em paz!

— Admita, você perdeu — rosnou ele. — Matarei cada pessoa desta maldita mansão!

— Perdi? — Devon quase teve pena dele. Quase. — Os cavaleiros já eram, as Famílias abandonaram você, e meu filho está em segurança. Eu *ganhei*, independentemente do que você faça!

Ele parou, a arma quebrada ainda em mãos e respirando com dificuldade.

— Não, eu posso dar um jeito em tudo isso. — Uma calma de olhos vidrados transformou o rosto de Ramsey em uma máscara de fúria gélida. — Eu *vou* dar um jeito!

— Dev! Pegue! — Cai se inclinou sobre a mureta, jogando algo grande e brilhante para ela.

Uma tesoura de poda caiu na grama a alguns metros de distância. As lâminas cravaram rapidamente no chão.

Devon investiu para pegá-la. Ramsey também, mas ela estava mais perto. Os dedos dela se fecharam no cabo, e ela arrancou a ferramenta do chão, agitando-a com força.

Lâminas achatadas bateram contra o crânio dele. Ramsey gritou e caiu encolhido e desorientado, parecendo ser bem mais jovem do que seus 33 anos. Ele pressionou a têmpora inchada e sangrando com a palma da mão. Devon avançou sobre ele, desta vez mirando em sua garganta com a ponta da tesoura.

Ela era forte, mas ele era rápido. Ele ergueu a besta quebrada, e o golpe acertou em cheio uma de suas órbitas oculares.

A agonia irradiou por sua cabeça, a pele ao redor do olho já inchada e fechada. De alguma forma, ela estava rindo e não conseguia parar porque havia uma histeria selvagem neles rolando pela grama, cada um tentando ferir o outro, como em um filme de vampiro que deu errado.

Ramsey não achou graça. Ele arrancou a tesoura de jardinagem de suas mãos enfraquecidas, girou-a e deu uma estocada para cima. Devon se jogou para trás, afastando-se. Instantaneamente, ele estava de joelhos, com um sangramento na testa. Desta vez, era ele quem estava por cima dela, com todo o seu peso, enquanto fazia uma investida com as lâminas contra o esterno dela.

No último segundo, ela segurou os punhos dele. Ele forçou para baixo, pesado e ridiculamente forte, enquanto ela se esforçava para manter a ponta afiada longe de seu peito.

O sangue escorria da testa dele, pingando de seu queixo até a bochecha dela.

— Você não sairá viva!

Com o canto do olho bom, ela vislumbrou um movimento enquanto Cai descia a escada em espiral. Ele chegou furtivamente até eles com sua língua estalando em advertência.

Estalando em preparação para se alimentar.

Mesmo no calor de sua batalha perdida contra Ramsey, ela tinha que dissuadir seu filho de fazer a única coisa que o destruiria. Mas, se ela gritasse, Ramsey perceberia que havia algo de errado e se voltaria contra Cai, e isso também não poderia acontecer.

Com os braços tremendo com o esforço de manter a arma de seu irmão longe, Devon perguntou entre dentes cerrados:

— Você é... uma boa... pessoa? Você é... bondoso?

Na escuridão crescente, Cai balançou a cabeça, e o coração dela afundou com a visão. A escolha era dele. Não dela.

— Do que diabos você está falando? — O peso de Ramsey pressionava a ponta de metal cada vez mais para baixo, até que a pele dela foi perfurada. — Sua louca...

Cai *investiu*.

Devon o viu; Ramsey não. Seu filho pousou nas costas de Ramsey, procurando a orelha do homem mais velho. A presença dele acrescentou ainda mais peso, e Devon sibilou quando a tesoura foi arrastada para o lado, cortando seu peito e esfolando sua pele.

Ramsey a soltou para se virar, tentando colocar as mãos na garganta de Cai.

Seu filho. Em perigo. Devon arrancou a tesoura de suas costelas e partiu para cima.

Ela atingiu alguma carne. O metal temperado partiu o tecido muscular da parte superior da perna dele. Ramsey urrou. Sangue escuro sujava a terra lamacenta.

E Cai o beijou. Lábios em sua orelha e probóscide se desenrolando. Ramsey engasgou, suas mãos segurando os ombros do menino com uma força que se esvaiu rapidamente. Ele se esforçou para ficar de pé, mas a perna que Devon havia atingido cedeu, e ele caiu para a frente.

Cai agarrou-se às costas de seu tio como um pequeno macaco amaldiçoado. Ramsey gritou com um terror que a surpreendeu, seus membros estremecendo fracamente enquanto ele tentava rastejar em pânico.

Devon olhou fixamente.

Ela quase nunca via Cai se alimentar, preferindo optar pela covardia de se esconder enquanto ele se banqueteava com sua presa. Ele estava acostumado com essa luta, com o movimento de suas vítimas. Aprendera a ficar pequeno e imóvel, envolvendo-as como uma sanguessuga humanoide.

Ramsey fixou seu olhar no dela. Os olhos dele estavam arregalados de terror. Ela pôde *ver* aquele exato momento — como tinha visto com Matley havia muito tempo — quando seu conhecimento se tornou um desconhecimento, quando sua mente se tornou meramente um cérebro.

Cogito, ergo sum. O Cavaleiro Ramsey Fairweather desabou, não mais um homem, apenas um mero receptáculo vazio.

O irmão com quem ela crescera se foi.

Devon desmaiou.

SEM MAIS CONTOS DE FADAS
DIAS ATUAIS

Um dia você terá idade o suficiente para ler contos de fadas novamente.
— C. S. Lewis, carta à sua afilhada

Ela sonhou com o Inferno, como lhe era habitual por tantos anos.

Em seu sonho, ela era uma loba solitária em um labirinto repleto dos corpos das pessoas que matou. Os espinhos e as trepadeiras erguiam-se em cercas espessas, preenchidas por folhas fétidas e sustentadas por raízes tortuosas. Suas armas estavam quebradas, seu corpo doía por causa de ferimentos, e a princesa que ela tentava proteger estava morrendo em uma torre de pedra branca, assassinada por cavaleiros.

Uma gota de umidade atingiu seu rosto. Depois outra, e mais outra. Devon piscou. Não eram lágrimas, apenas o granizo congelante de dezembro. Não era um sonho. Era a realidade, e ela estava acordada.

Dolorosamente, ela se sentou.

A tesoura havia deixado um corte de quase vinte centímetros em suas costelas. A perda de sangue a estava deixando tonta e desorientada novamente. Manchas pretas sujavam sua camiseta já imunda, escorrendo e se misturando com a chuva e a terra em uma lama hedionda que cheirava a ferro.

Ela virou a cabeça. Próximo a ela, Ramsey estava estirado na grama. Morrendo ou morto, ainda não havia se desfeito em papel.

Seu filho, enquanto isso, estava encolhido perto do homem inerte, sonolento e dopado, apesar da chuva.

— Cai! — Ela se arrastou até ele e o sacudiu pelos ombros. A lembrança de como ele ficara sobrecarregado da última vez que se alimentou de um devorador de livros a atormentou mais do que qualquer um de seus ferimentos. — Você está bem? Você precisa de alguma coisa? Você...

Ele abriu os olhos.

— Devon, a Destruidora — balbuciou ele, com sua língua pendendo desajeitadamente para fora de sua boca. — Você é... fenomenal à sua maneira.

Um alívio batalhou com a aversão, e ela riu em meio às lágrimas. Ela obteve um êxito estrondoso esta noite e ainda conseguiu falhar com seu filho no teste final. Porque, apesar de suas promessas, de seus homicídios e de seu comprometimento fanático de protegê-lo do mundo, ela não foi capaz de protegê-lo de suas próprias escolhas, de seus próprios crimes.

Os pecados que ele escolheu suportar, por amor a ela.

Às vezes o amor é uma coisa terrível, e ele descobrira isso da mesma forma que ela. Sem palavras, ela abriu os braços, aterrorizada pela possibilidade de rejeição dele, mas sem saber o que mais oferecer ou fazer. Ele ainda era seu filho — não era? Ela não sabia se isso significava alguma coisa ou não.

Cai se arrastou para o abraço dela, curvando sua silhueta franzina contra sua carne machucada, e enterrou o rosto na camiseta arruinada dela. Ela o abraçou forte.

Algum dia, pensou Devon, suas promessas valeriam de alguma coisa. Algum dia ela teria energia o suficiente para *forçar* o mundo a ser como ele precisava ser. Ela seria boa, e Cai também. De algum jeito, em algum lugar longe daqui.

— Nunca mais. Por favor. Nunca mais faça isso consigo mesmo. Não quando estivermos livres. — Devon respirou fundo. Pelo menos o cheiro dele ainda era o mesmo, inalterado desde o nascimento e apesar das diversas almas que habitavam sua mente.

— Tudo bem — disse ele e, então, a soltou repentinamente para encará-la com uma expressão preocupada. — Dev, e Hester? Ela está muito ferida. Nós nos esquecemos dela.

Culpa. Tanta culpa.

— Eu não me esqueci. Mas precisava ver como você estava primeiro. — Devon tirou sua camiseta úmida e a amarrou firmemente ao redor de sua barriga. Não sabia ao certo como comprimir um corte nas costelas, não era como um membro, em que se poderia amarrar um torniquete. — Espere aqui. Vou dar uma olhada nela, se você estiver bem.

— Eu... estou bem — respondeu ele. — Vou ficar joia, Dev.

Ela assentiu e enxugou os olhos, um gesto inútil sob o granizo cada vez mais forte, já que seu rosto logo estaria molhado novamente. Não estava fisicamente mal, pelo menos. Confuso, certamente. Sobrecarregado, provavelmente. Mas não estava gritando, com dor ou correndo risco de sofrer um derrame.

Com as costelas amarradas, com todas as lágrimas já derramadas, Devon subiu agonizantemente os degraus da torre, de onde, apenas dez minutos antes, ela e Ramsey haviam caído em uma fúria assassina. Seu irmão; por Deus! Não, não pense nele. Hester primeiro.

Devon subiu o último degrau, chegando à plataforma de observação.

Sozinho na plataforma, Mani estava abaixado perto de Hester, que ainda estava encolhida. Uma flecha no ombro direito e mais uma cravada logo abaixo das costelas. Sangue preto manchava as paredes como em um teste de Rorschach.

Nada bom, pensou Devon, sentindo-se nauseada pelo pânico. Um membro era uma coisa, mas não havia órgão bom de ser atingido no torso. Por que ela nunca comeu um manual de primeiros socorros ao longo de todos esses anos? Que vacilo idiota!

— Ela está bem — disse Mani, abalado. — Ela... Meu Deus, que noite!

Devon perguntou confusa:

— Está mesmo?

— Bem... de certa forma. — Hester se esticou, ofegante. — Vou sobreviver. Eu acho.

— Como você está viva? — perguntou Devon, caindo de joelhos. Mais pelo cansaço do que por qualquer outra coisa. — Aquela flecha deveria... — Ela parou.

A flecha de Ramsey atingira a bolsa Chanel preta. Cerca de um centímetro de couro de boa qualidade amorteceu a flecha. Havia pouco mais do que um corte superficial e uma ferida ao longo da barriga de Hester, embora não tivesse sido possível ver isso até agora.

— Você — disse Devon, impressionada — tem muita sorte. Acho que é verdade que você recebe de volta o que paga por bolsas.

— Sorte? Eu a coloquei na minha frente... no momento perfeito. Temos que... fazer nossa própria sorte!

— Garota esperta — disse Devon, sorrindo de alívio, e a levantou do chão novamente. Pela terceira vez naquela noite. — Aguente firme, Hes. O pesadelo está quase acabando. — Certamente era verdade. Isso não poderia durar para sempre; nada durava.

— Mesmo? Você está me sequestrando?

— Que nada. Estou te resgatando, princesa.

— Muito agradecida — murmurou Hester. Quando Devon olhou para baixo de novo, ela havia desmaiado.

Devon a carregou escada abaixo, tomando cuidado com os degraus escorregadios por causa do granizo, com sua preciosa carga e com sua própria cabeça girando, o que a deixava tonta. Mani a seguiu, lento e ofegante, mas ileso. A mala cheia de Redenção batia em cada degrau, as pílulas chacoalhando nos frascos.

Seu corpo inteiro doía, mas Devon estava acostumada com isso. Sentir dor significava que ela ainda estava viva, pelo menos por enquanto. O granizo a encharcou até os ossos. Talvez isso apagasse aquele incêndio.

Ela chegou e viu que Ramsey havia se desmanchado silenciosamente, seu corpo apenas uma pilha encharcada de páginas em um terno arruinado. Sentiu-se aliviada por não ter visto aquela transformação, como se ela tivesse preservado algum resquício de dignidade entre eles.

— Meus homens virão atrás de você — disse Cai, levantando-se quando ela se aproximou. — Eu trouxe todos os cavaleiros e dragões restantes na casa para erradicar os Ravenscar, e pelo menos alguns deles sobreviverão. Mesmo diante da forte resistência que encontramos. — Ele pausou, dirigindo-lhe um olhar crítico. — Você não sabe o que fez, Dev. Quando as Famílias descobrirem sobre isso, elas podem decidir que você é uma ameaça, afinal.

Ele não soava como seu filho e ficava alternando entre o que ela achava que deveria ser a voz de Ramsey. O pensamento a assustou.

— Quem é você? — perguntou ela. — Ainda posso te chamar de Cai? Você é Ramsey, o vigário, o advogado ou o eletricista? Ou algum tipo de coletivo?

— Não há diferença — disse ele serenamente. — Eu sou eles, e eles, eu. Killock estava certo, à sua maneira.

— Meu Deus! — resmungou ela.

— Não, eu não sou um deus. Não sou onisciente. — Cai inclinou a cabeça, e Devon poderia jurar, por um momento, que era a expressão de seu irmão no rosto dele. — No entanto, eu *posso* te dizer que não foi sua culpa. Um pequeno milagre.

— Hum. — Ela ainda estava processando sua mudança de comportamento. — Do que exatamente estou sendo absolvida?

— Sem absolvições — respondeu Cai. — Não posso expiar seus pecados. Só queria explicar que não foi por sua culpa que Ramsey foi levado. Foram os adultos. Você e ele não fizeram nada de errado, e Ramsey sabia disso, no fundo. Mas ele não conseguia reconhecer isso. — Ele fez uma pausa, ponderando. — Às vezes, quando alguém nos machuca, não conseguimos sentir a raiva que deveríamos sentir. Às vezes a escala do que nos foi feito é tão grande e dolorosa que reconhecer isso é demais para nós. Não há nada que você possa fazer quanto a esse tipo de dor, exceto ignorá-la, neutralizá-la. Ou projetá-la em outra pessoa, como ele fez com você.

Devon o encarou, estupefata.

— Ramsey passou por muito sofrimento — disse Cai. — Coisas que ele jamais admitiria ou pensaria, mesmo dentro da própria mente. Mais uma vez, não foi culpa sua. Nada disso foi. — Ele parecia constrangido e confuso, repentinamente infantil, quando antes parecia adulto. — Enfim, achei que você deveria saber disso.

— Obrigada, eu acho — disse ela, ainda em dúvida. — Parte de mim sentirá falta dele — continuou, já que não tinha nada a perder por sua honestidade.

Cai assentiu.

— Ele sabe. E fica feliz por isso.

Talvez, pensou Devon, isso fosse o melhor que alguém poderia esperar na vida: ter sua ausência notada quando partisse, independentemente de como tivesse vivido.

Eles caminharam pela antiga floresta de Traquair, outrora habitada por ursos, Devon mancando enquanto carregava uma Hester inconsciente, suas próprias feridas ainda jorrando sangue através dos frangalhos de sua camiseta. Cai andava ao lado dela, ajudando um Amarinder Patel completamente silencioso a carregar a mala cheia de Redenção.

À distância, a melodia das sirenes de viaturas aumentava e diminuía como o lamento de uma assombração. Alguém finalmente deve ter notado aquele incêndio violento e envolvido organizações oficiais. As Famílias odiariam isso.

— Valeu a pena? — perguntou Cai quando eles finalmente se aproximaram do rio e, um pouco mais adiante, da ponte desolada. — A morte, a destruição, o sacrifício de seu irmão e do irmão de Hester? Apenas para nos libertar?

Devon olhou para seu filho, que se parecia com ela e que agora falava com a inflexão de seu irmão. Era como se ela visse o fantasma da infância de Ramsey, e a visão a enchia de inquietação.

— Não é uma questão de valor ou de custo — disse ela. A mesma resposta que ela continuava dando, porque qualquer resposta alternativa tornara-se impensável. — Sempre fiz o melhor que pude pelas pessoas que amo. Não há mais nada que eu possa fazer.

Ele puxou um de seus lábios.

— E quanto a Salem?

E quanto a Salem? Uma baita pergunta. Se Luton tivesse cumprido sua palavra, então em algum lugar ao sul havia uma garotinha de 10 anos com o coração partido pela traição de Devon, magoada porque sua mãe não a amava o suficiente para aparecer em seu décimo aniversário. E se Luton tivesse mentido e nunca tivesse contado a Salem nada sobre sua mãe, então em algum lugar ao sul havia uma garotinha de 10 anos que mal sabia da existência de Devon e que provavelmente não queria vê-la.

Não havia finais felizes para essa história, independentemente de como ela fosse escrita.

Devon respondeu, por fim:

— Eu penso em Salem e não a esqueci. Quando você estiver em segurança e longe daqui, voltarei para buscar sua irmã.

Cada passo que ela dava a levava para mais longe de sua filha, em direção à Irlanda e à liberdade. Ir embora era entregar Salem à miséria dos casamentos de devoradores de livros, mas resgatá-la exigiria um esforço ainda mais ousado do que tudo o que ela havia feito até agora para libertar Cai.

Essas eram jornadas e buscas para outro dia, e ela só tinha energia naquele momento para colocar um pé na frente do outro.

— Eu virei com você quando você voltar para buscar Salem — disse ele. — Famílias devem permanecer unidas.

— Claro, querido. — Ela estava cansada demais para discutir, e haveria mais tempo para discussões futuramente.

Eles chegaram à estrada principal. Finalmente. Do outro lado, perto da base da ponte, um carro escuro estava estacionado no acostamento. Os faróis brilhavam como a lâmpada de Nicterísia na caverna desolada, como um vaga-lume abrindo caminho para um vasto jardim: um pequeno brilho diante da escuridão envolvente.

— Lá estão eles! — Cai deu um sorriso e saiu correndo em direção ao carro onde Jarrow e Victoria os aguardavam; correndo em direção a uma vida que nenhum dos dois conseguia imaginar, e cantarolando a música-tema de *Mario*.

AGRADECIMENTOS

Não haveria romance de devoradores de livros sem o trabalho incansável dos campeões a seguir, a quem sou imensamente grata:

EQUIPE TOR

- Lindsey Hall, editora extraordinária, que transformou esta história em uma máquina de luta enxuta e em plena forma.
- Rachel Bass, a brilhante e sempre atenta editora assistente.
- As ninjas letais da publicidade, Sarah Reidy e Giselle Gonzalez, que trabalharam em conjunto.
- Renata Sweeney, gênio do marketing, e Rachel Taylor, astuta gerente de mídias sociais.
- Jamie Stafford-Hill, designer de capa, que destruiu um livro que ele tinha só para fazer uma maquete da capa.
- Kaitlin Severini, por suportar pacientemente meu uso inconsistente de "devoradores-de-livros" e "devoradores de livros".
- Rafal Gibek e Dakota Griffin, que providenciaram uma entrega imediata em um prazo mais imediato ainda.

(HARPER) JUSTICEIROS EM TRÂNSITO

- Vicky Leech, minha apaixonada editora britânica, que me surpreendeu (da melhor forma!) com sua visão para *Os Devoradores de Livros*.
- Robyn Watts, a gerente de produção cuja energia implacável pastoreou este livro ao longo de sua produção.
- Jaime Witcomb, uma potência da publicidade cujos métodos são misteriosos e mágicos para mim.

- Fleur Clarque, que liderou o marketing com precisão impecável.

BATALHÃO DA BOOKENDS

- Naomi Davis, agente literária e estrela do rock, além da maior defensora do meu trabalho que eu poderia ter. Sempre mantendo a fé até mesmo quando eu genuinamente a havia perdido.
- Jessica Faust e o resto do pessoal da BookEnds, que forneceram seus conselhos e sua técnica, especialmente no campo minado dos contratos e direitos estrangeiros.
- Aos incontáveis agentes estrangeiros, olheiros literários, compradores de editoras estrangeiras e leitores de teste de línguas estrangeiras que trabalharam arduamente para vender e traduzir este livro em outros países, ainda que eles não me conheçam e nunca tenhamos nos encontrado. Na verdade, é preciso um exército para dar vida a um livro.

HERÓIS CORDIAIS

- Lee Muncaster, meu namorado incrivelmente nerd e tocador de trombone, que me conheceu no ponto mais baixo da minha vida e não usou isso contra mim, que levou minha escrita a sério e insistiu em chamá-la de "trabalho" mesmo quando eu ainda não tinha ganhado um centavo ou vendido nada, e que me deu tantos cafés e abraços enquanto eu cambaleava rumo à linha de chegada deste manuscrito. Eu não poderia pedir por um parceiro que me apoiaria mais.
- Su Blackwell, minha artista de capa maravilhosamente talentosa. Estou muito honrada por ter suas adoráveis criações na capa deste livro.
- Meus amigos da vida real que contribuíram com palavras de sabedoria ou apoio em momentos cruciais (ou cuidando das crianças!). Em ordem alfabética: Allison Hargreaves, Eve Skelton, Laura Musgrove, Liska Piotrowska, Michelle White e Simon Webb.

FERAS DA FAMÍLIA

- Meus filhos, C e V, sem os quais este livro jamais teria acontecido. A maternidade mudou completamente minha abordagem de escrita e me forçou a ter sucesso nisso por eles.
- Minha mãe, que também é mencionada na dedicatória e é um modelo de resiliência humana, e meu pai, que me doutrinou nos Caminhos da Ficção Científica desde muito jovem.
- A peculiar e brilhante família Lee — especialmente Hannah e Charlotte, suas filhas totalmente fabulosas —, que tem sido uma fonte de apoio e de alegria.

- Gareth, por todo o seu apoio e conselhos ao longo dos anos.

GUERREIROS DA ESCRITA

- Essa Hansen, minha primeira parceira de críticas e um dos melhores seres humanos que já conheci, com quem tanto aprendi e com quem tanto compartilhei.
- Darby Harn, por nossas 100 mil palavras de e-mails ruminando sobre a vida, o universo e tudo mais enquanto encarávamos a loucura de escrever.
- Ravena Hart, minha amiga mais antiga (está tudo bem, ainda não somos senhorinhas idosas) e frequente leitora prévia.
- Alan Deer, um amigo melhor do que eu mereço e também um grande leitor prévio.
- Gregory Janks, que equilibra perfeitamente críticas brutais com otimismo infinito.
- Todo mundo da *Writer Alliance*, que eu adoro e por quem torço! Menção especial a Al Hess, por sua fantástica arte de heráldica familiar e amizade geral, e PK Torrens, que tem sido um apoiador determinado, ainda que de longe.
- O grupo maravilhoso de romancistas do *Leeds Writers Circle*, que leu rascunhos deste romance, na época em que ele ainda se chamava *Carne de Papel*. Em ordem alfabética pelo primeiro nome: Andrew Davies, Andy Armitage, David Cundall, Edward Easton, Kali Richmond, Peter J. Marcroft, Roz Kendall, e Sandy Hogarth.
- Meus leitores beta superbrilhantes! Também em ordem alfabética: Amanda Steiger, Anne Perez, Eric Bourland, Jerry Lizaire, Nisha Tuli e Wayne Santos. Muito obrigada a todos vocês.

E, é claro, um destaque final para meu amigo esquisito e maravilhoso, John O'toole, cujo nome abriu este livro e cujo nome deve agora concluí-lo.

Este livro foi impresso nas oficinas gráficas da Editora Vozes Ltda.,
Rua Frei Luís, 100 – Petrópolis, RJ.